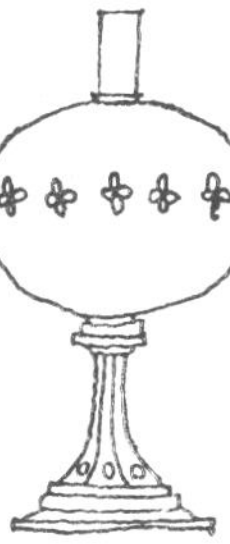

一戋五厘の旗

× 花森安治

装本　花森安治

一戔五厘の旗　目次

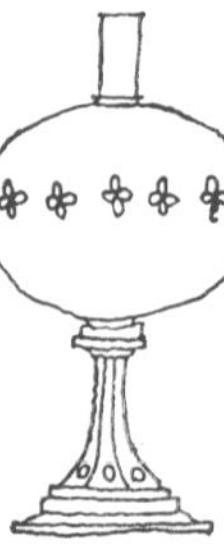

塩鮭の歌

カムイ・チェプ。

〈神なる魚〉

アイヌたちは、鮭のことを、そんなふうに、よんでいた。

いったい、アイヌの神々というのは、ときどき、ひろびろとした大きな海で、おもう存分、およいでみたくなったり、山や野を、心ゆくまで歩きたいなとおもったりするらしい。

私たちが、ふっと、あてもなく、旅に出たいな、とおもうのと、似ているようでもある。

そこで、アイヌの神々は、鮭になったり、熊に姿をかえたりして、みしらぬくにに出かけてゆく。

行きあう魚も、けものも、鳥も、それが神さまだとはしらない。アイヌの神々は、のびのびと、自由に、あちらこちらを歩いてまわる。

しかし、そのうち、ふるさとへ帰ろうという気がうごいてきたとき、神々は、はじめて、じぶんのたましいが、鮭ならば鮭の体のなかにとじこめられていて、脱け出すことができないのに気がつく。

帰れない、はるかなふるさとをおもって、神々は、せつなかったにちがいない。

アイヌたちは、それを知っていた。そこで、鮭をとらえて、その身を裂いてやる、神々は、鮭の体から解放されて、ふるさとへと帰ってゆくのである。

アイヌたちは、おもに鹿の肉をたべて暮していた。それだけに、秋になってとれる鮭は、おいしい食料だったし、のちに、和人（日本人）と交易するようになると、大切なお金のようなものでもあった。

そこで、秋になって、〈神なる魚〉が、川を上ってくるころになると、アイヌたちは、部落のみんなで、川をきれいに掃除し、不吉なニワトコの木やニガ木をとりのけ、祭壇を作って、鮭がたくさん上ってくるように、神々に祈るのである。

川で洗いものをすることは禁じられた。女は川を渡らせないし、身ごもった女は、川に近づいてもいけない。部落の者はだれもかれも、小さな声で話さねばならなかった。大声を出すと、せっかく上ってきた鮭が、びっくりして逃げだす、とアイヌは信じていた。

そうして、息をつめるようにして、鮭の上ってくるのを待つのである。

そのころ、鮭は、川口の沖合いで、川の水が、冷めたくなるのを待っていた。

鮭のくる浜辺の幼ない子どもは、秋のはじめになると、海のずっと向うに、もう鮭がいっぱい帰ってきて、ふるさとの山々が色づくのを、遠くから小手をかざして見ているのだ、と教えられて育ったものである。

やがて、川の水が十度くらいに冷たくなると、鮭は、いっせいに行動を開始する。鮭は、昼間はじっとしていて、夜になると、動きはじめる。数十尾、数百尾が一団となって、月明りの川を、音もなく上ってゆく。

一万キロをこえる、ながい旅を終えて、いま、上っているのは、まちがいなく、四年まえ、幼ないじぶんが、海へ向って下っていった、そのふるさとの川である。

四年まえ、おなじように肩をならべて、この川を下っていった幼ない仲間のうち、いまこうして、やっと生きて帰りついて、青く光る川を上っているのは、ほんとに数えるほどしかない。

そのすくないなかにも、アザラシやサメとたたかった、むざんな傷あとや、北洋漁業の網からやっと脱れたときの傷を残しているものもすくなくない。

みんな、この一瞬のために、必死に生きてきたのだ。必死に生きてきて、両岸の黄色や橙色や朱や赤の紅葉が月光に美しくかがやいている、ふるさとの川を、いま胸はずませて上っているのである。

＊

鮭の一生は、かなしくも美しい。

スジコをほぐしたのがイクラ。うみたてのイクラは、どの一粒も、宝石のようにかがやいている。あれが鮭の卵である。

卵は、秋、川底のきれいな小石のなかに、うみつけられ、そこでとおい大海の夢をみながら、うつらうつらと年をこす。

春がくると、一粒一粒から、ちいさな鮭の子が、かえる。目高みたいに、ちいさな子は、みんなといっしょに、川口のほうへ下ってゆく。

鮭の子にも、丈夫なのもいるし、体の弱いのもいる。川口へたどりつくころには、まいってしまうのも、ずいぶん出てくる。

川口から、海へ出てゆくとき、ひと月くらいは、そのへんをぐるぐるまわって、体が丈夫になって、荒海にも耐えられるようになるまで待つ。

そして、海へ、オホーツク海へ、日本海へ太平洋へ出てゆく。

それからさきのことは、だれもしらない。

わかっているのは、四年か三年か、とにかく、そのあいだかかって、北洋をひとまわりして、そのあいだに大人になって、またもとの川に帰ってくるということだけである。

だいたいアリューシャン列島のあたりまでゆくらしいというのだが、それもはっきりしない。

北洋の海の中は、どんなふうなのだろうか。晴れた日は、ぼおっと明るいだろうが、曇った日や、しけの日は、きっと暗いだろう。

そのなかを、まいにちまいにち、およぎつづけているとき、鮭はいったいなにを考えているのだろう。

アイヌには、暦がなかった。鮭にも暦はあるまい。

春がすぎ、夏がすぎ、秋がすぎ、冬が

すぎ、そしてまた春がきて、夏がきて……鮭は、四年たつと、かならず帰ってくるという、その四年目というのを、どうして、鮭は知っているのだろう。

鮭は、日がたち月がたち、だんだん大人になってゆく。そこで、体のなかで、方向探知器みたいなものが、しだいに発達していって、四年目になると、一人前になる。そのレーダーみたいなものの働きで、ふるさとの方向を知って、そっちへ帰ってゆく、三年で帰ってくるのは、それだけ体が早熟な鮭だろう。そのレーダーの働きは、たぶん、においをかぎわける力だろう、という説もあるが、けっきょく、いまのところは、だれにも、まだわからない。

それにしても、その大人になるまでのあいだ、鮭は、どこで、なにをしているのだろう。

北洋の、どこか海のなかに、鮭の町でもできていて、そこで暮しているのだろうか。

そして、今年到着したばかりの若い鮭が、まだ興奮のさめない口調で、はじめて通ってきた北洋の海の経験を話すと、去年や、おとどしからきている鮭たちは、兄貴ぶった、おおような態度で、それをきいてやったり、姉さんぶって、これからの暮し方を、こまごまと注意してやったりしているのだろうか。

やがて、四年目になる鮭たちは、ある日、ふと、はげしい望郷のおもいに体中をゆすられて、旅の支度をはじめる。そして、月の青い夜、のこる鮭たちに見送られ、さようならといいながら、つぎつぎに、列を組んで、ちょうど西部へ出発する幌馬車隊のように、町を出てゆくのかもしれない。

そのへんのことは、なんにもわからない。わかっているのは、そうして、ながい海のなかの旅路をへて、かならず、じぶんの生まれた川へ、帰ってくる、ということだけである。

もちろん、伝書鳩にも、たまに迷い子があるように、鮭のなかにも、とんでもない川へ帰ってくるのがいる。しかし、それは、いつでも一尾である。遠足の行列で、ぼんやりしていて、ついよその組のあとについていってしまう子みたいなものだろう。

＊

鮭の一生で、もっとも壮絶哀切をきわめるのは、ふるさとの川をのぼるときである。

鮭が、じぶんの生まれた川を上ってゆくのは、そこで結婚するためであり、その初夜があけた朝、まちがいなく、死ぬためである。

それは、鮭の生涯のうち、もっとも花やかなフィナーレであり、そのフィナーレは、突如として、一切の歌声も踊りも停まり、まっくらな中に、ぶざまな幕が下りて、終りをつげるのである。

その生涯をかけて、ただ一度の恋のために、ながい北洋の旅路のはて、いま川を上ってゆく鮭の恋人たちは、おもいつめたように、もう食事もとらない。体には、紅く青ぐろく斑点ができている。青年の鮭は、じぶんたちの、ばら色の床をふみにじるものとたたかうために、歯はとぎすまされ、鼻はするどくまがり、目はぎらぎらと光っている。

やがて、月光にけぶる川底に、きれい

な小石の多いところをみつける。そこを、新婚の床ときめると、花嫁と花婿は、力を合せ、あらんかぎりの力をふりしぼって、尾びれで、何十センチもの穴を掘る。そこで、最初の、そして最後の愛撫に酔うのである。

やがて、夜があける。

秋のおわりの風が、葦のあいだを、さむざむと吹きぬけ、しらじらとした川面を、鮭の恋人たちは、むざんな姿となって、ゆっくりと、川下へ流されてゆく。

オフェリアには、せめて花の冠があった。しかし、いま命たえて、流れてゆく鮭の恋人たちは、一夜のうちに、すっかりやせおとろえ、みにくいざまをさらすだけである。

アイヌも、これはとらなかった。いまの人も、とらない。身はすっかりあぶらがぬけ、とても口にできたものではないという。

しかし、川風が葬送行進曲のようにひくく鳴るとき、むざんにやせさらばえ白茶けた体のなかで、ただ一点、目だけが、一夜の恋に生涯をかけたよろこびを語っているようにみえないだろうか。

そのために、ついさきほど、歓喜のはてに、うみおとし、受精させた卵たちが、恋のほのおの色のように、かがやいているのではないだろうか。

*

生涯に、ただ一度の恋でありながら、それもとげられないで、なつかしいふるさとの山もみることができないで、死んでしまう鮭が、いっぱいいる。

ながい旅路だから、じぶんよりつよい魚におそわれるものもある。病気になって命を落すものもある。

それだってたいへんなのに、いまは北洋のさけます船団というのがある。この網にかかってしまうのも、すくなくない。

そんな、いろんな危険をくぐりぬけて、やっと、なつかしいふるさとの山がみえる沖までたどりついて、ああよかったと気をゆるめると、沿岸に定置網が、はりめぐらしてある。

それを、なんとかくぐりぬけたものだけが、川を上るのである。おなじ川を下っていったときが千尾だとすると、帰ってきて川を上るものは、そのうち、わずか二尾か、せいぜい三尾しかない。

しかも、その川の中にも、まだ危険は、まちかまえている。

むかしは、アイヌだった。アイヌたちは、白樺の皮をよじたり、萱《かや》をたばねたりして作った炬火《たいまつ》をかざして、矢をはなち、モリをひらめかし、ちいさな網を張って、川を上る鮭をとった。

そのころは、しかし、北洋船団もなく、沿岸の定置網もなかったから、鮭は川面がふくれ上るほどに上ってくることができたし、そんな幼稚な方法では、いくらもとれなかった。大部分の鮭は、恋をとげ、卵をうむことができた。

そのうち、わるがしこい和人が北海道へ入ってきて、アイヌに漁法を教え、奴隷のようにこき使って、鮭漁をはじめた。

相手は正直で疑うことを知らぬアイヌであり、こちらはそろばん片手に抜け目のない和人である。

そんなとき、世界のどこにでも行われたことが、ここでも行われたにすぎない

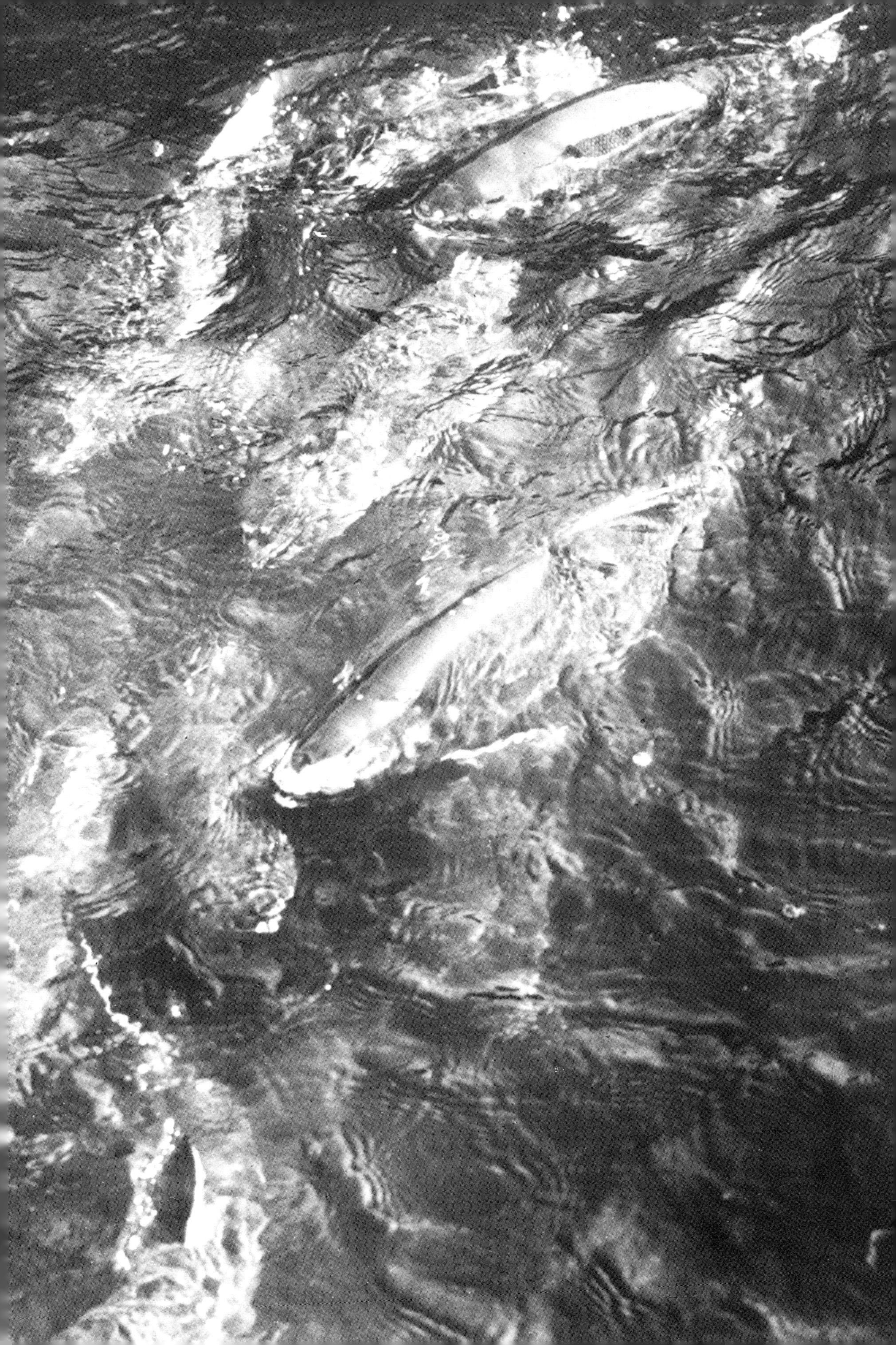

のだ、といってしまえば、それまでのことかもしれない。

しかし、そのころの記録の断片をひろい読みしただけでも、松前藩をはじめ、それを利用して、もうけだけに血道をあげた連中のやり方には、おなじ日本人として、顔から火の出るような恥かしさと、はげしい憤りを感じないわけにはゆかないだろう。

〈アイヌ勘定〉というのは、そのころの名残りの言葉である。正しくいえば、アイヌと取り引きするときの、和人の数のかぞえ方である。

米と鮭の物々交換が行われていた。米一俵と鮭五束（百尾）がならわしである。その鮭を数えるとき、まず「はじまり」といって、一尾を取った。つぎに、一、二、三、四と数えて十尾になると、そのつぎは、「おしまい」といって、また一尾を取った。つまり十尾と数えて、じっさいには十二尾を取ったのである。これを〈アイヌ勘定〉という。

交換する米一俵、というのにも、巧妙な落し穴があった。一俵という約束はあっても、一俵が何斗かというとりきめはなかった。

はじめ一俵は三斗であった。それが二斗になり、一斗二升になり、最後には、一俵は八升、それで鮭百尾と交換したのである。

たまりかねたアイヌたちは、ときに叛乱をおこし、一時は松前城下を包囲するまでに至ったこともあったが、結局は敗れ去った。

むしろ、叛乱のあるたびに、弾圧は強化され、むざむざ奸商の好餌となり、牛馬のごとく酷使され、虐待のかぎりをつくされた。

部落の婦女子は、ことごとく和人のなぐさむところとなり、部落は滅亡のほかなかった、という記録も、一、二ではない。

アイヌの神々も、もはや、鮭に姿をかえることは、しなくなっただろう。

明治になると、鮭漁は、ますます規模が大きくなっていった。ちがうところは、日本人がアイヌを使うかわりに日本人を使ったということである。

使うほうの日本人は御殿を建て、使われるほうの日本人は、あばらやにあえいでいた。

鮭は、四年目に帰ってくる。たくさん帰ってきた年は、たくさん卵をうみ、したがって、たくさんの子が海へ出てゆく。四年たつと、それがたくさん帰ってくるのである。

だから、鮭は四年ごとに、豊漁になる。

鮭漁の漁師たちの暮しを、一年人間三年が犬、といったのは、そう遠いことではない。四年ごとの豊漁の年だけが、やっと人並みの暮しができた、という意味である。

＊

鮭が、だんだん、川を上らなくなった。

石狩川を例にとってみよう。

明治十二年には、ざっと二百万尾もとれていた。それが昭和になると、毎年、五万尾もとれたらよいほうになってしまった。ここ数年は、一万尾がやっとだという。名物石狩なべも、なんとなく肩身がせまいわけである。

なぜ、鮭は川を上らなくなったのだろう。鮭にしてみれば、いまさら、しらじらしいことを聞くな、とくやしがるにちがいない。

鮭は、川に上りたいのである。上りたい一心で、はるかな海のむこうから必死に帰ってくるのである。それを、人間が、よってたかって、上らせないようにしてしまう。

川口を中心に、沿岸に網をはりめぐらせて、川に入るまえに、とってしまう。それでも足りなくて、北洋のまんなかまで船団を組んで出かけていって、まだ若い鮭を、ごっそりいただいてしまう。

これでは、かんじんの川を上る鮭がめっきりへってしまうのは、あたりまえである。

そこへもってきて、川の両岸には、やたらと人間がふえる。そのうちには工場もできる。人間は、川など、大きなちり箱か下水ぐらいにしかおもっていないから、川はどんどん汚れてゆく。

やっとのおもいで川を上って、うみおとした卵も、川が汚れていては、育たない。育っても、その汚れた川を下ってゆくうちに、ばたばたとやられてしまう。海へ出てゆくのは、いくらもない、ということになる。

川を上るのがすくない上に、そこで生まれて海へ出てゆくのがすくなければ、鮭は毎年へってゆく、こんなわかりきった話はない。

これは、なにも日本にかぎったことでもない。ソ聯でもカナダでもアメリカでも、人間がふえてきた沿岸では、鮭はほとんどとれなくなっている。

ひとつ、例外がある。それが、北海道なのだ。

なるほど、石狩川の鮭は、みる影もなくなったが、北海道の沿岸全体でとれる数は、へっていない。むしろ、ふえてきている。

年々、北海道の人間は多くなっている。こんなに人間の多いところで、鮭が依然として帰ってきている、というのには、なにか、わけがある。

いったい、政治というものは、目のさきのことと、何十年もさきのことを、いっしょに見ていなければならないものだが、その何十年もさきを見ていた人間が、明治のはじめ、あの開拓使庁のなかにいたのである。

開拓使は、ケプロン、クラーク、ダンをはじめ、いろんな外国人の教師や技術者を雇った。そのひとりに、トリートという罐詰を作る技術者がいた。そのトリートが、いくら罐詰を作ることばかり上手になっても、かんじんの中身がなくなれば仕方がないよ、といったのである。

そのころ、石狩川では、さかんに鮭がとれていた。この鮭が、やがて上ってこなくなるとは、とても考えられなかった。

それでも、なんでもやってみようという気にあふれていた開拓使は、まず川へ上ってくる鮭をとるな、という布告を出して、卵がへらないようにし、さらに、札幌の偕楽園に人工孚化《ふか》試験場を作った。明治十年である。

明治二一年には、千《ち》歳《とせ》川の上流に中央孚化場を作って、本格的にこの仕事にのり出した。いま、北海道には四一カ所に孚化場がある。

北海道に鮭がへらないのは、このおかげだといってよい。

*

人工孚化というのは、ひとくちにいえば〈養殖〉である。はやりの言葉だと、〈鮭の栽培〉である。

こう鮭が川に上らず、上っても育たないと、やがて、なくなってしまう。

そこで、卵をもった鮭をつかまえてきて、その卵に人工的に受精させ、十分に面倒をみながら、これを一人まえの子にかえしてやる。一尾ぶんの卵から二千から二千五百尾くらいの鮭の子がかえる。これを、川に放してやる。

四年か三年たつと、それが大きくなって、またもとの川へ帰ってくるのである。

植物でいえば、卵に受精させてやるのは、種をまくこと、それがかえるのは、芽を出すこと、畑では、それからさき、水や肥料をやり、日光にあててやり、草をとりして、やがて花がさいて、とりいれる。

鮭のほうは、土に生えているのではないから、芽を出したら、じぶんで川を下って、どこか海のむこうへ行ってしまう。だから、植物のように、傍にいて丹精して育ててやることはできない。日でりがつづく、風が吹く、霜が下りる、といえば、畑なら、なんとかかばってもやれるが、とおい北洋では、どうにも仕方がない。

いまごろは、アザラシにやられているのではないか、船団の網にかかっていはしないか、急に潮が変って難儀しているのではないか、案じるだけで、どうしてやることもできない。

十《と》勝《かち》川の孚化場に、臼井さんという、ながいあいだ、この仕事に打ちこんできた人がいる。この人が、鮭の腹をマキリという小刀で、さっと裂いて卵をとり出す手つきは、神技にちかい。

ある年、よその川には、とっくに上っているのに、十勝川には鮭が上ってこなかった。今年は来ないかもしれん、みんなが、そういうようになった。臼井さんだけが、そんなことはない、必ず上ってくる、と言いはった。

来る夜も来る夜も、夜ふけ、臼井さんは、十勝川の堤で鮭を待った。そして、ある夜、みんなは、臼井さんの異様な声を、川のほうに聞いたのである。

駈けつけてみると、月光のさんさんとふる川面を背景に、臼井さんが、まるで狂ったように、手をふり足を上げて踊っている。

「俺の魚が帰ってきた、俺の魚が帰ってきたぞォ」

腹をさき、卵をとり出し、受精させ孚化し、育てている孚化場の人たちにとっては、鮭は、わが子のような気がしている。まさしく〈俺の魚〉なのである。

芽を出したら、すぐにわかれて、どこかとおくに行ってしまうが、いつかこうして、とり入れどきには、必ず帰ってくる、鮭の栽培とは、まったく奇妙で、うまく仕くまれている。

それにしても、せっかくひろい海へ出ていったのに、こうして苦労して、わざわざ〈とり入れ〉られるために、だけ、もとの川へきちんと帰ってくる鮭たち。

それを、いじらしいといえばいいのだろうか。それとも、鮭という生きもののもつ〈業《ごう》〉のあわれさ、といえばいいのだろうか。

ひろい十勝川いっぱいに、くろぐろと群をなし、ときに月光に背びれをひらめかして、あとからあとから、鮭は上ってくる。

ながい旅をくぐりぬけて、必死に川上にのぼってゆく鮭たちは、その行手に、いまは、生涯にただ一度の恋をとげるすべもない運命を知っているのだろうか。

中流に、千代田の堰堤《えんてい》とよばれる、高さ数メートルのコンクリートのダムがある。それをこえようと、激流にむなしい跳躍をこころみる鮭をみるのは、あわれである。

＊

鮭をもっとたくさんとるためには、もっとたくさんの卵をかえして、海へ放流してやらねばならない。

もっとたくさんの卵をとるためには、もっとたくさんの、卵をもった大人の鮭が、川を上ってくるようにしなければならない。

そこまでは、だれにでもわかる。それからさきになると、いろんな利害がからんで、筋がこんがらがってくるのである。

川岸に無計画に工場を建てて、平気で廃液を川に流している。北海道の川も、しらべてみると、だんだん東京の隅田川に似たような傾向がでている。しかし、いまのところ、どうしようもないし、工場側も、どうしようという気もみえない。

しかし、いくら、たくさんの卵をかえしても、川が汚れていては、鮭の子は海へ出てゆくまえに、やられてしまう。もっと鮭をとるためには、川が汚れるのをなんとかして、くいとめなければならないのである。

せっかく、海へ出ていこうとする鮭の子が、川口のあたりでごっそり、雑魚《ざこ》といっしょにとられて、煮干しにされたり、肥料になったりしている。これも、いまのところ、どうしようもない。せいぜいご協力下さい、という程度である。やっと芽をだしたのが、つぎつぎにふみつぶされているようなものである。

せめて、帰ってきて、川を上る大人の鮭だけは、その卵をかえしているかというと、そうではない。

明治のはじめから、川へ上ってくる鮭をとることは禁じている。卵をうむまえに鮭をとってしまえば、鮭はへってゆく一方だからである。

しかし、密漁者は絶えない。それも、むかしは、川岸の貧しい百姓や日雇人夫などが多かったが、このごろは、暴力団が、苦しくなった資金源に、大きな密漁団を組織して荒している。

川はひろいし、中洲には葦が生えて、かくれ場になる。彼等は、歩哨を立て、銃やピストルで武装している。

とった獲物は、岸に上げると、べつの運び屋が、集積所へ運ぶ。そこへ打ち合せてあったトラックがくる。みんな夜中の仕事だし、パトロール隊との戦いである。

とくると、アクション・ドラマのいいタネだが、現実は、そんな生やさしいものではない。

こうして、密漁される鮭の数は、もちろんはっきりした数字は出ないが、専門家のなかには、川を上ってくる鮭の、半分ちかいとみている人もいる。

斜　里
斜
鮭

もし、そうだとすると、密漁がなくなっただけで、孚化する卵は倍になる計算だが、川はひろいし、パトロール隊は、人もすくなく、装備もよわい。こちらの川をきびしくすれば、あちらの川へ逃げる。

去年、釧路《くしろ》川できびしくやったら、今年は、オホーツク海の沿岸の川へ移ってきた、という。

*

北海道で、いちばんいい鮭は、斜里《しゃり》の鮭だという。味もそうだが、すがたと色が抜群である。

斜里は、オホーツク海に面して、知床《しれとこ》半島のつけ根にあたる町である。ここから知床半島へかけての沿岸でとれるのが、〈斜里の鮭〉で、おもに東京方面へ送られる。

むかしは、塩鮭といえば、うんと塩がきいて、口のひんまがるようなのがおもで、身もかちかちになっていた。〈塩引《しおびき》〉というのが、これで、アルミの弁当箱のなかで、からからと骨が鳴っていたりしたものである。

このごろは、冷蔵設備が進歩したから、そんなに塩をきかせる必要がなくなって、いまの塩鮭というのは、たいてい、一塩しただけの〈新巻《あらまき》〉になってしまった。

その代り、ねだんも、塩鮭か、などとはいえないほど高い。斜里の仲買でつけるねだんが、今年は一キロ、生鮭で三七〇円、新巻で四二〇円。一尾は三キロから五キロが多い。

すると、東京あたりの魚屋で、一切れ百円以下のは、厚さにもよるが、まずあれは北洋ものか、でなければマス、という計算になる。

さけとマスは、よく似た魚だが、一尾でくらべると、さけは大きく、マスは小ぶりで、すがたも、さけはずんぐり、マスはすらっとしている。

切り身でもわかるのは、まずウロコで、さけは大きく、マスはこまかい。それと、さけの身はひろいが、マスは細い。いちばん早わかりすることは、焼いて箸を入れてみる、ほろっほろっと身がほぐれたら、さけで、そぼろのように、ぼそぼそとこまかくなるのがマスである。

きょうも、斜里の町には、オホーツク海からのつめたい風が吹いている。

鉛色の雲が低くたれこめた駅の構内では、冷凍貨車に、新巻の木箱が、つぎつぎに積みこまれている。

冬が近く、うらがれた駅である。

貨車の扉がとじられ、信号の腕木が下りる。四年まえ、この海へ向って出ていった若い生命が、数十時間まえ、この海にまた帰ってきて、その生涯をとじた、その最後の行進が、こんなかたちではじまろうとしている。

出発。

貨物列車は動き出し、だんだん小さく、鉛色の空と枯れた地平線の接するあたりに点となってゆく。

とおくで汽笛が、ひびいた。

それは、生涯ただ一度の恋もとげないで終ったものへ、人間と機械がいまたむける、せめてものみじかい挽歌のように、野づらをわたって消えていった。

（77号　昭和39年12月）

札幌

一世紀。

ちょうど百年まえ。

一八六四年。

ヨーロッパでは、プロシャ・オーストリアとデンマークが戦っていた。

ロンドンでは、いわゆる第一インターナショナル、国際労働者協会が生まれた。

　ロシアでは、トルストイの〈戦争と平和〉が出た。

　ジュネーブでは、赤十字同盟ができた。

　アメリカでは、南軍と北軍が戦って四年目、ようやく南軍利あらず、シェリダンに敗れ、アトランタに敗れ、ナッシュビルに敗れ、サバンナを占領された。

　民衆の詩人、フォスターが死んだ。

　日本では、蛤門の変につづいて、長州征伐の布令下り、物情ますます騒然。英仏米蘭聯合艦隊は、来って下関に砲門を開いた。

　しかし、

　……このあたりには、なにごともなかった。ひろい川原には、石ころがごろごろしていて、それが、にぶい日ざしをうけて光っていた。

　川原の中ほどに、いくすじにも分れて水が流れていた。岸には、どろやなぎが生え、榛《はん》の木と楡《にれ》の木の林が、ずっと山のほうまでひろがっていた。林のあいだをぬって、鶴がとんでいた。

　しいんとしていた。秋になると、雪がふりはじめ、何メートルにも積って川は凍った。五月になると、雪がとけ木は芽をふき、空が明るくうるんだ。やがて秋がきて、冬になり、春がきてまた秋がきた。

　人のすがたは、みえなかった。ごくたまに、アイヌが、川づたいに歩いているのをみることがある、それくらいであった。

　もしも、そのアイヌのひとりに、川の名をたずねたら、彼はたぶん、こう答えただろう。

　〈サッポロベツ〉

　乾上った大きな河、というくらいの意味である。

　それから、八回の冬と春がすぎた。

　一八七三年。

　その〈乾いた河〉の西岸は、林がきりはらわれ、たてよこに道らしいものがつけられ、ところどころに、草ぶき屋根の家がちらばって、ちらほら人のすがたもみえた。

十月。

その荒涼とした台地に、忽然とアメリカふうの白い建物が、たてられた。

開拓使本庁である。

面積六一四平方メートル、間口四七メートル、二階建の中央に八角の塔が立ち、その頂上、二五メートルの高さに、旗がひるがえっていた。

旗は、白地に星である。星は北極星を意味した。星は希望をあらわした。それは、人類の〈理想〉であった。

〈乾いた河・サッポロ〉の原野に鉛色の空がかぶさっていた。その痛烈骨をさす空と土をつらぬいて、いま、一点の理想をかかげたその旗は、ちぎれんばかりに朔風に鳴っていた。

風に鳴るその音は、古い国、古いしきたりに別れ、ここに新しい土地、新しい理想の町の誕生を告げる、爽快なファンファーレだったのである。

*

そのころ、太平洋の向う岸、アメリカでは、幌馬車隊が、西へ西へ、ひきもきらず進んでいた。

行け、西部へ。

農民たちは、緑なる大地を求めて、家財を積み、家族ぐるみ、ロッキー山脈を西へこえていった。

いわゆる〈西部劇の時代〉であった。ジェス・ゼームス、カラミティ・ジェーン、ワイアット・アープなどが、ぴんぴんして、大きな顔をしていた。

シャイアン族は、たびたび駅馬車を襲撃し、アパッチ族は、たびたび大規模な反乱をおこしていた。カスター騎兵第七聯隊がスウ族と戦って全滅したのは、札幌の空に北極星の旗がひるがえってから四年のち、西南戦争の前の年であった。

アメリカ政府が、正式にフロンティア地域はなくなった、と声明したのは、ずっとあとの明治二三年、一八九〇年のことである。

規模こそちがうが、ほぼおなじ時代に太平洋の向うとこちらで、新しい土地作り、新しい町つくりがはじめられていたのである。

しかし、アメリカの西部開拓と、日本の北海道開拓とでは、根本的にちがっているところが、ひとつあった。

アメリカでは、アレガニー山脈をこえオハイオ河を渡り、ミシシッピーを渡っていったのは、名もない百姓であり、町人であった。

幌馬車隊を組み、ながいつらい道を耐えぬき、文字どおり、自分たちの素手《すで》で大草原をひらき、町を作っていった。

農場ができ、牧場が作られ、町らしい形ができてから、そのあとに、やっと政府ができ上ったのである。

北海道では、逆であった。

みはるかす原野に、まず足をいれたのは政府であった。政府が、最初に札幌の都市計画を作り、道をひらき、家をたて工場を経営し、学校をたて、遊び場さえ作った。人びとは、そのあとで、かき集められ、送りこまれたのである。

自分の手で、じぶんの汗で、たたかいとった開拓と、おしきせの、官製の開拓とのちがいである。

札幌の町は、そこへ来て住んだ人間がてんでに作っていった町ではなかった。札幌の町の歴史は、血まめのにじんだ手でひらかれたのではなかった。この町の

歴史は、東京で作られた一枚の青写真から、はじまるのである。

しかし、未知の新しい大陸に、はじめて国を作ったアメリカであり、いわば生まれたときから、そこに政府があった日本だとしても、この新しい町が、お上の権力と資本で作り上げられたといって、それを悲しむまえに、その一枚の青写真にこめられた、明治初年の日本人の、壮大な夢におどろくのである。

いま、札幌の町のほぼまんなかに、〈大通り〉とよばれる道路がある。そうよばれている道路は、日本中にいくらもあるが、この札幌の大通りをみたら、どの通りも、みんな顔を赤くするだろう。

巾が百メートルある。それが東西に約一キロ半ものびている。しかも、この道路は、明治の四年にできていたのである。

それだけではない。札幌の町は、そのときから、この大通りを中心に、約百メートル間隔でタテヨコに道が作られていて、その道は、みんな二十メートル巾であった。

昭和になってできた東京の昭和通りの巾が四五メートル、それでも、計画した後藤新平は大風呂敷のフーテン野郎とののしられた。大阪人が、どや東京にもないやろと美しさを誇る御堂筋は、四五メートルにすこし足りない。

まして維新直後の日本の町は、どこもかしこも、せせこましい道ばかり、その道をせかせかと歩いて育ち、しかも頭にまだチョンマゲをのせていた日本人が、九十年もまえに、ここに巾百メートルの大通りを作り、タテヨコ二十メートル巾の道を作り上げていたのである。

＊

一八八二年、明治十五年。

開拓使本庁の頂上にひるがえっていた旗が、あっけなく下《おろ》された。はじめて理想の星をかかげてから、わずかに十年であった。

明治政府は、はじめ、壮大な夢を、この旗に、この町に託した。

しかし、その夢が、実現するまえに西南戦争がはじまった。終ったとき政府はへとへとにくたびれていた。

金ばかりかかって、すぐに実効のともなわない北海道開拓にみきりをつけたくなるわけである。

おなじ新しい土地なら、そんな条件のわるい泥炭《でいたん》地帯を苦労してひらくより、よく気をつけてみると、すぐそこに朝鮮があり、台湾があり、満洲があり、支那があった。南方にも、いくらでも島があった。

政府が、その年二月、ふかい雪のなかで開拓使の解散式を行った日から、あの〈北の星〉は、ふたたび札幌の空にひるがえることはなかった。

そのあと、終戦まで七十年ちかく、政府は、一ども、北海道など、ふりむくことをしなかったのである。

しかし、北海道に、もしも〈開拓者精《フロンティア・スピ》神《リット》〉というものがあったとしたら、それは、この旗が雪の上に捨てられたその日、はじめて、生命をふきこまれ、そののち、たくましく育っていった、といわねばならないのである。

政府は、開拓使を廃し、予算を計上しなければ、それですむ。残された人たちは、どうすればいいのか。

もちろん、見切りをつけて、内地へひき上げていった人間はたくさんいる。

しかし、ここにしがみついて生きていった人たちがいたのである。政府の保護はなくなった。しかも、生きてゆく条件は、内地の何倍か酷薄であった。

冬、零下十何度、ときに二十度をこえるとき、板壁一枚の家では、いろりにスコップで炭を投げ入れるのだが、それでも爐端《ろばた》においた盃の酒は、じゃりじゃりと凍った。

しかも米からして、内地から買わねばならなかった。北海道で米が自給できるようになったのは、戦後、それもここ数年のことである。

内地からの物資は、津軽海峡をこえなければならない。荒天で青函連絡船が何日も欠航すると、内地では、港にとめられた旅客の数を話題にするが、北海道では、また物のねだんが上る、と心配する。

内地の物を買わねば生きてゆけないその足許をみられて、法外のねだんを吹っかけられても、仕方がなかった。

その名残りは、いまも、北海道価格という、へんなものになって生きている。たとえば、セドリックのスタンダードは、津軽海峡をこえるとトタンに九万三千円定価が上る。トヨペットはスタンダードで十四万円余、デラックスでも九万円近く高い。

　この町の商店が、東京大阪などにくらべると、デパートをふくめて、お話にならぬほどサービスがわるく、頭《っ》が高く、つっけんどんなのも、売っていただく売ってやるの気風が、いまだに尾をひいているからである。

　そんなかで、この町にしがみついて生きてきたひとたち。この町だけではない、北海道のいたるところで、そうして明治を生き、大正を生き、いまも生きている人たち。

　その人たちの心の底に、しだいに一本の太い線となってつらぬかれていったもの、それを〈開拓者精神〉とよぶのである。

*

　理想の星をかかげた旗は、あっけなく下ろされてしまったが、このみじかい年月に、開拓使がこの町に残していったいちばん大きなものは、ひろい道路でもなく、大きな官営工場でもなかった。

　札幌農学校である。

　開拓の中心は、学問である、この考えが開拓使の方針をはっきりとつらぬいていた。

　その学問と技術の底に、〈精神〉をたたきこんだのが、初代教頭クラークであった。

　クラークは、明治十年四月、ようやく雪のとけようというころ、札幌を去ってアメリカに帰った。札幌からおよそ二五キロの島松《しままつ》まで、学生たちは馬に乗って、見送っていった。

　いよいよ別れるとき、クラークは、学生たちに手をふって、いった。

Boys《ボーイズ》
Be《ビ》 Ambitious《アンビシャス》!

（諸君、
　理想をつらぬこう）

　このみじかい一言は、学生たちの心に火矢《ひや》となってつきささった。クラークの点じたその火は、燃えて、生涯消えることはなかったのである。

その一期生に、佐藤昌介《さとうしょうすけ》、大島正健《おおしままさたけ》ら二期生に内村鑑三《うちむらかんぞう》、新渡戸《にとべ》稲造《いなぞう》、宮部《みやべ》金《きん》吾《ご》、町村金弥《まちむらきんや》らがいた。

しかし、開拓使が廃止されてからは、たびたび、この農学校をつぶそうという声が上げられた。

東京の政府の中に、百姓に学問はいらん、という、したり顔の俗論が巾をきかせはじめた。

農学校というと、つい、百姓の技術を教える学校というふうにおもいがちである。それにはちがいないが、開拓使は、その技術ということで、内地の俗吏とはべつの考え方をしていた。

そのころ、農学校の学課表をみると、農業化学、動植物学、地質学、といったことのほかに、
経済学、心理学、簿記、演説法、英文学史、
といった課目がならんでいる。

植民地政策とは、実利勧業に重点をおくべきで、智育などは無用である。学校は金がありあまってから建てるもので、まして専任の教員などおくのは、もっての外だ。第一、百姓のいそがしいときに、子供だけべらべらと学校へやるのはどういう気なのか。学校は百姓の家、先生は坊さんか役場の書記、そして冬の農閑期にだけ開けばたくさんだ。大学論語を百姓のガキに読ませてなんになる。まったく北海道というところは、あきれはてたバカもんがそろっとる。

こういう意味のことを、もっとにくたらしく書いた報告書を、明治十八年に政府の高官（太政官大書記官金子堅太郎《かねこけんたろう》）が出している。それをまた、初代、二代の北海道長官が、ウヘッ、まさしくその通りにござりたてまつるとなって、教育の程度を低めよ、食うがさきぞよ、学ぶはあとにせよ、という方針にきりかえてしまった。

農学校は、あれは一体なんじゃい、ということになったとしても無理はなかったのである。

そこへ、第一回卒業生の佐藤昌介が、外国の留学から帰ってきた。

なんということか、バカもんがそろっとるのは東京だ。なにが植民政策、なにが実利勧業か。高等の専門教育なくては開拓は一歩でも進まぬ。

佐藤昌介は、道庁長官を説いた。説いたというものではない。生命をかけて、農学校をつぶしてはならぬ、つぶせば、北海道は暗黒になると、烈々の信念で迫まった。

佐藤は、農学校を存続せよ、といったのではない、農学校を拡張せよ、と主張したのである。


〈理想をつらぬこう〉


クラークの点じた小さな火は、すさまじい焔となって、初代北海道長官岩村通《いわむらみち》俊《とし》の心の中に、かすかにのこっていた火に、また生命を与えた。

札幌農学校は、あくる年、新しく工学科を増設して、佐藤昌介を校長代理に任命している。この農学校がのちに北大になり、佐藤は初代総長となった。

*

アカシヤの並木。

西洋館。

ライラックの花。

レコード

煉瓦づくりの倉庫。
エルムの梢。
時計台。
町角でとうもろこし焼く屋台。
にしん漬。
ストーブの煙突。
馬そりの鈴の音。
すずらん。

……おもいつくままに、こう書きならべてみただけでも、この札幌の町には、日本のどこの町にもない、においと影があることに気がつく。いうならば、一種の異国情緒であろうか。それも、長崎とはちがうし、おなじ北海道であっても、早くひらけた函館とも、小樽ともちがっている。

札幌の町は、人跡まれな原野に、たちまちにして作り上げられた〈人工の町〉である。

建物はもちろんだが、この町のシンボルみたいにおもわれているアカシヤもライラックも、のちに街路樹として植えられたものである。

この〈人工の町〉を作ったのは、明治の日本人だが、チエを貸したのは、ケプロンはじめ、みなアメリカ人である。

十九世紀、開拓時代のアメリカ東部の、どこかの町に、この町が似ていても、ふしぎはない。札幌の町のもつ異国情緒は、ひとつには、そういうところからきているのである。

旅行して、ひとつの町に着いたとき、市内観光バスを利用する、というのが日本中どこでもはやっている。

なるほど、安直で、ひまもかからぬ、一見かしこい方法のようだが、つまりはインスタントである。修学旅行で、駆け足でひきずりまわされた町には、ほとんどなんの印象もないように、それでは、旅をした甲斐はなかろう。

ことに、札幌の町は、じぶんの足で歩いてみたい町である。観光案内などにのっていない裏町、横町、そういうところを歩いてみると、この町の、異国情緒の底にある独特のにおいと影が、じかにつたわってくるにちがいない。

この町には、開拓使のころから、今日までつづいている店が何軒かある。今井百貨店もそうだが、中《なか》ウロコ呉服店もそうであり、トモエしょう油の福山醸造もそうである。

中ウロコは、勤続十五年、実直であれば、みんな養子にした。その養子のなかからすぐれたものに店をつがせ、ほかの養子には店をわけた。

この酷薄な町にしがみついて生きてゆくには、バカでもちょんでも、子が親の代をつぐ、といったのんきなことではやってゆけない。資本と経営の分離が早く行われていたのである。

いまの主人は、とっくに七十をこしているが、たしか十六番目か十七番目の養子である。

中ウロコの家憲は、もう一つある。もうけの二割を公共に寄附することである。

中ウロコの裏通りに並んでいる、いわゆる〈開拓庫《かいたくぐら》〉は、赤煉瓦にも、青い鉄の窓にも、そうして生きぬいてきた根性が、しみこんで、影をおとしているのである。

福山醸造にも、一世紀の風雪に耐えた煉瓦作りの倉庫がある。この倉庫には、しかし一滴の酒も入れられたことはない。

酒の仕こみ桶一つで三十石。それだけの酒でも、世の中を害うことはかりしれぬものがある、その信念をこの店はつらぬきとおした。

福山さんは、いま八十をこして、なおスキーをやる。若いとき、大阪高工の醸造科を出たが、ついに一滴のアルコールも作らずにきている。

そのころ、札幌から大阪まで十一日かかった。途中、横浜の港に上るたび、ここからサンフランシスコまで十数日、よほどアメリカへ行こうかとおもっては、辛うじておもいとどまった。

近年、アメリカへ遊び、たまたまサンフランシスコで金門橋をみ下したとき、あのときここへ来ていたら、自分はどうなっていたろうか、とおもうと去りがたかったという。

そのころの人の気持では、アメリカはむしろ今より近かったのであろう。

雪印乳業をおこした黒沢西蔵さんは、二十才のとき、東京に失望して、アメリカへゆこうか、北海道へ渡ろうかと考えた。アメリカへは最低そのころで二十数円、北海道へは貨物船で五円。当時もっていた金は七円五十銭しかなかった、それで札幌にきた。

はじめに宇都宮牧場の仙太郎さんをたずねたら、よし牛を飼え、といわれた。宇都宮仙太郎は、開拓使のエドウィン・ダンに酪農の手ほどきをうけ、農学校の町村金弥とならんで、北海道酪農の父といわれる人である。

仙太郎さんは、そのとき、牛飼いの三徳ということをいっている。

第一に、役人に頭を下げないですむ。

第二に、ウソをつかないですむ。

第三に、自分はもとより、国中の人間の栄養がよくなる。

ことごとく、黒沢さんは、わが意を得たので、その日から牧夫になった。それまで、牛にさわったこともなく、傍へよったこともなかったのである。

のち第一次大戦のあと、北海道の乳牛農家が疲弊窮迫の底につき落されたとき、酪農組合の結成に黒沢さんを立ち上らせたのも、この根性であった。この組合が、のちに雪印乳業となるのである。

ここに上げた、いくつかの挿話は、もちろん逸話でも、まして美談でもない。

しかし、このいくつかの小さい話は、中央政府に捨てられた北海道、そしてこの札幌の町が、まがりなりにも、今日ここまでのびてきたのは、なんであったかをはっきり教えてくれるのだ。

それは、もちろん、政府の力でもなければ、道庁の力でもない、北海道をいいカモにした内地の大資本の力でもなかった。

名もなく、権力もなく、財力もないこうした人たちの根性である。この人たちには、仕事はちがい、言葉はちがっていても、その底に共通した、ひとつの精神があった。

それは、クラークがいった、あのみじかい言葉に流れていたものと、おなじものであった。

それは、開拓使本庁の八角塔の上で風に鳴っていた、あの旗の指したものと、おなじものであった。

＊

いま、札幌は、人口七十万の大都会である。

かりに、あなたが十年この町を離れていて、いま久しぶりに札幌の駅に下りたとしたら、目の前にひらけている風景に、われとわが目を疑うにちがいない。

百貨店といえば、たいてい呉服店から大きくなったのが多いなかで、さすがに札幌には、農機具店からのびた百貨店がある。赤煉瓦二階建の五番館である。その五番館も、コンクリートの大ビルになっている。山形屋旅館も姿を消した。駅前のそばや大谷屋も、とうとう去年の暮れになくなった。

駅前から大通りへかけて、いわゆる停車場通りには、東京や大阪とおなじような高層建築が、ずらりと建ちならんでいる。

大通りの郵便局もこわされた。豊平館《ほうへいかん》は中島公園へ移された。テレビ塔が立って、広告がつけられた。

自動車がすごくふえた。人口あたりにすると、東京よりずっと多いのである。

夜になると、大きなネオンが、無数にかがやいている。

これは、いったいどうしたことか、とあなたは叫ばずにはいられなくなる。

しかし、一歩裏通りへまがったら、もう一ど、あなたは、これはどうしたこと と叫ぶ破目になってしまう。

そこにあるのは、十年まえとすこしもかわらない町並みである。大正のころ建てられたような長屋がつづいている。晴れた日なら紙屑が舞い、雨か雪になればどろどろの道がつづいている。つまり昔から見なれた札幌の町が、そこにそのままあるのだ。

もういちど、表通りに出て、建ちならんだビルディングをながめ、こんどはひとつずつ、これみよがしにつらねた看板を読んでみたまえ。

それに書かれてあるのは、東京や大阪の大きな会社の名である。とりわけて目に入るのは、銀行である。数えてみると主な銀行は、みんなある。札幌は、いまや銀行の見本市である。

まったく、これは、どうしたことか。

答えは、しかし簡単である。

八十年目に、また、官製おしきせの開拓が、はじまったのである。兆というケタの金が投入されはじめたのである。

終戦になって、日本は、朝鮮を失い、台湾を失い、満洲を失い、南方の諸島を失い、樺太を失った。

茫然としているとき、気がついてみたら、北海道が残っていた、というわけである。

八十年まえ、捨てられた北海道は、栄養失調ではあったが、とにかく育ってはいた。

それっとばかり、開拓は開発と名をかえて、再開された。

金が動くところ、人が動き、ビルが林立する。

すこしでもうまい汁を吸おうと、いろんな会社が殺到した。この五年間に、札幌に支店なり出張所なりをおいた会社は延二千を下らないだろう。もちろん、なかには、来てみたが、うまいことはなかった、というので引き上げたのも少くはない。しかし、それでも、あとからあとから、新しい会社が出てくる。

開発がはじまった、ということは、東京と札幌のあいだに、目に見えないコンベアーができた、ということである。

そのコンベアーにのって、金が、仕事が、人が、東京から札幌へ流れてゆく。

流れていった金は、停車場通りに巨大な放列をしいた銀行のパイプで吸い上げられて、またコンベアーにのって東京へもどってゆき、流れていった人は、一年か二年の任期で、これまたコンベアーにのって内地へ帰ってゆく。

〈札幌行〉という荷札は、そのまま裏返すと〈東京行〉である。

東京の流行は、仙台、青森をとびこして、いきなりこの町にやってくる。

パリの流行が、航空便にのって、印度や中国をとびこして、日本にやってくるのと似ている。

町を歩いていると、やたらに〈東京〉という文字が目に入る。東京の名店街がならんでいる。イージーオーダーが、東京仕立、航空便直送といっただけで、すごく売れ、ただの駄菓子が、東京菓子と名をかえただけで、羽が生える。

若い女の子は、零下十度を下《さが》る町を、ナイロン靴下やタイツ一枚で、唇を紫色にして歩いている。内地からきた役人や会社員は、この町の悪口をいいながら、ゴルフやバーの話ばかりしている。

みんな、東京のほうを向いて暮している。その東京で、外国製というと、なんでもありがたがられているように、札幌では、商品はもとより、政治も行政も、商売のやり方も、みんな〈メイド・イン・トウキョウ〉が巾をきかしている。

市役所は、トウキョウばりに、冬季オリンピック招致に血眼になって、トウキョウとおなじように、下水や道路や住宅やゴミとりを忘れてしまっている。

ここ一、二年、この町では、うすいビニールシートと、すきまテープがよく売れた。

停車場通りのビルの上空を、コンベアーにのったおびただしい金と人が動いているとき、この町の人たちは、昔ながらの家に住んで、一冬最低三トン半の石炭を買い、せめて一メートル何十円かのビニールシートを一重窓の外に貼り、せめてすきまテープを戸障子に貼って、おそい春のくるのを必死に待っている。

*

開拓といい、開発という。それがおしきせであり、官製だからといって、責めるのは、あたらないだろう。

九十年まえ、この原野に、はじめて町を作ったのは、政府の開拓使である。この官製の開拓事業がなかったら、当時としては、どうにもならなかったにちがいない。

いまもおなじである。人はすくなく地力は貧しい。大きな資本と、つよい力がなければ、どうにもならない。

しかし、兆のケタの予算を投入したらそれで、開発はできるのだろうか。

明治初年、開拓使の仕事には、ことごとく壮大な夢と、たぎる情熱があった。その夢と情熱は、本庁頂上の旗となって寒風にりんれつと鳴っていた。

その旗は、早くあえなく下ろされたが、そこに鳴った音は、ながく人々の胸に鳴りつづけ、そこにかかげた星は、ながく人々の心に、一点の灯となってかがやきつづけたのである。

風雪に耐えた一世紀。

いま、花々しいかけ声で、開拓が再開されているが、そこには、一片の夢も、ひとかけらの情熱もない。

目の先きのソロバンをはじくことだけ

福禄寿
クスリ
疲労
神経痛に
アリナミン
一誠堂

が器用な、したり顔をした秀才づらが、東京の空を気にしながら、巨大なコンベアーを器用に動かしているだけだ。

かつて、寒風にりんれつと鳴ったあの壮大な歌声は、もうどこにも聞かれなくなった。

この町は、歌うことをやめた。

旗音はやんだ。

理想の星は消えた。

かつて、かがやかしい理想をかかげて立っていた時計台は、小ざかしい夜間照明に残骸をさらし、その破風《はふ》に星が打たれてあることさえ、しらぬ人がふえた。

その鐘の音は、すさまじいトラックの騒音にかき消されて、きくすべもない。

かつて、若い情熱をたぎらせ、新芽を空にのばした北大のポプラ並木は、枯死寸前、観光客の失笑のまえに、老残の身をさらしている。

これが、札幌なのか。

これが、かつて新しい町づくりの夢を託した札幌なのか。

〈理想〉という言葉は、色あせ、汚れ、たれもかえりみなくなった。〈理想〉なき人間が、したり顔で国つくりをいい、人つくりを説いている。

そして、札幌は、いま泥まみれの盛装に飾られ、花やかな挽歌につつまれて、東京のご都合主義の指さす道を、歩こうとしているのだ。

札幌よ。

その鉛いろの空とビルの上に、

いま一たび、新しき旗をかかげ、
りんれつと寒風に鳴らしめよ。
札幌よ。
いま一たび、ここにかがやかしき星を
かかげ
りょうりょうと北風に歌わしめよ。
老人すでに黙すとあれば、
若き者たて。
男子すでに志を失うとあらば
女子立て。
立って、日本にただひとつ、
ここに、理想の町つくりはじまると
世界に告げよ。
Boys and Girls,
Be Ambitious!

（73号　昭和39年2月）

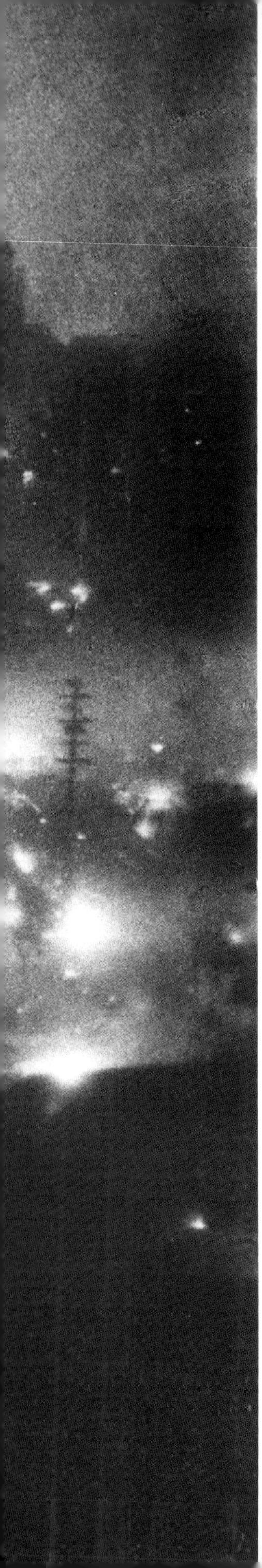

戦場

〈戦場〉は
いつでも
海の向うにあった
海の向うの
ずっととおい
手のとどかないところにあった
学校で習った地図を　ひろげてみても
心のなかの〈戦場〉は
いつでも
それよりもっととおくの
海の向うにあった

ここは
〈戦場〉ではなかった
ここでは　みんな
〈じぶんの家〉で暮していた
すこしの豆粕と大豆と　どんぐりの粉を
食べ
垢だらけのモンペを着て
夜が明けると
血眼になって働きまわり
日が暮れると　そのまま眠った
ここは　〈戦場〉ではなかった

海の向うの
心のなかの〈戦場〉では
泥水と　疲労と　炎天と　飢餓と　死と
そのなかを
砲弾が　銃弾が　爆弾が　つんざき
唸り　炸裂していた

〈戦場〉と　ここの間に
海があった
兵隊たちは
死なければ
その〈海〉をこえて
ここへは　帰ってこられなかった

いま
その〈海〉をひきさいて
数百数千の爆撃機が
ここの上空に
殺到している

毎日新聞

焼夷弾である
焼夷弾が
投下されている
時間にして
おそらく　数十秒
数百秒
焼夷弾が
想像をこえた量が
いま　ここの上空から
投下されているのだ
それは　空中で
一度　炸裂し
一発の焼夷弾は
七二発の焼夷筒に分裂し
すさまじい光箭となって
地上に　たたきこまれる

それは
いかなる前衛美術も
ついに及ばぬ
凄烈不可思議な光跡を画いて
数かぎりなく
後から　後から
地上に　突きささってゆく

地上
そこは　〈戦場〉では
なかった
この　すさまじい焼夷弾攻撃にさらされ
ている
この瞬間も
おそらく　ここが
これが〈戦場〉だとは

だれひとり　おもっていなかった
爆弾は　恐しいが
焼夷弾は　こわくないと
教えられていた
焼夷弾はたたけば消える　必ず消せ
と教えられていた
みんな　その通りにした
気がついたときは
逃げみちは　なかった
まわり全部が　千度をこえる高熱の焔で
あった
しかも　だれひとり
いま　〈戦場〉で
死んでゆくのだ　とは　おもわないで
死んでいった

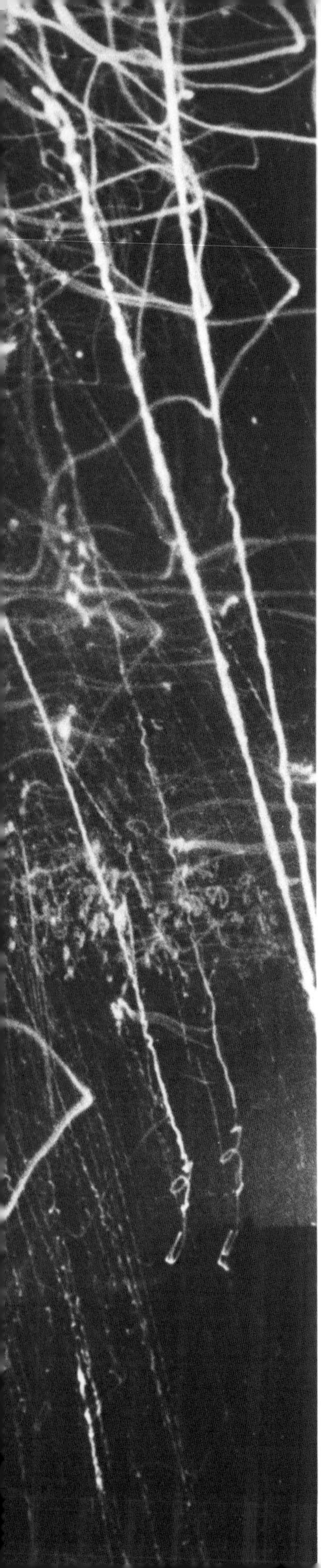

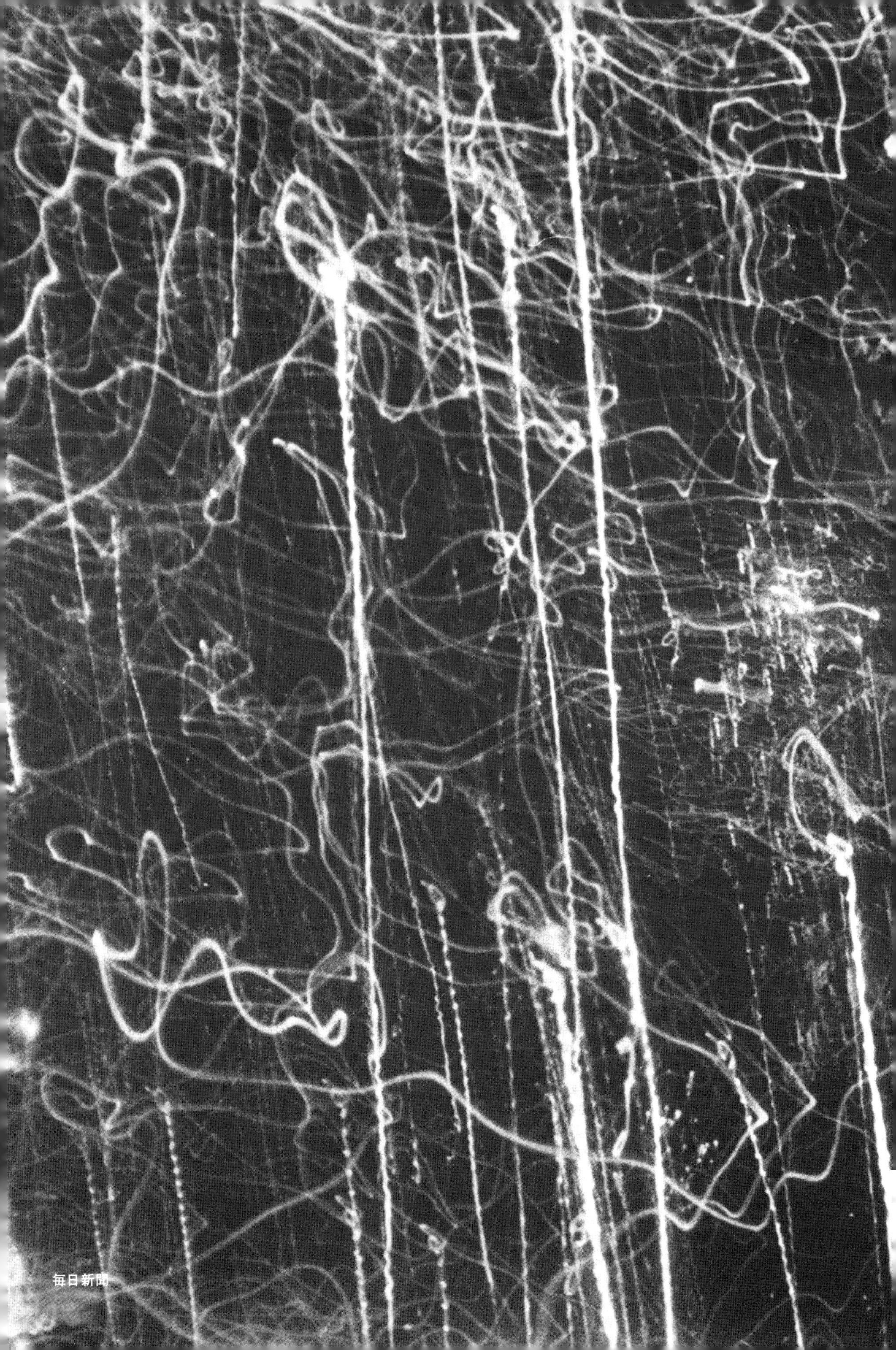
毎日新聞

夜が明けた
ここは　どこか　わからない
見わたすかぎり　瓦礫がつづき
ところどころ
余燼が　白く煙りを上げて
くすぶっている
異様な　嘔き気のする臭いが
立ちこめている
うだるような風が　ゆるく
吹いていた

しかし　ここは
〈戦場〉ではなかった
この風景は
単なる〈焼け跡〉にすぎなかった

ここで死んでいる人たちを　だれも
〈戦死者〉とは呼ばなかった
この気だるい風景のなかを動いている人
たちは
正式には　単に〈罹災者〉であった
それだけであった

はだしである
負われている子をふくめて
この六人が　六人とも
はだしであり
六人が六人とも
こどもである
おそらく　兄妹であろう
父親は　出征中だろうか
母親は　逃げおくれたのだろうか
持てるだけの物を持ち
六人が寄りそって
一言もいわないで
だまって　焼けた鋪道を
歩いてゆく
どこからきて　どこへゆくのか
だれも知らないし
だれも知ろうとしない

しかし
ここは〈戦場〉ではない
ありふれた〈焼け跡〉の
ありふれた風景の
一つにすぎないのである

毎日新聞

あの音を
どれだけ　聞いたろう
どれだけ聞いても
馴れることは　なかった
聞くたびに
背筋が　きいんとなった

6秒吹鳴　3秒休止
6秒吹鳴　3秒休止
それの十回くりかえし
空襲警報発令

あの夜にかぎって
空襲警報が鳴らなかった
敵が第一弾を投下して
七分も経って
空襲警報が鳴ったとき
東京の下町は　もう　まわりが
ぐるっと　燃え上っていた

まず　まわりを焼いて
脱出口を全部ふさいで
それから　その中を　碁盤目に
一つずつ　焼いていった
1平方メートル当り
すくなくとも3発以上
という焼夷弾
〈みなごろしの爆撃〉

三月十日午前零時八分から
午前二時三七分まで
一四九分間に
死者8万8千7百93名
負傷者11万3千62名
この数字は　広島長崎を上まわる

これでも　ここを　単に〈焼け跡〉
とよんでよいのか
ここで死に　ここで傷つき
家を焼かれた人たちを
ただ〈罹災者〉で　片づけてよいのか

ここが　みんなの町が
〈戦場〉だった
こここそ　今度の戦争で
もっとも凄惨苛烈な
〈戦場〉だった

朝日新聞

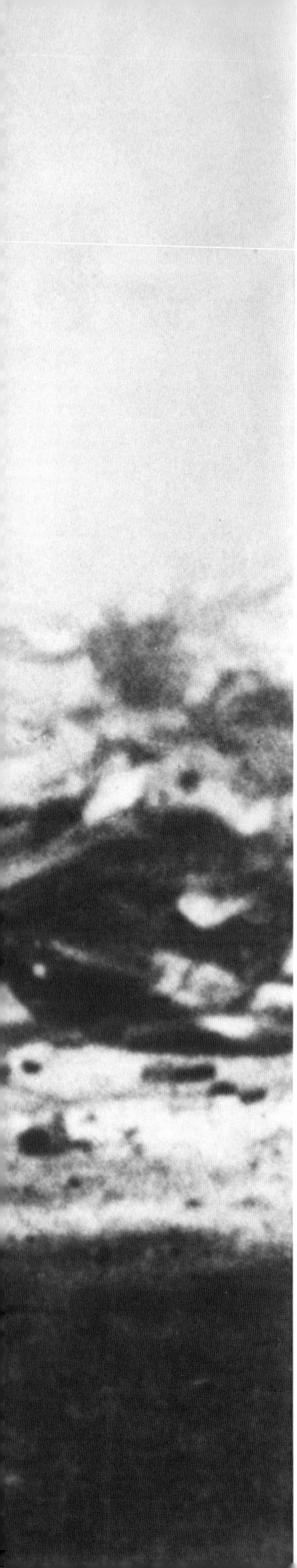

とにかく
生きていた
生きているということは
呼吸をしている
ということだった
それでも　とにかく
生きていた

どこもかしこも
白茶けていた
生きていた
とはおもっても
生きていたのが幸せか
死んだほうが幸せか
よくわからなかった

気がついたら
男の下駄を　はいていた
その下駄のひととは
あの焔のなかで
はぐれたままであった
朝から　その人を探して
歩きまわった
たくさんの人が　死んでいた
誰が誰やら　男と女の
区別さえ　つかなかった

それでも
見てあるいた

生きていてほしい
とおもった
しかし　じぶんは
どうして生きていけばよいのか
わからなかった

どこかで　乾パンをくれるということを
聞いた
とりあえず
そのほうへ　歩いていってみようと
おもった
気がついたら
ゆうべから　なに一つ口に入れて
いなかった
入れようにも　なにもなかった

いま考えると
この〈戦場〉で死んだ人の遺族に
国家が補償したのは
その乾パン一包みだけだったような
気がする

朝日新聞

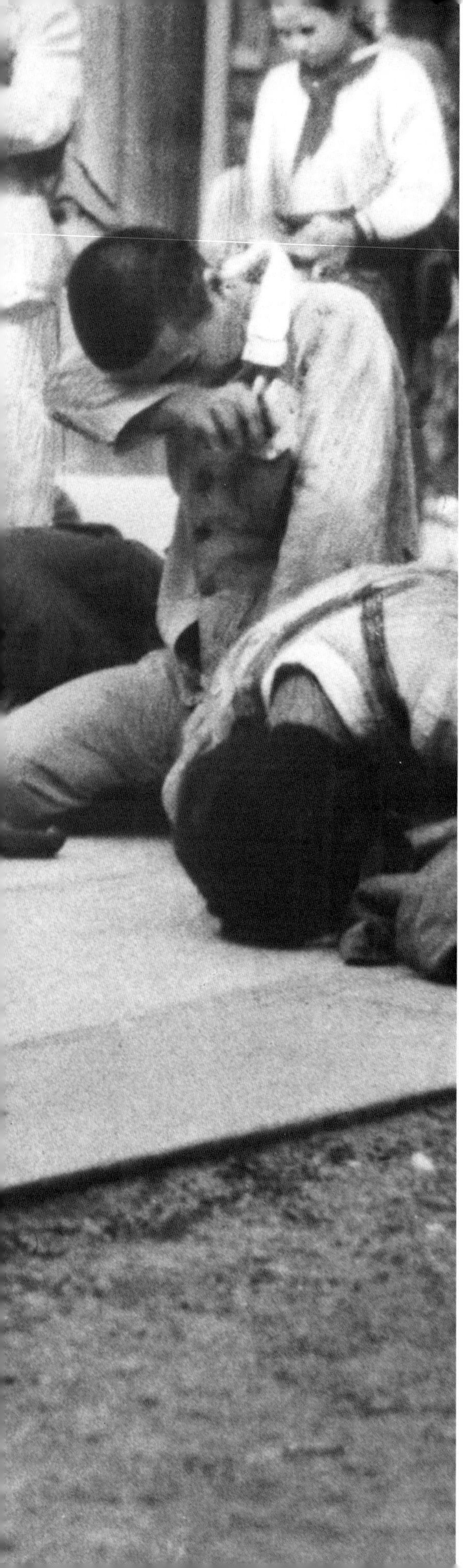

お父さん
少年が　そう叫んで　号泣した
あちらこちらから
嗚咽の声が洩れた

戦争の終った日
八月十五日
靖国神社の境内

海の向うの〈戦場〉で死んだ
父の　夫の　息子の　兄弟の
その死が　なんの意味もなかった
そのおもいが　胸のうちをかきむしり
号泣となって　噴き上げた

しかし　ここの
この〈戦場〉で
死んでいった人たち
その死については
どこに向って
泣けばよいのか

その日
日本列島は
晴れであった

（96号　昭和43年8月）

読賣新聞

なんにもなかったあの頃

終戦のあの日から
三年たっていた。
昭和二十三年。
焼け跡に秋の日が光っていた。

●

はげしい風のふく日に、その風のふく方へ、一心に息をつめて歩いてゆくような、お互いに、生きてゆくのが命がけの明け暮れがつづいています、せめて、その日日に、ちいさな、かすかな灯をともすことが出来たら……この本を作っていて、考えるのは、そのことでございました……

……その年の秋に第一号を出した暮しの手帖の「あとがき」のなかからぬいた言葉である。

●

おなじ第一号に、田宮虎彦が「地獄極楽」という文章をよせている。

……一口に衣食住といふけれども、そのどれひとつをとつてもいじらしいほどの窮乏である、ボロボロの下着、使ふ時のない米櫃《こめびつ》、四六時中追ひたてられてゐる汚い借間、戦争前なら一家心中の条件はととのひすぎてゐるのだが、人間の神経など図太《づぶと》くなれば大概《たいがい》のことにおどろかない様だ、とにかくインフレの荒波とても、あの空襲の夜夜の思ひ出にくらべれば物の数でもない、風呂銭が六円になり、バス代が五円、十円になつても、銭が円になつただけじやないかとうそぶいてをれる、うそぶかないでは生きてゆけないからだ……

●

終戦から三年たったその年、まだ疎開地から大都市へかえってくることは禁じられていた。

全国で住むに家のない世帯が三百七十万もあった。

ざっと四軒に一軒は、家がなかったということである。

この年の末、鉱工業の生産は戦前の半分しかなかった。

●

田宮虎彦の文章はこんなふうにつづいている。

……私の心の中の極楽にはこんなたのしい風景が、ゆたかにほのぼのとくりひろげられる、住居はさほどひろくなくてもよい、四畳半ぐらいの書きものをする部屋、これだけひと部屋は必ず私の専有に出来る程のひろさ、たまにはお客さん一人ぐらいお泊り願へる程のひろさ、そして家具調度の類《たぐ》ひは書籍をミカン箱につまず、ボロをサンバラにつつこまなくてもよい程にとゝのつてゐてほしい、それから食事の方だが、米一日三合五勺、ビフテキとはいはずとも肉の料理は必ず二皿、三皿、鰯《いわし》や鯖《さば》は肥料国策にもつぱらつくしていただきたい、食後の果物や必ずバターをこつてりつけた白パンも悪く

朝日新聞

ない、私はアメリカ雑誌にのつてゐる色刷りの食料品の広告をみると、三保の松原に痩せた天女の舞つてる様な極楽図よりも、ずつとたのしい極楽を身近かに感じるのだ、洋服は裏が破れてゐないで、ネクタイも気に入つたのを五・六本、下着だけは少しは隠匿物資をもつてゐたいものだ、私のけちな極楽は、それぐらいのもの。

●

そして、彼の文章はこんなふうに結ばれている。

……この文章の切抜きを幾年後になつたら、笑つて読めることかと考へる、私は希望を捨てない、何時死ぬかと思ひなやんだ空襲の夜のことを今笑つて書きすてることが出来る様に、この文章もいつか必ず笑ふことが出来るに違ひない、だが、その時になつたら極楽は私の手にあるか、それはわからぬ。

●

たしかにいま、私たちはこの文章を笑って読むことができるだろう。

しかし、この文章を笑って読むことができるからといって、そのいま、極楽は果して私たちの手にあるのだろうか。

●

暮しの手帖の第一号は、九十六頁で、第百号の三分の一の頁数である。そのうち写真の頁が八頁、オフセットの二色、三色刷の頁が八頁、というすっぺらな雑誌で定価は百十円であった。

●

部屋の狭いことは、あのころもいまも変りはない、しかし、いまは狭い部屋に道具が山と積みこまれている。

あのころは、逆になんにもなかった。焼かれた町になんにもなかったように、焼かれた家の中も、なんにもなかった。机一つ洋服ダンス一つなかった。

終戦の直後にくらべると、米のねだんは百倍にはね上っていた。

なんでもまだ配給だった。

おそまつな下着でも、切符をもっていかないと買えなかった。

百貨店では、国民服を黒か紺に丸染します、と広告していた。

あなたは自由を守れ、新聞はあなたを守る、これが、その秋の新聞週間の標語だった。

小学校も中学も、教科書はまだ一人に一冊は行きわたらなかった。

暮しの手帖が第一号を出したのはそういう時代だった。

おなじ九月に主婦連が結成され、そして、全学連が組織されている。

●

戦争がだんだんはげしくなってきて、これは、敗けるかも知れないという重苦しい気持が、じわじわと、みんなの心をしめつけはじめるころには、もう私たちの心から、〈美しい〉ものを、美しいと見るゆとりが、失われていた。

燃えるばかりの赤い夕焼を美しいとみるかわりに、その夜の大空襲は、どこへ来るのかとおもった。さわやかな月明を美しいとみるまえに、折角の灯火管制が何の役にも立たなくなるのを憎んだ。

道端の野の花を美しいとみるよりも、食べられないだろうかと、ひき抜いてみたりした。

●

日本のすまいは、もともと、色がなかった、土の色と、木の色と、紙の色しかなかった。

美しい暮しの手帖
DIXY HOTEL
Canpo
FRUITS
Say it with Flowers
SAKS ABC
DRESS
SILK GOOD
美しい暮しの手帖
第一号
VITA
TIMES
第三号

その色のない部屋に、ときに、女人のあでやかな着物が、はなやいだ灯となって点《とも》った。

それぞれの前に据えられた膳の上に、色とりどりの料理が、花となってこぼれた。活けられた一輪の花は、ときに楚々と、ときにあでやかに、部屋に色をそえて、ひっそりと匂った。

それが日本のすまいの、みごとな美学であった。

女の人のあでやかな衣裳も、はなやいだ料理も、飾る花さえも、いまはない。

●

あの戦争を通じて、私たちがもっとも美しいとみたものは、私たちの町が焼夷弾と爆弾で焰と燃えている、その上を、ゆうゆうと通りすぎて行った、あの巨大なB29爆撃機、焰に照らされたその胴体のジュラルミン、あの名状しがたい色ではなかったろうか。

そして、私たちが美しいと見たのは、終戦のあの日の夜、灯火管制がなくなり家々の暗幕が外され、電灯の覆いが取られ、電灯のひかりが大っぴらに外に洩れていた、あの涙の出るような風景ではなかったろうか。

●

敗戦の年の秋、私たちは焼け落ちて裸になった駅のプラットホームで、いつ来るともわからない電車か汽車を待って、腰を下していた。配給の行列に並ぶときも、半分から後の方は、たいてい腰を下していた。

ながい間の栄養失調、戦争中は気力でそれに耐えてきたが、今はその気力もなくなって、もう立っていることさえ苦しかったからだった。

●

それでも生きていこうという気持は、すこしずつ動きはじめていた。生きていこうという気になって、私たちは、こんなにながいあいだ〈美しいもの〉に飢えていたことに気がついた。

気がつくと、無性に、〈美しいもの〉が欲しかった。

〈美しいもの〉は、ひとによってまちまちであった。

ある人たちは〈色〉を欲しがった。身のまわりを、赤や青や緑や黄色や、そういった、どぎつい色でいっぱいに飾り立てて暮したがった。灰色の、国防色の、あの戦争中の暮しに対する、本能的な反動であったろう。

●

アメリカのものなら、なんでも美しいという考え方が、日本列島を吹きぬけていた。

それは、自分たちを打ちまかした敵、その強大な力へのあこがれであり、賛歌でもあった。

アメリカの暮し方や考え方を立派だとおもい、それにあこがれる気持の底には、相手がこんなに立派で美しかったからこそ、だから敗けても仕方がなかったという、自分に対するいいわけがこめられていた。

●

合理的なもの、合目的的なもの、それだけが美しい、という考え方もあった。しかし、それをこえて古いものは何でも醜い、新しいものは何でも美しい、そういう美学が、終戦の日から三年経った、この昭和二十三年の日本のなかに、すさまじい勢いで流れていたのである。

●

朝日新聞

すぐれた歌人であり、松村みね子の筆名でアイルランド文学者としても高名であった片山広子が、おなじ第一号に「乾《ほし》あんず」という随筆を寄せている。

●

その頃は、まだなんでも配給で、砂糖が配給になったり、占領軍用のチーズが配給になったりしていた。

彼女は、やはりアメリカ軍の払い下げ物資らしい、配給の乾あんずを二つ三つ食べて、雨にけぶる、十坪に足りない芝庭をみている。乾あんずから乾ぶどうを考え、乾なつめ乾いちじくを考え、そこから旧約聖書の一節を思いおこす。

〈もろもろの薫物《かをりもの》をもて身《み》をかをらせ、煙《けむり》の柱《はしら》のごとくして荒野《あれの》より来《き》たるものは誰《たれ》ぞや〉

彼女はソロモンがシバの女王と相見た日のことを思う。世界はじまって以来、この二人ほどに賢く富貴で、豪奢な男女はいなかったと思う。その二人が恋におちては、ただの人と同じようになやみ、そして、賢い彼等であったゆえに、たまゆらの夢のように、その恋を断ちきって別れたことを思うのである。みどり色の客殿の牀《とこ》で、二人はあまりものを食べず、酒ものまず、すこし乾あんずを食べ、乾ぶどうを食べ、涼しい果汁を少しのんでいたかも知れない。

シバの女王が、恋を断ちきって故郷に発《た》ってゆく日、その行列は砂漠に黄色い砂塵の柱となって、ゆっくりと動いて行った。それをソロモンは物見台に上ってはるかにみていたのであろうと思う。

●

乾あんずの三粒の甘味を味わっているうちに、彼女は遠い国の宮殿の夢をみていた。ふと気がついてみればなにかものたりない、庭を見ても部屋の中をみても、なにか一輪の花がほしいとおもう。

しかし、色といえば、棚にわずかばかり並べられた本の背の色があるだけだった。彼女は小簞笥《こだんす》のひき出しから古い香水を出してきた。舶来品がいっさい来なくなるというとき、銀座で買ったウビガンの香水である。それを古びたクッションにふりかけると、ほのかな香りがして、どの花ともいいきれない香り、ほのぼのとした空気が部屋をつつんだ。

●

片山広子の短い随筆をダイジェストしてみると、以上のようになる。

あの戦争のさなか、兵隊たちは疲労困憊の極致になると、じぶんの考えられるもっとも豪華でたのしい場景を頭の中に描いた。そうすることで、目の前の痛烈な世界から数秒でも逃れようとした。

かつて芥川竜之介を驚嘆させた一代の才女も、いま敗戦の日日のなかでは、数滴の古い香水によって、ソロモンとシバの世界を再現したかったのであろう。

●

画家の三岸節子は、こういう意味のことを書いている。

だれでも赤絵の花びんや豪華なカットグラスに花を盛って描きたい。けれども、最高級の工芸品や美術品をだれでも持てるというわけにはゆかない。かりに持っていてもそれを一年も二年もそばに置いてすっかりこなしてしまわないと画にならない。

これは画描きだけのことではない、住いでも、家具でも、毎日使っている小まかな品々にいたるまで、水準の高い美しいもののなかに、毎日いないと、キメが

荒くなってしまう。

暮しのなかで美しいものへの感覚を洗練させるには、ふだん美しいものに接していなければならない。

●

この文章は第二号にのっている。

第二号は二十三年の暮にでた。

この年の暮は、暮しの手帖にとっては、身を切られるようにつらい年の暮であった。

秋にだした第一号は一万部刷った。これをみんなで手わけしてリュックにつめ毎日東京を中心に、本屋さんをしらみつぶしにまわって置いてもらった。八千部売れて二千部残った。

第二号は一万二千部刷った。おなじように本屋さんにたのんで置いてもらったが、お金が入るのは早くて一カ月かかるから、暮の支払いには間に合わない、あちらこちらから金をかき集めて印刷代や紙代を払い、一緒にやっている仲間にわずかの餅代をわけ、借りている銀座のビルの大家さんに大晦日の夕方、闇市で買ってきたみかんを一箱持っていったら、あと手のひらに五十なん銭かが残っていた。それでも気持は明るく、はりきっていた。あとで聞くと、印刷屋や紙屋は、もうこの雑誌はつぶれるとおもったらしい。

この第二号の巻頭を飾っているのは西洋風の炉端である。炉の上の棚にはランプがともり、たてかけたフライパンのまえの五徳の上で、コーヒー沸しが歌をうたっていた。なにげなくこれをみれば、いささかキザであり、いささかセンチメンタルな構図ではある。

しかし、この〈インテリア〉は、省線のガード下の、倉庫の二階なのである。焼けトタンと焼け瓦を底に敷いて壁ぎわに炉を切って、壁にはやはり焼け跡でひろってきた煉瓦を積んで、歯医者の使う石膏で目地をぬりかためて、ちょっとマントルピースの感じをだしたのだ。

冬の夜、ここで読書していると、頭上の省線もたのしい伴奏におもわれてくると、これを作ったひとはいう。

●

昨今、しきりに我ら日本人とはなにかその意味を問うことが流行している。

あのきびしかった二十三年の年の暮、ガード下の倉庫の二階の一隅に、それも焼け跡でひろってきた材料ばかりで、このような〈室内〉を演出する日本人とは、一体なんだろうか。

●

そのころ新しいタタミがあったのかどうかしらない。なにごとも闇値でなければ手に入らなかったから、おそらくタタミも、おどろくような高い闇値で取引きされていたのかもしれない。

空襲で焼けなかった家も、タタミはボロボロであった。タタミはへりがすり切れてくるとどうにもみじめな気がする。

あり合せの紺ガスリでへりをつけかえた写真が、この第二号にでている。

そして、小さな坐ぶとんが一枚ずつちがう模様でおいてある。

説明をよんでみよう……

坐ぶとんは、一巾にして、綿も一枚分の厚さにうすく入れ、余り布で作った。緋ぢりめんや縞や小紋や、一枚ずつ違うので、とても部屋がキレイで、形も小さいから、広くなったように見える。一巾で結構坐れるし、むしろ木魚の坐ぶとんみたいなのは、坐っても体のまわりにふ

とんが見え、成金趣味で感心しない……

●

昔の日本の住いでは、ふだん使いもしないお座敷が、家の中の一番いいところをしめていた。

毎日家族が暮している茶の間や台所は、大てい西北のじめじめしたうす暗いところに、まるで〈仕方なしに〉といった感じでくっついていた。

いいかえてみると、それだけ〈暮し〉は軽んじられ、蔑《さげ》すまれていた。

玄関や門や座敷を立派にするのは江戸時代のサムライのならわしであった。そのならわしを明治、大正とうけついできたということは、ちょんまげこそ切ったけれども、日本人の頭のなかに、ちょんまげ時代の考え方が、ガッチリと根をおろしていたということではないか。

●

敗戦でもしも得たものがあるとしたら暮しを軽んじる気持、見せかけの体面を重んじる気持に、人それぞれ、いくらかの反省があったということだろう。

二十二年に作られた労働基準法の第一条には〈人タルニ値スル生活〉という言葉がある。

ずっとあとになって、テレビのコマーシャルに〈人間らしく生きようよ〉というのが出てきた。

どちらも美しい言葉である。

それでいて、それは具体的にどういう暮しなのか、ときかれると、よくわからない。

〈人タルニ値スル生活〉〈人間らしく生きる〉にはどうしたらよいか、いってみれば、暮しの手帖は、はじめからこの問いに取り組んで、それなりに苦しんできたようにおもう。

それを一つの形にしていうと、住いのなかで一番大切な場所は台所と茶の間であるという考え、これが暮しの手帖の一号から、いま百号を過ぎ、さらに号数を重ねてゆく、その間じゅうをつらぬいている考え方だということである。

言うはやさしい。しかしそんな言葉を何千頁印刷してみたところで魔法使いの杖の一ふりで、カボチャが金の馬車になったように、忽然として光りかがやく台所や居間が現われてくるわけではない。

●

さっきもいったように、昭和二十三年の年の暮は、ことさらに寒さが身に沁みた。その年の暮に出た第二号に、〈台所の椅子〉という、いわば工作記事がのっている。

なんにもない世の中であった。

椅子一つ売っていなかった。

だからといって、なんにもしないわけにはいかない。暮すのをやめるわけにはいかない。売っていなければ作ろうではないか。

その気持がこの記事を作らせたのである、文章をそのまま転載する。

……電気センタク機や真空掃除機は、いまの私たちに及びもないとしても、せめて出来ることから、一つでも主婦の手を省き、疲れを少くすることを考えたい。その一つが台所に椅子をおくということである。すこしのヒマでもあると、腰かけるようにすると、どれだけ疲れ方が違うか知れないのである。材料はリンゴ箱一個（二十円位）、釘は箱のを丁寧に抜いて使えばいい。カンナは、むつかしければ、かけなくてもいいが、これくらいのものなら女手でも、わけはないから、

自分でやるのがいい。

これからは、女のひとも金ヅチやノコギリを使うことを、気軽にやれるようにならなければ、と思う。

●

あくる昭和二十四年、正確にいうと、一月一日から大都市への転入抑制が解除になった。

疎開先から、大勢の人たちがかえってきた。その人たちのなかに若い建築家の夫婦がいた。

大勢の人たちとおなじように、帰ってはきたものの、彼らにも、住む家はなかった。疎開してあったわずかな荷物のなかから、妻の着ものを売り、さしあたりいらない道具を売り、内職でもなんでもして、やっとのおもいで、十坪あまりの家を建てた。

夫は建築家であった。十坪くらいの家をいくつかの部屋に区ぎっては、どれも使いみちにならないと考えた。

一部屋の家、そして台所が中心になった家、彼等は一つの実験として、そんな家を建てた。

いまの目でみると、別にとりたてて新しい考えでもなんでもない。しかし、暮しの中心は客間でなくて台所であるという平凡な真理を、この人たちは見事に実際にやってのけたのである。

この家は、坪一万七千円ぐらいで建っている。

●

この家の記事がのったのは、暮しの手帖の第三号である、その号のあとがきに〈ますます暮しにくい日日が、はてることもなく続きそうでございます〉と書いている。

この年の七月下山事件がおこり、三鷹事件がおこり、八月松川事件がおこった。

●

とめどもないインフレをおさえるための引締め政策がとられ、中小企業の金づまりは深刻になって、倒産が続出した。

この年一年で整理された企業の数は一万一千件にもなり、首を切られたものは五十一万人をこえた。

十月、中華人民共和国、いわゆる中共が成立した。

この年の十一月の末になって、戦後ずっと朝刊だけ、それもたった二頁、裏表一枚だった新聞が、ようやく夕刊を出すようになった。

●

この年、暮しの手帖は三号から六号まで四冊を出している。

もちろん電気洗タク機はまだなかった。センタクはどこの家でもタライとセンタク板でごしごしとやっていた。

そのセンタクの工夫が、はじめてのったのは第四号である。

センタクが大変な労働ということになっているのは、一つには、あの姿勢がいけない。日本のおばあさんの腰が曲るのも、あんな風にしゃがんでセンタクするのがいけないのではないか。タライをもっと高くして、立ったままで洗えるようにしよう、という提案である。

蝶番で組立てるような三角形のワクを作って、そこにタライをのせようというのである。

そのタライの底に穴をあけて、排水孔にすることも考えた。

〈一どセンタクをすると、少くとも五回や六回はタライの水をかえなければなら

ないが、あれも大変な力仕事である。タライの底に穴をあけて、お風呂のような栓を作つておくと、その労力が省ける。栓は、西洋風の金属栓を使うのもいいと思う〉

●

東久邇成子、というよりは、照宮様といったほうがまだしもわかりが早いだろう、天皇陛下の第一皇女である。

その〈やりくりの記〉という文章が、第五号にのっている……

……日本は変つた、私たちもこれまでの生活を切り替えやうと此の焼跡の鳥居坂に帰つて来た。やりくりの暮しがはじまつたのである。ここは居間の方が全部焼けて、ただ玄関と応接間だけが残つたので、これを修理して、やつと、どうにか住めるやうにしたのだ、だから押入れが一つもなく、台所と言つても、ただ流しだけで、配給ものなどを入れて置く戸棚もないので洋服ダンスの下方にしまつたりしている始末である。ともかく移ろう、あとは移つてから、だんだん工夫して便利に改造しようと思つてのことだつたけれど、何やかにやに追われて二年になるのにそのままになつている、……

……三度の食事も、配給もので大体まかなうのだけれど、パンや粉ばかりの時があつたり、お芋が何日もつづいたり、時には玉蜀黍《とうもろこし》粉や高粱《こうりやん》だつたりすると、どんな風にしたらよいか、中々頭をなやまされる、……

……衣服でも、子供たちのものは皆つくる事にした、子供のものはすぐよごれるし破けたりする上に、どんどん伸びて小さくなつてしまう。この間も、よそゆきのズボンを汚れついでに半日着せておいたら、夕方には、早速垣根にひつかけたとかで、大きなカギざきを作つて、私をがつかりさせてしまつた。下の子は今伸び盛りだから、去年秋に作つて、いくらも着なかつた合着を春に出して見たら、丈も短く、首廻りもなおさなければ着られなくなつていた。こんな風なので、布地を一々買つたり洋服屋に出していたのではとても大変だから、なるべく主人や私の着古しをなおしてこしらえるのである、……

……焼跡の大部分に畑もつくつた、毎日の食生活を少しでも助けるためである。夏の朝早く露をたたえて生き生きと輝いているトマト、なす、きうり等、もぎとつてくるのも嬉しかつた。しかし、今年の春の頃は、畑に人蔘も、ほうれん草も大根もなくて、毎日春菊だの、わけぎだのと同じきまつた野菜に、今日は何を使おうかしらと苦労させられたものだ。そして結局高い端境期の野菜を買わなければならなかつた、……

●

この年の春、朝日新聞は、暮し向きがよくなったとおもうかどうかの世論調査を発表した。

暮し向きは一年前にくらべてわるくなったという世帯が、43パーセントも占めている。よくなった、と答えたのは、20パーセントしかない。

たべもののうち、なにがいちばん不足しているかという問いには、60パーセントが主食だと答えている。

衣料では、この一年間になにか買ったかという問いに対して、なにも買わない、という世帯が、71パーセントもある。

そこで、衣服は間に合ってるかときくと、間に合っていないという世帯が、69

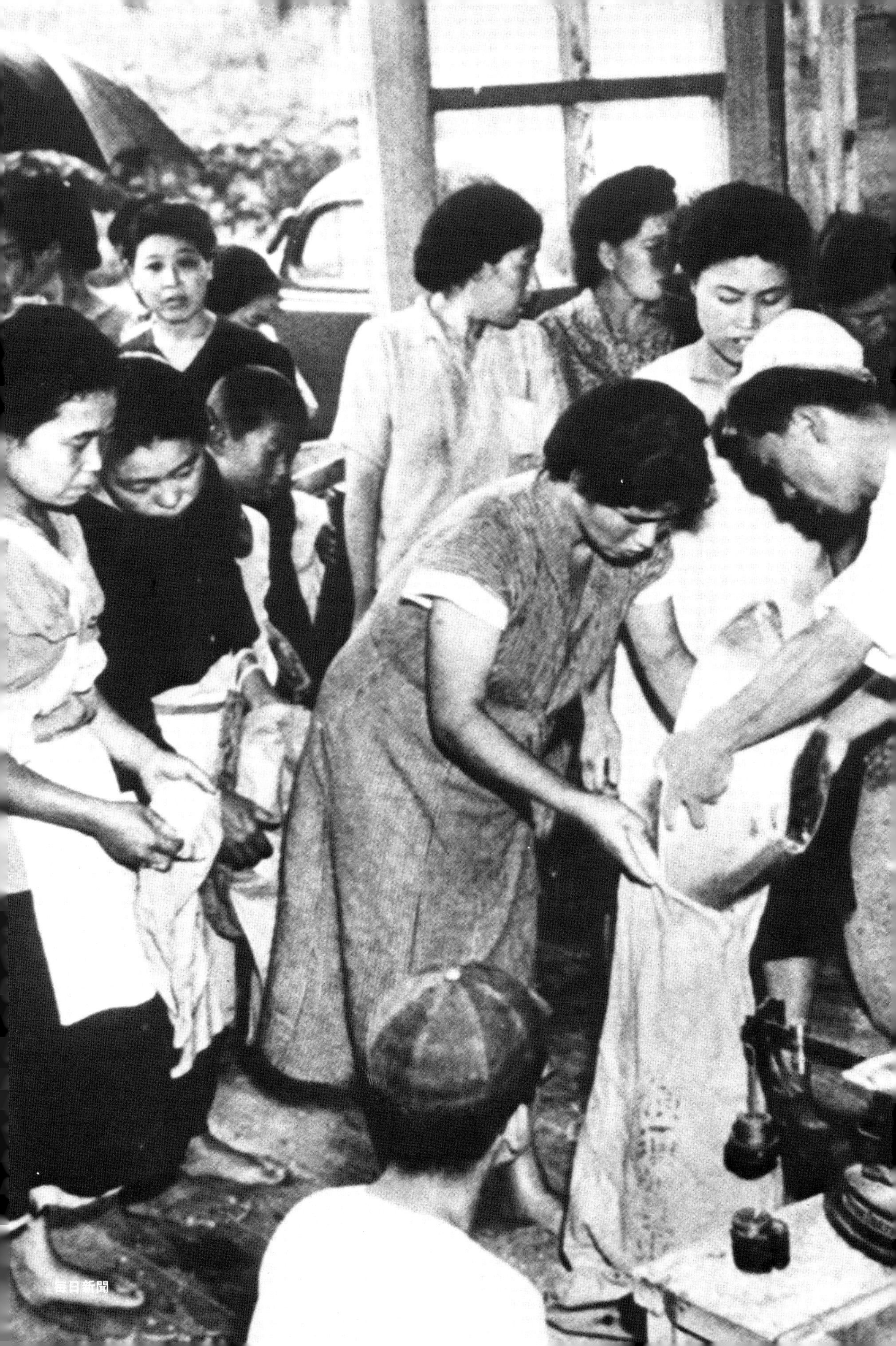

毎日新聞

パーセントもあった。

●

〈ただ値が安いというだけで、野菜は魚より軽んじられ、木綿は絹よりも蔑すまれて来た。

わけても紺ガスリはまれに、その好さを言うひとがあっても、木綿というだけ、安価というだけで、ふだん着と考える、そのワクから出ようとはせぬ。

銭を離れて無心に見れば、その織、その色、肌ざわり、手厚く冴えかえって、数多い布地、日本外国を並べて、これは第一等の美しさであるのに〉

これは、第五号の巻頭にのせた〈紺がすりの美しさ〉という特集の前書きである。そういえば、第一号にも紺がすりで作った直線裁ちのワンピイスがのっている、二号には前にもいったタタミのへりに使った紺ガスリがある。四号には浜田道子の紺がすりという随筆がある。

もっとあとになって、二十一号では久留米へ出かけていって、久留米がすりが織り上るまでのこまかい写真のルポルタージュをのせている。こんなに紺がすりに執着するのは、ほんとうに美しいものとはなにか、それを編集者が読者に向って率直に問いかけている姿勢からくるのであった。

いってみれば、その年の前後、終戦後にわかにおこったでれでれなよなよの和服ブームに対して、これは一つの抵抗であり挑戦であるといえないこともない。

●

このような姿勢は、この暮しの手帖がその後ずっと今日にいたるまでもちつづけてきたものであった。もちろん、紺がすりだけが美しいというわけではない。しかし、あのころ私たちの持っている生地といえば、紺がすりぐらいのものであった。

なんにもない時代である。武運長久を祈ってよせ書きをした国旗や、祝出征ののぼり、それが木綿であるというだけで肌着になった時代である。

戦争が終ったとき、私たちの一番身近にあった生地といえば、もんぺに使った紺がすりだった。

あの空襲サイレンの鳴る昼も夜も、なまじ、それを着て暮しただけに、紺がすりにはイヤな思い出がしみついている。そのいやな思い出のために、せっかくの美しい生地がむざむざと、いま新しいペラペラのどぎつい色と柄の生地におきかえられて捨てられようとしている。

それへの挑戦であり、反撃だったのである。

日本が昔からもちつたえてきたもののなかから、美しいものだけをよりわけて残していく、そのための主張であった。

●

そうはいっても、毎日の暮しは、片々たる芸術論や社会時評でどうなるものでもない。

なにもない暮し、しかもなにもなくてはやってゆけない暮し、それをどうするか。暮しの手帖の一号から十号ぐらいまでをながめていて、いまさらのように気がつくのは、なんでも作ろうという記事が実に多いということである。

椅子を作る、テーブルを作る、棚を作る。傘をはりかえる、ふすまを貼りかえる、(このふすまの貼りかえの記事は後に、東大あたりの学生の有力なアルバイトになった)

靴を作る、帽子を作る。

のれんを作る、カーテンを作る。

どれも、間に合せといえば間に合せである。

しかし間に合せであろうと、なんであろうと、それがなければ今日の暮し、明日の暮しに差支えたのである。

●

明治維新というのは日本の暮しのなかで、やはり一つの大きな曲り角であったとおもう。

しかし徳川から明治へと引きつがれていったとき、私たちの暮しのなかの「もの」もそのまま引きつがれていった。住むところもあり、着るものもあり、食べるものもあった。

考え方の切りかえ、それがやがて暮しを徐々にかえていきはしたが、こんどの戦争のあとのように、すっかりなんにもなくなったところから、新しい暮しを作りあげてゆくということはなかった。

少し大げさないい方をしてみると、この戦争の直後の数年間、日本人がゆきあたった〈なんにもない暮し〉は、日本人としては最初の経験だったのである。

日本がアメリカの植民地にならないために、このなんにもない暮しのなかで、私たちはなにを守り、なにに抵抗しなければならなかったか、（この問いはおそらく今もこの後もやむことなくつづけられてゆかねばならぬだろう）

●

このごろ百貨店の家具売場あたりで、ちょいちょい〈組合せ家具〉を見かけるようになった。

いくつかのユニット（単位）を好みに組合せて、いろんな用途に役立てようというアイデアである。

この考え方は外国にもあったが日本にもあった。

そのいわば〈原型〉の一つをお目にかけよう。暮しの手帖の第六号にのった〈三十七個の果物箱〉という記事である。

〈趣味で狭い所に住んでいるわけではない、妻と妹の三人暮し、親類の物置六帖の大きさ、押入れも廊下も台所もない部屋に寝おきして、夢だけは大きいが、この不便と美しくなさには我慢しようもなく、さりとてなまじの家具を入れては、肝心自分たちの居場所がなく、第一買う金もなく、思いついたのが一個二五円也のリンゴ箱、ベッドも戸棚も机も書棚もコンロ台も何から何まで果物箱で作り上げた、日曜ごと夫婦の愉しい労作ではある〉

●

リンゴ箱というのは、とにもかくにも木製の箱であった。しかも値だんは二十円か二十五円で、いくらでも果物屋で分けてもらえた。

私たちの身辺で一番たやすく手に入る家具のユニットだった。

おそらく、あの頃を生きてきた人ならたぶん、このリンゴ箱のいくつかにお世話にならなかった人はないだろうと思うくらいである。

●

そのリンゴ箱も、それから二十年たった昨今では、ダンボール箱になってしまった。そして、それを捨てるのに苦労している。

暮しの移りかわりというものであろうか。（100号　昭和44年4月）

商品テスト入門

〈商品テスト〉は、消費者のためにあるのではない——このことを、はじめに、はっきりさせておかねばならない。

たまたま、その商品を買おうとおもっている人には、テストの結果は参考になるかもしれない。

テストの結果をずっと見ていると、いくらか商品をみる目がたしかになるかもしれない。

しかし、そんな当てにならぬことのために〈商品テスト〉があるのではない。

私たちが、生きていくために使う商品の数は、それこそ星の数ほど砂の数ほどある。それを次から次へと、あますところなくテストをして、まるで汽車の時刻表のように、なにを買うときはどの銘柄を買ったらいい、といった手引きを作ることは、おそらく不可能である。

〈商品テスト〉の結果をよく知ることによって、商品をみる目をきたえる、というのも、はかない幻影だろう。

昼となく夜となく、私たちにおそいかかるすさまじい商品の洪水は、とっくに私たちの気持をつくりかえてしまっている。

私たちは今、いつも〈なにか〉を買いたがっている。

買いたくてうずうずしている人間の前に、まるでこれさえあれば〈幸せ〉がやってくるような顔をして、新しい商品がつぎつぎに現われたとき、〈商品をみる目〉など、一体なんの役に立つだろうか。

●

猫も杓子も〈かしこい消費者になろう〉といったうたをうたっている。

しかし、そのために出来ることがあるのだろうか。

このすさまじい商品の洪水の中で、私たちが溺れかけようとしているのは事実である。

だからといって、柄杓やバケツをもちだして、水をかいだしてみたところで、どうなるものでもあるまい。

この商品のすさまじい洪水は、たとえていえば、送水管にヒビが入ったり、バルブを締めわすれたりしたために、どんどん水が地面に溢れ、床下に浸水し、屋根までひたしてしまったようなものだ。

まず、ゆるんだバルブをしっかりと締めることだ。

パイプのヒビをとりあえずふさいで、新しいパイプととりかえることだ。

そちらをほったらかしにしておいて、一生けんめいバケツで水をかいだしているのが、昨今の消費者運動ではないか。

●

メーカーが、役にも立たない品、要りもしない品、すぐこわれる品、毒になる品を作らなければ、そういうものを問屋や小売店が、デパートやスーパーマーケットが、売りさえしなければ、それで事はすむのである。

なにもかしこい消費者でなくても、店にならんでいるものが、ちゃんとした品質と性能をもっているものばかりなら、あとは、じぶんのふところや趣味と相談して、どれを買うかを決めればよいのである。

そんなふうに世の中がなるために、作る人や売る人が、そんなふうに考え、努力してくれるようになるために、そのために〈商品テスト〉はあるのである。

●

ものを作ったり売ったりするのは、けっして慈善事業でもなければ、趣味道楽でもない。はっきりいってゼニをもうけるためである。

私たちの暮しに役に立とうと立つまいと、売れるものならなんでも売るし、売れそうにないものでさえ、無理やりに売ってしまいもする、それで当りまえである。

〈商品テスト〉は、はっきり商品名をあげて、よしあしを公表する。もし、そのテストが信頼されていたら、よいと判定された商品は売れるし、おすすめできないといわれた商品は、売れなくなる。

メーカーに主義主張はない。売れるものを作るだけである。よい商品を作れば売れる、となれば、一生けんめいよい商品を作る。

石油ストーブを例にとってみよう。暮しの手帖では、昭和35年と37年、そして43年と、前後三回テストしている。

その結果をみると、第一回目のテストでは暮しの手帖はイギリスのアラジンのブルーフレームを抜群と評価した。それにくらべて、国産品はどれもお話にならぬほどひどいものだった。アラジンが飛ぶように売れはじめた。

二年後のテストでは、国産品の中にも、まあまあという成績のものが一、二あらわれてきた。当然その銘柄は奪い合いになって、品切れになってしまった。そして六年後の43年のテストでは、性能の点でもアラジンと遜色のないものが、国産でできていたのである。

もし、この三回の商品テストがなかったら、はたして日本の石油ストーブが、これだけよくなっただろうか。

〈商品テスト〉は、じつは、生産者のためのものである。生産者に、いいものだけを作ってもらうための、もっとも有効な方法なのである。

●

ときどき、暮しの手帖に広告をのせないわけを聞かれる。

理由は二つある。

一つは、編集者として、表紙から裏表紙まで全部の頁を、じぶんの手の中に握っていたいからである。ほかの雑誌をみていると、せっかく編集者が苦労をした企画も原稿も写真も、無遠慮にズカズカと土足でふみこんでくる広告のために、台なしになってしまっている。あんなことには耐えられないからである。

もう一つは、広告をのせることで、スポンサーの圧力がかかる、それは絶対に困るからである。

暮しの手帖は、暮しの手帖なりに、一つの主張があり一つの志がある。それがほかの力でゆがめられるとしたら、もっての外である。ことに〈商品テスト〉の場合、その結果に対して、なにかの圧力がかかってゆがめられたりしては、折角のテストの意味がなくなってしまう。

〈商品テスト〉は絶対にヒモつきであってはならないのである。

その意味では、いまの日本の実情ははなはだお寒い。たとえば消費者協会は、通産省の予算と、メーカーや財界筋の会費や寄附金によって運営されている。兵庫県や東京都の消費者センターは、政府の補助金や地方自治体の予算でまかなわれている。

そういった一種のヒモつきの団体や機関が〈商品テスト〉をやるのは好ましくないのである。

広告主から広告料をもらっても、会員のメーカーから会費や寄附金をもらっても、政府から補助金をもらっても、それに動かされなければよいではないか、というのはリクツにすぎない。

人間はキカイではないから、ゼニをもらっていると、どうしても、そのへんに情がからみやすい。

政府や公共機関の金をもらうと、どうしても政治家や、その裏にある財界の力が動きやすい。メーカーの金をもらえば当然その圧力が加わりやすい。

もちろんどのテストにも、そういう圧力がかかり、ゆがめられるというのではない。しかし、〈商品テスト〉は、千に一つ万に一つでも、それがあってはならないのである。ヒモつきでは、その千に一つ万に一つの可能性がこわいのである。

●

おなじことが、〈商品テスト〉をする人間、つまりテスターについてもいえる。

テスターは、どんな意味でもヒモつきであってはならないのである。

いろんな方面で汚職が、まるで日常茶飯事のように行なわれている今日、ことにこのことは重要である。

テスターは、仕事の必要上、ときにはメーカーに質問したり教えてもらったりすることがある。この場合、暮しの手帖には、お茶以外にご馳走になってはならないという原則がある。ときに大阪あたりのメーカーへ東京から出向いていくこともある、そんなときは必ず弁当を持っていって、先方に食事の心配をかけないようにする。

一回のお茶菓子や、食事で、テスターが気持を動かされたり、そのために結果をゆがめたりすることは、まず考えられないが、それが当り前のことのようになってきたときが恐しいのである。

その意味で、今の時代では〈商品テスト〉にたずさわっている人間ぐらいきびしさを要求されているものはないかもしれない。友人先輩関係の会合には、つとめて出ないようにしているテスターは何人もいる。そういう席で、いわゆるコネがつくことを恐れるからである。

●

〈商品テスト〉は、もちろん商品の批評にはちがいないが、その判断の基礎には、暮しに対しての深い目と、時代の動きについてのひろい考えがなければならない。ある意味では〈商品テスト〉は、商品の批評であると同時に、社会批評であり、文明批評でもなければならないからである。その意味でテスターには、それができるための努力が要求されるのである。

●

テスターは、テストしようという商品については、使って知っていなければな

暮しの手帖研究室

研究室の台所

らない。あたりまえのことのようだが、これは、なかなか難しいことが多い。たとえばルームクーラーをテストするときは、ルームクーラーを使ってみた経験がなければならないのである。電気冷蔵庫をテストするときは、電気冷蔵庫をある年月使ってみた経験をもっていなければならない。

　クーラーがどういうリクツで動くか、電気冷蔵庫はどういう理論で冷えるか、そういう、いわば専門的知識は、その場になって勉強しても間に合う。しかし、クーラーのテストでは、どういうことが大事であるか、電気冷蔵庫では、どの点をみなければならないか、それができるためには、じっさいに使ってみた経験がなければならないのである。

　もし、それができないときは、テストに入る前に、すくなくともある期間じっさいに使ってみて、あるいは、それを使っている人たちの意見をできるだけ多く集めて、そうしてテストに入らなければならない。

　テスターは、また辛抱強い人でなければならない。いっとき熱情を傾けるけれども、すぐにあきてしまうような人では、この仕事はつとまらない。あとでもいうように、商品テストには、うんざりするほど長い期間がかかる。その期間中、いつもおなじような熱情と注意力を集中するというのは、やはり誰にでもできることではないだろう。

●

　テストをする人は、目や耳や舌や鼻などの感覚がすぐれていることが望ましい。こういった人間の感覚は、どうかすると、精巧な計器や試薬などよりも、もっと敏感に正確に状況をキャッチするものである。

　たとえば、冷蔵庫にいれたものが、どれくらいで腐りはじめるかをテストしたことがあった。

　このとき、化学的に腐敗がはじまったと判断する三時間も前に、テスターの鼻は、それをキャッチしていた。具体的にいうと、ものが腐っていくときは、いわゆる腐ったいやな臭いがでる前に、臭いがなんにもしなくなる時期がある。それから三時間たつと、だいたい腐ったいやな臭いがしはじめるし、そのときになって、化学反応は腐敗がはじまったことを、やっと知らせるのである。

●

　最後に〈商品テスト〉をやる人に、もう一つ資格があるとすれば、それは、いささかの〈勇気〉であろう。

　ひとさまの商品を実名をあげ、テストの結果を公表して、いいわるいをいうのである。慎重の上にも慎重であり、いくども検討して、しかも正しいと確認してはじめて、公表しなければならない。しかもそこには、いつでも陰に陽に、大なり小なり、執拗な妨害がいろんな形をとって加えられる。利をもって誘惑されることもある。脅迫状がまいこむこともある。事実、商品テストにたずさわっている人間は、たぶん年に一回や二回は、一体なんの因果でこんな仕事をやらねばならないのだろうかと、つくづくいやになることがあるはずである。

　いかなる権力にも、いかなる圧力にも、いかなる金力にも屈しないで、正しいとおもったことをやりとげる、それには、いささかの勇気が要るというわけである。そのいささかの勇気を、いつも持

ルームクーラーのテスト

ちつづけていたいと、しみじみとおもうのである。

●

商品の数には限りがない。

しかしテストするほうの力には限りがある。ありとあらゆる商品をテストすることは不可能である。いきおい、どういう商品をテストするか、それが問題になってくる。

世界のいろんな国に〈商品テスト〉機関がいくつもある。日本にもいくつかある。

あるテスト機関がどんな商品をテストしてきたかをみると、その機関のものの考え方がはっきりわかる。

暮しの手帖でいうと、テストしてきた商品で一番多いのは、毎日の暮しに欠くことのできないもの、しかもそれは、男も女も老人も子供も、貧乏人も金持も使わなければならないもの、たとえば主食の米であるとか、しょう油であるとか、石けん、タオル、ナベ、カマといったものである。

第二は、だれにも、どこの家庭でも要るものとは限らないが、人によって、家庭によって、それがあると、ずいぶん便利になり、快適な暮しができるというもの、たとえば換気扇とか瞬間湯沸器とかあるいは電気冷蔵庫、トランジスター時計、または真空掃除機といったものである。

第三には、必要なものであるか要らないものであるかわからないもの、それはたいてい新しいものだが、テストしてみなければ、どちらともいえないもの、最近の例では食器洗い機がこれに入るだろう。

すこし前の例としてはポッカレモンがある。しかし、あの商品があんなにハデな広告をつづけていなかったら、おそらく私たちは、あの包装の一つにビタミンCが全然入っていないことを発見できなかっただろうとおもう。

暮しの手帖が、一貫して、取りあげなかったものは、いわゆるレジャー用品である。自動車も取りあげる気はない。これからも、この方針は変らないだろう。

べつに、テストしてはならぬという法はないが、はじめにいったように、テストするほうの力と日数に限りがある。私たちとしては、毎日の暮しを支えているものだけでも、手一杯という感じで、どっちでもいいような商品までは、とても手がまわらないからである。

●

石けんをテストするとしよう。

まず、石けんにとって一番大事なことはなにか、と考える。もちろん、よく洗える、洗浄力が強いということである。これは当然テストしなければならない。

しかし、いくらよく洗えても、化粧石けんなら、そのために顔や体のヒフを荒らしたり傷つけたりしたのでは、やはりよい石けんとはいえない。この点もぜひテストしなければならない。

石けんは、水かお湯にとかして使うものだが、とけ具合や泡立ちのよいほうが使いやすいし、洗浄効果も強いと考えられている。だから、とけ具合、泡立ちのよしあしもテストする。

石けんは、使っているうちにだんだんと溶けて小さくなっていく。新しいうちはまことに泡立ちもよく、気持よくとけるが、終りのほうになっていくと、まるで石のようになって、さっぱりとけない

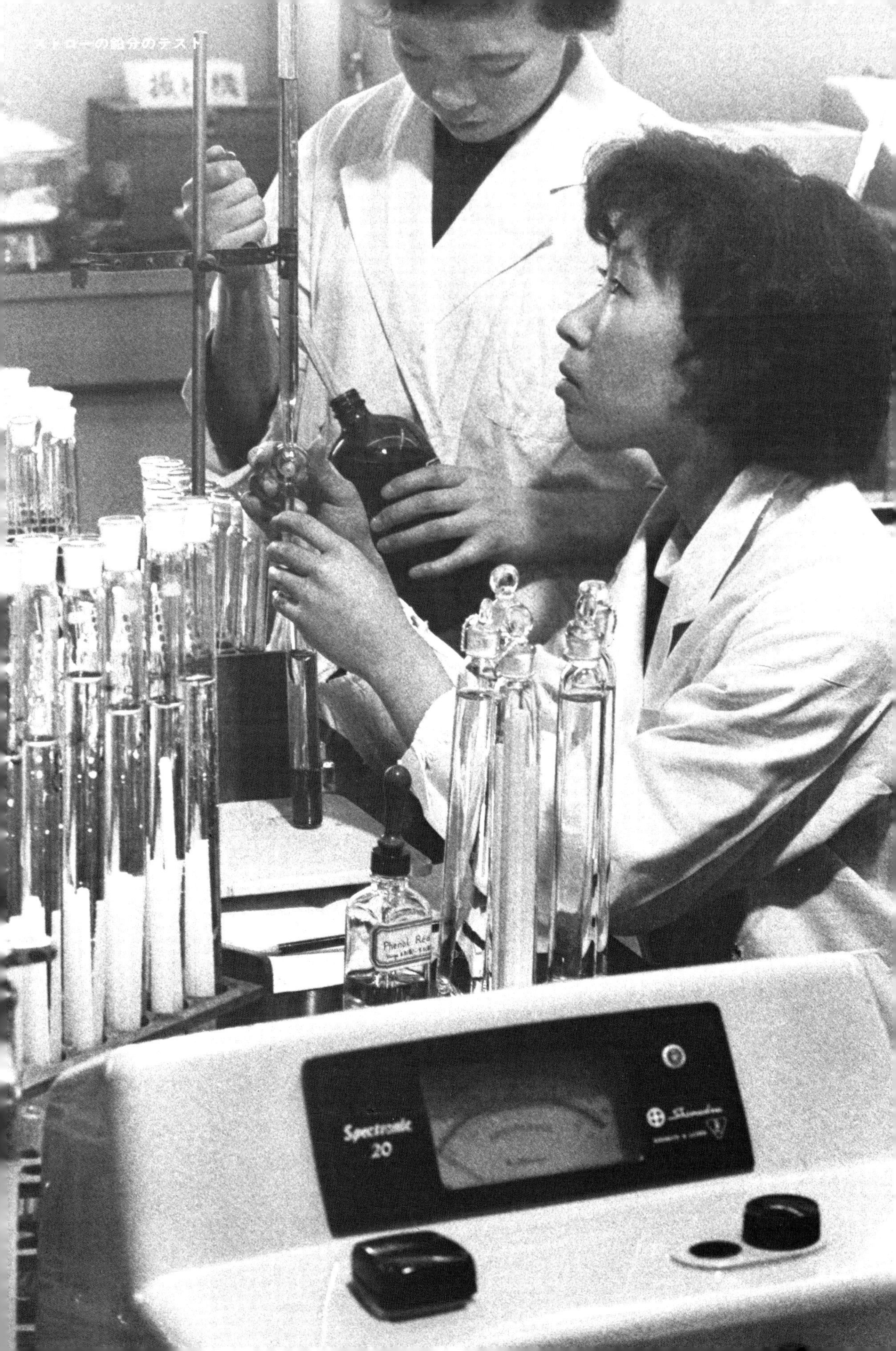

ストローの鉛分のテスト

石けんがある、その点はどうだろうか。

つぎに、おなじ30円なら30円の石けんでも、みたところの大きさや実際の目方はいろいろである。そこで1グラムあたりいくらにつくか、それを計算してみる必要がある。

おなじ銘柄の石けんでも、できたての新しいのにくらべて、古いのは水分が蒸発するので小さくなっている。この場合洗浄力はちがわないものだろうか、それもしらべてみたい。

化粧石けんには、ふつう香料が入っている。その香料は銘柄によって同じではない。だいたい香料はヒフにはよくないものだが、その程度はどんな具合だろうか、どの石けんが一番ヒフに害をするだろうか、それもテストしてみたい。

そのほか、まだまだいろんなテストをする項目が考えられるだろう。

これは石けんを例にとったままでだが、どの商品についても多かれ少なかれ、こんなふうに、一体なにをテストするか、どの点をしらべるのか、それをきめることから〈商品テスト〉がはじまるのである。


なんでもかでも、ただおもいついたことを片っ端からやればよいというわけではない。といって、かんじんなテストが落ちていたのでは、あとで綜合して性能を判定するときに困る。

だから、どんな点をテストするかは、じつはたいへん大事な作業で、テスターは、テストする商品について、使ってみた経験がなければいけないというのも、じつは、この点で見落しがあっては困るからである。

たとえばヘルスメーターなどと呼ばれている、一種の体重計がある。これは重さを計る道具だから、正確に重さを表示するかどうかをテストすることは、もちろん大切である。

しかし実際にこの種の体重計を使っているテスターなら、これは、だいたい浴室の近くに置くもので、湿気の多いところで使うから、とかく錆びやすいということを知っている。そこで、錆びにくいかどうかをテストする項目につけ加えることを忘れないだろう。

それが、実際に使った経験のないテスターなら、新しいピカピカに光った体重計だけしかしらないから、つい、これが錆びるかどうかのテストは、考えつかない、そこで大切な項目を一つ落してしまうことになるというわけである。

●

〈商品テスト〉はどんなときでも〈使っている状態〉でテストしなければならない。これが原則である。この点が、ふつうのテストと一番ちがっているところだとおもう。

たとえば電球の寿命をしらべるとき、JISの試験法によると、電圧を120ボルトにして、どれくらいもつか調べることになっている。この方法だと、じっさいの電圧よりも高い電圧をかけるから、電球はふつうよりもずっと早く切れてしまう、だいたい一週間前後で結果が出る筈である。

しかし〈商品テスト〉では、こんなでたらめな状態でテストをすることはできない。

電球は、ふつう100ボルトの電圧で使うものだから、寿命をしらべるときも100ボルトの電圧で、つまり、ふつう私たちが電球をつけるのとおなじ状態で、どれく

石ケンのヒフ反応テスト

電球の耐久力テスト

らいもつかしらべるのが本当である。

　この方法だと、早いものでも2カ月、寿命の長いものなら、1年近くも切れないものがある。テストするほうとしてはずいぶん時間がかかるし、そのあいだ慎重に取り扱わなければならないから、いろいろと気苦労は多いのだが、しかし、だからといってこれ以外に本当の寿命をしらべる方法はないのである。

　(気苦労といえば、暮しの手帖で電球をはじめてテストしたとき、そろそろ大半が切れはじめたという8カ月前後になったある日、係りのもののちょっとした不注意で、ハタキをかけているとき、電球を一コこわしてしまった。数あるうちの一つだからいいではないか、というわけにはいかない。結局、このテストは、また初めからやりなおすことになったのである)

　この電球のテストの場合、JISの試験方法と暮しの手帖の試験方法と、両方の結果をくらべてみると、おどろいたことに正反対の答えが出た。つまりJISの試験方法で成績のよかった銘柄は、じっさいの状態で使ってみたテストでは、一番成績がわるかったのである。

　どちらの結果が正しいかはいうまでもない。いまいったように、電球は100ボルトの電圧で使うもので、それを120ボルトの電圧をかけてテストしたところで、なんの意味もないからである。

　おなじような例は、いくらでもある。

　プラグの刃先をテストするのに、やはりJISの試験方法によると、プラグを一定の早さで前後に動くキカイにとりつけて、コンセントに差しこんだり抜いたりする、これを5千回くりかえして、初めとあまり差がなければ合格だということになっている。

　しかしじっさいに、毎日の暮しのなかで、私たちがプラグを差しこんだり抜いたりするときは、そんなふうに行儀正しく真正面から、静かに入れたり抜いたりしているわけではない。それどころか、コードをひっぱったり、斜めに差しこんでみたり、人によって場合によって、いろんなことをやっている。

　だから、プラグのよしあしをいうときは、そういうキカイでテストしても何にもならない。じっさいの人間が5千回抜いたり差したりして、その結果をしらべなければ無意味である。

　ただ、じっさいに使う状態でしらべるというのは、口でいうのはやさしいが、いざやるとなると、なかなか面倒である。人間にはいろんなクセがある、そのクセをならしてしまわないと、かえって片よったテストになってしまうからである。

　たとえば、プラグをいつも斜め右から抜き差しする人があるとする、この人がテストしたときは、斜め右からだけ抜き差しすることになるから、片よったテストになるのである。

　だから、この場合、抜き差しする人が一人ではいけないのである。斜め右から抜き差しする人、その反対のひと、コードをひっぱって抜くクセのある人、といったふうに、たくさんの人がいる。

　かりに、そんな人が10人で抜き差しするとする。すると一人は、どのプラグも5百回ずつ抜き差しすることになる。

　つまりどのプラグも、10人のひとが5百回ずつ、いろんなクセがおなじ回数だけ加えられて、合せて5千回抜き差しさ

配線器具の耐久力テスト

扇風機のテスト

れるわけである。

これは暮しの手帖でやっている方法だが、この結果を、やはりＪＩＳの試験方法でやってみたのとくらべてみると、ここでも、ＪＩＳの方法で成績のよかったいくつかは、じっさいに10人が手で抜き差しするテストでは成績がわるいということが起こった。

ＪＩＳの試験方法には、このほかにもどうかとおもうものがいくつもある。

〈じっさいに使っている状態〉でテストをする、この原則は、たとえ時間がかかっても、どんなに気疲れで骨が折れても、まもり通すより仕方がないのである。

●

電動ミシンを暮しの手帖でテストしたことがある。

その寿命をしらべるためには、ミシンに針も糸もつけないで、ただ連続して何時間か何十時間か動かして、そのいたみ具合をしらべるという方法もある。

しかし、じっさいには、そんなことをしてミシンを使うわけはない。これは当然ミシンに針をつけ、その針に糸を通しじっさいに人間がこれを動かして、じっさいに布を縫ってみなければ、本当のことはわからない。

このテストで、暮しの手帖では一つの銘柄ごとに1万メートル縫うことにした。一口に1万メートルというけれどもこれは生やさしいことではない。

しかも、あるミシンは上手な人が縫いあるミシンは下手な人が縫うというのでは、正しい結果をみつけることはできない。やはりプラグとおなじように、何十人かの人が、どのミシンも何百メートルかずつ同じように縫わなければならないのである。

それだけの人をどんなふうに配分するか、どんな順序で全部のミシンを縫っていくか、このスケジュールを精細にきめなければならない。それも三日や十日で終るのではない、この場合は34台のミシンで前後11カ月間かかっている。

この場合、どの人も、どのミシンでもおなじように、おなじだけの長さを縫うかどうか、それを正確にチェックしておくということ、そして、折角それだけの人が縫っている最中に、もし一人でも病気になって、それ以後縫うことができない、ということが起ったら、このテストは、多分ある日附からあとの部分をやりなおさなければならないということ、そういう、いわば毎日ハラハラするような気持で、それが一年近くも続けられていった。

あとでわかったことだが、メーカーでは、1万メートルなどじっさいに布を縫っていたところは一社もなかったし、それどころか、大半のメーカーは、針に糸もつけずに、ただガシャガシャと適当な時間動かして、それでテストをすませていた。

●

しかし、なかには電気冷蔵庫のように〈じっさいに使っている状態〉ではテストしにくいものも、ないではない。

冷蔵庫は冷やす道具だから、もちろん冷え具合を第一にしらべなければならない。それには冷蔵庫の中に、いろんな食品が入っていなければならない、それが〈じっさいに使っている状態〉である。

一方〈商品テスト〉は、ふつう何種類もの銘柄をくらべて、どれがよいか悪い

電動ミシンのテスト

電気冷蔵庫のテスト

かをいうことが多い。それには、どの銘柄もおなじ状態にして、おなじ条件のもとでテストしなければならない。

ところが冷蔵庫の場合、じっさいの食品を入れたのでは、この〈おなじ条件〉にすることがむつかしい、というよりは不可能なのである。

たとえば魚を入れるとする、おなじ大きさのおなじ目方の魚を、どの冷蔵庫にもおなじように入れるということは、まず出来ない相談である。果物にもおなじことがいえる。肉るいでも、おなじである。

白状すると、暮しの手帖では、この点で、ああでもないこうでもないと四苦八苦した。何度も失敗した。とどのつまりじっさいの食品を入れることはあきらめて、食品に近い性質を持っていると考えられる別のものを入れてテストすることにしたのである。別のものとは、オガ屑に、一定の割合の塩水を加えて、しめらせたものをポリエチレンの袋に入れて、タテヨコの大きさをおなじにしたものをいくつか作る。これを冷蔵庫の棚の上にのせていったのである。

この場合は〈じっさいに使っている状態〉でテストしたのではないが、しかし〈おなじ条件〉でテストするためには、今のところ、これよりほかに方法がみつからないのである。

何種類かの商品をくらべるときは〈おなじ条件〉ということが、ほかのなによりも大切だからである。分りきったことだが、〈商品テスト〉では、これはゼッタイに守らなければならない大きな鉄則である。

●

〈商品テスト〉では、テストする方法も、じぶんたちで新しく考えていかねばならないことが多い。

さっきもいったように、テスト方法もそこいらにある、たとえばＪＩＳの試験方法などでは、ほんとに正しい答えを出せないことが多いからである。

スチームアイロンの性能をしらべるときは、当然スチームがどれくらいの広さに、どんなふうに吹きだすかをみなければならない。

ところが、これをみる方法がなかなかみつからない。なにしろ相手は水蒸気だから、それこそ煙りのように、すぐ消えてしまう。いくら目を皿のようにして観察しても、苦労して写真や映画にとってみても、どうもよく分らない。

いろんな方法が考えられた。なかでも傑作なのは、アイロンに入れる水をインクかなにかで色をつけておけば、色の蒸気が出る、それを布に吹かせて観察したらよいではないか、という迷案であった。どんな色の水でも、その蒸気は無色であることを、この男はわすれていたので、これは大笑いになった。

最後にやっと見つけた方法というのはこうである。一定の布を5％の鉛糖で処理しておく。この上にスチームを5秒間吹かせたあと、すぐに硫化水素を吹きかけると、水蒸気のかかった分だけ色が変る、その布をゆっくりしらべるというわけである。

苦労したが、この方法は、スチームアイロンのスチームの吹き具合をしらべるためには、いい方法であったとおもっている。事実、二、三のメーカーは、このテスト以来、社内のテストをこの方法でやっているし、アメリカのＧＥからも代

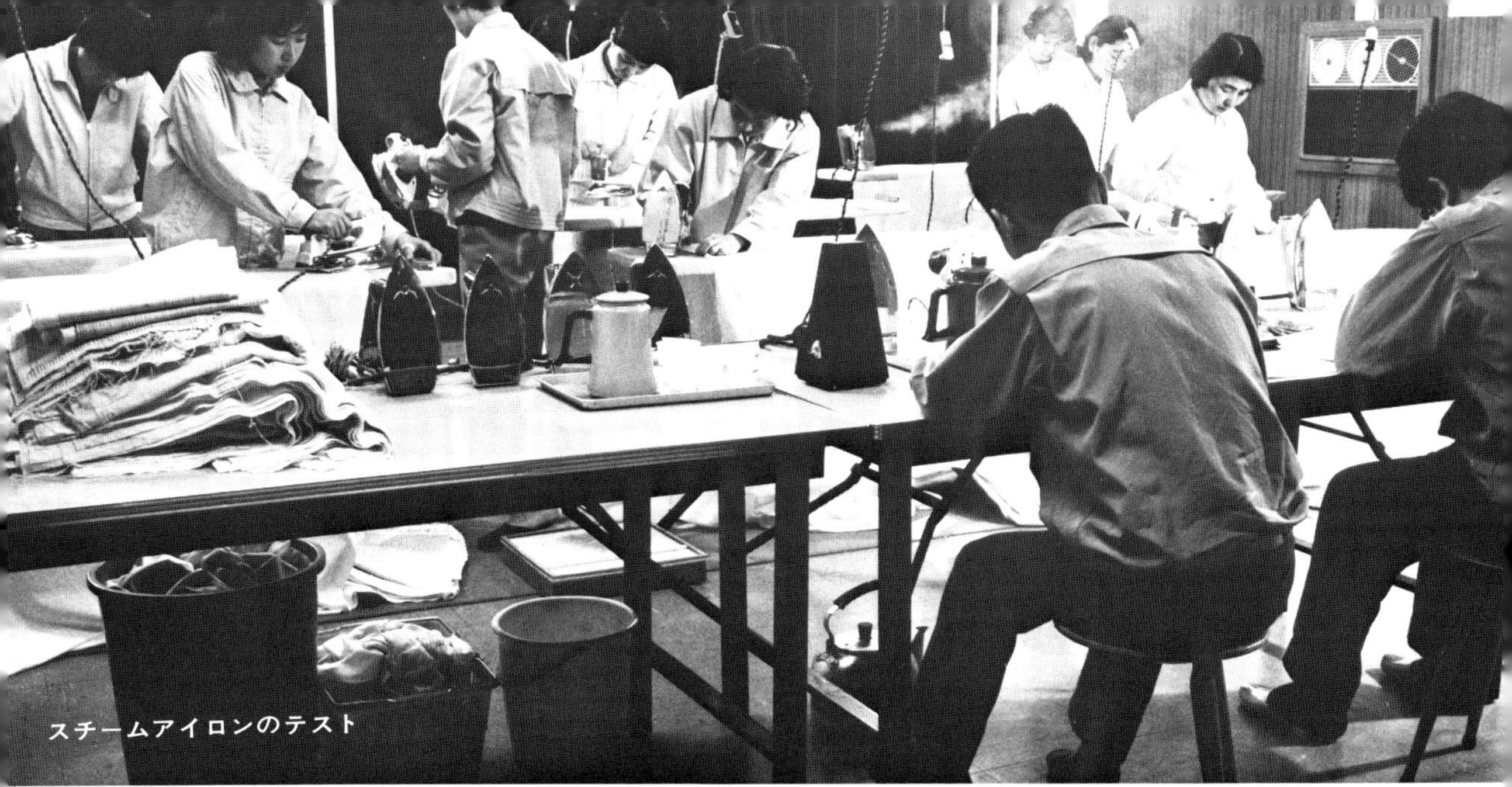

スチームアイロンのテスト

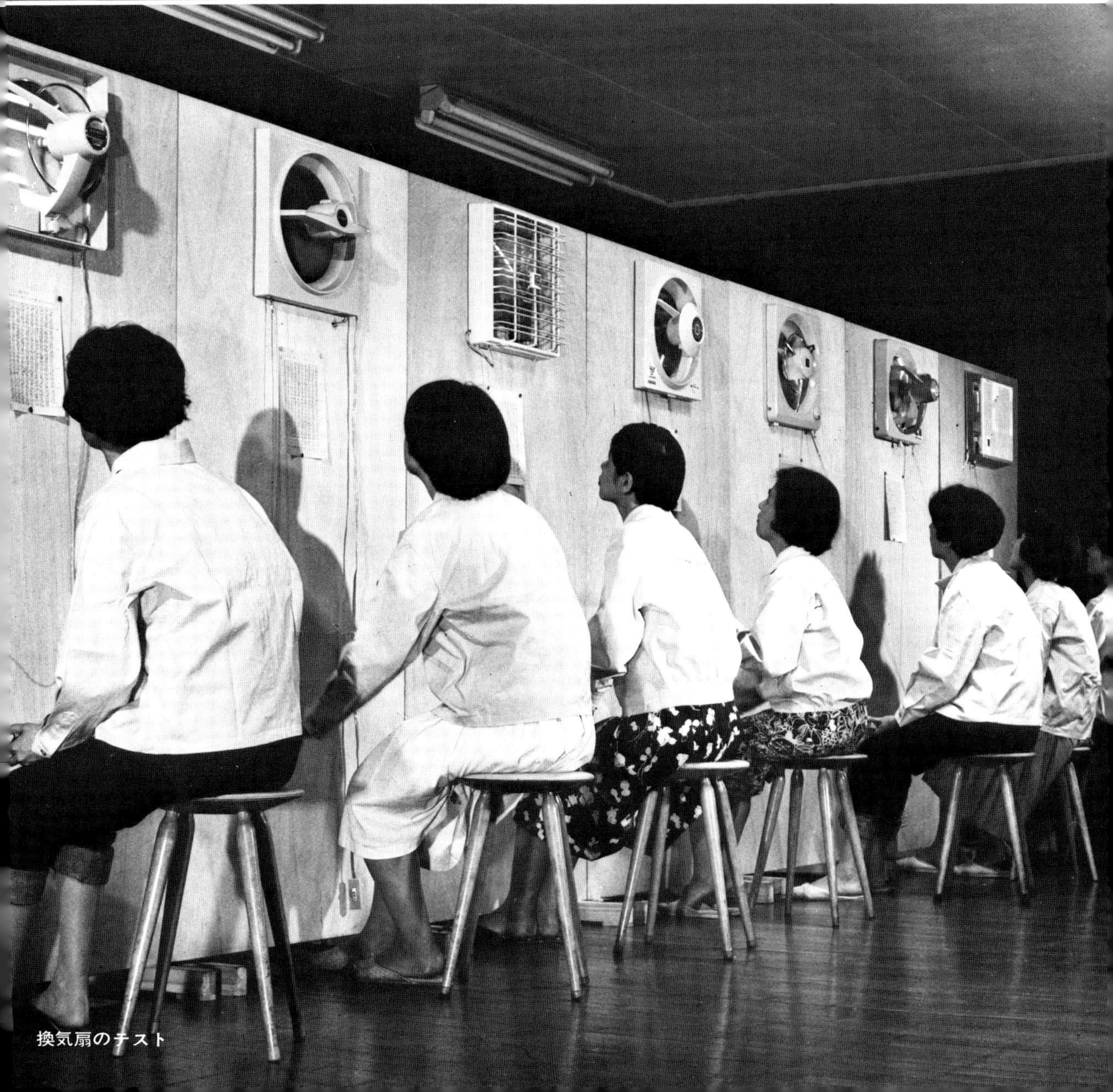

換気扇のテスト

理店を通して、この方法について詳しい説明を求めてきたこともある。

●

レインコートの防水力をテストするときも、あとから考えると、こっけいな苦労をした。

テストするレインコートの一部分をひろげて天井から吊り下げ、そこに一定量の水を入れて、その水が裏にしみとおって、ポタリとしずくになって落ちるまでの時間をくらべようと考えたのである。

しかし、いつ水滴になって落ちるか、もちろん見当がつかない。結局、そのレインコートの下に一人ずつ坐って、裏にしみとおるのを見張っていることにしたが、何種類かのレインコートは、夜になっても水がしみとおってこない。仕方がないから、数時間交代で徹夜で見張ることにしたが、夜が明けても、まだしみとおらなかった。おかげで、交代する人間の仮眠の場所や寝具を大急ぎで用意したり、夜食や朝食の炊き出しをしたり、てんやわんやの大騒ぎになった。

これではたまらぬというので、一定の強さのシャワーをレインコートに注ぎつづけ、それを裏側から観察する仕掛けを考えだして、それ以後、防水力はこのお手製の装置でテストしている。これなら徹夜の騒ぎも要らなくて、わりあい簡単に結果がみられるが、この装置もテストごとに改良して、いまはたしかⅢ型になっている。

こんな例を書いていると限りがない。どんなテストにも、大なり小なり、新しく考えだした方法が一つや二つは必ずあるのである。しかし、これがまた、なによりもたのしいのである。

うまい方法が見つからなくて、何日も苦労するのだが、それだけに、いい方法が見つかったときのうれしさは、いいようがない。

報われることの少ない〈商品テスト〉だけに、こういうたのしさがなければ、おそらく続かないのではないかとおもっている。

●

〈商品テスト〉というのは、その商品の性能を、いろんな角度からテストしてその結果を最後に綜合的にとりまとめてこの商品はよいとかわるいとかを判定する。

脱水機つきセンタク機を例にとると、これはもちろん洗うための道具だから、汚れがよく落ちるか、布地をいためないか、といったことから、よく脱水するかどうか、洗う時間や脱水する時間を指定するタイマーは正確か、そういった目盛りは、扱いやすいか見やすいか、といったこと、さらに、外装はしっかりしているか、サビにくいかどうか、一回の洗たくにかかる電気代はどれくらいか、といったことまで、10項目以上にわたってテストをするのである。

ここに、その結果の一覧表をお目にかける。（暮しの手帖では、項目ごとの採

	NEC	**サンヨー**	**シャープ**	**ゼネラル**	**東芝**	**ナショナル**	**日立**	**富士**	**三菱**
洗浄力	B	B	B	B	C	B	A	C	B
生地のいたみ	A	B	C	C	B	C	C	B	B
洗える量	B	B	B	A	C	A	A	B	A
脱水力	C	B′	C	A	B′	C	B	B	C
ゆすぎ時間	C	C	A	C	C	A	B	B	B
ゆすぎ水量	B	B	C	B	A	B	B	B	B
排水時間	C	C	A	B	D	A	B	B	B
使い勝手	B	B	A	B	C	B	A	C	B
タイマー精度	B′	B	C	A	A	B	B	B	C
外装	B	B	B	B	A	B	C	A	B
耐久力	A′	B′	B′	C	B′	B′	C	B	B
洗たく費用	B	B	C	B	C	A	A	B	A
総合評価	B	A	B	A	C	C	A	C	B

レインコートの防水力テスト

センタク機のテスト

点は、ふつうＡＢＣＤの４段階に分けてやっている)

こうしてテストの結果を一覧表にしてながめてみると、どの項目もＡをとっている銘柄もないし、かといって、どの項目もＣとＤだけという銘柄も見られない。たいていはＡがあればＢもありＣもあるといった具合である。

世間の一部には、この結果をこのまま発表すればいいのではないかという考え方がある。つまり最後の判断は見る人に委せようというわけである。

これは一見もっともらしいが、じつはずるいやり方である。最後の判定の責任を逃げようとしていることになるからだ。

〈商品テスト〉は〈批評〉である。その商品のいいわるいをいわなければ、〈商品テスト〉の目的は達せられないのである。

どの銘柄がいいのか、どの銘柄がよくないのか、それをはっきりいわなければ買う方は判断に迷う。したがって、ほんとうによい商品が売れて、よくない商品が売れないということになるとは限らない。これではメーカーは、よい商品を売らなければ損をするという、はっきりした気持になりきることはできないだろう。その意味で、〈商品テスト〉は必ず、とりまとめて、どの商品がよいか、どれはよくないかを、はっきり実際の名前をあげていわなければならない。

とりまとめて判定をするときの基準はどこにおいたらよいだろうか。

一つの方法は、全部の項目について、点数を足し算して、平均点を出すやり方である。これは、作業としてはいかにも単純で、やりやすいし、責任をとるのも気がかるいが、その代り、方法としては正しいとはいえない。

この電気センタク機でいうと、汚れをよく落すかどうかということと、タイマーが正確か、ということを、同じように評価することはできないからである。

センタク機としては、汚れがよく落ちないようでは落第である。

もちろんタイマーも不正確では困るが、しかし、10分間に20秒や30秒狂っていたからといって、実際にはそれほど大きな欠点にはならないのである。

具体的にいうと、タイマーはじつに正確だが、汚れはあまりよく落さないというセンタク機と、逆に、タイマーはすこし不正確だが、汚れはよく落ちるというセンタク機があるとする、もし点数を平均したら、どちらも同点になるが、本当の評価からいえば、もちろん汚れのよくおちるセンタク機の方が、はるかにすぐれているのである。

それでは、いくつもあるテストの項目のなかで、どの項目が一番大切か、どの項目は、いくらか意味が軽いか、これをきめるのはテスターである。当然テスターの、商品に対する目の深さ、社会に対する考えのひろさ、そういったことで、その基準がきめられていく。

〈商品テスト〉は、単に商品についての批評でなくて、じつは社会批評であり文明批評であるともいったのは、この点である。

したがって、同じ商品を同じときにテストしたとしても、どの商品がよいか悪いか、最後の判定は、テストする機関によっても、テストする人間によっても、必ずしもおなじではないはずである。

電気掃除機のテスト

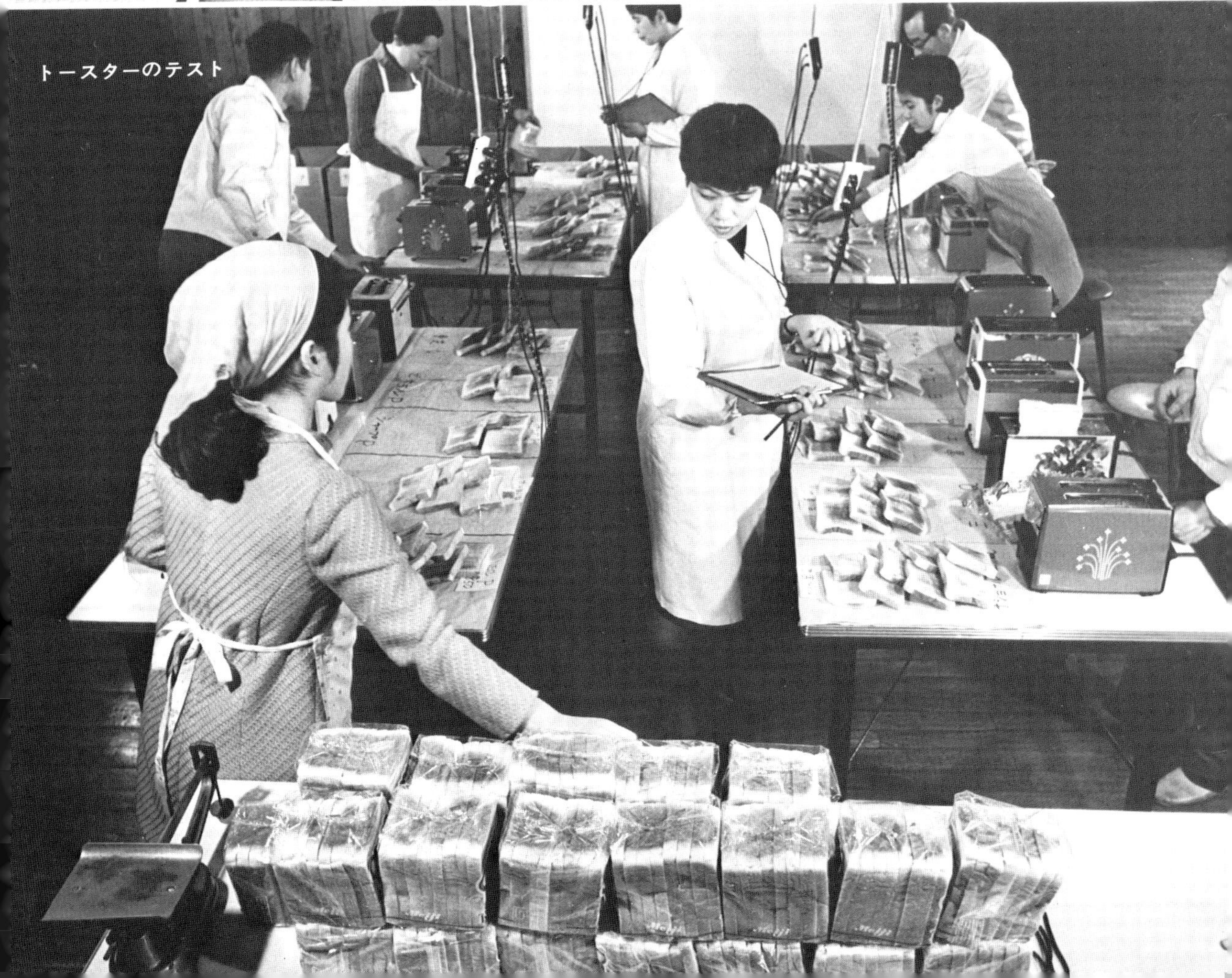

トースターのテスト

正しい〈商品テスト〉と、いいかげんな〈商品テスト〉が、そこでわかれてくる、ともいえるのである。

いいかえると、〈商品テスト〉をするということは、一方では商品を批評することでありながら、一方では、それによって、批評者のものの考え方、その方向と浅さ深さを批判されていることになるわけで、これは〈商品テスト〉とかぎらず、すべての批評と、その批評家にいわれることである。

●

〈商品テスト〉は、やっただけでは何の意味もないので、その結果をひろく世間に知ってもらわなければ意味がない。知ってもらうためには、これを印刷して配る、それもタダで配ったのでは、だれも見てくれないから、値段をつけて売るという形式をとっている。各国とも、その点では、だいたいおなじである。

ところが、ここで問題になるのは、そのテスト機関がテストの結果をのせた印刷物を売って、その収入で維持されている場合である。

アメリカにコンシュマーズ・ユニオンという団体がある。ここでは、まえから〈商品テスト〉をやっていて、そのテストの結果をのせた月刊の〈コンシュマー・レポート〉という雑誌を、一冊50セントで売っている。

この雑誌は、大きさは、だいたい暮しの手帖くらいだが、頁数はずっと少なくて、毎号56頁前後、そのかわり、テストの報告以外の記事はなんにものっていない。

買う人の立場になって考えてみよう。テストの記事しかのっていないから、テストされた商品について興味がなければ、ふつうは、こういう雑誌は買わない。それも15セントや30セントの石けんや歯ブラシのテストの記事がのっていても、そのためにわざわざ50セント出してまで買う人は、まずあるまい。

つまり、テスト記事の雑誌を50セントで売るためには、そこに扱ってある商品が、そうとう高価なものでなければならない。どうしてもそういうことになる。

たとえばカラーテレビは、アメリカで5百ドルから7百ドルくらいする。そのカラーテレビを買う人なら、どの銘柄がよいかを知るためには、50セントの雑誌を買うことはなんでもないだろう。

テスト記事だけの雑誌を売るためにはいきおい、テストする商品が高価なものあるいは高級レジャー用品を主にするようになってしまう。

これは、〈商品テスト〉が〈商品〉になってしまったために起こる歪みであり本来の商品テストの在り方からいうと、たいへん危険な傾向だといわねばならない。

昨年一年間に〈コンシュマー・レポート〉にのっている商品テストの報告は62項目ある。

その項目をみると、おどろいたことにほとんど毎月、自動車のテスト記事がのっている。のっていないのは1号だけである。自動車は千4百ドルくらいから6千ドルくらいする。アメリカの買物としても、これは一、二を争う高価な商品だが、なるほどそのテスト記事がのっておれば、50セントぐらい払うのはなんでもないにちがいない。

そのほか、いわゆる高級レジャー用品たとえば船外モーター、狩猟用の銃、あ

乳母車の耐久力テスト

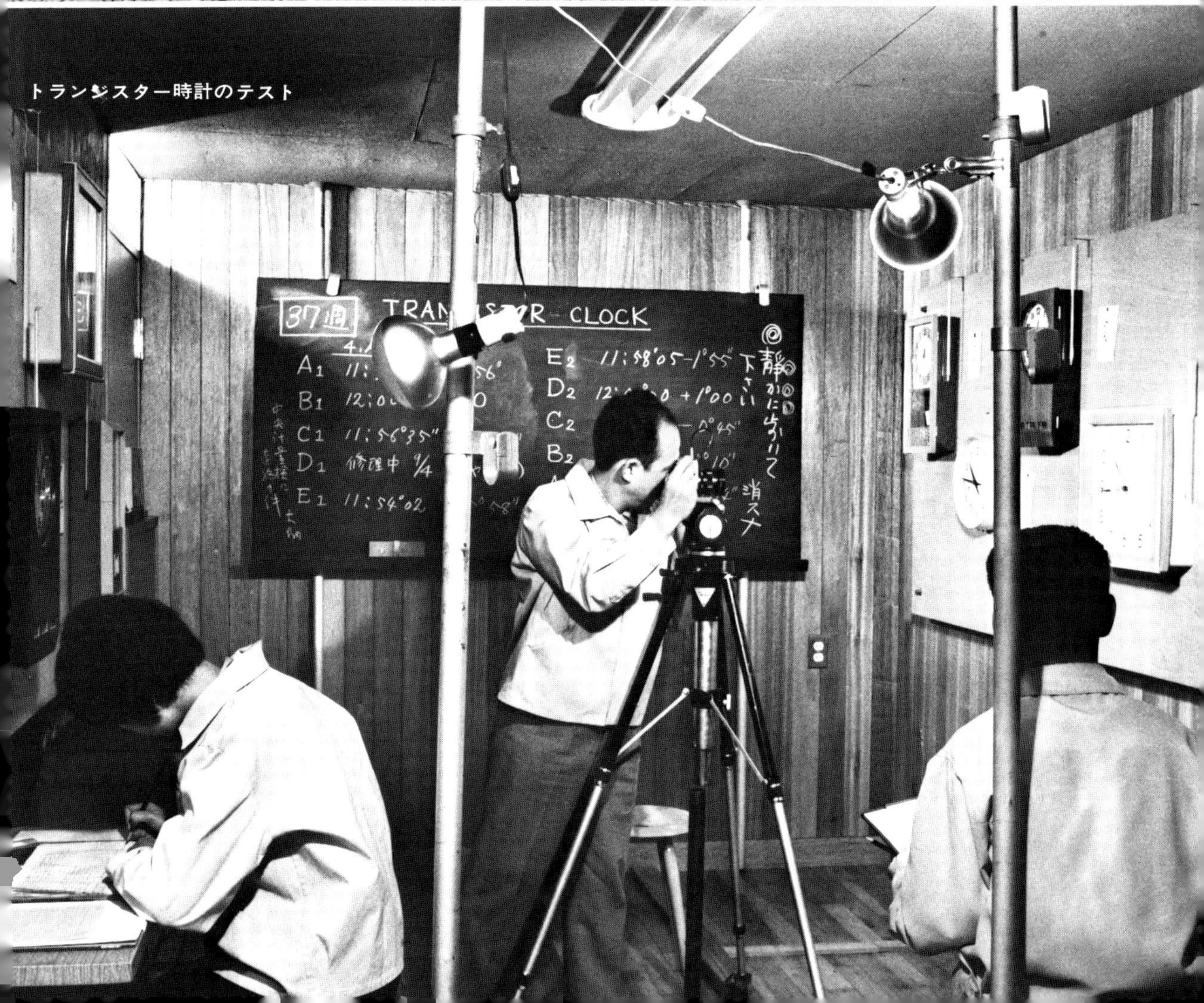

トランジスター時計のテスト

るいはカメラ、テレビ、ステレオアンプ録音機といったものの数をしらべてみると、なんと62品目のうち39品目、つまり全体の63パーセントが、それなのである。

あとの37パーセントが、いわゆる暮しの道具、家庭用品というわけだが、その生活用品23品目のうち、10ドル以下の商品は、わずかに9品しかない。あとの14品はどれも10ドル以上、というより、百ドルから5百ドルぐらいの高額のものがそのまた半分を占めているのである。

暮しの手帖とくらべてみよう。暮しの手帖では、前号の99号からさかのぼって1年分（6号分）にのせた商品テストの項目は、ぜんぶで40ある。

暮しの手帖の40品目は、全部が生活用品で、その商品の値段をしらべてみると60パーセントが千円以下の品物である。千円から5千円までの品物が20パーセント、残りのわずか20パーセントが5千円以上の品ということになっている。

暮しの手帖は、なるほど日本では一番はじめに〈商品テスト〉を手がけた雑誌であり、〈暮しの手帖〉といえば、すぐ〈商品テスト〉をおもいうかべる人も少なくないはずである。

しかし、読者はとっくにご存じのように、暮しの手帖は〈商品テスト〉だけをのせている雑誌ではない。

商品テストを含めて、商品についての記事は、号によって多少の差はあるが、だいたい一冊のうち1/4もあれば多い方で、たいていは1/5くらい、2割そこそこである。

ということは、暮しの手帖を買う人はなるほど〈商品テスト〉に興味をもっているという人もあるにはちがいないが、一方では、そんなものには興味がないが、そのほかの記事、たとえば料理や随筆や赤ちゃんのことや建築の記事などに興味があって買っているという人も、そうとうあるということである。

だから暮しの手帖では、〈商品テスト〉の商品をえらぶとき、べつに高いものをえらばなければ雑誌が売れないなどという心配はない。あくまで本来の目的からいって、必要なものだけをテストの対象としてえらぶことができるのである。

じつをいうと、暮しの手帖は、いまから17年前の20号で、はじめて〈商品テスト〉を発表したときから、〈商品テスト〉を〈商品〉にしてはならないと考えていた。

ところが、世界のテスト機関の大半がテスト報告だけの雑誌を出していて、その収入が重要な財源になっている。そのために、テストする商品は、本来の自由な立場から選択できないで、その雑誌が売れるためには、あまり必要でなくても高価な商品を取りあげざるをえなくなっている。

その意味で、世界中の〈商品テスト〉が、いま一つの曲り角にきているといえるだろう。それをみると、私たちが二十年前に心配したことがピント外れでなかったことを知るのである。

このことだけを考えても、単に〈消費者運動〉の一環ぐらいの、いい調子な動機から出発したのでは、とても〈商品テスト〉といった、新しい、しかし大切な仕事をやりとげていくことはできないとぼくたちは信じている。

（100号　昭和44年4月）

CONSUMER bulletin
Test Reports and Ratings by Brand
JANUARY 1969—50 CENTS
Table Radios
Warming Trays and
Bread Bas
Three CR
on 1969
CHEVROLET
FORD GALAX
PLYMOUTH F
Kodak Ins
Cameras
Corkscrew
Electric B
Gut einkaufen
1057 ma
Sonne
und
Süden
DM
Which?
JANUARY 19
PUBLISHED BY CONSUMERS' ASSOCIATION
CAR SAFETY BELTS
Tomato Soup
Scale Removers
Laxatives · Milk S
FORBRUKER-RAPPORTEN nr. 1 1969 · UTEN ANNONSER · UTEN REKLAME · OPPLAG 190000 · PRIS: 3 KRONER
COLOR TV: Ratings of table models
CONSUMER REPORTS
JANUARY 1969 | FACTS YOU NEED BEFORE YOU BUY | NO ADVERTISING | 50 CENTS
Milk Substitutes: Are the new filled and imitation milks as nutritious as the cow's own best efforts? Will they help to bring down the price of whole milk?
Ford · Chevrolet · Plymouth
Pontiac · Ambassador road tests
Semigloss Latex Interior Paints
How they compare with semigloss alkyds
Truth-in-Packaging
After 2 years of it, is supermarket shopping any easier?
Antenna Amplifiers
Can they help improve TV reception?
Axion and Biz enzymatic presoaks · Low-cost slide projectors · Hair sprays

見よ ぼくら一戔五厘の旗

美しい夜であった
もう 二度と 誰も あんな夜に会う
ことは ないのではないか
空は よくみがいたガラスのように
透きとおっていた
空気は なにかが焼けているような
香ばしいにおいがしていた
どの家も どの建物も
つけられるだけの電灯をつけていた
それが 焼け跡をとおして
一面にちりばめられていた
昭和20年8月15日
あの夜
もう空襲はなかった
もう戦争は すんだ
まるで うそみたいだった
なんだか ばかみたいだった
へらへらとわらうと 涙がでてきた

どの夜も 着のみ着のままで眠った
枕許には 靴と 雑のうと 防空頭巾を
並べておいた
靴は 底がへって 雨がふると水がしみ
こんだが ほかに靴はなかった
雑のうの中には すこしのいり豆と
三角巾とヨードチンキが入っていた
夜が明けると 靴をはいて 雑のうを
肩からかけて 出かけた
そのうち 電車も汽車も 動かなくなっ
た
何時間も歩いて 職場へいった
そして また何時間も歩いて
家に帰ってきた
家に近づくと くじびきのくじをひらく
ときのように すこし心がさわいだ
召集令状が 来ている
でなければ
その夜 家が空襲で焼ける
どちらでもなく また夜が明けると
また何時間も歩いて 職場へいった
死ぬような気はしなかった
しかし いつまで生きるのか
見当はつかなかった
確実に夜が明け 確実に日が沈んだ
じぶんの生涯のなかで いつか
戦争が終るかもしれない などとは
夢にも考えなかった

その戦争が すんだ
戦争がない ということは
それは ほんのちょっとしたことだった
たとえば 夜になると 電灯のスイッチ
をひねる ということだった
たとえば ねるときには ねまきに着か
えて眠るということだった
生きるということは 生きて暮すという

ことは　そんなことだったのだ
戦争には敗けた　しかし
戦争のないことは　すばらしかった

軍隊というところは　ものごとを
おそろしく　はっきりさせるところだ
星一つの二等兵のころ　教育掛りの軍曹
が　突如として　どなった
貴様らの代りは　一戔五厘で来る
軍馬は　そうはいかんぞ
聞いたとたん　あっ気にとられた
しばらくして　むらむらと腹が立った
そのころ　葉書は一戔五厘だった
兵隊は　一戔五厘の葉書で　いくらでも
召集できる　という意味だった
（じっさいには　一戔五厘もかからなか
ったが……）
しかし　いくら腹が立っても　どうする
こともできなかった
そうか　ぼくらは一戔五厘か
そうだったのか
〈草莽の臣〉
〈陛下の赤子〉
〈醜の御楯〉
つまりは
〈一戔五厘〉
ということだったのか
そういえば　どなっている軍曹も　一戔
五厘なのだ　一戔五厘が　一戔五厘を
どなったり　なぐったりしている
もちろん　この一戔五厘は　この軍曹の
発明ではない
軍隊というところは　北海道の部隊も
鹿児島の部隊も　おなじ冗談を　おなじ
アクセントで　言い合っているところだ
星二つの一等兵になって前線へ送りださ
れたら　着いたその日に　聞かされたの
が　きさまら一戔五厘　だった
陸軍病院へ入ったら　こんどは各国おく
になまりの一戔五厘を聞かされた

考えてみれば　すこしまえまで
貴様ら虫けらめ　だった
寄らしむべし知らしむべからず　だった
しぼれば　しぼるほど出る　だった
明治ご一新になって　それがそう簡単に
変わるわけはなかった
大正になったからといって　それがそう
簡単に変わるわけはなかった
富山の一戔五厘の女房どもが　むしろ旗
を立てて　米騒動に火をつけ　神戸の川
崎造船所の一戔五厘が同盟罷業をやって
馬に乗った一戔五厘のサーベルに蹴散ら
された
昭和になった
だからといって　それがそう簡単に変わ
るわけはないだろう
満洲事変　支那事変　大東亜戦争
貴様らの代りは　一戔五厘で来るぞ　と
どなられながら　一戔五厘は戦場をくた
くたになって歩いた　へとへとになって
眠った
一戔五厘は　死んだ
一戔五厘は　けがをした　片わになった
一戔五厘を　べつの名で言ってみようか
〈庶民〉
ぼくらだ　君らだ

あの八月十五日から
数週間　数カ月　数年
ぼくらは　いつも腹をへらしながら
栄養失調で　道傍でもどこでも　すぐに
しゃがみこみ　坐りこみながら
買い出し列車にぶらさがりながら
頭のほうは　まるで熱に浮かされたよう

に　上ずって　昂奮していた
戦争は　もうすんだのだ
もう　ぼくらの生きているあいだには
戦争はないだろう
ぼくらは　もう二度と召集されることは
ないだろう
敗けた日本は　どうなるのだろう
どうなるのかしらないが
敗けて　よかった
あのまま　敗けないで　戦争がつづいて
いたら
ぼくらは　死ぬまで
戦死するか
空襲で焼け死ぬか
飢えて死ぬか
とにかく死ぬまで　貴様らの代りは
一戔五厘でくる　とどなられて　おどお
ど暮していなければならなかった
敗けてよかった
それとも　あれは幻覚だったのか
ぼくらにとって
日本にとって
あれは　幻覚の時代だったのか
あの数週間　あの数カ月　あの数年
おまわりさんは　にこにこして　ぼくら
を　もしもし　ちょっと　といった
あなたはね　といった
ぼくらは　主人で　おまわりさんは
家来だった
役所へゆくと　みんな　にこにこ笑って
かしこまりました　なんとかしましょう
といった
申し訳ありません　だめでしたといった
ぼくらが主人で　役所は　ぼくらの家来
だった
焼け跡のガラクタの上に　ふわりふわり
と　七色の雲が　たなびいていた
これからは　文化国家になります　と
総理大臣も　にこにこ笑っていた
文化国家としては　まず国立劇場の立派
なのを建てることです　と大臣も　にこ
にこ笑っていた
電車は　窓ガラスの代りに　ベニヤ板を
打ちつけて　走っていた
ぼくらは　ベニヤ板がないから　窓には
いろんな紙を何枚も貼り合せた
ぼくらは主人で　大臣は　ぼくらの家来
だった
そういえば　なるほどあれは幻覚だった
主人が　まだ壕舎に住んでいたのに
家来たちは　大きな顔をして　キャバレ
ーで遊んでいた

いま　日本中いたるところの　倉庫や
物置きや　ロッカーや　土蔵や
押入れや　トランクや　金庫や　行李の
隅っこのほうに
ねじまがって　すりへり　凹み　欠け
おしつぶされ　ひびが入り　錆びついた
〈主権在民〉とか〈民主々義〉といった
言葉のかけらが
割れたフラフープや　手のとれただっこ
ちゃんなどといっしょに　つっこまれた
きりになっているはずだ
（過ぎ去りし　かの幻覚の日の　おもい
出よ）
いつのまにか　気がついてみると
おまわりさんは　笑顔を見せなくなって
いる
おいおい　とぼくらを呼び
おいこら　貴様　とどなっている
役所へゆくと　みんな　むつかしい顔を
して　いったい何の用かね　といい
そんなことを　ここへ言いにきてもダメ

10
17
19
19.
三菱石油

じゃないか　と　そっぽをむく
そういえば　内閣総理大臣閣下の
にこやかな笑顔を　最後に見たのは
あれは　いつだったろう
もう〈文化国家〉などと　たわけたこと
はいわなくなった
（たぶん　国立劇場ができたからかもし
れない）
そのかわり　高度成長とか　大国とか
GNPとか　そんな言葉を　やたらに
まきちらしている
物価が上って　困ります　といえば
その代り　賃金も上っているではないか
といい
（まったくだ）
住宅で苦しんでいます　といえば
愛し合っていたら　四帖半も天国だ　と
いい
（まったくだ）
自衛隊は　どんどん大きくなっているみ
たいで　気になりますといえば
みずから国をまもる気慨を持て　という
（まったく　かな）
どうして　こんなことになったのだろう
政治がわるいのか
社会がわるいのか
マスコミがわるいのか
文部省がわるいのか
駅の改札掛がわるいのか
テレビのCMがわるいのか
となりのおっさんがわるいのか
もしも　それだったら　どんなに気が
らくだろう
政治や社会やマスコミや文部省や
駅の改札掛やテレビのCMや
となりのおっさんたちに
トンガリ帽子をかぶせ　トラックにのせ
て　町中ひっぱりまわせば
それで気がすむというものだ
それが　じっさいは　どうやら　そうで
ないから　困るのだ

書く手もにぶるが　わるいのは　あの
チョンマゲの野郎だ
あの野郎が　ぼくの心に住んでいるのだ
（水虫みたいな奴だ）
おまわりさんが　おいこら　といったと
き　おいこら　とは誰に向っていってい
るのだ　といえばよかったのだ
それを　心の中のチョンマゲ野郎が
しきりに袖をひいて　目くばせする
（そんなことをいうと　損するぜ）
役人が　そんなことといったってダメだと
いったとき　お前の月給は　誰が払って
いるのだ　といえばよかったのだ
それを　心の中のチョンマゲ野郎が
目くばせして　とめたのだ
あれは　戦車じゃない　特車じゃ　と
葉巻をくわえた総理大臣がいったとき
ほんとは　あのとき
家来の分際で　主人をバカにするな　と
いえばよかったのだ
ほんとは　言いたかった
それを　チョンマゲ野郎が　よせよせと
とめたのだ
そして　いまごろになって
あれは　幻覚だったのか
どうして　こんなことになったのか
などと　白ばくれているのだ
ザマはない
おやじも　おふくろも
じいさんも　ばあさんも
ひいじいさんも　ひいばあさんも
そのまたじいさんも　ばあさんも
先祖代々　きさまら　土ン百姓といわれ

きさまら　町人の分際で　といわれ
きさまら　おなごは黙っておれといわれ
きさまら　虫けら同然だ　といわれ
きさまらの代りは　一戔五厘で来る　といわれて　はいつくばって暮してきた
それが　戦争で　ひどい目に合ったから
といって　戦争にまけたからといって
そう変わるわけはなかったのだ
交番へ道をききに入るとき　どういうわけか　おどおどしてしまう
税務署へいくとき　税金を払うのはこっちだから　もっと愛想よくしたらどうだといいたいのに　どういうわけか　おどおどして　ハイ　そうですか　そうでしたね　などと　おどおどお世辞わらいをしてしまう
タクシーにのると　どういうわけか
運転手の機嫌をとり
ラーメン屋に入ると　どういうわけか
おねえちゃんに　お世辞をいう
みんな　先祖代々
心に住みついたチョンマゲ野郎の仕業なのだ
言いわけをしているのではない
どうやら　また　ひょっとしたら

新しい幻覚の時代が　はじまっている
公害さわぎだ
こんどこそは　このチョンマゲ野郎をのさばらせるわけにはいかないのだ
こんどこそ　ぼくら　どうしても
言いたいことを　はっきり言うのだ

工場の廃液なら　水俣病からでも　もうずいぶんの年月になる
ヘドロだって　いまに始まったことではない
自動車の排気ガスなど　むしろ耳にタコができるくらい　聞かされた
それが　まるで　足下に火がついたみたいに　突如として　さわぎ出した
ぼくらとしては　アレヨアレヨだ
まさか　光化学スモッグで　女学生バッタバッタ　にびっくり仰天したわけでもあるまいが　それなら一体　これは　どういうわけだ

けっきょくは　幻覚の時代だったが
あの八月十五日からの　数週間　数カ月
数年は　ぼくら　心底からうれしかった
（それがチョンマゲ根性のために

もとのモクアミになってしまったが）
それにくらべて　こんどの公害さわぎは
なんだか様子がちがう
どうも　スッキリしない
政府が本気なら　どうして　自動車の生産を中止しないのだ
どうして　いま動いている自動車の　使用制限をしないのだ
どうして　要りもしない若者に　あの手この手で　クルマを売りつけるのをだまってみているのだ
チクロを作るのをやめさせるのなら
自動車を作るのも　やめさせるべきだ
いったい　人間を運ぶのに　自動車ぐらい　効率のわるい道具はない
どうして　自動車に代わる　もっと合理的な道具を　開発しないのだ
（政府とかけて　何と解く
そば屋の釜と解く
心は言う（湯）ばかり）

一証券会社が　倒産しそうになったとき
政府は　全力を上げて　これを救済した
ひとりの家族が　マンション会社にだまされたとき　政府は眉一つ動かさない

もちろん　リクツは　どうにでもつくし
考え方だって　いく通りもある
しかし　証券会社は救わねばならぬが
一個人がどうなろうとかまわない
という式の考え方では　公害問題を処理
できるはずはない
公害をつきつめてゆくと
証券会社どころではない　倒してならな
い大企業ばかりだからだ
その大企業をどうするのだ
ぼくらは　権利ばかり主張して
なすべき義務を果さない
戦後のわるい風習だ　とおっしゃる
（まったくだ）
しかし　戦前も　はるか明治のはじめか
ら　戦後のいまも
必要以上に　横車を押してでも　権利を
主張しつづけ　その反面　なすべき義務
を怠りっぱなしで来たのは
大企業と　歴代の政府ではないのか

さて　ぼくらは　もう一度
倉庫や　物置きや　机の引出しの隅から
おしまげられたり　ねじれたりして
錆びついている〈民主々義〉を　探しだ
してきて　錆びをおとし　部品を集め
しっかり　組みたてる
民主々義の〈民〉は　庶民の民だ
ぼくらの暮しを　なによりも第一にする
ということだ
ぼくらの暮しと　企業の利益とが　ぶつ
かったら　企業を倒す　ということだ
ぼくらの暮しと　政府の考え方が　ぶつ
かったら　政府を倒す　ということだ
それが　ほんとうの〈民主々義〉だ
政府が　本当であろうとなかろうと
今度また　ぼくらが　うじゃじゃけて
見ているだけだったら
七十年代も　また〈幻覚の時代〉になっ
てしまう
そうなったら　今度はもう　おしまいだ

今度は　どんなことがあっても
ぼくらは言う
困まることを　はっきり言う
人間が　集まって暮すための　ぎりぎり
の限界というものがある
ぼくらは　最近それを越えてしまった
それは　テレビができた頃からか
新幹線が　できた頃からか
電車をやめて　歩道橋をつけた頃からか
とにかく　限界をこえてしまった
ひとまず　その限界まで戻ろう
戻らなければ　人間全体が　おしまいだ
企業よ　そんなにゼニをもうけて
どうしようというのだ
なんのために　生きているのだ

今度こそ　ぼくらは言う
困まることを　困まるとはっきり言う
葉書だ　七円だ
ぼくらの代りは　一戔五厘のハガキで
来るのだそうだ
よろしい　一戔五厘が今は七円だ
七円のハガキに　困まることをはっきり
書いて出す　何通でも　じぶんの言葉で
はっきり書く
お仕着せの言葉を　口うつしにくり返し
て　ゾロゾロ歩くのは　もうけっこう
ぼくらは　下手でも　まずい字でも
じぶんの言葉で　困まります　やめて下
さい　とはっきり書く
七円のハガキに　何通でも書く
ぼくらは　ぼくらの旗を立てる

ぼくらの旗は　借りてきた旗ではない
ぼくらの旗のいろは
赤ではない　黒ではない　もちろん
白ではない　黄でも緑でも青でもない

ぼくらの旗は　こじき旗だ
ぼろ布端布《はぎれ》をつなぎ合せた　暮しの旗だ
ぼくらは　家ごとに　その旗を　物干し
台や屋根に立てる

見よ
世界ではじめての　ぼくら庶民の旗だ
ぼくら　こんどは後へひかない
（8号・第2世紀　昭和45年10月）

酒とはなにか

まことにわが日本は酒を嗜《たしな》む人のためには天国である。現代文明諸国中酒を飲み過ぎ自《みずか》ら招いて弁識能力を失い他人を殺傷した犯人を法律を以てこれ程厚く保護している国は稀《まれ》であろう

——昭和三一年七月五日
京都地裁の判決理由から

男が、夕ぐれの町を歩いていた。

とうふやのラッパや、町工場の機械の音や、物を煮るにおいや、銭湯のどぶのにおいや、貨車を入れかえる音や、こどもを呼ぶ女の声などが、入れまじって、京都の町は、こともなく、暮れようとしていた。

一日中どんよりとむしあつい日だった。三時すぎに、雨になったが、ながくは降らなかった。町中が、じとじとして、気がついてみると、またこまかい雨がふっていた。

男は、よろけるように歩いていた。誰も、とくべつに、注意をはらうでもなかった。

飲み屋から、にぎやかな笑い声が洩れていた。通りに、ぼうっと黄色く、電灯がにじんでいた。

男は、飲み屋ののれんをくぐった。その足許がふらついていた……。

これが、事件の発端である。

男が入ってゆくと、奥でのんでいた中年の工員ふうの男が、顔を上げたが、そのまま、またのみつづけた。入ってきた男は、知らない顔だった。数十分後に、この男に刺されるとは、ゆめにもおもわなかった。

男は、ふらふらと空いた椅子を探すと、カストリを注文した。そのうち、となりにいた友禅染めの職人にからみはじめた。

さっきの工員ふうの男が、とめるような口をきいた。ええかげんにしときいな、といった。なにを文句があるんなら、表に出やがれ、と男がののしった。

工員ふうの男が立ち上って、表に出た。脇腹にツーと焼け火ばしのようなものが突きささった。わけのわからぬ叫び声を上げて倒れた体の下から、みるみる血が流れ出した。

事件のおこったのは、昭和三十年六月十七日午後七時であった。

工員ふうの男は、四条大宮病院にかつぎこまれた。一時は危篤状態に陥ったが、それでも命だけは取りとめた。

刺した男は、その場でつかまった。殺人未遂で起訴され、懲役五年を求刑された。

一年たった三一年七月五日、京都地裁で判決の言い渡しがあった。

〈無罪〉であった。

男は、あの日、ひるすぎから、西の京月光町の、その飲み屋でのんでいた。

カストリを八合のんで、その店を出ると、べつの店でビールを一本のんだ。したたか泥酔して、夕方五時ごろ家へ帰った。

　なにかぶつぶつ言いながら、そこいらをかきまわしていたが、しばらくすると、またふらふらと表へ出ていった。ポケットに刃渡り13センチばかりの短刀を入れていた。

　男は夕ぐれの町をよろけながら歩いていった。誰もべつに注意をはらわなかった。どこでも、いつでも、ざらにみる風景のひとつにすぎなかった。だから、さっきまでのんでいた飲み屋に、こんどは客がいなかったら、そして中年すぎた工員ふうの男が、酔ったまぎれにからむ男をとめなかったら……そのまま、こともなく、暮れたはずであった。

　男は、のむと、人が変った。目がすわってきた。前後のわきまえがなくなってしまった。

　裁判所は、そのときの男を、心神喪失の状態であった、と判断するより仕方がなかった。わが国の刑法では、善悪をわきまえる力と、そのわきまえにしたがって行動する力をもっていないときにやったことは、どんな罪でも罰せられない。だから、

「……酩酊状態において行った犯罪について例外を認めていない限り、裁判所は行為者に対し無罪の判決を言渡す外はない」

と、このときの判決理由をのべている。

　はじめに引用した文章は、このすぐあとにつづくのである。

　刺された男が、やっと退院を許された日は、四条の通りに秋風が吹いていた。工員で、四十七才であった。

　えらい災難やった、と本人もいい、まわりもそうおもった。

　そのとき、あの飲み屋に居合せなかったら、うけないですんだ災難であった。そして、もしも酒をのまなかったら、その飲み屋に居合せる筈はなかった。

　それでも、殺されなかっただけ、よかった。刺した男は、殺すつもりにちがいなかったのである。

　季節のかわり目には、まだ傷がいたんでいるのだろう。

　〈無罪〉になった男は、その後どうなったのか、わからない。

　ひとに恨まれるようなことをしたことはない、ひとに殺されるような仕打ちをしたおぼえはない――たいていの人は、それにちがいないのである。

　恨まれるようなこと、殺されるようなことはなにひとつしなくて、しかも、人は殺されることがある。

　ひとつは、戦争である。

　ひとつは、酒である。

　毎日の新聞記事をみても、殺人は、そう珍らしい事件ではない。しかし、どの殺人にも共通していえることは、殺すには殺すだけの〈動機〉があるということである。憎くてたまらないとか、生かしておいてはこちらの身が危いとか、なにかしら〈わけ〉がある。

　ところが、東京だけで、三年のあいだに七人の人間が、なんの動機も、なんの〈わけ〉もなく、殺されている。

　この七つの事件では、殺した方と殺されたほうは、どれも見も知らない間柄で

ある。

上空からバクダンを落した人間と、そのバクダンで殺された地上の人間とは、なんのつながりもない間柄だが――それと似ている。

この七人の場合は、そのバクダンは、酒であった。

どの事件でも、殺した方も殺された方も酔っぱらっていた。そして、ヒジがさわったとか、目つきが気にいらないとか、足をふんだとか、そんな、ふつうなら、とても人を殺す気になど到底ならないことで、人を殺しているのである。

しかも、この殺人の、もう一つへんてこな点は、殺されてみなければ、どちらが殺人者かわからないことだった。

殺された人間も、もしそのとき足をすべらせなかったら、もし手をのばしたときに手頃な兇器があったら、もしゲタの鼻緒が切れなかったら、もし……つまり、少しでも事情がちがっていたら、殺されないで、逆に殺していたのである。

そんな殺され方、そんな殺し方というものがあるだろうか。

酒のせいにはちがいない。

それなら、酒とは、いったいなんだろうか。

おそらく、生まれてからこの方、酒と名のつくものを、一滴も口にしたことはないという人間は、よほど珍らしいのではないだろうか。

それほど、酒は、私たちの暮しに、身近かにとけこんでいる。酒をみて、酒と聞いて、目をかがやかす人間はたくさんいても、珍らしそうな、ふしぎそうな顔をする人間は、まずいないのである。

しかし、コーヒーをのみすぎて、人を殺した話は聞かない。タバコをのみすぎて殺された話もきかない。

なにをのんでも、なにを食っても、そのために陽気になって大声を上げたり、あられもないことをはじめたり、人にからんだり、泣き出したり、そういうことになることはない。

酒だけが、ジキル博士をハイド氏にかえ、淑女をとんでもないあばずれ女にかえる力をもっている。

いったい、酒とはなんだろうか。

ここに、ひとりの人間がいるとする。かりに、あなただとしよう。

あなたが、いま一杯の酒を、ウイスキーでも、日本酒でも、ぶどう酒でも、とにかくのむとする。

その一杯の酒が、どんなふうに、あなたの体に働いてゆくか、それをしらべてみよう。酒とはなにか、それを知るのには、いちばん手っとり早い方法だとおもうからである。

まず、茶サジ一杯の酒をのんでごらんなさい。たぶん、舌の奥から食道へかけて、やけつくような感じがして、のどから頬のあたりが、ポーッとあったかくなってきたような気がするでしょう。

では、もう一サジのんでみよう。こんどは、みぞおちのへんまで、あつくなってくる。

もうすこしのむと、顔全体がカッカッとほてってくる、どうきがしてくる。

このへんのところを、学者は、こんなふうに説明している。

酒のなかには、アルコールがある。酒をのむと、ほかの飲みものや食べものではおこらないような、いろいろふしぎなことがおこるのは、おもに、このアルコールのためだというのである。

ところで、あなたが飲んだり食べたりしたものは、みんな口から食道をとおって胃に入り、そこから腸へゆく。口から入ったものを、あなたの体がとりこむ、つまり消化吸収するのは、その小腸のところである。胃は、腸でとりこみやすいように、下ごなしをするだけである。

ところが、口から入るものでは、酒だけが、というより、アルコールだけが、ちがっている。アルコールは、もちろん小腸でも吸収されるが、そのまえに、胃でも吸収される。それどころか、その前の食道でも、そのまえの口の中でも、舌や粘膜から吸収されるのである。

ふしぎな飲みものにはちがいない。

そこで、あなたが茶サジ一杯の酒をのむと、そのアルコールは、口の中と、せいぜい食道の上のほうで吸収されてしまう。もう一杯のむと、もうすこし下のほうへとどく。杯を重ねるにしたがって、胃をすぎ、腸から吸いこまれてゆく。なんのことはない、長い吸取紙を垂らした上から、インキを注いでいるみたいなものである。

アルコールが体内にとりこまれると、第一に内臓の血管がちぢんで、ヒフの血管がひろがる。そこで、ちぢまったほうの血がひろがったほう、つまりヒフの血管のほうへ急に移ってゆく。そのために、そのへんのヒフが、ポーッと赤くなり、カッカッとほてってくる。どうきがするのは、そんなわけで、心臓が急に早く動かなければならないからである。

しかし、体があつくなったり、どうきがしたり、顔が赤くなったりするのは、たとえば、風呂に入っても、そうなる。ところが、風呂上りのいきおいで、ろれつがまわらなくなったり、人を殺したりはしない。

酒が、ほかのどんな飲みもの食べものともちがうふしぎな点は、酔う、ということである。

あなたが、茶サジ一杯から二杯、やがてグラス一杯、二杯三杯と重ねてゆくにしたがって、この酔うという、ふしぎな状態があらわれてくる。ジキルさんが、ハイドくんに変ってゆくすがたともいえよう。

ただし、これを、あなたが、自分自身の体で観察しようというのは、適当なやり方とはいえない。かりに、鏡のまえにすわって、鏡のなかのあなたの酔い方を観察しようとしても、具合のわるいことに、鏡の中のあなただけが酔う、というわけにはいかないからである。鏡のこちらで観察しているあなたも酔ってゆくから、だんだんと観察があやしくなり、めんどうくさくなり、なぜこんなつまらぬことをしなければならないのかとおもって、やめてしまうか、その鏡をぶちこわしてしまうかがオチである。

つぎの頁に、アメリカの心理学者のマイルズという人が作った、酔っぱらい症状の進行尺度表というものをのせた。鏡をみるより、これをみたほうがよさそうである。

気分爽快、いささかゴキゲン、から出発して、矢でも鉄砲でも持ってこい、を通りすぎ、終着駅人事不省から昏睡・死に至るまで、およそ十期に分れている。あなたが日頃いささか酒をたしなむのなら、自分はいつも何期ぐらいまでのんで

語するが、じつはマッチ１本満足につけられない
・**血中アルコール濃度 0.05%** ウイスキー　グラス　2～4杯
清酒　チョウシ　1～2本、ビール　大ビン　1～2本

6期	・雲の上を歩いているような気持になる ・手をこすったり、顔をなでたりしはじめる ・脈はく、呼吸がかなりはげしく、早くなる ・むしろつむじ曲り的なことをして喜ぶ ・あれをとれ、こうしろ、と命令して、いばりだす ・立ちあがろうとして、イスをひっくり返す ・**血中アルコール濃度 0.07%** ウイスキー　グラス　3～6杯 清酒　チョウシ 1.5～3本、ビール　大ビン 1.5～3本
7期	・めだってよろよろしはじめる ・わけの分らないことをひとりでいう ・上着をどこで脱いだかおぼえていないし、着ようとしてもうまく着られない ・カギがうまくカギ穴にさしこめない ・眠くなり、大声で歌をうたう。他の連中がいっしょにさわがないといってからむ ・**血中アルコール濃度 0.1%** ウイスキー　グラス　4～8杯 清酒　チョウシ　2～4本、ビール　大ビン　2～4本
8期	・もうひとりで歩いたり、服をぬいだりできない ・ちょっとしたことにでも、すぐ怒りだす ・気が変りやすくなり、どなったり、泣き叫んだりする ・吐き気をもよおし、尿の始末すらうまくできない ・その晩だれと一緒にいたか思い出せない ・**血中アルコール濃度 0.2%** ウイスキー　グラス　8～17杯 清酒　チョウシ　4～9本、ビール　大ビン　4～8本
9期	・白痴状態にちかい。大息をついたり、眠ったり、吐いたりする ・話しかけても、声は聞こえるが、なにをいっているか理解できない ・介抱しようとそばへよった人を、乱暴にぶんなぐる ・**血中アルコール濃度 0.3%** ウイスキー　グラス　13～25杯 清酒　チョウシ　7～13本、ビール　大ビン　6～12本
10期	・完全なマヒ状態、もはや死と紙一重である ・**血中アルコール濃度 0.4%** ウイスキー　グラス　17～33杯 清酒　チョウシ　9～17本、ビール　大ビン　8～16本

そして、死

いるか、それをしらべてみるのも一興であろう。

さて、のむほどに重ねるほどに、こんなふうに、一人の人間が、わずかの時間のあいだに、いろいろに変ってゆくふしぎさのタネあかしは、ざっと、こんなところである。

体のなかにとりこまれたアルコールは、血液にのって、肝臓へはこばれる。肝臓としては、つまらんものが入ってきたな、というわけで、これをこわして、べつのものに作りかえる。

なにに作りかえるかというと、まずアセトアルデヒドと水にする。しかし、このままでは困るので、そのアルデヒドを酢酸、つまり酢にする。しかし、酢にしたってしようがないので、もう一つ手をかけて炭酸ガスと水にしてしまう。

そして、炭酸ガスは上の出口、つまり口や鼻から、水のほうは、ヒフや下の出口から、無事ご退散をねがうという仕組みである。

ところが、世の中のことは、なんでもリクツ通りにはゆかぬもので、いかに肝

臓の働きが精巧でも、能力にはかぎりがある。

　あとからあとからアルコールが押しよせてくると、とてもさばき切れない。いきおい、アルコールのままとか、アセトアルデヒドにやっと作りかえた程度の、つまり原材や半製品が、そのまま血液のなかへ出ていくわけである。肝臓としては、口惜しいが、みすみす涙をのんで見切り発車させる、といったところだろう。

　さあ、こうなると、ことである。

　血液のなかのアルコールや、半製品のアルデヒド先生などが、ときこそ来れと、血液のなかを駈けめぐる。当然、大脳へも殺到する。

　ここで、ちょっと、大脳のことをいっておこう。

　脳は、早くいえば、はやりの二重構造になっている。内側のほうは、人間本来の、はだかの気持というか、欲しいものがあれば手に入れたいとおもい、いやなことはしたくないとおもい、腹が立つと殺してやろうかとおもい、うれしいと大

酔っぱらい症状の進行尺度表　W. R. マイルズ氏による

1期

・頭がすっきりして気持がシャンとしたように感じる
・息苦しい感じなんかすっとんでしまう
・口やのどのあたりの粘膜が少しピリピリしてくる
・**血中アルコール濃度0.01％**　ウイスキーならグラス1/3～1杯、清酒ならチョウシ 1/4～1/2本、ビールなら大ビン 1/5～1/3本

2期

・後頭部が軽く脈を打つ。軽くめまいがすることもある
・ぽかぽかしてきて体の痛みや疲れなど、どこかへ消えてしまう感じになる
・空模様を気にしなくなり、ヒゲをそってなかったとか、ワイシャツが汚れていたとか、一向に平気になる
・だれとでもしゃべりたくなる
・**血中アルコール濃度　0.02％**　ウイスキーならグラス1～1.5杯、清酒でチョウシ 1/2～1本、ビールで大ビン 1/3～1本

3期

・ゆったりとした幸福感が身をつつみ、心配ごとなどふっとんでしまう
・高尚なゲームでもしている気持になってくる
・調子のよい言葉がとび出してくる。「なあにまかせとけ、万事OKだ」「ああユカイだなあ」「ぼくらはいつも友だちじゃないか」「お金が要るんなら都合してやるよ」「もう帰るなんて、まだ早いよ」等々
・時間がばかに早くすぎてゆく感じがする
・**血中アルコール濃度　0.03％**　ウイスキー　グラス 1～2.5杯、清酒　チョウシ 2/3～1.5本、ビール　大ビン 2/3～1本

4期

・体中にファイトがみちみちてきた感じで、矢でも鉄砲でも持ってこいという気がしてくる
・大声でよくしゃべり、つまらぬ冗談にも大声で笑う
・口から出まかせにぺらぺらしゃべりまくる
・手が軽くふるえ、体の動きがぎごちなくなってくる
・「酔っぱらっちゃいないだろ」などといいはじめる
・記憶力が非常によくなり、生き生きとあざやかによみがえってくるような気がする
・**血中アルコール濃度　0.04％**　ウイスキー　グラス 1.5～3杯、清酒　チョウシ 1～1.5本、ビール　大ビン 1～1.5本

5期

・天下をとったような気になり、個人的にも社会的にも、思うことならざるはなし、と思いはじめる
・むかしの手柄話などを大げさにくどくどと話し出す
・「どんな奴だって打ちのめしてやる」などと大言壮

通りをとびはねようとおもったりするところである。

ところが、それでは、ちょっと困る。犬や猫に対しても恥しい。

そこで、その本来のはだかの上に、きものを着せてある。これが外側の脳である。この外側のきものが、欲しがってはいけないんだとおもい、いやでもしなければ、とあきらめ、腹が立っても殺したりしてはダメだとがまんさせ、うれしくても、人ごみのなかをとんだりはねたりしてはみっともないぞ、といましめたりする。

このきものの着方については、人によってもちがい、時代によってもちがい、民族によってもちがう。

うんとがんじがらめのヨロイカブトみたいな厚着もあれば、はらはらさせるようた薄着もある。その一見堅固そうな厚着も、じつは芝居の早変りよろしく、しつけ一本でパラリととけるのもあれば、薄着でも、最後の一枚は金輪際とけないのもある。

いずれにしても、このきものの着方が、教養のしからしめるところ、というわけだろうが、これが案外に、もろくてはかない。

いまいったアルコールとアセトアルデヒド混成軍に攻撃をかけられると、一本紐がとけ、一枚はがれ、というふうに、ぬがされてゆく。

つまり大脳の中枢神経がマヒさせられてゆくのである。

まあ、こういうイライラの世の中ではないか、それなら、たまには酒でものんで、脳のストリップをやるのも、精神衛生上よろしいではないか、とおもいたくなるが、この混成軍は、そうものわかりがいいほうではない。

外側構造がマヒしたら、やめておけばいいものを、なおも攻撃の手をゆるめないから、こんどは、はだかにされた内側構造がマヒしてくる。昏睡、そして、死、というわけである。

マイルズ氏の酔っぱらい尺度表は、そのつもりでみていただくと、たいへんおもしろい。

大体第四期ぐらいまでは、外側の、つまりきものがはがれてゆく状態で、それからさきは、内側もしだいにマヒしてゆく有様とみてよさそうである。

もう一ど、話を、京都の町の片すみにおこった事件にもどそう。

あの、どんよりくもって、じとじとむし暑い夕方、ポケットに短刀を入れて、飲み屋へひょろひょろと歩いていった男は、いったいどんた気持でいたのだろうか。

そのとき、男がのんでいたのは、カストリ八合とビール一本である。たてつづけに三十分か一時間でのんだのではない。ひるすぎから、およそ五時間ちかくかけてのんだのである。

マイルズ氏の物さしをあててみると、まず第七期くらいだろうか。かりに、酔いがよくまわっていたとしたら、第八期だろうか。

相当な酔い方にはちがいない。

しかし、だれでも、それくらいのんでそれくらい酔うと、誰かれの見さかいなく、人を殺したくなるものだろうか。

そんな筈はない。もしそうなら、この世の中は、わけのわからぬ殺人でみちみちているだろう。

どうやら、ふつうの人間にはあてはまらない、べつの酔い方というものがあるのではないか。

酒乱、という言葉がある。

男は、それだったのだろう。

しかし、酒乱、とは、いったい、どんな酔い方をするのだろうか。

暴走するタイプがある。走り出したらブレーキがきかないのである。なにかにブチあたらないと止らない。いったん、酒をのみ出したら、もうほどよくこのへんで、と切り上げることができないで、いつでもとことんまでいってしまう。これは、たしかに、あたりまえではない。

男は、このタイプだったのだろう。

もう一つのタイプもある。

それほどのまないのに、どんどん第六期第七期と進んでしまう。宴会などで、みんな大体ほどよくゴキゲンになりかけたトタンに、一人だけ、急に立ち上ってどなり出す、目がすわって、顔は蒼白になっている。こういうタイプの酒乱である。

ペニシリンという薬がある。

ところが、これが体に入ると、トタンにひっくりかえる、死んでしまう、という人間がある。いわゆるペニシリンショックである。そういう異常な体質が、まれにある。

じんましんという病気がある。

ある食べものをたべたり、寒い風にふかれたりすると、とたんに体中にぶつぶつが出て、かゆくて痛くて、ひどくなると夜もねむれない。これも異常な体質にはちがいない。

酒乱、という酔い方をする人間は、ひょっとしたら、ある意味ではやはり異常な体質なのではないだろうか。

というのは、いまの学問では、まだそのへんのところが、はっきりしていないからである。

酒乱、というのは、一種の軽いショックのようなもの、アレルギーみたいなものだといえないだろうか。もともと酒をのんではいけない体質ではないだろうか。

「うちの父ちゃんの酒は、わるい酒でねえ」

とぐちをこぼすおかみさんがいる。

酔うと、かならず、手あたり次第に物を投げつけ、おかみさんをぶんなぐり、髪の毛をつかんで、ひきずりまわす。

「のまなきゃ、ほんとにいい人なんだけど、それが、のまずにいられないらしいんだね。ほかに道楽があるわけじゃなし、毎日あくせく働いてるんだろう、ついあんなに好きなんだから、とおもっちゃう私もいけないんだけどね」

そんな話を聞かされたほうは、さすがにおかみさんに同情はするが、その亭主のほうを、極悪非道、天人ともに許さざる兇悪フテイなやから、とまでは、ふつうは考えない。ほんとに仕様がない人だねえ、ぐらいで、片づけてしまう。

多すぎるのである。

一つの町内に、そういう酔い方をする人間が何人もいる。一つの職場に、そういう酒ぐせのわるい人間が何人もいる。

その、ぐちをきかされている方のご亭主だって、じつは、酔えば似たりよったりのていたらくかもしれないのである。

そういう男を父に持った子どもなどは酒をのむと、必ずそうなるもの、酔うということは、乱暴を働くことだと思いこんで育っているかもしれないのである。

WHO（世界保健機関）に、各国のアルコール中毒患者の人数の報告がある。おもなところをひろってみると（人口十万に対して）

・アメリカ　３９５２人
・フランス　２８５０人
・スエーデン　２５８０人
・デンマーク　１９５０人
・ノールウェー　１５６０人
・イギリス　１１００人
・イタリー　５００人

アメリカあたりをみると、老若男女みんな入れて、ざっと百人に四人はアルコール中毒だということになる。しかし、その中には、こどもや、大人でも酒をのまない人間もいるから、大ざっぱに計算すると、どうやら、酒をのむ人間が十人いたら、ひとりはアル中ともいえそうである。

日本は、どうなのだろうか。

このWHOの報告のなかには、見あたらない。どうして日本は報告しなかったのか、わからないが、たぶん、どうにも、しらべようがなかったのだろう。

いわゆるアルコール中毒者として入院している人間の数はわかっている。全国でおよそ三千人である。人口十万に対する数にすると、三人か、せいぜい四人である。アメリカの四千人とくらべると、ケタがちがうなどというものではない、ちがいすぎてお話にならない。すくないイタリーの五百人とくらべても、月とスッポンぐらいちがっている。

日本は、アルコール中毒者のすくないことを、世界に誇っていいのだろうか。

どうやら、そうはゆかないようである。この三人か四人というのは、一種の精神病である。

幻視、幻聴がおこる。ないものが見えたり、きこえたりする。部屋のなかを、ネズミが何匹も走りまわっている、うるさくてたまらないので、つかまえようとすると、消えてしまう。気がつくと、また後のほうで走りまわっている。

意識がもうろうとしてきて、体のふるえがとまらない。他人が自分のわる口をいったり、ののしったりしているとおもいこむ。

昨日おこったことも忘れてしまう。家族の名や年もおもい出せない。

こういった、ひどい症状である。酒乱、というのとはちがう。

ところが、WHOの報告でいうアルコール中毒とは、とにかく、あたりまえでない酔い方をする人間を、みんなふくんでいるのである。なにがあたりまえか、というのは、国によってちがうだろう。しかし、酔って乱暴をする、というのは、あたりまえではない。

この報告の、外国の数字には、そういう、つまり酒乱といった酔い方が数に入っているのである。

日本では、いまのところ、これはしらべようがない。しかし、もし、しらべることができたら、どれくらいになるものだろうか。

ある専門家は、たぶん百人に五人くらいじゃないか、と推定している。十万人に対して五千人である。あたりまえでない酔い方をする人間が、アメリカよりも多いことになる。

問題は、そのあたりまえでない酔い方

を、世の中が、あたりまえでない、とは考えていないことだろう。世の中が、そういう酔い方を、むしろあたりまえ、酒をのめば、それくらいのことは当然おこるさ、と考えていることである。数よりも、この考え方のほうに、じつは、大きな問題があるのではないか。

そういえば、京都の裏町を、短刀をポケットに入れて男がひょろひょろと歩いていたとき、誰も、とくべつにこれといって注意を払わなかった。しようのない酔っぱらいが一人歩いている、といったくらいにしか見なかった。

それは、暮れてゆく町のどこかに、必ずついている小さなシミの一つみたいなものだったのだろう。

もちろん、あなたではない。あなたの知っている人としよう。

その人が、ぐでんぐでんに酔っぱらって、道を歩いていたとしよう。向うから、おまわりがやってきた。さあ、どういうことになるか。

それが、どういうことになるかは、じつは、そのとき歩いていた道が、どこの国の、どの町か、ということで、だいぶ様子がちがってくる。

まず、東京としよう。

べつにどうということはない。おまわりさんだって、忙しいのだから。もっとも、そのおまわりに、やいこの税金ドロボーとののしるとか、通っている女の人にだきつこうとしているとか、よほど目に余るようだと、例の酔っぱらい防止法で、「保護所」に送られて一晩とめてくれる。宿泊料はとられない。国民の税金で、ちゃんとまかなっていただける。

おなじことが、ロンドンでおこったとしたら、どうなるだろう。

もう酔っぱらっていただけで、五百円の罰金である。それも、おなじことを一年間に二度やったときは、千円。三度やったら二千円の罰金をとられる。

酔っぱらっているだけでなく、いかがわしい歌をうたったり、女の子をからかったり、街路樹を折ったりしていたら、一回目でも二千円、そして当然警察へひっぱられるが、そこでまたさわぐと、もう二千円、しめて四千円の罰金ということになる。

もちろん、払えない人間だっている。そのときは、罰金の額に応じて、ぶちこまれる。

イギリスでは、もう一つ、おまけがついている。酔払っているとき、こどもを連れていたら、ひどいことになる。

その子が七才以下だったら、酔っていただけで二千円以下の罰金、それが払えないと、一カ月以下のムショ送りになる。

では、これが、花のパリだったら、どういうことになるだろうか。

ぐでんぐでんに酔払っていたら、べつに女の子にからんだりしなくても、酔払っているだけで、百五十円から九百円の罰金。

それくらいなら払える、とおもってはいけない。二度目には、三日以内の拘留とくる。三度目にはぶちこまれる。(六日以上一カ月以下)それがイヤなら三千円から五万円程度の罰金を払わねばならない。

そこまでは、まあよいとして、フランスのおまけは、イギリスより手きびしい。

二回以上酔っぱらいで処罰された人間は、向う二年間、公民権を停止される。選挙もできない、公務員や陪審員になれない。任命試験をうけられない、ピストルを持てない。

もうひとつ、フランスには、一風かわったおまけがついている。

酔払っていて、おまわりにつかまる。おまわりは、警察へひっぱってゆく。タクシーをとめるなり、ひとの手を借りるなり、とにかくゼニがかかる。

その費用は、罰金とはべつに、酔っぱらっていた本人から、実費をいただくことになっている。そんなものを、国民の血と汗の税金から払っては申しわけない、というわけだろう。

おつぎは、ローマ。

ひどく酔っぱらっていて、折も折とて、向うからおまわりがやってきたら、これがトタンに六カ月以下のムショ送り。いやなら、五百円から九千円くらいの罰金。

では、チェコのプラハ。

ここでは、罰金は通用しない。酔っぱらいは、コトの如何を問わず六カ月以下の拘禁である。

さて、アメリカは、どうだろうか。

これは、州によって様子がちがう。ひょっとして、ご存じない方もあるかもしれないが、例の禁酒法、これがミシシッピー州だけには、厳としてまだ生きているくらいである。

その外の州では、まずワシントンDC。ここで酔っぱらっていたら、九十日以下の拘禁か、三万六千円以下の罰金。

テキサスでもおなじだが、ここでは、自分の家以外は、友人の私宅でよっぱらっていても罪になる。

ウィスコンシン州では、三万六千円以下の罰金というのはおなじだが、汽車、電車、バスで酔っぱらっているとつかまるし、その中で酒を売るのも違法である。だから、大陸横断列車の食堂も、ウィスコンシン州を通過するときは、酒を出さない。

マサチューセッツでは、酔っぱらって、なにか他人の迷惑になることをした人間は、一年以下の懲役である。

こんなふうに、ただ、ちょっとひどく酔っぱらっていただけで、たいていの国では、罰金をとられるなり、ぶちこまれるなりしている。

もしも、酔っぱらっているだけでなく酔った上で人を殺すなり、ケガをさせるなりしたときは、どうなるだろうか。

昭和二六年六月六日、伊東市で老夫婦が殺害された。犯人は、実子であった。彼は東京へ通勤しているサラリーマンで、近く洋行する話と、結婚する話があった。そして、あとでわかったことだが、会社の金を相当使いこんでいた。

その夜、彼は九時頃、家に帰った。駅前で生ビールをのんでいた。家で父からベルモットをふるまわれたが、そのあとは、自分の買ってきたウイスキーをのんだ。

二階に上って寝たのは十一時頃だとおもうが、おぼえはないといっている。

気がついたら、階段の下に倒れていた。下の八帖に入ったら母が血だらけになって倒れている。おどろいてサンルームに行ってみたら、父がやはり血まみれになって死んでいた。

自分の手にも、膝にも、浴衣にも、血

がついていた。しかし、殺したおぼえは全然ない、と申し立てた。

　五年後の昭和三一年に、静岡地裁で判決の言い渡しがあった。

　〈無罪〉である。

　理由は、京都の片すみの事件と、つまりはおなじであった。法律の言葉でいうと、そのとき、殺した男は「心神喪失」の状態であった、と認められたのである。

　一九二九年四月二六日、アリゾナ州のアギラからフェニックスに通じるハイウェーを、一台のシボレーが走っていた。運転しているのは、ジャック・マーチンという男だった。傍に、十八か十九の少年が乗っていた。

　マーチンは、この日、サロミ市の妹夫婦をたずねて、フェニックスに帰るところだった。途中アギラの給油所に立ちよっていたら、通りかかった少年に、のせてってくれませんか、とたのまれた。どこへ行くんだときいたら、フェニックスだという、それじゃと乗せてやった。暑い日だった。道は砂漠の中を通っていた。マーチンはビールを出してのんだ。少年にも、のまないかといったら、いやだとことわった。酒をのんだことがなかったのである。まあ、そういわずにのめよ、とマーチンがしつこくすすめた。いやなら、ここで降りてもらうぞ。

　少年は一戔も持っていなかった。シカゴから友だちと旅行に出て、途中でひとりになった。フェニックスからシカゴへ帰るつもりだった。

　この砂漠のまんなかで降ろされてはたいへんだとおもった。仕方なしにビールを三本のんだ。

　ウィッケンバーグで、マーチンはウイスキーを買った。少年も、またすすめられるままにのんだ。

　マーチンはぐでんぐでんに酔っぱらってきたので、モリスタウンで少年がハンドルをかわった。

　ひどく胃が痛んで、めまいがしてきた。なにがなんだかわからなくなった。

　はっと気がついたら、車がとまっていて、自分の手にピストルが握られていた。傍の座席でマーチンが血まみれになって倒れていた。

　アリゾナ州裁判所の判決は、

〈有罪、死刑〉

であった。

　たとえ、砂漠の真中で降りろといわれたからといって、飲んだのは本人である。手足をしばられて、のどにつぎこまれたのでもないし、ピストルをつきつけて、のまないと殺すぞとおどかされたのでもなかった。

　飲んでそうなったという以上、飲んだ人間は責任をとらねばならぬ、というのが理由である。

　このふたつの判決を、どんなふうに、あなたは考えられるだろうか。

　アメリカが、きびしすぎるのだろうか。

　日本が、あますぎるのだろうか。

　それにしても、前後不覚、なにもおぼえがないほど、ひどく酔っぱらっていたときの犯行を、外国では、どう考えているのだろう。

　アメリカは、この判例でもわかるようにいちばんきびしい国である。酔っぱらっていた、ということは、すこしの言いわけにもならない。たとえそのために、一時的に精神錯乱をおこしていても、飲む前は正気だったのだし、自分で飲もうとおもってのんだのだから、ダメなのである。

　イギリスは、アメリカについで、酔っぱらいにきびしい国である。「みずから好んで悪魔となれる者は、これについて特権を有せず」という名言がある。

　イタリーも、不可抗力で酔っぱらったときでなければ、無罪にしたり罪を軽くしたりしない。常習的な酒乱のときは、逆に刑が重くなる。

　フランスも、酔っぱらっていたからといって、それで刑は軽くならないのが原則だし、ユーゴスラビアでは、どんな事情であろうと、酔っていたことは、すこしの情状酌量の理由にもならない。

　はじめにのせた京都地裁の判決理由を、もういちど読みかえしてみよう。

「……まことにわが日本は、酒を嗜む人のためには天国である。現代文明諸国中、酒を飲み過ぎ、自ら招いて弁識能力を失い他人を殺傷した犯人を、法律を以てこれ程厚く保護している国は稀であろう」

禍害《わざわい》ある者は誰ぞ
憂愁《うれい》ある者は誰ぞ
争端《あらそい》をなす者は誰ぞ
煩慮《わずらい》ある者は誰ぞ
故《ゆえ》なくして傷をうくる者は誰ぞ
赤目《あかきめ》ある者は誰ぞ
是《これ》すなわち酒に夜をふかすもの
往きて混和《まぜあ》わせたる酒を味うる者なり
酒はあかく盃の中に泡だち
滑《なめ》らかにくだる
汝これを見るなかれ
是《これ》は終《つい》に蛇のごとく噬《か》み
蝮《まむし》の如く刺すべし（箴言第二三章）

あなみにく
賢《さか》しらをすと酒のまぬ人を
よく見れば猿にかも似る（大伴旅人）

　一方で百薬の長とほめそやされるかとおもうと、一方では悪魔の血だとののしられ、酒の身になってみれば、人間の身勝手さにあきれはてているところかもしれぬ。

　このへんで、酒のために、あらぬ無実の罪をはらしてやりたいことがある。

　酒ずきの人が胃かいようで手術をした。やっぱりねえ、お酒がすぎたのよ、と人はいう。大酒のみが脳出血で倒れた。まったくのんだからなあ、と人はいう。

　高血圧でも、じんぞう病でも、酒だよ、酒がいけなかったんだといわれる。

　肝硬変にいたっては、悪名高いもいいところである。

　酒にとってみれば、どれも、身におぼえのないぬれ衣である。

　酒のみも肝硬変になるが、酒をのまない人間も肝硬変になっている。男と女の割合でいうと、六が男、四が女、その女の大部分は酒をのまない。六の男のうちでも、半分近くは、酒をのまない人間である。

　胃かいようも、脳出血も、高血圧も、じんぞう病も、酒をのんだから、そうなったという統計は、世界中どこにもない。

　秋田県は、よく酒をのむところで、脳出血も多い。しかし、やはりよく酒をのむ高知県では、脳出血はすくない。酒を犯人にするわけにはいかないのである。

しいて酒のせいにしてもよさそうなのは食道ガンかもしれない。しかし、20％の食塩水を毎日ガブガブのんでいたら、やっぱり食道ガンになるだろう。酒そのもののせいというより、濃い生の酒が直接食道にぶつかる、そのシゲキでガンになるのである。おなじ酒でも、うすめてのめば、そうシゲキはないから、心配はない。

とにかく、毎日何合もの酒を、十年以上もつづけていたら、よいことはないにきまっている。しかし、だからといって、病気の原因は酒だ、とはいえない。コーヒーや、お茶にくらべて、とくべつわるいとはいえそうにないのである。

もし、酒を告発するとすれば、それは人を病気にする犯人だからではない。

さきほどからいうように、酒をのむとわけがわからなくなって、家族を悲惨のどん底につきおとし、他人に迷惑をかけ、危害を及ぼす、その力、告発するとすれば、それである。

しかし、それとて、酒をのむ人間が、みんながみんな、そういうふうになるわけではない。というより、大部分は、マイルズ氏の表でいうと、第一期から第三期あたりで、いたってほがらかに愉快になっている筈である。

だとすると、この場合でも、酒そのものに罪をきせるのは、すこしへんである。度をこえて乱に及ぶ「人間」こそ告発されなければならない筈である。

もっとも、一方では、この酒が、妙に買いかぶられている面もないではない。

「そう飯をくえおかずをくえとおっしゃいますがね、ウイ、酒ってものは、いいかい、もともとこれは米から作る、いうならばだよ、米のエキスってなもんだ、だから酒をのんでれば、米なんざ食わなくったって、栄養は足りてます。ウイ、もすこし栄養学なんてものも勉強ねがいたいナ」

これが、ゼンゼンまちがいなのである。日本酒であろうと洋酒であろうと、酒と名のつくものには、炭水化物も脂肪もタンパクも、栄養はなんにもない。ビタミンもない。

あるのはカロリーだけ。これはご飯などとまずおなじくらいか、酒によっては倍ぐらい高いこともある。

その点はいいが、この酒のカロリーは、ほかのものとちがって、いま使わないからしまっておこう、などという器用なことはできない。

体のほうで、そのとき必要であろうがあるまいが、入ったら最後、なくなるまで燃えつづける。ムダといえば、ムダな話ではある。

へたな入試問題みたいで恐縮だが、ここで一つ、問題を差し上げたい。

毒薬
麻薬
ふつうの飲みもの
こう大ざっぱに三つにわけて、さて酒はこのうち、どれにいれたらいいだろうか。

これが問題である。

答えは、たぶん人によって、ちがってくるだろう。

もしも、あなたのごくちかしい人、父とか夫とか兄弟とか、あるいは子どもとか、そういう人のなかに、さきほどいった酒乱といわねばならぬ人があるとしたら……あなたが、そういう不幸な境遇にあるとしたら、たぶん、あなたは、酒は毒薬である、とこたえるだろう。

　あたりまえだとおもう。

　もしも、あなたや、あなたのごくちかしいひとが、たまに食事のときに、すこしの酒をのみ、おいしいとおもい、なごやかな気分になるとしたら、たぶん、あなたは、酒を、ふつうの大人の飲みもの、とこたえるにちがいない。

　これも、あたりまえのことである。

　しかし、こんなふうに言いたくはないが、世の中には、酒は麻薬である、と答えなければならない人がいる筈である。というのは、その人は、じっさいに、酒を麻薬のようにのんでいるからである。

　麻薬をのむのは、おいしいからではないのである。のんだあと、この世ともおもえぬ一種いうにいわれぬ恍惚感にひたされるという、その境地におぼれたくて、のむのであろう。

　酒は麻薬である、と答えなければならない人は、じつは、酒をそのような気持でのむ人である。

　酒をのんで、度がすすむと、麻薬とはちがうが、おのずから、そこにこの世ならぬべつの天地が次第にひろげられてゆく。桃も咲こう李も花ひらこう、体内に気力みちみち、俗事俗物ことごとく愚劣低級、妙なる楽《がく》は天上にわきおこり、ふくいくたる香気は四辺にただよう――幻覚の世界である。

　酒とは、その幻覚の国へのパスポートに外ならぬと考えて、その酒をのむ。

　酒を、さしてうまいとはおもわぬ、しかし、酔いたいから、酔ったときの気持がたまらないから酒をのむ、という人たちである。

　その人たちは、酒は麻薬と答えるだろうし、それはそれで、無理のない答えだとおもう。

　問題は、その人たちも、ひとりで生きているのではない、ということである。

　人里離れた山中の一軒家で、ひとりで暮している人間だったら、どんなふうに酒をのみ、どんな幻覚の世界に遊ぼうが、どうぞご勝手に、である。

　しかし、じっさいには、そんなことができるわけはない。どの人にも家族があり、友人がある。天涯孤独の人間にも、道を歩けば、一しょに歩いている多ぜいの人間がある。乗り物に乗れば、一しょに乗り合せたやはり多ぜいの人間がいる。飯を食いに入っても、金をもうけるために、なにか働いても、必ずそこには、一しょに沢山の人間がいるものである。

　それは、たまたま一しょにいるだけの人間だ、縁もゆかりもない人間だ、恩もうらみも痛くもかゆくもない他人だ、俺の知ったことじゃない、とあるいは言うかもしれない。

　それはそうかもしれない。

　しかし、
　酒を麻薬のようにのむ人間は、その縁もゆかりも、恩もうらみも、痛くもかゆくもない人間に、いやなおもいをさせ、ひどい迷惑をかけ、ときには傷つけ、命さえうばっている。

　もちろん、酒をのまなくても、私たちは他人にいやなおもいをさせ、ひどい迷惑をかけることがある。

　しかし、こんなときには、第一、世の中が、はげしくその責任を問う。法にふれることなら、当然その法にしたがって、罰せられる。

自分が勝手に、自分だけの幻覚の世界にひたりたくて、酒をのんで、その果てに前後不覚、幻覚と現実のけじめがつかないでやってしまったことについては、どうだろうか。

本人のことはさておく。まわりの人間、世の中、社会は、これをどんなふうに見て、どんなふうに扱ってきただろうか。

「いやあ、ゆうべは、すごくキミにからんだんだってね、失敬失敬、すこしもおぼえてないんだ」

「ねえ、お酒の上のことじゃないの、許して上げなさいよ」

「なにしろ、酔うとからきしだらしがなくなっちゃいましてね、どういうんでしょうかね、ヘイ、そんなわけで、とてものこのこツラを出せた義理じゃねえんですが、そこんとこをひとつ、ヘイ」

そういわれてみると、しようがないなと苦笑のひとつもして、それで通ってしまう世の中ではなかったろうか。

すくなくとも、わが日本では、そうだというより仕方がない。

それも日常の迷惑というだけではない、ときに人を傷つけ、人を殺しても、そのとき前後不覚、心神喪失状態であったと認められたら、〈無罪〉である。

なるほど、幻覚と現実のけじめがつかない状態だった、というのは、ひとつの理由になるかもしれない。しかし、のめばそうなることを知り、そうなりたいと望んで酒をのんだのである。そうして、のぞみ通り、わけのわからぬ状態になった、そうして、たまたま人を傷つけ、人を殺した。

そのとき、一時的に心神喪失していたというだけで、社会は、その罪を問わないのである。

一戔もない。子どもはひもじさに泣いている。たまりかねて、母親が数個のパンを盗んだ。

その母親は罰せられないだろうか。

そのとき貧しかった、生命を維持するための最低のものさえなかった、という状態だと認められたら、はたして罪を問われないですむだろうか。

裁判官が情状を酌量する以外に、たとえば「真ニ自己並ヒニ家族ノ最低生活ヲ維持スルタメ止ムヲ得サルニ出タル行為ハ之ヲ罰セス又ハ其刑ヲ軽減ス」といった意味の法律はあるだろうか。

ない。

なぜ、酒のみに対してだけ、そのように法も、社会も寛大なのだろうか。

酒は毒薬でも、麻薬でもない。ふつうの飲料である。その味は、好む人もあれば、好まぬ人もある。

一口のんで、うまいとおもわなければ、のまぬがよい。うまいとおもっても、のんでゆくあいだに、必ず、もううまくない、というときがくる。アルコールのために、味覚がマヒして、うまいと感じなくなるからである。そしたら、やめるべきである。うまくない飲みものを、飲むのは、愚かしいからである。

それを、味は二のつぎ、自分勝手の別天地に急ぎたくて、麻薬をのむように、酒をのむから、酒を毒薬と考えなければならない人も出てくる。

しかし、こんなことをいくらいってもムダかもしれない。わかっちゃいるけど、やめられない人が多すぎる。わかっていてやめられない人に、いくらわかってもらっても、仕方があるまい。

一つの提案がある。

酒の上だから、といって、大目にみることをやめよう。

酔っぱらっていたんだから仕方がない、それをとやかくいうのは野暮だ、というこの妙なムードが世間になくなると、これまで麻薬のように酒をのんで、そこに忽然とひらけた別天地も、大いに色あせてくるのではないだろうか。

酔中にひらける別天地の魅力は、いうならばかくれマントの魅力である。こちらからは向うがよく見えるが、向うからはなにも見えない。

人ごみの銀座通りを、大声でどなりちらし、ジグザグにあばれて歩く、シラフならたいへんなことになるが、酔っていたら、人は見て見ぬふりをし、聞いて聞かぬふりをしてくれる。ハダカになろうが、逆立ちをしようが、誰も見ない、誰も知らないふりをしてくれる。

精巧絶妙のエアーカーテンを、一メートルなにがしかの五体にすっぽりかぶせる、わかっちゃいるけど、やめられない筈である。

そのカーテン、じつはなにもありはしないのである。こちらが、ご親切に、見えないよ聞えないよ、と勝手に作り上げてやっている。なんのことはない、はだかの王様である。

だから、もし世の中見えるとおりに見えるようになったら、もちろん、かくれマントなど、一瞬にして消えてしまう。みんながシラフの人間をみるのとおなじように見て、あさはかな奴だ愚劣な奴だとおもうようになっては、そうそうスーダラタッタとおどってもいられまい。無理して急ぐほどの別天地でもなくなるだろう。

しかし、モーローたる酔眼には、世間の目も、そうはっきりは見えぬかもしれぬ。好ましいことではないが、世間の目を、ひとつの形にすることも必要だろう。

興味をひくのは、さきほどいったアメリカのウィスコンシン州法である。酔っぱらいは汽車にも電車にもバスにも乗せない。シラフでのっても、車内でのんで酔っぱらったら、すぐ引きずりおろす。車内で酒を売ってはならない。

さしあたり、これを日本で実行してはどうだろうか。

いま、私たちに必要なものは、車内で泥酔して乱暴を働く人間に立ちむかってゆく勇気ではない。酔っている人間を、特権者扱いしない勇気である。

酒は麻薬でも毒薬でもない。ふつうの飲みものの一つだからである。

（64号　昭和37年5月）

1ケタの保険証

もうながいあいだ、それこそ、十年も二十年も忘れていたことを、必要もないのに、ひょっこりおもいだす、なんてことが、やはりあるものですね。

じつをいうと、〈ペーター・シュレミール氏の奇妙な物語〉という小説のことを、おもいだしたところなのです。あなたも、この小説をお読みになりましたか。

小説も奇妙ですが、作者も奇妙じゃありませんか。

作者のシャミッソーというのは、名前からしてフランス人ですが、貴族の家に生まれています。それが、七つか八つのときに、例のフランス革命にぶつかって、貴族の子だから、国外へ追放されてしまいました。仕方なしに、ドイツへ行って、プロシャの軍隊に入って、将校になります。

ところが、フランスと戦争がはじまる、というわけです。シャミッソーはフランス人でありながら、フランス人と戦う破目になります。結局プロシャはあっさり敗けて、ナポレオンはベルリンに入城し、シャミッソーは捕虜になってしまいます。

一年くらいたって釈放されることになるのですが、すっかり軍隊がいやになって、将校をやめてしまい、それからベルリン大学へ通って、植物学を勉強しはじめます。

のちに、プロシャ科学アカデミーの会員になり、五八才で死んでいますが、一方若いときから詩を書いていて、抒情詩人としても、知られるようになっています。このシャミッソーの詩を、シューマンが作曲した、それが、あの〈女の愛と生涯〉という歌曲なのですね。

シャミッソーは、三五才のとき、ロシヤの科学探険船〈リューリック号〉に植物学者として参加して、ハンブルグから世界一周の旅に上っていますが、その数年まえから、プロシャとフランスはまた戦争をはじめ、シャミッソーが出発したときは、こんどはプロシャがパリを陥してわあわあさわいでいたときでした。

シャミッソーとしては、なんともやりきれない複雑な気持だったでしょう。そのとき、友人の手にあずけていったのが、この〈ペーター・シュレミール氏の奇妙な物語〉で、これは、シャミッソーとしては、生涯に書いた、たった一つの小説だということです。

もちろん、ドイツ語で書かれていますが、ぼく程度の語学力では、読めるわけはありません。

　ぼくが読んだのは、岩波の文庫本で、題は〈影を失くした男〉(井汲越次訳)となっていました。星一つ、ですから、百頁そこそこのうすい本です。

　これを読んだのは、ざっと三十年も昔で、それがどうして、いまになって、ひょっこりおもいだしたのか、そのわけは、あとでいうとして、おもいだしてみると、これを読んでいたときのぼくが、目にうかんできました。

　まず、銃を持っています。銃の先には、刃のついた剣が着いています。だから軍服を着ています。その腰にしめた帯《たい》革《かく》の薬盒《やくごう》には、小銃弾が六十発入っています。肩章《かたしょう》にはフエルトの汚れた黄色い星が三つついていて、そしてぼくは直立して正しい休めの姿勢をしています。

　これは、読書の服装ならびに姿勢としては、いささか奇妙であると申さねばならないでしょう。

　事情は、こうなのです。

　ぼくは、昭和十二年に、現役兵として入隊しています。重機関銃中隊でした。そして、満州へ送られました。送られたさきは、松花江と牡丹江が合流する地点で、依蘭《イーラン》という小さな町でした。そこから、小興安嶺をあちらこちら、共産軍の〈討伐〉をやらされていたわけです。

　ぼくは、できるなら、死ぬまでに、もう一ど、あの北満の小さな町へ行ってみたいな、とときどきおもいます。もう一ど、あの松花江《スンガリー》の、なんともいえない深い青みをたたえた河の流れをみたいとおもいます。それよりなにより、もう一ど、町外れの機関銃中隊の兵舎のあったところへ行ってみたいとおもいます。そこで、ぼくという人間が、ぼくの青春が、めちゃめちゃにふみにじられてしまった、その土の上に、もう一ど立ってみたい、とおもうのです。

　そこにいるとき、ぼくは三冊の岩波文庫を持っていました。ぼくの持っているもので、じぶんのものは、あと肌着と、ちり紙と煙草くらいのもので、そのほかは、全部〈官給品〉でした。

　当時、帝国軍隊では、岩波文庫は、〈禁書〉でした。将校のほうはどうだったかしりませんが、ぼくらのような〈兵〉では、もし不意討ちの私物検査で、そんなものが一冊でも見つかろうものなら、気絶するまで、ぶんなぐられ、そして要注意人物として監視されます。

　ところが、〈野戦〉では、すこし様子がちがいました。不意討ちの私物検査もないし、受取る小包の中味の検査もルーズでした。

　そこで、送ってもらったのがハンチントンの〈気候と文明〉と、〈竹取物語〉と、そして、このシャミッソーの小説と、都合三冊の文庫本なのです。

　〈気候と文明〉は、冬は零下二十度ときに三十度に下り、夏は逆に四十度をこすという土地だったから、ごく単純な気持で読みたかったのだとおもいます。あとの二冊は、好きにはちがいありませんが、それよりも、頁数が少くて薄いからでした。

　文庫の大きさで、星一つの厚さなら胸の物《もの》入《い》れ(ポケット)に入るだろうと見当をつけていました。いくら野戦でも、岩波文庫をそこいらに投げ出しておける空気ではなかったのです。

　だから、なかなか読む機会はみつかりませんでした。

■ペーター・シュレミール氏の像（岩波文庫版から）

いま、はっきりおもいだすのは、土レンガの部隊本部に、聯隊旗がおいてある部屋があって、そのドアの外に、着け剣をして立っているぼくです。つまり聯隊旗衛兵だったのです。

　ほかの場所の衛兵とちがって、ここは夜はだれもいません。巡察将校はまわってきますが、そのときは、角をまがった廊下のずっと向うから靴音がきこえるから、それから文庫本をポケットにしまいボタンをかけ、服のしわをのばしても十分間に合います。それに、なによりありがたいのは、ドアの真上に、ハダカ電球が一つ、ぶら下っていることでした。

　主人公のペーター・シュレミールが日のかんかん照る砂原に腰を下していると、その地面の上を、じぶんの影がヒラヒラとこちらへやってくる、それをつかまえようとする件りを読んでいるとき、コツコツと靴音がきこえてきた、あのときの気持は、深夜のしんかんとしたまわりの様子といっしょに、いまもはっきり浮んでくるのです。

　たぶん、あなたはご存じでしょうが、小説のあらすじをいってみましょうか。

　シュレミールというのは、ひょろひょろした青年で、ぶきっちょで、もさっとした男です。

　この男が、ながい航海をおえて、ハンブルグの港へ帰ってきたところから、この奇妙な物語がはじまります。

　なにか仕事でも世話してもらえるかとおもって、シュレミールは、丘の上にある屋敷をたずねてゆきます。ところが、そこの港の見えるひろい庭園で、大ぜいのお客にまじって、古風な灰色の上衣を着た、中年のやせた、ものしずかな男に出あいます。

　屋敷の主人公が港を見ようとおもっておい望遠鏡をもってこいというと、召使が動くまえに、この灰色の男は、はいとばかり、ポケットから双眼鏡をとり出しました。シュレミールは、どうしてあんな小さなポケットから、こんな大きな器械が出てきたのか、とびっくりします。

　今度は、お客の一人が、ここへ敷ける

ようなトルコじゅうたんがあるとありがたいなあ、といいます。すると、この灰色の男は、すぐポケットに手を入れて、おずおずと二十フィートもある立派なトルコじゅうたんをひっぱりだしました。

そのうち、日ざしがきつくなったので、もしや天幕のお持ち合せはないかと、だれかがこの男にきいたら、すぐさまポケットから、じゅうたん一杯に張れる遊山用の天幕、支柱、ロープ、金具といった一切を、つぎつぎにひっぱり出してきたものです。

すると馬がほしいといいだす人がいました。とたんに、この男は、いんぎんに頭を下げると、その小さなポケットから、ちゃんと鞍をおいた黒毛の馬を三頭もとり出してきたのです。

しかも、ふしぎなことに、居合せた人は誰ひとりとして、この男が、ポケットからなにを出してきても、まるであたりまえみたいな顔をしています。

シュレミールは、すっかりへんな気持になってしまって、ひとりだけ、ここから抜けだすのです。

ところが、坂道を半分も下りないうちに、うしろから、この灰色の中年男が追っかけてきて、帽子をとって、ていねいにあいさつをするのです。

シュレミールは、びっくりして、あいさつを返すと、男は、とんでもないことをいいはじめました。シュレミールの影を売ってくれまいか、というのです。その代り、ポケットの中にあるものは、なんでもやる、といいます。

男は、ポケットから皮袋をとり出して、これは、手を突っこみさえすれば、いくらでも金貨が出てくる皮袋だといいました。シュレミールは、それに心を動かされたのです。ためしに手をつっこんでみると、十枚また十枚と、いくらでも金貨が出てきます。シュレミールは、この取引きを承知しました。

灰色の中年男は、シュレミールの影を頭のほうから、くるくると足のほうまで巻きとって、ポケットの中に入れたとおもうと、ていねいなお辞儀をひとつして、引返していきました。

そのとき、シュレミールは、影のない人間が、どういう目に合うか、すこしも気づいていなかったのです。

しかし、シュレミールが、町へ歩いていくうちに、いやというほど、それを味わされます。みんなが、彼を嘲笑し、なにか不吉なもののように恐れるのです。日のあるあいだは、表へ出るわけにいかなくなりました。夜も、月が明るければ、軒から軒へ、影のところばかり拾って歩かねばなりません。

とうとう山の向うの町に、こっそり立派な屋敷を買って、夜中に、そっちへ移ることにします。ところが先方の町ではてっきり国王のおしのびだとかんちがいして、歓迎のアーチを立て、楽隊や合唱隊をくり出し、町長を先頭に、町中の人が出迎える、というさわぎなのです。

その町でシュレミールは、林務官長の娘と恋におちます。身を切られるような、かなしくて切ない恋です。

ところが、林務官長に密告した奴がいるのです。官長は激怒して、犬畜生でも影はある、影のない奴に、娘はやれぬ、といいます。シュレミールは、じつは数日前、乱暴者が私の影をふみつけて、大きな穴をこさえたので一寸修繕にやってある、それが、あさってには出来上る、といいわけをしました。

相手は、じゃ三日待とうといいます。

しかし、シュレミールが、あさってといったのは、一時のがれの出たらめではなくて、じつはわけがあったのです。

影を売り渡してから、これはたいへんなことをしてしまったと後悔して、八方あの中年のやせた男を探します。ところが、この灰色の男は、港からどこか航海に出かけてしまい、シュレミールに、一年たったらお目にかかりましょう、とことづてを残していたのです。

シュレミールの計算だと、あさってがその一年目にあたるのです。

いったい、シュレミールは、これまでも、自分の影のないことをなじられると、いろんないいわけをしなければなりません。

あるときは、冬のロシヤを旅行中、あまりの寒さに、影が地面に凍りついてしまって、どうしても剝がせなくなった、といったり、あるときは、熱病をわずらって、髪や爪といっしょに影もぬけ落ちてしまい、その後、髪と爪だけはどうやら生えそろったが、影のほうはだめなんだ、といったりしています。

それを作者のシャミッソーは、それこそ借金のいいわけでもさせるような調子で、にこりともしないで描写してゆくのですから、一事が万事、この物語りは、おかしいようで、ものがなしく展開してゆくのです。

シュレミールは、一年目という日を、一日計算ちがいをしていました。灰色の男が現われたのは、恋に破れて傷心のどん底にいる、その翌日だったのです。

灰色の男は、これにサインしたら、影を返そうといいます。「私が死んだら魂はお前にやる」という書きつけです。シュレミールは、はねつけます。男は何日も一しょに旅をしながら、しつこくすすめます。

この小説は、シュレミールが、作者にあてた手記の形をとっているのですが、それから、いろんなふしぎな事件があって、最後に、愛するシャミッソーよ、この奇妙な物語の保管者として、君をえらぶことにした。友よ、君が世の中に生きていくのなら、金よりも、影を大切にすることを学びたまえ。というところで、この小説は終るのです。

いったい、作者は、この〈影をなくした〉人間ということで、なにを言おうとしたのでしょうか。

ある人は、〈祖国をなくした〉作者シャミッソー自身のかなしみをいいたかったのだといい、ある人は、そうではないといい、かんじんの作者は、にやりと笑って、なんとも答えていません。

いずれにせよ、ぼくが、何十年もたって、ひょっこりと、この小説をおもいだしたのは、新聞で、山陽特殊鋼が倒産したという記事を読んだときです。

その記事には、専務が、倒産寸前に、一千万円からの社内預金を引きだしていた、ということが書いてありました。そして、この人が、自分の預金を自分が引き出していけないことはない筈だ、と語った談話がそえられていたのです。

ぼくも、そうおもいます。自分が自分の預金を引きだしたのですから、いけない筈はありません。

しかし、それは、あくまで、いまの法律や規則にはぶつからない、というだけのことです。

ところが、法律や規則は、もともと誰か人間が作ったものですから、変えようとおもえば、いくらでも変えられます。

もし、法律や規則にふれさえしなければ、なにをしてもいいのだったら、法律や規則をかえられる力を持っている人間は、都合がわるくなれば、じぶんのやっていることはかえないで、法律や規則のほうを変えたら、それですむことです。いつでも、じぶんのやっていることは、法律や規則には少しもふれない、なんらやましいところはない、と大きな顔をしていられます。

じっと、いまの世の中をみていると、しかし、これはなにも、山陽特殊鋼のこの人ひとりに限ったことではない、という気がしてくるのです。


まえの首相の池田さんが全快したということです。よかったとはおもいますが、じつは、この人の入院の仕方に、ぼくはなにか、やりきれない感じがして、それが、いまだに抜けないのです。

池田さんは、〈健康保険〉で入院したという話です。そして、その治療法のなかには、保険では認められない筈のものもあった、となにかで読んだおぼえがありますが、ぼくがやりきれないと感じるのは、そんなことより何より、健康保険で入院した、というそのことなのです。

もちろん、池田さんだって、健康保険に加入しているのだから、それを利用したっていい筈だ、ということになるでしょう。いい筈だと、ぼくもおもいます。

ぼくは、ここで、いつか日大の石山教授にきいた話をおもいだすのです。

教授が若いころ、戦前の青島《チンタオ》の医学校で教えていたときのことです。夏休みに無料診療所を開設することにしましたが、学校に予算はありません。そこで町の金持にたのんで寄附してもらって、仕事をはじめました。

たくさんの中国人が、行列を作って、診療をうけました。ところが、気をつけてみているのに、かんじんの寄附をした連中は、一人もやってこないのです。石山さんは、さては自分たちの治療技術を見くびったな、と少々不愉快になって、この仕事が終ったあとの解散式で、そのことをいってみたのです。

ところが、相手の中国人は、とんでもないというふうに、

「私たちだって、診てもらいたかったのです。しかし、毎日たいへんな人で、そんなところへ割りこむわけにはいかなかったのです。私たちは、診てもらおうとおもえば、いつでもちゃんとお金を払ってみてもらえます。ところが、あの人たちは、この機会でなければ、お医者にみてもらうことはできないのです」そして、「私たちは小さいときから、ゼニのある者は、ゼニのない人間を助けなければならないと教えられてきました」といったそうです。

日本でも、ついこないだまで、ゼニのない人間は、みすみす治療法があるとわかっていても、その費用が払えないために、ろくな手当もうけられず、ろくに薬も飲めないで、死んでいきました。

健康保険という制度は、そういうことのないように、ゼニがない人間でも、ちゃんと医者にみてもらえるように、という精神からできたのではありませんか。

だいぶまえ、芦屋で開業している古い

お医者さんに会ったことがあります。その人は、憤慨とも慨歎ともつかぬ語調で、こういったのです。なにしろ、一ケタの保険証で、平気な顔で自家用車を乗りつけるんですからな。

たいていの会社では、保険証の番号はえらい人の順につけるらしく、だから一ケタの保険証というのは、社長や専務や常務なのでしょう。

人より高い保険料を払っているのだから、利用しなければ損だ、というのでしょうか。それで、いけないことはない筈だというのでしょうか。

若い人たちが、美容のために、ビタミンCをもらってゆく、麻雀で夜更ししたのでビタミンを注射する、それだっていけないことはない筈です。

ところが、そんなためもあって、健康保険はどんどん赤字になる、そこで治療費の半額を本人に負担させよう、そうすれば、そんなつまらない利用者は減るだろう、というのだそうです。

もしそうなったら、いちばん困るのはだれか、考えてみたことがあるのでしょうか。

一ケタの連中は、たとえ全額負担しても、こまらない筈です。いちばん困るのは、昔だったら、ゼニがなくて治療がうけられなかった人たちです。

しかし、とくにぼくが、池田さんにばかりやり切れなさを感じるのは、首相だったからではなくて、この人が、例の〈人間作り〉をいい出した人だからです。

人間は作らねばなりません。根性は養わなければならないでしょう。

しかし、保険料はいくら払っても、治療費が払えるかぎりは、保険は利用しない、それくらいの気持さえなくて、人に人間作りをいい、少年の非行化を憂えることができるのでしょうか。

それくらいの気持もなくて、大臣や局長や社長や重役をつとめていいものでしょうか。

いま世の中では、シュレミールではないが、ゼニ金や損得ばかりをいって、そのために、なにかもっと大切なものが平気で売りわたされている、そんな気配がしてならないのです。

シャミッソーの言葉をもういちど読んでみました。

愛する友よ。金よりも、影を大切にすることを学びたまえ。

(79号　昭和40年5月)

もののけじめ

編集者の仕事の一つに、原稿や手紙を読むということがある。

日によっては、朝から夜中まで、それだけで、一日が終ってしまうことさえある。

おかげで、四百字詰の原稿用紙に書かれた原稿は、はじめの部分と、おわりの部分と、まんなかを、一目で、一度に読んでしまう、という技術も身につけた。

書かれた文字にも、よみやすいのと、よみづらいのがある。自分流にくずして、しかもマス目を無視して、つづけて書かれた文字がいちばん読みにくいし、ヘタな字は、ながく読んでいると疲れる。しかし、いわゆる水ぐきのあとうるわしい、よく習ったきれいな字も、やはり疲れる。おかしいようだが、これは事実である。

いちばん読みやすいのは、原稿用紙なら、マス目に一字ずつきちっと入っていて、大きからず小さからず、あまりくずしてなくて、どちらかというと、活字にちかいような書体、ぼくの言葉でいうと「原稿体」といった感じの字が、いちばん読みやすいし、疲れも少ない。

もちろん、文字だけを気にしているわけではない。原稿や手紙をよむとき、あんがい気になるのは、使ってある紙である。

このごろは、いったいに原稿用紙にしても便箋にしても、終戦後しばらくのような、ひどいものはなくなったが、いちばん気になる、というよりも、不愉快なのは、その原稿用紙なり便箋なりが、自分でお金をだして買ったのではない、とはっきりわかるときである。

具体的にいうと、役所や会社や団体の名前の入った原稿用紙や便箋をつかって、私ごとの原稿や手紙をよこす、これがいちばん不愉快である。

なかには、会社なり役所なりの名前を墨でぬりつぶしたり、ハサミで切りとったりしたものもある。いくらか気がとがめる、というのだろうが、そういう原稿や手紙は、だいたい年配の人である。

しかし、いくら墨でぬりつぶしたり、ハサミで切りとったりしても、ハハン、これはなにか役所か会社の用紙をつかったのだな、ということだけは、いやでもわかってしまう。感じがわるい、という点ではおなじこと、どうかすると、かえっていやらしいとおもうことさえある。

開き直っていえば、公私の別のみだれである。

会社や役所の紙を、公用社用につかうのではなく、個人の私用につかうのは、一種の汚職である。

かたいことをいいなさんな、たかが原稿用紙や便箋くらい、という声が、すぐあがってくるだろう。しかし、たかが原稿用紙や便箋なら、自分でゼニをだして買ったらいいじゃないか。

それこそ、原稿用紙や便箋の数枚、数十枚は、いくら物価が高い昨今でも、いくらのものでもない。

★

数年前のことになるが、ある日、地方の放送局から、長距離電話がかかってきた。でてみると、用件は局の仕事ではなくて、石油ストーブはどれを買ったらよいかという、かけてきたその人の、私用であった。

いまテスト中だから、結果はいえないというと、こちらは寒くてしようがない、今日にでもストーブを買いたいから、およその見当をしらせてくれないか、という。およその見当などという、そんな無茶な返事はできないというと、ケチケチしないでもいいじゃないか、という。いくらいっても引きさがらないから、いったいあなたがいまかけている電話は、局の電話ではないのか、その電話料はだれが払うのかときいたら、やっと電話をきった。

会社や役所の名前の入った大きな封筒に、週刊誌をいれたり、べんとうをいれたりして持ちあるく風俗は、今日では、あたりまえのことになってしまった。

そういえば、ひところはやった〈社用族〉という言葉も、このごろは、ほとんど使われない。いまでは、珍しくも、うらやましくも、おかしくも、なんともない、ごくあたりまえの風俗になってしまったからだろう。

料理屋のおかみさんの話を聞くと、自分たち仲間だけで、二次会にキャバレーやバーもまわして、さんざん飲み食いをって、しかもおみやげを持って会社のハイヤーでお帰りになるという。

なかには、自分だけおいしいものを食べ、いいおもいをしたのではわるいというのか、日曜日など家族全員でやってきて、食べほうだいの飲みほうだい、やはりおみやげつきのハイヤーでお帰りになって伝票はもちろん全部会社、というのもそうめずらしいことではないらしい。

円タクの運転手に聞くと、これとは少し話はちがうが、やはり料理屋から乗せた客、乗せる前に主人側がやってきて、どこそこまでいくらぐらいかと聞き、千円とか千五百円とかを運転手にわたして、よろしくたのむというのである。

さて、そのお客、だいたいが小役人ふうが多いというが、乗るとすぐ、もよりの国電の駅でいいという。お宅までお送りするようにいわれてますといったら、それでいくらもらったかと聞く、かりに千円だというと、もよりの国電の駅でおりて、おりるときにその差額をおれによこせ、というのだそうである。

いろんなときに、ちがった運転手から聞かされる話だから、これもそうめずらしいことではないのだろう。

★

会社や役所のものと自分のもの、ひとのゼニと自分のゼニ、そういったけじめがつかなくなっているのである。

もののけじめというものがつかなくなった、なくなってしまった、というのは考えてみると、終戦直後からのことだから、いく久しい年月がたっている。

このへんで、もののけじめをつけようとしても、おいそれと一朝一夕にはいかないだろうし、またそう簡単につけられてはこまる面もあるが、だからといって、もののけじめがなんにもない、乱れっぱなしでいいわけもないのである。

終戦になるまでは、世の中にも家の中にも、もののけじめというものがきちんとついていた。というより、つきすぎていたといったほうが、正しいかもしれない。

戦争に敗けて、これまでのことはなんでもまちがっていた、というふうになった。もののけじめなんぞは、いらざることであるというふうになった。

もちろん、それまでのけじめの中には、こわしてはこまるものもあった。しかし、それをいっていたのでは、こわさなければこまるものでさえ、こわせなくなる。暮しの中の習慣やしきたりとは、そんなものである。

一度なにもかもいっしょにして、ぶちこわしてしまって、そこから必要なものだけを新しくまた作りだしていく、それくらいの荒っぽいことをやらなければ、とてもとても、朝晩にしみついた習慣やしきたりは、こわれるものではないのである。

しかしもう二十年あまりたっている。そろそろ、もののけじめというものを新しくつくりあげていくときがきている。

というよりこのへんで、もののけじめをはっきりしなければ、この国も、この国に住んでいるわれわれも、われわれの暮しも、だめになってしまいそうな気がするのである。

もっとも、もののけじめということはここで例にひいた、公私の区別といったことだけではない。むしろ公私などは、もののけじめのほんの一部にすぎない。

はやい話が、自分の毎日の暮しをちょっと考えてみても、戦前といまでは、ずいぶんけじめがなくなってきているのに気がつく。

朝おきると、ねまきのまま顔を洗って食卓につく、戦前はこうではなかった。

朝おきるとまずふだん着に着かえ、それから顔を洗ってご飯を食べた。ご飯がおわると出勤の服に着かえて、それから出かけていった。

そのご飯も、戦前は炊きあがると一度おひつに移した。いまはガス釜や電気釜から、じかに食べている。

朝おきたら、とにかく家の内そとを掃除して、それからご飯にするというのが、戦前の一つのけじめであった。いまは掃除をしない家が多い。

そういえば、このごろは、その朝ごはんも食べないで出勤する人も、すくなくない。

むかしは、というより、終戦の年の、あの連日連夜の空襲で、ろくにたべるものさえなかったときでも、たとえ、炒り豆を水でながしこむ、そんな朝ごはんでも、抜くということはなかった。

家族のものが、朝、顔をあわせると、どちらからということもなく、必ず、おはようとか、おはようございます、という挨拶をかわすのも、このごろは少なくなったのではないか。

もののけじめとは、いわば生きていくための、暮しのルールのようなものだとおもう。

★

そういえば、人生はスポーツに似てい

る。ルールがなければ、やっていけないだろう。

もっとも、スポーツなら、ボールは手でもたないことにしようとか、トラックは左まわりにしようとか、おもいつきのままに決めても、べつにさしつかえはない。

人生のルールは、おもいつきでは困る。

朝、職場で顔をあわせたら、お互いに横っ面をひっぱたきっこをしよう、そんなとり決めをして、もののけじめがついた、などといわれては、困るのである。

人生のルールは、筋道さえきちんとたっていたら、少ないほうがよい。

そういえば、この筋道をたてること、それも、もののけじめをつけることであった。

東京の銀座で、毎晩十一時ごろからくり返されていることの一つに、乗車拒否がある。

その時間に円タクに乗ろうとすると、メーターの何倍もださなければ、行ってくれないというのである。

お客はハラを立てる、新聞やテレビもそういう運転手なり、そういうタクシー会社を非難する。警察は、ときどきおもい出したように、一斉取締りとやらをやる。

乗車拒否は、たしかにほめたことではない。しかし、銀座の夜の十一時前後という時間は、あのおびただしいバーや、キャバレーや、料理屋が、いっせいに店をしめる時間である。

べつに、そういうところで飲んでわるいわけはないが、そこで飲んで飲みたらず、六本木へいこう、赤坂へいこう、新宿渋谷へいこうというお客だったら、そう目くじらをたてないで、たまにはメーターの何倍かを、チップにはずんでもよさそうなものである。

そういう客ばかりではない。第一、そうしたバーやキャバレーで働いている人間だって、たくさんいる、とおっしゃるだろう。その通りである。

そのためには、バスも国電も地下鉄も深夜まで走らなければならない。それが公共運輸機関のけじめである。自分たちの都合で、勝手に十時すぎや十一時すぎに、ハイおしまい、というのでは困る。

そのために、人手がたりない、費用がない、というのなら、深夜料金というのをつくったらよい。さきほどの円タクにしても、銀座とか新宿とか、一定の歓楽街にかぎって、そこから客を乗せるときは、深夜料金、つまり割増し料金をとってよいことにすればよい。

昼と夜のけじめをつけることから、遊んでいるとき、働いているときのけじめをはっきりさせると、そういう答えがでてくるのではないか。

★

もののけじめが、はっきりしないために、世の中の判断がくるってしまうことが、いくつもある。

たとえば、バクチである。

東京都が、競馬や競輪を主催するのをやめる、といいだしたら、ものすごい勢いでくってかかる連中がいる。

反対するのには、いろんな理由があるが、大きくわけると、それでたべている人間から、職業をうばうではないか、という本末転倒の議論、もう一つは、バクチを好むのは、人間のもっとも根深い本性にもとづくものである、という議論だ。

べつの例をとってみよう。

セックスは、人間の本能のうちでも、もっとも強いものである。これには、だれも疑いをはさまないだろうとおもう。

だからといって、たとえば政府や東京都が、直営でエロフィルムを製作して、配給したらどうなるか。

そのもうけで学校をたて、道路をなおし、病院をつくり、保育所をふやす、といったら、どうなるか。

政府や公共機関が、バクチを経営してそのテラ銭で、学校や病院をつくるというのは、どう考えても、すじが通らない。

もののけじめをはっきりさせるためには、政府や公共機関は、そういうものに手をつけてはならないし、そういうものの利益で、学校や病院をつくってもらいたくはないのである。

だからといって、個人の一人ひとりがひそかに、バクチをたのしむとしたら、それをもとがめよう、ということにはならない。どうしても、競馬が好きで好きでしかたがなければ、私立の競馬をつくったらよろしい。

このへんの筋道がわからない、というのは、敗戦以来、もののけじめが失われてきたためにはちがいないとしても、その混乱が、すこしひどすぎはしないだろうか。

しかも、個人のバクチ好きが、なにかいうのはまだいいとして、じつは、こういう案が最初にでてきたとき、まっ先に反対したのは、政府の一つである自治省だった。

おどろきいった感覚である。

役所の片すみで、あるいは駅前の一杯飲み屋のすみで、ボソボソとささやかれるのならば、仕方がない。堂々と、新聞やテレビに、まっ向から反対の談話を発表する、この役人の感覚に、ぼくは文字通りあきれた。なんという小ざかしい考え方だろうとおもった。

しかし、それがいかにも得意気な、あたりまえのような発言だけに、それだけではすまされないような気がしてきた。

修身とか、モラルとか、そういったことではない。もののけじめというものが少しもわかっていないのだ。

政府というものは、ぼくたちのかわりに、いろいろのことをうまくやってくれるためにつくられた機関である。

そこで働くのは、ぼくたちと同じような人間である。

しかし、ひとたび政府という人格ができあがった以上、それは、ぼくたち一人一人と同じではこまるのである。ぼくたち一人一人は、理屈に合わないことでも、情にほだされたり、してはいけないことでも利益に目がくらんだり、つまらない女に惚れてみたり、バカな金を使ってみたり、とかく、することなすことあまり立派ではない。

しかし政府は、それではこまるのである。政府にはあやまちがあってはならない。政府は義理人情にほだされて動いてはならない。政府は、ぼくたちが見て、どんな点からいっても〈立派〉でなければならない。

それが、もののけじめというものである。

そのけじめがなくて、ただただゼニカネ勘定のことだけで動きまわり、プランをたて、政策をつくる。それを有能な官史というふうに思いこんでしまう。戦後のひとつの特長である。

これは、なにも役人にかぎったことではない。

★

はやい話が、ぼくたちの暮しを毎日ささえている、いろんな商品をつくっている人たち、その人たちにも、いまや、もののけじめという感覚が失われてしまっている。

売るためには、なにをしてもいいのだという、恐しいものの考え方さえ生まれてきている。

たまたま昨年の暮から今年にかけて、ぼくたちは食器洗い機と、全自動せんたく機のテストをした。

偶然かもしれないが、この二種類の電気器具は、これまでぼくたちがテストをしてきたいろんな電気器具の中でも、性能の点からいって、もっともひどいものであった。

しかも、この二つに共通した点は、性能が劣っているという以外に、もうひとつ、どちらも全自動というキャッチフレーズが頭についていることである。

最近の主婦は、とかく家事をうとましいものにおもい、そういう雑用から解放されたい、という願いが非常に強い。

その気持の中には、もちろん、そうして浮いた時間を、もっと役にたつことに使うべきだという、正しい考え方もあるが、しかし、どんな人でもなまけることに反対するものはない。べつに、そのために浮いた時間を役にたつことに使わなくても、寝ころんでテレビを見ていても、人とお茶を飲みながらおしゃべりをしていても、とにかく、働くことはめんどくさいという考えにかわりはない。

毎日の暮しからいえば、ここにもけじめは失なわれているわけだが、それにしても、その主婦のなまけ心をいち早く察知して〈あなたはボタンを押すだけ〉という耳に快いコマーシャルで、〈自動〉の製品をどんどんつくっているのが、最近の家庭電機メーカーである。

昔の姑のように、嫁がなまけてぶらぶらしているのが、しゃくにさわるからというのではない。メーカーのいうようにボタン一つですっかり自動的に食器が洗えたり、衣類が洗えたりできるなら、それにこしたことはないのである。

そのような家事は、本来、機械が発達したらそちらにまわすべきものだと、ぼくは日ごろからそう考えている。

しかし、だからといっていま出ているあのちゃちな食器洗い機や、自動せんたく機をおすすめしますという神経とは、ぜんぜんべつなのである。

メーカーがもうけたいばっかりに、そして主婦がなまけたいばっかりに、汚れがついている食器を出されたり、汚れムラが残っている肌着を着せられたのでは、こまるのである。

本末を転倒してはなるまい。センタクという家事は、家族のものの身につけるものを清潔にしておくというのが、目的である。清潔にならなければ、いくら自動であろうと、だめだというより仕方がない。そういう満足のいく機械ができるまでは、たとえいやであろうと、ボタン一つ押すだけというふうにはいかなくても、とにかくセンタクはしなければならない。

これは、電機メーカーにかぎったことではない。たとえば昨今、話題をよんでいる自動車のいろんな〈欠陥〉なども、考えてみたら不思議千万な事件である。

★

もののけじめをはっきりさせる、ということは、ときには自分には不利なことがある。いやなことがある。

しかし、一から百まで、なにからなにまで、全部自分につごうのいいようにしか考えられないとしたら、これはもう、一つの社会をつくりあげていくわけにはいかない。多勢の人間が同じときに、同じ場所で暮していくときには、我慢をするということが、決してごまかしや妥協ではなくて、必要なのである。

それが、もののけじめというものではないだろうか。

そこで、どうしてもけじめをつけてもらわなければならないのは〈政治〉である。

いったい政治は、だれのためにやっているのか。昨今これぐらい、うじゃうじゃけているものはないだろう。

はやい話が、米のねだん一つを決めるにしても、河の水の汚染基準一つを決めるにしても、いったい、だれのために政治はあるのか。それを忘れてしまって、目のさきの票や、目のさきの利害だけにこだわっているのが、最近の政治ではないか。

しかもおかしいのは、与党や政府がそんなふうに、自分勝手に、政治をふりまわしているとき、野党までが、それを真正面から、堂々と攻撃することをしない。なにかつまらぬことにイチャモンをつけて、国会の審議はおくらせるけれども、本来の、政治のけじめをきちんとつけるという立場から、堂々の論陣を張る、という姿勢が失われている。

かつて、戦前、政治がいまとおなじように、腐敗し堕落していたときに、軍部の青年将校がたち上った。そして、国民の心のどこか奥深い底のなかにも、じつは、この一部の青年将校の行動を、こころよしとする気持が、なかったとはいえない。そのために、しだいに軍部独裁になっていき、しだいに戦争の谷間へ、なだれ落ちていったのである。

政党や政治に、けじめがなくなったときが、独裁者のいちばん生まれやすいときである。

独裁者は、どこの国でも、いつでも、国民に歓呼されて、登場してくる。

いまの政治家は、そのことを忘れていはしないだろうか。

もののけじめがなくなった、というとき、世間では、ついそれを若いもののせいにする。それでなくても、なにかというと、若いものは非難攻撃の的になる。

しかしいま、もののけじめをなくしているのは、若いものというより、ぼくたち大人である。

政治をやっているのは、ぼくたち大人だし、経済を動かしているのも、ぼくたち大人だし、教育をしているのも、大半は、ぼくたち大人である。

父親とこどもとのけじめをなくしてしまったのは、じつは父親ではないか。

こどもたちから、理解のあるパパだといわれ、世間からは、ものわかりのいい人だといわれたいばかりに、親とこども、大人と若もののけじめを、自分からとっぱらって、満面に媚をうかべて、若ものに迎合していったのではないか。

社長室の机の上に、ジャズの解説本とゲバラの伝記を、これみよがしにのせている経営者がいた。

それを若い秘書がみて、社員にしらせた。若い社員は、ひとり残らず、この経営者をケイベツしたという。

ひょっとしたら、今は〈迎合の時代〉かもしれない。

政治家は選挙民に迎合する、経営者は社員に迎合する、親はこどもに迎合する、教師は生徒に迎合する。

そこから生まれるものは、その日暮しの無定見と、やり場のない倦怠感と、焦躁感である。

それはガン細胞のように、世の中のいたるところに、すさまじい勢いで転移してゆく。一度それに侵されてしまうと、ぼくたちの感覚は、マヒしてしまう。なにがよいことで、なにがよくないことか、その判断の基準が、ぐじゃぐじゃにくずれてしまうのである。

その一つの例を、お目にかけよう。

テレビの「コント55号！裏番組をブッ飛ばせ!!」という番組である。

東京では、放送しているキーステーションがNTV、スポンサーは、資生堂と大正製薬である。


要するに、この番組は、ゲストの女の子と、コント55の一人がジャンケンをして、負けたほうが、一枚ずつ、身につけているものをはいでゆく。そして、それをセリ売りして、集った人たちに買ってもらい、不幸な人たちに寄附をするという番組だ。寄附のほうは、とってつけたようなもので、ねらいはジャンケンをして、女の子が一枚ずつ着物をぬいでいくという、その興味にある。

むかしから、この種の遊びは、花柳界などで行なわれていた。その意味では、べつに目新しいことはなんにもない。

違うのは、むかしはひそかに、人目をはばかって行なわれていたことが、いまはカラー放送で、日曜日のゴールデンタイムに、堂々と全日本にむけて放送されている、ということである。

低俗とか、ハレンチなどという言葉では、もはや追いつかない。

いったい、この番組のスポンサーである資生堂と大正製薬は、なにを考えているのだろう。

放送する局も局だが、つたえ聞くところによると、その局にとかく圧力を加えるのが、スポンサーだという。それだとすれば、この場合、もっとも責任を問われるのは、スポンサーである資生堂と大正製薬ではないか。

野暮なことはいいっこなし、おかたいことはごめんだ、そういうふうが、世の中に、しだいに満ちてきつつある。

政治のあり方をみて、腹も立たず、しかたがないと、うすら笑いをうかべ、ばかげたテレビ番組に、うつつをぬかし、野暮なことはいいっこなし、で暮しているうちに、やがて、どういう世の中がやってくるか。

もののけじめを、はっきりさせようではないか。

それが必要だとしたら、それをするのは、ぼくたち大人の責任である。

ぼくはそうおもっている。

（1号・第2世紀　昭和44年7月）

リリス　プレスコット伝

1

その年の春は、おそかった。

一八四九年。カルフォルニアで金が発見されたあくる年である。

セントルイスから西へ三百キロ、インデペンダンスという小さな町は、何千という人間、何百という幌馬車、それに馬と騾馬《らば》と牛のすさまじい群で、ごったがえしていた。

夜、ミズリー河の向うからながめると、町の空いちめんが、あかあかとかがやいていた。幌馬車隊の連中がたく火である。

みんな、春を待っていた。

草が十分に生えるのを待っていたのである。一台の幌馬車を、八頭から十二頭でひく。その飼料の大半は、行くさきざきの草をあてにするより仕方がなかったからである。

人と馬車と馬と騾馬と牛は、あとからあとからふえていた。

四軒ある町のかじやは、どこも夜どおし働かされていた。輓具、蹄鉄、車軸、つるはし、スコップ、くさり、が、つぎつぎに打たれていった。

雑貨屋の店先は、もっと混んでいた。小麦粉、ベーコン、豆、干し肉、油、干し野菜、コーヒー、砂糖、塩、コショーふくらし粉といったものを買う人たちで、いつでもいっぱいだった。

いろんな型の幌馬車が行きかっていた。馬車の上で、こどもが泣いていた。母親が叱っていた。幌の木わくに鳥かごが揺れていた。男たちが大きな声でわめきあっていた。

たいへんな荷物だった。炊事ストーブ衣服箱、たんす、毛布、枕、テーブル、椅子、ランプ、ベッド、鏡台、そしてなべ、皿、やかん、桶、ゆりかご、たらい。

木片で地面に、なにか地図を書いて説明している男と、それをとりかこんで熱心にきいている人たち。

ライフルの使い方を妻に説明している若い夫。カードでばくちをやっている男たち。馬を売らないかときいてまわっている中年の農夫。

行く先はカルフォルニアだった。

しかし、日本全部よりまだひろい、そのカルフォルニアの、どんなところへゆくのか、みんな知らなかった。

シェラ山脈は、十月になると雪がくる。それまでに越さなければ、と聞かされていた。しかし、そこまで、どれくらいあるのか、何日かかるのか、はっきり知っている者はいなかった。二カ月という者がいた、三カ月だという者もいた。いや、もっとだという者もいた。

　まして、その道中が、どんなところか、だれにきいても、はっきりしたことは、なにもわからなかった。

　行くことだけがきまっていた。行くだけだった。

2

　五月三日、朝。晴れて暖かだった。二十一台の幌馬車が、きめられた順序で動き出した。モルガン隊の出発である。

　隊列はカンサス河に沿って、ゆっくり西へ進んで行った。鞭が閃き、車輪がきしみ、つなぎくさりが鳴った。河岸の樹に五月の風が光っていた。水にうつった白い幌の倒影が、揺れながら動いていった。

　リリス・プレスコットは、先頭から五番目の馬車で手綱を握っていた。

　この車には、ふたりだけだった。

　もう一人は、アガサ・クレグ、中年の百姓女であった。ふたりは、べつに、きょうだいでも、親せきでも、おなじ村の者どうしというのでもなかった。ゆうべはじめて知りあったのである。

　リリスは、数日まえまで、セントルイスで一流といわれる酒場で歌をうたっていたのである。きのう、河蒸気《リバーボート》でインデペンダンスにやってくると、行きあたりばったりに、すぐ出発しそうな幌馬車隊をみつけ、カルフォルニアまで一しょに連れていってくれとたのんだ。それが、このモルガン隊だったのである。

3

　この時期に、インデペンダンスから西部へ出かけていった幌馬車隊は、おそらく五百隊をこしていただろう。たいていは、東部から出てきた百姓だった。家や畑を売りはらい、家財道具を幌馬車につみこんで、家族ぐるみでやってきているのが多かった。

　この連中は、インデペンダンスで、隊を組んだ。馬車や食料は自分もちで、あと五十ドルから百ドルくらいずつ出し合って、隊を作ったのである。

　なかには、東部の町で募集して編成した隊もいくつかあった。こういう隊は馬車も騾馬も武器も食料も衣類も、みんな隊で一律に支給するかわり、ひとり三百ドル見当の、いわば会費をとっていた。

　どの隊でも、意外に規律はきびしくて、それぞれちゃんとした取りきめ、つまり一種の〈法律〉があった。その法律は隊のみんなできめたのである。

　〈アレガニーの西に日曜日はない〉という言葉がある。アメリカの東部を南北に走るアパラチヤ山系、そのいちばん西にあるのがアレガニー山脈である。江戸時代、箱根の西には鬼がすむといったものだが、アレガニーは、いってみれば、その箱根にあたるわけだろう。

　しかし、アレガニーの西、つまり幌馬車隊がこれからふみこんでゆく草原と砂地と岩山には、日曜日どころか、法律さえなかった。第一、政府がなかったのである。

　一隊の幌馬車は、少くて十数台、多いと六十台をこえたが、その幌馬車隊の一隊ずつが、小さな国であった。いわば〈移動する共和国〉であった。

　この人たちは、のちに、その年代をとって、〈四九年人《フォーティナイナー》〉とよばれるのだが、この〈四九年人《フォーティナイナー》〉の心の底に流れる、一貫した根性といえば、この国は、自分たちが作った国だ、ということだったのではないだろうか。

　ぼくらのように、生れてみたら、そこに国があった、というのではなかった。そこにだれかが作った法律があった、というのでもなかったのである。

　何千キロという道、それもはじめての道を、たった一人、たった一家族で歩いてゆくことは、まず死を意味した。どうしても隊を組まねばならない。そうして〈移動する共和国〉ができた。

　いろんな考えの人間が集まっている。それを一つにまとめるために、とりきめがいる。そうして法律ができた。

　ガイドをやとったり、武器を買ったり、クスリを用意したり、いろいろ金がいる。それを頭わりに何十ドルとか何百ドルとか集めた。つまりは税金である。

　この共和国では、法律は、だれかが作ったものではなかったのである。自分たちみんながうまくゆくように、みんなで作ったのである。

　税金も、おなじだった。

　もちろん、ぼくらの国でも、そういうことで作られていることは知っている。しかしそれは、学校で習ったり、新聞で読んだりして、アタマで知っているだけである。

　この〈四九年人《フォーティナイナー》〉は、自分の目で、手で、体中で、それを知ったのである。リクツやギロンではない、そうしなければ生きて向うへたどりつけないことを、あの苦しい長い旅で、骨のズイまでおもい知らされたのである。

　ひとに迷惑をかけてはならない、というのは、修身でもエチケットでもなかったのである。そうしなければ、隊がこわれる、そうなれば、自分が生きてカルフォルニアの地をふめないのである。

　あの大きなアメリカという国は、この小さな、一つずつの〈移動する共和国〉の、ドタン場ギリギリの必死のチエと根性の上に、やがて出来上っていったのではないだろうか。

4

　はじめは、なにしろ寄り合い世帯だったから、どの馬車も、隊列を組むのになれなかった。モルガンは、大声をからして、隊の後へ駈け、前へ戻り、その馬車はもっとつめろ、こどもは中へ入れろ、ライフルをそう持つと危いぞ、と世話をやかねばならなかった。

　河岸のどろやなぎの並木が、やがて切れて、行く手に草原がひろがっていた。

　リリスがうたいはじめた。

はるかな地平線に雲がかがやき、風がゆるく吹いていた。

アガサがつけてうたいはじめた。いい声ではなかったが、よくとおった。

　やがて、前の馬車が、コーラスに加わり後の馬車が加わり、つぎつぎに歌声を草原にひびかせながら、いまや隊列は、オレゴン・トレイルを進んでいた。

　いざゆかん　手をとりて
はるかなるかなたへ

野はひらけ
風わたる
これぞふたりのくに……
リリスはうたいながら、十年まえをおもい出していた。

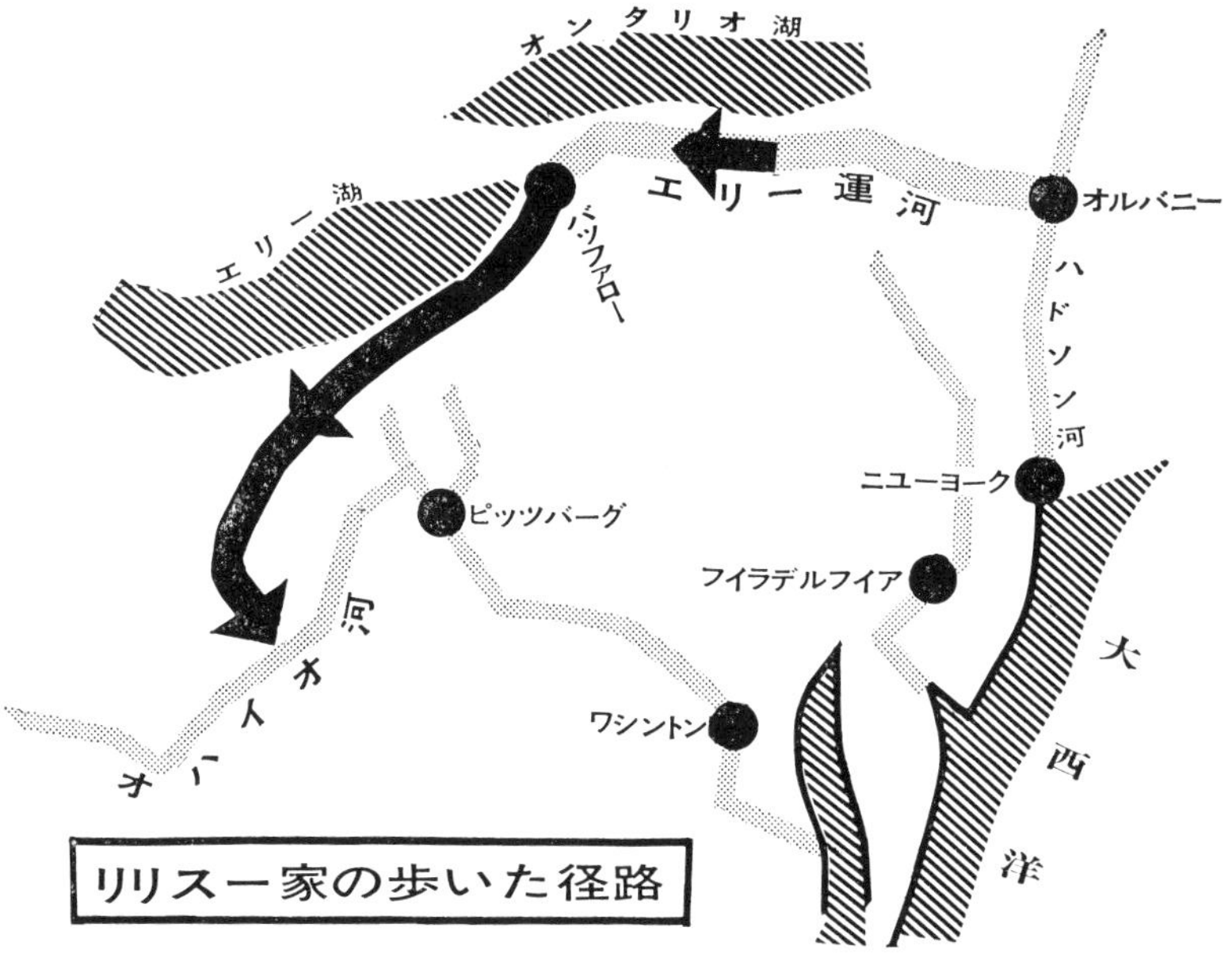

リリス一家の歩いた径路

十年まえにも、これと似たような光景があった……

5

リリス・プレスコットは、一八二三年ニューヨーク州北部の農家に生れている。両親はアイルランドからやってきた移住民であった。

十年まえというと、彼女は十六才である。

ニューヨークを流れているハドソン河、あれを河上に二五〇キロほど上ると、オルバニーという町がある。

ここから、エリー湖のバッファローまで、およそ五百キロのエリー運河が開通してから、この町は、ひどく活気が出てきた。

というのは、バッファローから南へ下ると、オハイオ河に行きあたる。オハイオ河は両岸に無数の支流をあつめて、やがてミシシッピー河に注ぎこむ。いってみれば、このエリー運河は、とざされていた西部への突破口だったからである。

十年まえの、やはり五月だった。リリスは家族といっしょに、このオルバニーの船着場で、バッファローへ行く舟を待っていた。

そのころ、ニューヨーク州や、ニューイングランド州の農民たちは、せっかく作り上げた田畑を売りはらい、この運河を通って、西へ西へ移住をはじめていた。リリスの一家も、それだった。

自分たちは、いまのままでけっこうやってゆけても、二人三人とできた子供たちにわけてやるには、どうにも土地が狭ますぎたのである。

ヘイ、ホウ、オハイオ。

行け、オハイオへ。

ハドソン河を上下する河蒸気《リバーボート》の汽笛が、ひっきりなしに河面を流れ、エリー運河をゆききする引き舟は、せっかちな警笛を鳴らしつづけた。出てゆく舟は移住民を甲板いっぱいにのせ、入ってくる舟は、西部からの物資を山と積んでいた。積荷はここで積みかえて、河下へ送られた。ニューヨークが、のちに巨大な商業都市にのし上っていったのも、この運河がひらかれたためだったといえるだろう。

船着場には、いたるところに、積荷や

移住民たちの荷物が、雑然とつみ上げられていた。

廻船問屋オルバニー商会の手代が、いま着いた舟の船員と、大声でいい争っている。絹の服を着た女をのせた馬車が横切ってゆく。その傍を、タール布でつつんだ大きな包みをかかえた百姓のおかみさんが歩いてゆく。

ヘイ、ホウ、オハイオ。

オハイオへ行こう、それを言いだしたのは父親だった。しかし、いったい、そのオハイオがどこにあるのか、どんなところなのか、なんにも知らなかった。こうして舟を待っている今も、地図一枚持っていなかったのである。

しかし、まわりにいる連中も、その点ではおんなじだった。とにかくバッファローまで舟で行く、そこで荷車を一台買って、南へ歩いてゆく。そのうちオハイオ河に行きあたるだろう、ぼんやりそれくらいのことを考えていた。

オハイオ河に出たら、そのへんの木を切ってイカダをくむ、それで河を下る、そのうち気にいった土地をみつける、くらいのつもりだった。

ぼくたちの考えでいうと、これは無茶にちかいやり方である。ニューヨーク州の北部から、オハイオ河までというと、どうみたって千キロをはるかにこえる。そんな遠いところへ、しかも、行く先がどうなっているのかよくわからないところへ、それも一寸しらべにゆくというのならいざしらず、いきなり土地も売り、家もたたんで、家中で出かけてゆく、というのは、大胆すぎるようである。

それも、このプレスコット一家だけというのならまだわかる。そういう人間なら日本にも三人や五人はいた筈である。しかし、こう大ぜいの人間が、みんなそうだったのだから、どう考えてよいのか、わからなくなるのである。

そういえば、この人たちは、二十年か三十年まえには、アイルランドなりどこなり、とにかくヨーロッパに住んでいたのである。そこを捨てて、はるばる大西洋を渡って、このアメリカへやってきた。これだって、自分の行く先がどうなっているのか、よくはわからないで、よくまあ当時のあんな船で六千キロもの海をわたる気になったものである。

どうやら、そのころアメリカにいた人間というのは、ヨーロッパ各国の中でも、すこし向うみずで大胆な人間ばかりを選抜したようなことになっていたのだろう。そういう人間ばかりだから、こうしてまた、新天地があるとうわさにきくと、ヘイ、ホウ、オハイオと出かけて行ったのにちがいない。

そういう気性は、四人の子のなかでも、リリスがいちばんつよく受けついでいたようである。

父親にいわせると、あいつはなにを考えているのかさっぱりわからん奴だったし、母親にいわせると、おもいついたら後先もわきまえないでやってしまうオッチョコチョイだったのである。

こんどのオハイオ移住にしても、まっさきに賛成したのはリリスである。べつにオハイオがどうだからというのではない、とにかく、こんな片田舎で、晴れても降っても、しんねりむっつり畑ととっくんで、そのうちやはり近所のおなじような百姓と結婚して、なんてことが性に合わないからだった。

しかし、それでは自分の性に合うのは

どういうことか、もちろんわかっている筈はなかった。正直なところ、このオルバニーの町へ出てきて、リリスはびっくりしたのである。

世の中には、こんな暮し方もあったのか、とおもった。

いつか、きっと私も、あんなきれいな絹の服を着て、あんなきれいな馬車にのって、上等な料理屋へお食事にゆく……十六才のリリスは、このオルバニーで、そうおもいきめた。

……リリスは、歌うのがすきだったし、よい声であった。この船着場で、いま舟を待っているときも、自分でも気がつかないで、歌をうたっていた。十六世紀の英国の古いバラードで、なにかというと、家中でうたった歌である。

いざゆかん　手をとりて
はるかなる　かなたへ
野はひらけ
風わたる……

気がつくと、いつか家族も、まわりの移住民たちも歌っていた。船着場全体が陽気な合唱につつまれていた。

来ませや　いとし君
のぞみあふれ
星はひかる……

……リリスたちをのせたフライング・アロウ号が桟橋を離れても、その合唱は船の上と船着場にわかれて、まだつづいていた。

6

……バッファローに着くと、プレスコット一家は、なるたけガタガタの荷車をさがして、二ドルに値切った。それに荷物を全部つみこむと、家族で引いたり押したりしながら、とにかく西南のほうへ歩き出した。

おなじような家族が、二組も三組も、あとになり先きになりした。そのうち、どの組がいい出すともなく、一しょに行くことになった。

ときたま人にあうと、必ず道をきいた。不安になると、木の枝ぶりや年輪をしらべたりして、方角をたしかめた。枝は南側によくしげり、年輪は南が厚いと知っていたからである。

夜は、木と木のあいだにテントをはって、交替で必ず見張りに立った。

いたるところに川があった。その川のひとつにそって何日も上ってゆくと、やがて峠にかかる。その峠をこすと、小さな川が、こんどは南へ流れているのに気がつく、その川といっしょに下ってゆけと教えられていた。

バッファローを出て十七日目、ふかい森と森のあいだを流れる川にそって歩いていると、樹の枝のすきまから、横にながく銀いろに光っている帯がみえた。オハイオ河だった。

やっとたどりついた、というおもいがみんなにあった。村を出てから、ざっと千二百キロである。女たちの髪はそそけ、顔はすっかり日にやけていた。

　中一日休んでから、イカダを組みはじめることにした。ひさしぶりに、せんたくものが、つぎつぎにひるがえった。家にいるみたいだなあ、とそれをみながら、兄がいった。もうすぐ、新しい家ができるよ、と母親がいった。

　河をみていると、ときどき、箱舟《アーク》や平《フラ》底舟《ツトボート》が上り下りした。それがイカダを組む手本になった。ニレの大木が河岸にいくらでもあったので、まず、それを切り倒し、たてよこに組んでロープや樹皮で結えてから、その上に細いトネリコの枝をしきならべた。一方の端にテントを張って家財道具を運びこみ、毛布を敷いた。あまったものは動かないように、じかにイカダにしばりつけ、カマドも作った。荷車もばらして積みこんだ。

　イカダは、みごとに浮んだ。その朝、両岸にそびえた森の高いこずえに日がさして、しきりに小鳥がなきかわしていた。リリスたちは、ゆるやかに河を下っていった。

7

……数日後、すさまじい風と雨が、オハイオ河をたたいていた。あたりは、まっくらだった。切り立った河岸の右に左に、ひっきりなしに雷鳴がつんざいた。稲妻が走り、水面が白く泡立っていた。

　リリスたちのイカダは、つき上げられ、つき落され、傾き、まわされ、ぐらついた。木箱がすべり落ちた。ロープがひきちぎれた。いろんなものがつぎつぎに吹きとんだ。

　オハイオ河は、いくつにも支流がわかれている。支流はやがてせまくなり、岩が波をかみ、流れは早さを加え、いたるところに滝を作っていた。

　リリスたちは、まちがえて、その支流の一つに入ってしまったのだ。

　カジをにぎった父親は、河へ落されないように突っ伏したままで前方をにらんでいた。その顔は蒼白だった。

　しかし、二本のカイをあやつるには、イカダの上に立つより仕方がない。それは母と姉とリリスがやった。

　兄は、数日まえ、河はぎ《リバーパイレート》に襲われたとき、射たれて寝たっきりだった。弟は小さかった。

　足がすべり、長いスカートがまつわり、髪が頬にはりついた。右に左によろめきながら、無我夢中でこいでいた。

　女は、男のあばら骨から作られたのだ、という話を作り上げたのは、男である。ながいあいだには、女も、その作り話を、自分でそうおもいこむようになっていた。

　しかし、ひとたび人間が生きるか死ぬかの瀬戸ぎわに立たされたとき、そんなこざかしい作り話は、こっぱみじんにふきとんでしまうより仕方がない。

　終戦のとき、なにかでみた一枚の写真を、ぼくはいまでもおぼえている。

　汽車であった。いっぱいの人がぶら下っていた。タラップにまで二重三重になって、それでもあふれた人たちが、機関車の前部にもぎっしりしがみついていた。

　ほとんどが女の人である。どろどろのモンペにリュックを背負い、包を下げていた。芋であろう。

政府なんて、なんの役にも立たなかった。しかし、デモ行進などやっている余裕もなかった。ギロンしているひまに、家族の今夜の、あすの食べる分を工面しなければならなかったのである。

女たちは、だまって、買い出しに出かけていった。ながいあいだ、吹きっさらしのホームで汽車を待って、家畜以下のざまで、運ばれていった。やっとのおもいで手に入れた五十キロ七十キロの芋を背負って、歩きつづけ、ぶら下りつづけ歩きつづけて運んだ。

終戦直後、ぼくたちの飢え死を救ったのは政府でも代議士でも役人でもなかった。この機関車にすずなりになった異様な写真をみたまえ。ぼくらを飢え死から救ったのは、この人たち、ぼくらの母や妻や娘や姉や妹だったのだ……

……リリスは、前方に、嵐でも雷鳴でもない、底鳴りのする音をきいた。

母が叫んだ。

滝だァ、お父さん、滝だよォッ。

とっさに、リリスは母のほうへよろうとした。つぎの瞬間、彼女は河の中へ投げ出されていた。

やっと浮び上ったとき、イカダは、ずっと離れていた。リリスが最後にみたのは、母をしっかりとだいている父の姿だった。

母だけが、泳げなかった……

8

……あれから、十年の年月が流れている。リリスは今年二十六才になっていた。

幌馬車隊は、出発してから、もう十日以上たっていた。リリスの顔は日にやけ、手はまめだらけになっていたが、心ははずんでいた。

去年、セントルイスで、カルフォルニアへいくという客にあった。金鉱がみつかったら、お前にもわけてやるからな、酒をのみながら、そんなことをいった。

しかし、町中がカルフォルニアの金で浮かされていて、そんなことをいう客はめずらしくなかった。リリスも、それっきり忘れてしまっていたのである。

ところが、ついこのあいだ、弁護士だという男が楽屋へたずねてきて、遺産があるといった。去年の客の名をいって、その男がリリスに金鉱をのこして死んだのだというのである。

リリスは、一夜にして大金持になってしまった。絹の服、ボンネット、ぴかぴか光った馬車、屋根で風見の雞がからからと鳴る屋敷、おいしい料理……

話をきくだけでもいやだった西部へ、そんなわけでリリスは出かけてゆくことになったのである。

……いくつもの幌馬車隊が、あとになり、先きになりして進んでいた。

道からすこし入った草原に、掘りかえされた土が、うすく盛ってあって、粗末な板ぎれがさしてあった。墓標である。

道からそこまで、草がふみしだかれて、ほそいみちができていた。あとからきた幌馬車隊の連中が、だれが死んだのかと、みにゆくためであろう。

アガサは、胸で十字を切った。

リリスは、目をつぶるだけだった。

あたしね、いやなものはみないの、そうアガサにいった。

墓標は、だんだんとふえていった。一カ所に五つも六つもならんでいることもあった。粗末な板ぎれに、名前と、出身地と、年が書いてあるだけだったが、ときには、病名が書きそえてあることもあった。大半がコレラであった。

　モルガン隊でも、若い男が一人死んだ。はだかにされ、一枚の古毛布にくるまれて埋められた。

　ときどき雨がふった。みぞれになる日もあった。まるで十一月ごろの寒さで、冬服のないリリスにはつらかった。

　墓標がふえるにつれて、そこへ通うほそい道は、もうだれもつけなくなった。

　雨がふると、車輪がぬかるみにめりこんだ。リリスとアガサは、泥まみれになって、馬をひっぱった。

　よほどの暴風雨でもないかぎり、幌馬車隊は、いちめんに煙る草原を、びしょぬれになりながら進んでいった。

　一日も早く、カルフォルニアに着きたい一念からだったが、いまは、馬車のうしろに追いすがる、このいまわしい病気のかげから、すこしでも先きへ逃げたい気持のほうがつよかった。

　コレラは、その年の春、インド航路の汽船がニューオルリンズに運んできた。すぐにその黒い影は、河蒸気《リバーボート》にのってミズリー河をさかのぼり、インデペンダンスをおおい、そこから出発してゆく何千という幌馬車のうしろにくっついて、オレゴン・トレイルを、西へ西へのびていったのである。

　このコレラで、五千人以上の人間が死んだ。

9

　リリスは、もちろん、このモルガン隊では風変りな存在だったが、この隊には、もう一人、風変りな男がいた。

　服装から口のきき方から、ほかの連中とはかけはなれていた。いつも上等のタバコをすっている、一口にいうと「町のにおい」のする、それもカタギではない中年男だった。インデペンダンスを出てから一週間目ぐらいに、ひとりで馬でやってきて、そのまま、ずるずると隊に入ってしまっていた。

　じつは、リリスもアガサも、この中年男には、前に会っていて、クレーブ・ヴァン・ベーレンという名前も知っていた。自分で、そう名のったからである。

　インデペンダンスを出発する朝、この男はアガサたちの馬車にやってきて、護衛役を申し出た。アガサがもじもじしている横からリリスが、けっこうですわとはねつけたのである。

　アガサにはいわなかったが、リリスには、この男の横顔に見おぼえがあったからである。

　男は、当時セントルイスあたりにごろごろしていた賭博師の一人だった。例の弁護士が楽屋にきていたとき、この男は入口に立っていた。リリスが金鉱をもらったことは、だから聞いた筈である。

　……幌馬車隊の速度は、地形や状況によるが、ならしていうと、一時間に四キロか五キロくらいである。

　モルガン隊がカーニー砦をすぎたのが五月三十日、出発して二十七日目であった。

　あれからまた二人が死んだ。一人は病死、ひとりはライフル銃の暴発事故である。ようやく隊全体に疲れがでてきた。

　リリスにも、カルフォルニアは、だんだん遠くなってゆく感じであった。大体全行程の三分の一だといわれているララミー砦まで、まだいく日もかかるのである。
体を洗えないのが苦痛であった。川は大小いくつとなく渡ったが、きれいな流れはまれだったし、たまにあっても、さすがに昼間では仕方がなかった。

何日目かにあびる夜の川の水は、肌をつきさすようにつめたかった。岸のしげみにかくれるようにして体を洗っていると、とおくで、けものの吠える声がきこえてくる。あと何回こんなふうにして体を洗ったらカルフォルニアに着くのだろうとおもった。

夜は幌馬車の円陣のなかで火をたく、そのまわりで、みんな雑談をしたり歌をうたったりするのである。

そうしたある夜だった。だれからとなく、「埴生の宿」をうたいはじめたが、まるでお通夜みたいに、じめじめしていた。やるせない望郷のおもいが、その底に流れていた。

このとき、リリスは、ちょっとみんなの意表をつくことをやりはじめたのである。いきなり陽気な歌をうたいながら、かるいステップで円陣のなかへ出て行ったのだ。ちょうど、セントルイスの酒場でやっていたように、そうして歌いながら、うなだれている男たちを、ひとりずつ手をとって立ち上らせた。立ち上った男を、誰かれかまわず、傍にいた女と組ませ、つぎつぎに踊りの組を作っていった。

みんな、あっけにとられたかたちで、彼女の歌に合わせているうちに、次第にリリスの歌と、ステップの雰囲気にひきずりこまれていった。やがて、そこはまるでお祭りみたいになってしまったのである。

そのうち、リリスは、幌馬車の蔭でにやにや笑ってみているクレーブをみつけると、その手をつかんで踊りの輪にひきずりこんだ。面とむかったのは、出発以来、これがはじめてだった。

クレーブが口をきくまえに、リリスはくるっと体をまわして、お目あては私の金鉱でしょ、ご苦労さまね、といったかとおもうと、もうつぎのステップでべつの男の手をとっていて、その肩ごしに、にっこり笑ってみせていた。

10

ララミー砦についたのは、四六日目の六月十八日であった。

出発したとき六九名だったのが、六二名になっていた。途中で一人ふえ、八人が死んだのである。死んだのは病死が七名、射たれたのが一名である。

ララミー砦、というと、つい西部劇の画面を連想して、紺の制服にツバひろ帽子の騎兵隊が、旗をひるがえして出発してゆくところかなにかをおもいうかべたくなるが、そういうのは、ずっとのち、南北戦争もすんだあとのことなのである。

リリスたちが歩いていったころは、このララミーでも、ずっとさきにあるホールにしても、砦というより、じっさいには、インデアンとの交易所といったほうがいいのである。

ララミー砦は、米国毛皮商会《アメリカンファーカンパニー》が作ったもので、土レンガの、それでも二階建てであった。

　リリスは、ここで小麦粉やベーコンを買い足したが、逆に、そういったものを売って、ブランディを買ってゆく連中もあった。

　所長のハズバンドという男は、インデアンの女と結婚していて、もう二十年近くも、ここで暮している。ちょっとみると、顔つきもヒフの色も、インデアンみたいだった。リリスをみると、おやという顔をしたが、あきれたというのではなかった。まいにち、数百台の幌馬車が、ここを通過して西へ向っている。そのなかには、もちろん、若い女もめずらしくなかった。しかし、リリスのように、絹の服を着ている女はいなかったからである。その絹の服は、五十日近くの雨風に打たれて、ひどいものになっていたが、やはり幌馬車隊という背景のまえでは、へんになまなましかったのだろう。

　東部《ステーツ》へ帰りたくありませんか、とリリスがきいたら、だまってわらっただけだった。

　ここまでくるあいだにも、リリスは、ときどき、こんなふうに、草原のなかに、ぽつんと暮している男をみかけた。インデアンを妻にして、こどもまである男もいたが、たったひとりで住んでいる男もいた。

　リリスには、まるでちがった生きものをみるような気持であった。幌馬車で進んでいても、何日も何日も、人っ子ひとり会わない、そんな気の遠くなるようなひろいところで、音楽も歌もおしゃべりもなく、来る日も来る日も、自分だけを相手にして暮してゆく、そうして、いつか病気になって、そのまま死んでゆく、そういうことが、人間にできるというのが、リリスには、どうしてもわからなかった。

11

　何日もまえから、風景に、みどり色がなくなっていた。

　道は、黒い土から、白茶けた砂土にかわっている。赤茶色の、奇怪なかたちをした岩のかたまりが、つぎつぎに丘を作っていて、一つの丘をやっとこすと、またおなじような丘があらわれた。

　打って変って、すごく暑い日がつづくようになった。

　幌馬車隊は、しらじら夜が明けると動きはじめ、日がつよくなるころには休止した。この昼休み《ヌーニング》は、どうかすると、夕方ちかくまでつづくことがあった。

　しかし、適当な草地や川がないと、ぎらぎらする日中を進まねばならないことも多かった。やけた砂地のてりかえしと、真上からいりつける太陽で、目がくらくらした。男たちはシャツもぬいでしまった。女たちも、上半身シミーズ一枚になっていて、それが汗でぐっしょりぬれていた。だれの顔にも、汗の塩で、白いシマがいくすじもついていた。うっかり車の鉄の部分にふれると、やけどするくらい焼けていた。

　丘をこえるとき、ふりかえってみると、いつみても、地平線までずっといちめん赤茶けた風景のなかを、幌馬車の白い幌の列が、際限もなく、前にもうしろにも、ずっとつづいて光っていた。

　クレーブが数えたところによると、多い日は、四百台以上も見えたという。ク

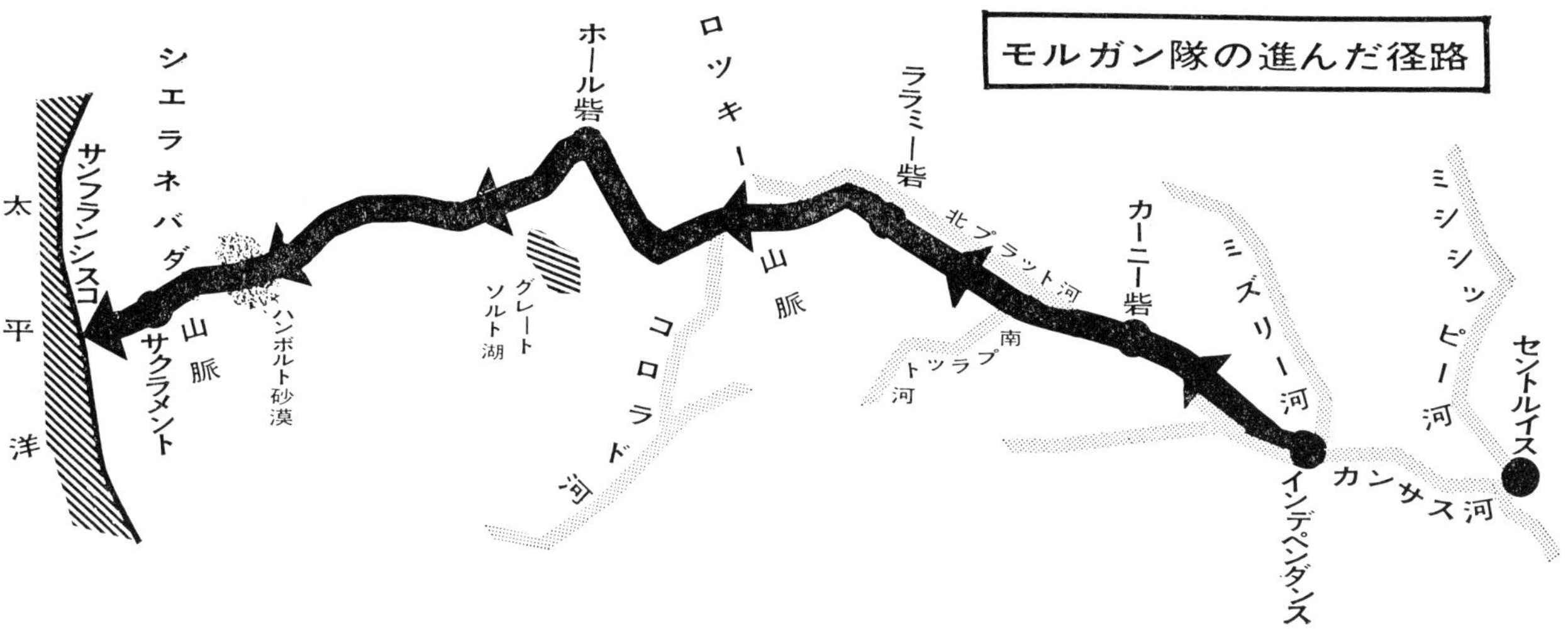

レーブは、昼休み《ヌーニング》のとき、よく馬車のかげで手帖になにか書きつけていた。リリスが赤字のやりくりかとからかったら、てれくさそうに、日記だといった。

こんなくたくたになって、口をきくのもいやなときに、よくもこまめに日記などがつけられるものだとリリスはふしぎにおもうのだが、じつは、ぼくにもこれに似た経験がある。

戦争中、兵隊だったとき、ほとんど毎日が歩くことの連続だった。重機関銃隊で、馬をひっぱっていた。松花江の支流、小興安嶺山脈のなか、日中も歩いた、夜中も歩いた、夜は半ば眠りながら歩いたが、ふしぎに銃だけはちゃんとになっていた。疲れてくると、その一丁の銃の重さが肩に食いこんだ。やっと小休止の声がかかると、そのままぶったおれた。泥んこであろうと石ころだらけだろうとかまわなかった。もう一メートルも横に、適当なところがあることがわかっていても、それさえする気がなかった。

家に帰りたかった。ぶったおれて、暗い夜空をみていると、どういうものか、いつでもきまった一つの風景がうかんできた。うすい水色の空に、らんまんと咲いている桜だった。通勤の朝、東横線の車窓から、どこか田園調布と自由ケ丘のあいだでみた風景だった。もうああして、通勤することもあるまいとおもうと、うす汚れたセルロイドの吊り皮の手ざわりが、しめつけられるようになつかしかった。

そういうとき、ぼくは毎日、日記をつけていた。生れてから今日まで、あとにもさきにも日記をつけたのは、この時期だけである。

出征するとき、そんなつもりは毛頭なかったから、ノートもなかった。ぼろぼろの黒表紙の軍人手帳に鉛筆でこまかく書きこんだのである。

どうして、そんな気になったのか、いまおもいだしても、わからない。おそらくクレーブも、おなじではなかっただろうか。

12

プラット河を渡ったのは六月二七日だった。

イカダを組んで、その上に車輪を外し

た幌馬車をのせ、馬や騾馬は泳がせて渡った。すさまじい作業だった。馬にのったまま渡っていた男がふたりも、溺れて死んだ。

それにしても、いったい、いくつ河を渡ったことだろう。多いときは、日に九度も渡ったことがある。

大きい河もあったし、小さい川もあった。小さい川は、そのまま幌馬車をざぶざぶとのり入れたが、どうかすると馬がつまずいて、幌馬車が川の中に横倒しになることがあった。しかし、ひろくて深い河だと、こんなふうに、イカダを組んで渡らねばならなかった。

北米大陸の河は、たいてい南北に流れている。だから東から西へ、大陸を横切って行こうとすると、どうしても、その河を一つずつ渡ってゆかなければならないのである。

もしも、アメリカの河が、どれも揚子江や黄河みたいに東西に流れていたら、たぶんアメリカの歴史も、アメリカ人の気性も、いまとはちがっていただろうとおもう。

こんなおもいをして、太平洋岸に行くことはなく、河を上り下りするだけで、もっと早く、らくに西部はひらけたにちがいないからである。

……馬や騾馬が、目にみえて疲れはじめてきた。何日も、ろくな草地がみつからなかった。もうすこし行くと、みつかるかと、予定より行程はのびがちになった。ときどき、道ばたに大きな水たまりがあったが、それは飲めなかった。板ぎれにあらあらしい字で、コノ水ノムナ、コノ水デ六頭ノ馬ガヤラレタ、といった立て札が立っていることもあった。先にいった隊が書いたものである。水たまりの表面には、なんともいえないどすぐろい水垢が、いちめんに浮いていた。傍には、きまって馬や牛が、何頭も倒れていたし、骨もごろごろころがっていて、いやな臭いがたてこめていた。

道の砂は十五センチから二五センチの深さになっていた。だれかが、卵をうめると、ゆでたまごになるぞ、といったが、だれも冗談とはきかなかった。つぎつぎと、前をゆく馬車の上げる砂ぼこりで、目もあけられなかったし、口の中はいつもじゃりじゃりしていた。

七月五日、南切通《サウスパス》しにさしかかった。名前だけきくと、せまい谷間みたいだが、じっさいには、たっぷり三十キロはあった。ここをすぎると、いよいよロッキー山脈にかかるのである。インデペンダンスを出て六三日目であった。

その朝、二頭の馬が、どうしても馬車につかなかった。目のひかりが鈍っていた。おいてゆくより仕方がなかった。

どの馬も騾馬も元気がなかった。アガサの馬も一頭様子がおかしかった、クレーブがみにきて、ジステンパーだといった。

もう何日も、ろくな草はなかったし、なんとか探した水も、まともな水でないことが多かった。

みんな、神経がいらだって、ふだんならなんでもないことでも、目の色をかえてどなり合うようになっていた。

雨が降らなかった。

人も動物も車も、ぎらぎらてりかえすロッキーの赤茶けた風景のなかを、文字通り、あえぐようにして、動いてゆくのであった。

すこしでも荷をかるくするために、だ

いぶまえから、女たちも、なるたけ馬車から下りて歩くようにしていた。長いスカートの裾が汗でまといついて、熱い砂の上を何時間も歩いていると、足が焼けるようにずきずき痛んできた。

　めずらしく、向うからやってくる男に出会った。男は、ひいた馬に毛皮を山とつんでいて、いわゆる山の猟師《トラッパー》だった。東部《ステーツ》へ行くが、手紙を出すなら、預ってやろう、一通五十セントだ、といった。

　リリスには、手紙を書く気もおこらなかったし、出す相手もなかった。しかしこんな場面でも、金をもうけようという人間の執念にはおどろいていた。

　七九日目にホール砦をすぎた。

　ここは、英国系のハドソン湾毛皮商会の交易所であった。

　その夜、全員集合を命じたモルガンは二つの提案をした。一つは車を修理しなければ、とてもこれ以上は進めないが、修理する部品がない、そこで、一番傷みのひどい車を二台こわして、その部品を使おう、というのである。

　もう一つは、おもいきって、さしあたりいらない荷物を捨ててしまおう、というのであった。ここ何日も、ずっと道ばたに、いろんなものが、つぎつぎに捨ててあるのを、みんな見てきていた。先行した隊のものである。動けなくなった馬や騾馬や牛が倒れているのも、数しれず見て通ってきていた。

　そうするより仕方がなかった。来るんじゃなかったなあ、と中年の男がボソリといって、やけにたき火をつついた。

　リリス、歌えよ、クレーブが低い声でいった。

　さすがにその夜は踊る気力はなかったが、リリスの声は、ふしぎなほど明るかった。やがてそれが合唱になっていた。

　ひさしぶりに、それでも、みんなの顔に、生気がもどってきたのである。

13

　二台の馬車をこわして、なんとか残りの馬車の修理ができた。

　捨ててゆく荷物も、おもいおもいに残した。おもい寝台とかテーブルは、じつはとっくに、たきぎになっていたので、捨てるといえば、衣類や、それを入れた箱、それに、小麦粉や砂糖袋などであった。考え考え、そういうものを、一どは捨て、またひろい上げ、けっきょくまた考え直して捨てるというふうだった。

　出発用意《フックアップ》。

　モルガンの号令がかかった。すると急に一人の男が奇妙なことをやりはじめた。捨ててゆくシャツやズボンをナイフでずたずたに切り裂きはじめたのである。それがすむと、砂糖袋をひらいて、灯油をぶっかけはじめた。

　はじめ、あっけにとられて見ていた連中にも、すぐ、この男がどういうつもりなのかのみこめた。みんな、おなじようなことをやりはじめた。後からくるものに使われないように、なにもかもめちゃめちゃにしたのである。

　……あいかわらず、日中はひどい暑さだったし、それが夜になると、急に冷えて、あけ方には、くみおきのバケツにうす氷がはる、そんな日がつづいた。

　河は、それからもいくつも渡ったが、草も木も、ほとんどなかった。河の水は、にごって、ときにはいやなにおいがしたが、それでものんだ。

　リリスは熱を出した。目の先きがくら

くらして気を失ってからのことである。日射病だった。ほかにも、日射病にやられるもの、ひどい下痢に苦しむものが続出した。

幌馬車のなかは、むっとして、すこしも風が入らなかった。ねているリリスの体は、ふきだす汗でべとべとして、額にのせたタオルは、お湯みたいだったが、そうしているよりほかに、なにも方法がなかった。

もう六十キロほどゆくと、ひろい草地がある、といううわさが、どこからとなくつたわってきた。クレーブが、それをリリスにいいにきて、しかし、あてにせんほうがよさそうだな、とつけ加えた。

前にも、一どそういうことがあって、みんなひどくがっかりさせられたことがあったからである。

それでも、馬車の速度が、すこし早くなりはじめたのに、リリスは寝ていて気がついた。リリスが倒れてから、代りにクレーブがアガサと交代で手綱をとっていたのである。

14

三日目のひるまえ、前方から、草地だぞオ、という声が伝ってきた。

みごとな草地だった。二キロ四方にもわたって、ゆたかにのびた草が、そよかぜになびいていた。ところどころに、枝をはった木が影を落していた。たくさんの幌馬車が、あちらこちらに止まっていて、かけわたしたせんたくものが、日にかがやいていた。リリスも起きた。アガサは涙を流していた。

モルガンは、奥のほうの大きな木が何本もあるところへ隊を誘導すると、ここであすとあさってと宿営することにきめた。

すこし行ったところに、小さいが深い川も流れていた。水はつめたくて、その上、きれいで、なんともいえずおいしかった。

インデペンダンスを出てから、とっくに百日はすぎて、もう八月の半ばであった。

あくる朝からの二日間、みんなは見ちがえるように、嬉々としてよく働いた。草を刈るのである。刈れるだけの草を刈ってゆこうというのである。笑い声が、そのあいだじゅう絶えなかった。

リリスも、三日目には熱が下った。すっかりやつれたが、また頬に赤味がさし、目にかがやきが出てきた。

その夜は、たっぷりと火をたいた。どの幌馬車隊からも陽気な歌声が、つぎからつぎへとつづいていた。

あすからの彼等を待っているのは、ハンボルト砂漠と、それにつづくシェラネバダ山脈である。後で考えると、それは長かった全行程のフィナーレであるとともに、全行程を通じて、もっとも痛烈悲惨、言語に絶したクライマックスでもあった。

八月二十日、リリスたちは、器と名のつくものには、全部水を入れた。樽、桶、ゴム袋、コーヒーわかし、水筒、ヤカン、瓶、壷、みんな口もとまで水をつめ、自分たちも馬たちも腹いっぱい水をのんだ。どの幌馬車にも、刈りとった草がぎっしり積みこまれた。

午後二時、いよいよ砂漠に向ってモルガン隊は出発した。

その夜は、砂漠を夜どおし歩きつづけた。

つぎの日も、そのまた夜も、歩きつづけた。

行けども行けども砂漠だった。見わたすかぎり、草一本水一滴もない赤っちゃけた砂漠が、ゆるく起伏しながら、歩いても歩いてもつづいていた。二日目になると、もう馬も人間も、うつらうつらと動いていた。止まることはできなかった。一刻も早く、この砂漠から抜け出さねばならなかった。

たくさんの骨がちらばっていた。その上を、太陽がこともなげにてりつけていた。水も草もどんどんへっていった。気が狂うのではないかとおもうほど、単調な時間が、しめつけるように、のろのろとすぎていった。

執念だけで歩いていた。

三日目の夜が明け、昼になり、午後もすぎた。

五十二時間目、まる二日と四時間を歩きとおして八月二二日午後六時、モルガン隊は停止した。ついに砂漠を抜けたのである。うずくまったまま、だれも口をきくものはなかった。

15

それからの何日かは、道すじに、車のくびき、車輪、そして倒れた牛や馬や騾馬、それがつづいた。そのうち、道ばたに立って物乞いする人間がみえた。はじめは一人だった。進むにつれて、二人になり、五人になり、シェラ山脈に近づくにつれて、次第にふえていった。力のない声で、小麦粉をすこしめぐんでくれ、といった。古いシャツを下さい、といった。たのむからのせていってくれと叫んだ。砂漠で馬を失い馬車をこわしてしまった連中だった。

そのなかに、リリスがのちのちまで忘れることのできない一人の女がいた。ぼろぼろの服をきて、こどもの手をひいていた。ちいさな包をもって、しかし、まっすぐに歩いていた。横を幌馬車が通りすぎても、女はふりむくこともせず、物乞いもしなかった。

リリスは、通りすぎるとき、その顔をみた。狂っていた。

その夜、ずっとむこうの丘で、かがり火のような火がみえた。モルガンが、インデアンかもしれないと注意して、いつも一人ずつしか立てない見張りを、三人にふやした。クレーブも志願した。

その夜は、べつに何事もなかった。しかし、あくる朝、べつの隊の幌馬車が二台立往生しているのを見た。インデアンに馬を盗まれ、見張りは殺されたというのである。昨夜のかがり火がそうだったのだ。のせて行ってくれ、というのを、モルガンは拒否した。リリスがなにかいいたそうにしているのをみて、慈善は自分の家の炉端でするものだ、と低い声でいい切った。

西部劇では、幌馬車隊というものは、まるでインデアンに襲撃されるための道具立てみたいに、いつでも幌馬車隊が出てくると、やがて丘の稜線にずらっとインデアンの騎馬隊が姿をみせ、頃合をはかって、それが一斉に幌馬車隊めがけて殺到する、という段どりになっているようである。

もちろん、モルガン隊はじめ、どの幌馬車隊でも、いちばん恐れていたのは、こうしたインデアンの襲撃であった。

たいていどの馬車も、すくなくともライフル一丁とピストル一丁ぐらいは持っていた。途中でモルガン隊を追いこしたある隊などは、小型のカノン砲までひっぱっていた。

しかし、じっさいには、そういう大規模なインデアンの襲撃は、この時期には、なかったのである。

考えてみると、この時期には、見わたせるだけでも、何百台という幌馬車が動いていた筈である。それがみんな武装している。軍隊でいうと、これは戦時編成のおよそ二コ大隊ぐらいの兵力である。しかも、その前後には、その何倍もの幌馬車隊がつづいている。昼間これを襲撃するのは、まず無謀にちかいといえるだろう。

しかし、夜間は事情がちがってくる。草地などの関係で、多数の幌馬車が一カ所に宿営することはむつかしいし、見張りもいたって少い。そこをねらって少数のインデアンが、ひそかに近づき、見張りを倒して、馬をうばうのである。

16

小麦粉も砂糖も油もなくなっていた。来る日も来る日も、砂糖なしのコーヒーと乾パンだけで、シェラ山脈をこえていった。

馬も騾馬も、役に立たなかった。ロープで人間が馬車をひっぱり上げ、岩の崖をつり下した。あとすこし、あとすこしと、リリスも歯をくいしばってロープをひき、馬車を押した。夜は岩と岩のあいだに、ねむった。一日に五キロか七キロしか進まなかったが、それが精一杯だった。

これさえこしたら、黄金のカルフォルニアだという、その支えがなかったら、おそらく半数は、このシェラの桟道と谷間でたおれていたにちがいない。

九月十一日、ついにモルガン隊はサクラメントにたどりついた。インデペンダンスを出てから、じつに百三十一日目であった。全行程三千百キロ、日本でいえば、鹿児島から本州を縦断して北海道の北端稚内までにあたる。この距離を、人間の足でとにかく歩きとおしたのである。

リリスは、サクラメントでモルガン隊とわかれると、上流にある自分の金鉱へ向った。クレーブがついてきた。

しかし、行ってみると、その金鉱は、廃鉱になっていた。一かけらの金も出なくなって、いく月もたっていたのである。荒涼とした川原に、しらじらと秋の日がてっていた。

なんという、長い旅だったのか。この四カ月をこえる毎日、あの疲れと苦しさをこらえぬいてきたのは、このさびれた風景をみるためだったのか。

しばらくして、リリスがいった。

……行きましょう。

これは、ずっとまえから、リリスの口ぐせのようになっていた。ふつうなら、帰りましょう、というところでも、リリスはいつも、行きましょう、といった。

クレーブは、だまって手綱をとった。

その年の暮、リリスはサンフランシスコで、クレーブ・ヴァン・ベーレンと結婚した。

17

それからあとのリリスについては、いずれべつに述べる機会もあるだろう。つまりは、オルバニーの船着場からカルフォルニアまでの、あのながい旅が、そのまま、サンフランシスコという町のなかで、くりひろげられていったのである。

河とイカダと天幕と幌馬車と砂と草原と岩山が、波止場と汽車とガス燈と煙突と坂道にかわっただけである。いってみれば、リリスたちの生きた道は、そのまま、サンフランシスコの歴史だった。

夢のような大金がころがりこみ、湯水のように使いはたし、もうけたとおもうと、たちまち一文なしになった。そんな波を、いくつも浮き沈みした。

クレーブが死んだときは、みごとに波の谷底だった。莫大な負債を処理するために、大きな屋敷が、敷地建物ぐるみ競売に附された。そのとき、リリスは六十六才だった。

競売の日の朝、リリスは玄関の大きい階段を下り、門まで、いつものようにせかせかと歩いていった。いちどもふりかえらなかった。

馬車にのりこむと、いつもの声で、馭者にいった。

さあ行きましょう。

リリスには、アリゾナの小さな農場だけが残されていた。

停車場へ行くあいだ、リリスは小声で歌をうたっていた。

いざゆかん　手をとりて
はるかなるかなたへ
野はひらけ
風わたる……

リリスは、翌々年、一八九一年の春、アリゾナのプレスコット農場で死んだ。享年六十八才。日本でいうと、明治二十四年、濃尾に大地震のあった年である。

（69号　昭和38年5月）

○あとがき

さきごろ、たまたまシネラマ映画「西部開拓史」をみることがあった。ぼくは、この大仕掛けな見せ物映画にひどく感動した。もっとも感動した場面は、巨大な画面いっぱいにひろがった西部の砂地の、左の隅に小さく動いてゆくながい幌馬車隊の光景であった。

リリス・プレスコットは、この映画にでてくる人物のひとりである。小さくて見わけられなかったが、この幌馬車隊の場面のどこかに、彼女もいた筈である。おそらく、ながいスカートをかかげ、あえぎながら進む幌馬車の横を、頭を上げて歩いていたのが、リリスではなかったか。

彼女の小伝を記すことを思いついた。そのためには、若干の知識が必要であった。そのための貧弱な勉強を通じて、ぼくが発見したのは、リリス・プレスコットは単に変った一人の女性ではなかったということである。

当時のいくつかの記録の底に共通して流れていたのは、女性男性を問わず、このリリスの精神であった。彼等はみな帰ることをしなかった。さあ行こう、これが彼等みんなの合言葉だったのである。

重田なを

新潟県と群馬県の県境に、三国峠がある。

海抜約千三百米、越後と高崎、東京を結ぶ街道は、道中半ばにして、この峠を越える。大矢なをは十九才の春、飛脚《ひきゃく》につれられて、越後からこの峠を越えた。

明治二十五年三月、風は頬に冷めたく、峠道にはまだ雪が残っていた。

なをの一行は十人、男はリーダー格の飛脚だけで、あとは、おなじ年頃の若い娘ばかりであった。いずれも東京の紡績工場や毛布（ケット）工場に働きにゆくのである。飛脚は周旋人をも兼ねていた。

一行の中で、なをだけは事情がちがっていた。なをは母にだけは打明けたが、やかましい父にはだまって家を出てきている。しかも、工場で働くつもりではなかったのである。道中でも、なをは言葉すくなかった。

ほうれ、あの方角が東京だぞ。やっとたどりついた峠の頂上で、飛脚が東南の空を指さしたとき、十九才のなをはおもわず息をのんだ。おこそずきんの下で目がきらきら光っていた。それはスタートに立った選手の、あの瞬間に似ていた。なをのはげしい半生の歴史は、このときにはじまるのである。

なをは明治七年二月十一日、新潟県三島郡片貝村に生れた。小千谷《おじや》縮みで有名な小千谷は隣り町である。

父は大工の棟梁で、村では中流の旧家のひとつであった。なをは七人兄弟の五番目で、兄二人姉二人に、弟と妹があった。長兄は伯父の家、つまり本家をついだ。次兄は後に日清戦争で戦死してしまった。二人の姉は、早く他家に嫁し、なをが家出したとき、家には幼い弟と妹だけが残っていた。母は体が弱く、ねたりおきたりしていた。

なをは小学校に行けなかった。

なをだけではない。長兄や次兄は上級学校まで進んだのに、姉も妹も、小学校へあげてもらえなかった。しかし、このことで父を責めるわけにはゆかないだろう。明治五年に学制が定まって小学校ができてから、まだ十年たったかたたないかである。女に学問はいらぬという考えは、この片貝村にも、まだしっかり根をはっていた。なまじっか文字なぞ覚えるより、漬物の漬け方でも覚えるのが女の道であったからだ。しかし、なをには、べつの意味で教師があった。父である。

朝、目がさめたら、寝床の中でタスキをかけろ、尻を端折れ、これをなをはた

HONE

たきこまれた。よその家へ行ったら、ひとの履物を真中へ寄せ、自分のは、わきの方へそろえて脱げ、といった日常茶飯のことに至るまで、こまかくしつけられいささかも外れることを許されなかったのである。

なをは遊ぶことをしらなかった。娘友達と表へ出ることがあれば、機織り工場に手つだいにゆくときしかなかった。たった一度、小千谷町の祭りに友だちと内しょで遊びに行ったのがわかって、ひどく叱責されたことがある。

下女はいたが、父は、奉公人は遊ばせても、娘は休ませようとしなかった。なをが生れてはじめて、一日に一反を織り上げたとき、父は仕事をしながら歌うやつがあるか、と叱った。

糸引きという仕事がある。マユから生糸を取り出して糸ワクに巻取るのである。村に工場があった。出来上った糸は横浜の商館が買った。いわゆるハマ糸として外国へ輸出するのである。十七才のとき、なをはその仕事を手伝ったことがある。いわば臨時工のなをの引いた糸が、品質検査の結果、県下で一等となり、表彰状と二円五十戔の賞金と舶来の生地一ヤードをもらった。なをはそのとき、はじめて父の笑い顔をみた。

なをが今年八十六才までもちつづけてきた強烈なまけじ魂は、天性のものであったか、それとも、このような父によって作り上げられたものなのか、おそらく誰にもわからない。なをは思春期に入ったころから、この狭い片貝村にあきたらなくなってきたのである。十八才の正月、この土地に嫁ぐ家はない、とおもいさだめた。なをは東京へ行こうとおもった。東京へ行くことは、なをにとって新しい自由を求めることであった。それはまた、「父」から脱出することでもあったのだ。

飛脚は、ニュースの伝達者でもあった。飛脚が村にくるたびに、新しい勢いで発展してゆく人口百二十三万の大都会東京の姿が、なをの頭の中に着色写真のように鮮やかな像を結んでいった。その当時、なをのような若い娘が東京へ出てゆくただ一つのルートは、紡績工女として出てゆくことであった。まだ「女工哀史」以前の時代であった。後には人買いのように恐れられた周旋人も、むしろ尊敬の目で見られていたという。前貸金の制度もなく、年期制も名目だけで、いやになったり、親もとからの請求があればいつでもやめることができた時代である。なをは、このルートを利用することを考えついた。

ひそかに、すこしずつ上京の支度をした。十九才の年が明けた。やがて春がきて、飛脚がやってくる。なをには、もう一つしておかなければならないことがあった。せっかく出て行っても、そのことを知った父は激怒して追手を向けるにちがいない。それを断たなければならぬのである。こういうとき、大ていの娘がするように、なをは母を味方にえらんだ。そして、大ていの母親がしたように、はじめ愕然としたなをの母は、結局は娘にまけてしまった。とりあえず沼田の伯母がお産をする頃だから、そこへ手伝いに行ったことにしておくがよい、と知恵をつけてくれた。

こうして手筈がととのってみると、なをは、あらためて、後にのこす、このねたりおきたりの病弱の母をいとおしんだ。わらぼしをかむり、雪ぐつをはいて、毎夜二時すぎにそっと忍びでるなをの姿に、だれも気づく者はなかった。村の鎮守様に願掛けに通うのである。社の石段までたどりつかぬうちに、わらぼしのすそには、ツララがキリのように垂れさがった。

　もうすぐ東京へ参ります。どうぞ体のよわい母をお守り下さいまし。ひょっとして、母の死に目にあえぬようなことがございましたら、不幸をお許し下さいませ。なをは一心に祈った。祈り終って、社を出るとき、来たときの足あとは、降りつづける雪で消されているのが常であった。寒中、三七二十一日これをつづけた。満願の夜、拝殿の奥でハタと御幣の倒れる音がしたのを聞いたなをは、やっと心が落着いた。自分のねがいが神に通じたと信じたのである。

　寒があけるとすぐに、なをはみそ玉つくりにかかった。このへんでは、みそをみな自分の家でつくる。みそ玉一升にこうじを五合、塩三合の割合で仕込むのである。例年ではお彼岸ごろの仕事だが、そのころ、なをは東京にいる筈である。なをは、いつもの年より多く仕込んだ。

　三月の十日が来た。父の不在のすきをみて、なをは家を出た。

　母が泣いて、二円五十戋を握らせた。なをは夜なべに織った縞木綿の晴着をきて、わずかな着がえと肌着の包みを背負っていた。

　その夜、小千谷の叔母の家にとまって、あくる朝、飛脚の一行に加わった。家出を知った父は八方に人をやって探させたが、追手は母の意をうけて、本気で探さなかった。その報告を聞いた父は、意外なことに、そうかと一言いっただけであった。

　なをは、この父に、その後、一回だけ手紙を出している。

　小千谷から東京まで六十三里九丁、それをなをたちは一週間で歩いた。神田小川町の、飛脚の常宿へ着いたとき、なをのすることは、遠縁にあたる進藤という家へ行くことだった。なをは一行八人の娘たちと、その宿で別れたきり、その後一ども行きあっていない。

　いきなり越後から出てきたなををみて進藤の家ではおどろいた。なをは東京で手職をおぼえたいと言った。そういう家に奉公したいと言うなをを、進藤は神田三崎町の桂庵《けいあん》へ連れて行った。桂庵のおかみさんが、それならちょうどたのまれていた家があると言ってくれた。なをは浅草小島町の長谷川という家にお目見えに上った。小島町の長谷川といえば、そのころから袋物で名の通った老舗《しにせ》で、なをが奉公したときには、十八人の職人を使っていた。

　何日かのお目見えの期間がすぎて給金をきめるとき、おかみさんは一円上げようといってくれた。そのころ下女の給金は月五十戋か六十戋が相場であった。長谷川はおかみさんでもっている、といわれていたほどのしっかり者だけに、時間をムダにしないなをの働きぶりを見抜いたのだろう。なをはなをで、なんでも人の倍の仕事をしろと言った父をふっと思い出していた。

　しかし、そのなをにも苦手の仕事があった。ランプ掃除である。男女あわせて十八人の職人が、夜なべに使ったランプを朝食後に、すっかりきれいにするのである。ランプのホヤは、鼻先へくっつけるようにして、息を吹きかけないときれいにならない。十八個のランプの掃除ができるころには、ススでなをの鼻先や口のまわりはまっ黒になってしまうのであった。すこしでもホヤが曇っていると、職人から、これじゃロクな仕事ができやしねえ、とどやされた。ランプ掃除を終えると、顔を洗う間もなく、八百屋や魚屋へ買物に走った。なをは鼻の黒い下女として、たちまち有名になった。

　すぐ夏がきて、なをは進藤の家に預けておいた小さな着がえの包みをひき取りにいった。その包みは、質に入れて流されてしまったあとだった。なをが父に手紙を書いたのは、このときである。親不孝をわびて、かくかくしかじかで金を送ってほしいと、無筆のなをは店の者に代筆してもらった。折りかえし父から、たった三行の返事がきた。その衣類はお前の身につかなかったものとあきらめろ、これからの分は自分で働いて着よ、とそれだけであった。それをまた店の者に読んでもらいながら、なをはぐっと唇をかみしめた。

　父は翌年の正月六日、なをが家を出てから十カ月目に片貝村で死んだ。死ぬ少しまえに、ふと、なをの顔を見に東京へ行きたい、といった。

　なをは、その年、母親もうしなった。

　暮の十一日、なをは夕方、井戸端で漬菜を洗っていたところを、おかみさんによばれた。おばあさんもいた。お前、おっかさんが亡くなったよ、とおかみさんが言った。なをはタタミに目を落したまま、じっと動かなかった。おかみさんとおばあさんが、なにか言っているのが、ひどく遠いところから響いてくるように思えた。

　ねえ、こんどは帰るだろう、おかみさんが指で、なをのひざをそっと押した。ところが、やっと顔を上げたなをの口から、やらしていただかなくて、よござんす、という言葉が出た。鎮守様にもそう申しあげてきましたから、となをは言い切った。

　逃げるようにして井戸端に戻ったなをは、ちらちらと小雪の降りかかるなかを、まるでなにかにつかれたように、いつまでも漬菜を洗いつづけていた。

　明治二十七年二月一日、なをは店の職人重田栄次郎と結婚した。おかみさんのはからいであった。栄次郎二十三才、なをは二十一才であった。三筋町の六帖一間の長屋に新世帯を持った。色白のなをに丸まげがよく似合った。そのなをを前にして、すきな晩酌の盃をふくむとき、栄次郎の胸に、これで俺もはじめて人並な暮しをすることができるという、ふかい安心がしみとおってきた。

　栄次郎は神田へんの魚屋に生れた。十才のとき父がなくなり、母は小さい兄弟を残して、男と逃げてしまった。栄次郎は小僧にやられた。長谷川の奉公人の中で、親のないのは栄次郎一人だった。盆や、やぶ入りにも帰る家はなかった。つらいことがあって、ふとんの中で泣くとき、どこかにいる母親が憎くかった。その母親が無性に恋しかった。いま主人に見こまれて、なをと世帯をもって、はじめて、家庭というもののあたたかさを知った。みたされなかった母親への愛情が、せきを切って、なをに集中した。こどものように威張り、わがままを言い、そして心の中でたより切っていた。

しかし、若いなをに、栄次郎のこのころのあやは読みきれなかった。ある晩、やはり一杯はいったあとで、栄次郎がふっとこんなことを言い出した。なあ、なを、俺はいままで苦労のしつづけだった。これからは、すこしらくをさせてもらうつもりだ、たのむぜ。なをにはなんのことかわからなかった。栄次郎は、もとのように長谷川へ通っていたが、どうもだんだん身を入れぬふうであった。店を終えて帰ってきても、夜なべ仕事に手を出そうとはしない。外へ遊びに出てしまうことが多かった。なをは、やっと夫があのとき本気で怠けるぞと宣言したことに気がついた。こういうとき、女房のとる型にもいくつかある。もちろん、なをはめそめそする気質ではなかった。しかし、亭主の尻をひっぱたいて仕事の前にすえるということもしなかった。なをは男にはさからってはならぬとしつけられた女だった。亭主が働く気がなければ、亭主はそのままにさせておいて、その代り、自分が働こうと決心した。

そのころ、栄次郎の相弟子の秀作という男が、何かのことでしくじって、長谷川でも表向き店におけないことがおこった。そこで、いっとき栄次郎にあずけるということになったのだが、なをは、この機会をつかんだ。

もともと、なをは長谷川に奉公したその初めから、袋物を習うのが目当てだったのだが、下女は、お勝手の仕事をしてりゃいいんだと、誰も相手にしてくれなかったのだ。なをは、家であずかる秀作に、改めて手ほどきをたのんだ。十九才の春、三国峠で東京の空をはじめて望んだときのあの必死な気持が、なをの胸でやっと芽をふいた。

庖丁とぎ、のりつくり、なをは外の職人が三年かかるところを一年で自分のものにした。秀作が、おかみさんはいっときの気まぐれかとおもったら、どうしてありゃ本気も本気、大本気だぜ、大したものだ、と栄次郎にいったら、栄次郎はそうかい、とにやにやしていた。なをの袋物つくりの腕が上るのと、栄次郎の遊びの腕が上るのが競争みたいでもあった。

どうにか形になる品ができるようになると、なをは長谷川へ納めにいった。栄次郎が作ったのだといった。ずっとあとまで、なをは自分で作ったとはいわなかった。そうして働いた金は、およそは栄次郎の飲み代に化けた。亭主が好きな酒をのんでうれしそうな顔をしているのをみると、働いている自分が苦にならなかった。言われるままに銭をわたした。付け馬をひいて帰ると、だまって、その金を払った。栄次郎はすまないともいわなかったし、なをも恩きせがましい顔をしなかった。それをお互いにあやしまない、そういう夫婦が、なしくずしにでき上って行った。

十年ほどの歳月が流れた。

夫婦は向柳原町に移っていた。日露戦争で国民は一喜一憂していた。なをは二女一男の母になっていたが、袋物職人としても立派に一本立ちしていた。しかし、袋物は手工業だから、いくらよい品をつくっても、ひとりの手では、たかがしれている。なをは郷里から小学校を出た少年を数人よびよせ、これを育て上げることを考えた。

この向柳原の長屋は三間あったが、しかし、数人の弟子が住みこむには、いかにも狭すぎた。なをには、結婚のとき親代りになってくれて以来、親身になってなんでも相談する奥野というカザリ屋があった。

そうさな、小島町に三十坪ばかりの心当りがないこともないが、ふしんの金はどうする。おれも金には縁があまりなくてなあ、と苦笑いする奥野に、じつは百円にすこし足らぬぐらいなら、となをがいった。奥野はおどろいた。

当時の百円といえば大金である。鮭の切身が二戋三厘、銭湯が二戋五厘、という時代である。

なをはその金を、十年あまりかかってせっせと貯えてきた。なをはこの年になるまで髪結いに行ったことがない。自分で器用に結いあげるのだ。その髪を結うたびに、結ってもらったつもりでその分を貯えた。こどもたちの頭も、なをがそってやり、床屋にやったつもりで、その分を貯めた。炭俵のナワをほぐして、タワシをこしらえ、その分をためた。夫が遊んで帰ってくると、自分も遊びに行ったつもりにして、その何分の一かをタンスへしまう、そんなふうにしてためてきた金だった。

この金で、小島町にはじめて自分の店ができた。栄次郎が、すまない、と頭を下げたのは、世帯を持って以来、このときがはじめてであった。

店ができて、なをの仕事にはアブラがのってきた。なをは毎晩十二時すぎに寝て、朝四時には目をさました。カマドをたきつけ、おしめを洗い、片づけものをし、こどものべんとうを何本もつめ、そして夏なら七時、冬で八時には仕事場の自分の台箱の前にピタッと坐っていた。どんなに早く起きても、重田の家では、もう物干台におしめが干してある、と近所で言われた。

近所では、また、年がら年中背中に赤ん坊をくっつけているなをの長女に、そっと、あんたはままっ子かいと聞いたものだ。女中は遊ばせても、わが子は働かせるという、あの片貝村の父のしつけがなをにしみこんでいたのであろうか。

弟子たちも三人が五人、七人とふえて行った。腕白ざかりの年頃ばかりだが、なをは、新しい子がくると、まず自分の台箱のまえに坐らせて、こういった。いいかい、一ど教えて、できなくても、なんにも言わない。二ど教えて、できなくても、なんにも言わない。三度教えてできなかったら、ぶんなぐるぞ。しかし、実際には、なをが手を上げたことは、ほとんどなかった。仕事場のなをは、きびしかったが、どんなにはげしく叱っても、底のどこかにいたわりがあった。

台箱に足を投げ出して仕事をしているのがいた。そんなかっこうで仕事をしたいなら、どっか私に見えないところへ行ってやれ、とどなりつけると、へーイとそのまま台箱をもって部屋の隅へゆき、くるりと背を向けて、やはり足を投げ出したまま仕事をはじめた。なをはきつい顔をしてその背をにらんでいたが、目尻はわらっていた。

なをは弟子を監督しながら、自分も仕事をして、しかも一番年かさの子の三倍も五倍も仕上げた。一級品以外は納めない、というのがなをの方針だったから、弟子の仕事で、すこしでも気に入らないところがあると、ビシビシ直させた。自分ではよくできたとおもうのに、手直しを命ぜられて、ついふくれっつらをする弟子もいたが、そんなときなをは容赦しなかった。

おかみさん、いかがでしょう、神妙な顔で、仕上げた品を差し出した奴がいる。なをは手にとりながら、こいつ、だいぶ腕を上げたな、とおもったが、口では反対のことを言った。この角のイセコミが、だらしないね、やり直し。すると、その弟子が、やんちゃっぽい顔になって言ったものだ。そうですかね。それおかみさんが作ったんですがね。この弟子は、いま組合の理事長をしている。

商売の方が、しだいに基礎ができるにつれて、栄次郎の顔もひろくなって行った。世話ずきなダンナ、遊びのきれいな栄さんは、町会の役員に推され、区会議員にも出た。当選したとき、なをは屑まみれの仕事場で、まるでわが子が卒業式で優等賞をもらったようによろこんだ。

なをは、店の者のよろこびそうなことは、旦那がそういうからとか、旦那がこう言ったからと、必ず栄次郎の名を出した。組合の集りや、旅行には必ず栄次郎を出した。栄次郎の浮いたうわさをきいても、面と向っては何もいわずに胸におさめた。そういうとき、なをは裁ち庖丁の指先に一切を投げこんだ。しかし、たまに奥野が見かねて、栄次郎に、お前も少しはなをさんのことを考えろ、そんなに飲みたかったら、唇を縫いつけてやろうか、などと意見をしたが、それでシュンとしている夫を見ると、なをはなにやら気の毒になってくるのだ。

栄次郎が飲みすぎて、体をこわしたとき、なをはそれから後、褒紋正宗を晩酌につけるようにした。いい酒ならば、体に障りが少なかろう、と考えたからである。

なをは二十四年間に十二人の子を産んだ。そのうち八人までが娘だったが、嫁にゆく前夜、なをがはなむけたのは、いいかい、どんなことがあってもご亭主を立てるんだよ、そうすりゃ家の中はきっとうまくゆく、という言葉だった。八人が八人ともに、この言葉は変らなかった。

大正十二年九月一日、なをは家族と一しょに、笠森稲荷で有名な谷中《やなか》の大円寺で法事を営んでいた。なをは五十才になっていた。法事が終って庫裡から出たとたん、グラグラと来た。あの大地震である。目の前の大銀杏が激しく揺れて、とても立っていられなかった。やっと団子坂まで戻って市電にのろうとしたが勿論動かない。まだ激しい余震がつづいていた。なをは小島町まで、無我夢中で駈けるようにして帰った。前年改築した店は無事だった。

やれ、よかったと思ったのも束の間、夜に入って、火の手の廻りが急に早くなった。近くの家では家財道具を持って避難をはじめた。夫の栄次郎は、区会議員のタスキをかけて飛び出していったまま、戻ってこない。なをは仏壇と位牌を背負い、手に下げられるだけのものを下げ、親子十人、弟子十八人の大部隊を指揮して上野の動物園前まで逃げて、そこで夜を明かした。店はその晩に焼け落ちた。

夜が明けてから、大円寺の庫裡へひとまず落ちついたが、人数が多すぎるし、親もとで心配しているだろうと、弟子たちを、数日たってちょうど出はじめた避難列車にのせて、ひとまず郷里へ帰した。東京はあらかた焼けたといううわさだった。小島町の焼け跡に立つと、見渡すかぎり焼野原の向うに日本橋の鉄の橋柱が見えた。

一週間ほどたった。朝なにかごそごそ相談して出かけたとおもったら、栄次郎と長男の勇が、どこで買ったのかよしずをかついできた。これにはなをも一寸おどろいた。こうなりゃ、お前、すいとんやでもやるより手がねえからな、と栄次郎は珍らしく真剣な顔で、そう言うのだ。なをは、そのときはじめて、きつい声で夫にさからった。手がねえったって、商売をはじめりゃいいじゃありませんか。こんどは栄次郎がおどろく番だった。商売たってお前、ミシンはなし、道具もなにもすっかり灰になっちまって……。いいえ、やれますとも。何もかも灰になったって、と言いかけたなをは、いつの間にか自分が腕まくりしているのに気がついた。何もなくったって、この腕があります。

なをは寺の諒解を得て、庫裡の一部分を仕事場に借りた。倒れた卒塔婆《そとば》を切って台箱を作り、花筒を削ってノリベラを作った。焼けのこった駒込の古道具屋で切り出しや庖丁を探してきた。弟子たちの郷里に帰京を促す手紙を出した。小島町の焼け跡の折れた椎の木の幹に、ある朝、墨痕鮮やかな布がひるがえった。重田商店こと、谷中大円寺にて営業仕り候。

震災後、日本の袋物史上、はじめてハンドバッグが登場する。もちろん、舶来品の輸入が最初だが、値段も高く、ほとんど誰も顧みなかった。重田なをはこれに目をつけたのである。

おなじ袋物とはいえ、ハンドバッグは、そのデザイン、作り方、仕上げまで、これまでの財布や煙草入れとはまったく別種のものだ。なをは一年生からやり直す決心をした。

ある日、松屋百貨店の売場で、舶来のハンドバッグを見た。形のちがうのが二個あった。その値段は、なをの所持金で足りたが、二個とも買ってしまえば、材料の仕入れに事かく。なをはとっさに思案をさだめた。娘に買ってやるのだが、どちらの型がよいというか、自信がない、いま二個ぶんのお代を払って行くが、娘のいらない方を引取ってもらえるか、と店員に交渉したら、明朝お持ち下されば、と受けあってくれた。

なをは、その夜、家中が寝しずまってから、ひとり仕事場に坐ってハンドバッグの包みをひらいた。返品するつもりの方を、丹念にすこしずつ解いて行ったのである。全部バラバラにして、型紙をとり、寸法をはかり、中に入れたニクの具合、トメのつけ具合、一切をしらべあげた。それが終ると、また入念にもと通りに仕立て直した。もう東はしらじらと明けていた。

おしゃか様でも、方便のためのウソはお許し下さるそうな。なをはなんども自分にそう言いきかせながら、松屋の開くのをまって、解いた方のハンドバッグを返しに行った。店員は疑わずに、代金を返してくれた。

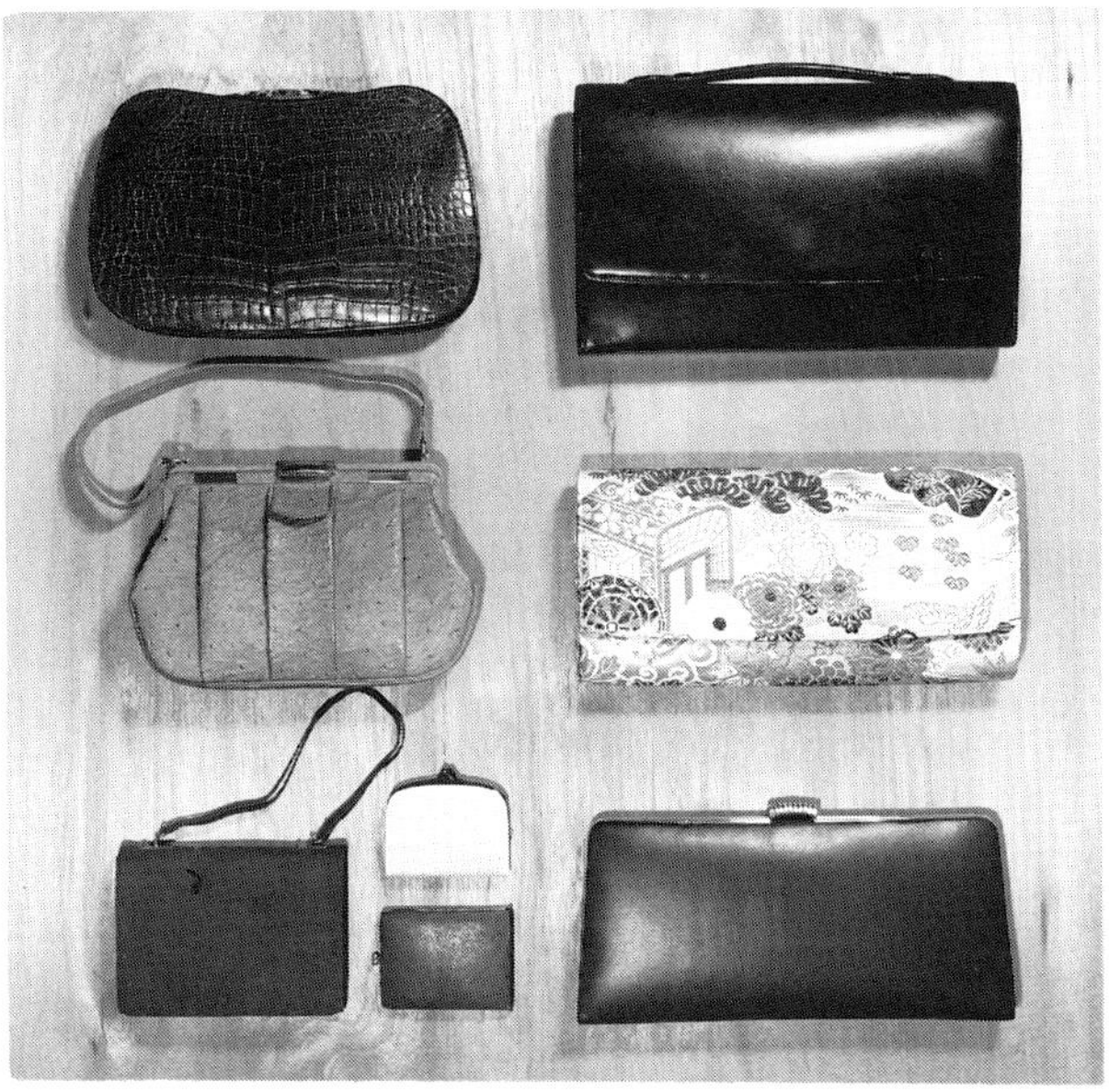
＊なをさんの作ったハンドバッグと財布

なをは、こうして二つの型紙を自分のものにしたが、それをすぐそのまま商品にはしなかった。このままの手順では、手間がかかりすぎることがわかったからである。

なをが考えついたのは分業である。これまで、どの職人も、みんな材料を裁つことから仕上げまで、一つの品を一人の手が作り上げていた。しかし、このハンドバッグのような新しいものを全部の職人がのみこむには相当かかる。そこで、いくつかに手順をわけ、それを弟子の腕に応じてふりあて、一番むつかしいかんどころを自分がやることにした。一種の流れ作業である。これで仕事の段取りはついたが、なをはまだふみ切れなかった。デザインがうかばないのである。この舶来の二つのデザインをまねるのはいやだった。

銀座の伊東屋に入ったとき、ふと革のしおりが目についた。なをはこれだとおもった。これをハンドバッグにはめこむことを思いついたのである。そのとき出ていた六枚を買ったが、帰ってから、同業が真似をするかもしれないと気がついた。そこで翌日また出かけた。全部で三百本あるときいて、それを買い占めようとしたら、さすがに伊東屋でもおどろいて、このしおりは、あとがないからかんべんしてくれと言った。きいてみるとイタリーからの輸入品だったのである。越後の片田舎に生れ、小学校も行かず、裁ち庖丁一本で生きてきて、五十才をこえたなをの感覚は、しかし帝大を出た息子たちをはるかにしのいでいたらしい。

なをは、そのイタリー製の革しおりをあしらったデザインで、国産第一号のハンドバッグを仕上げて、長谷川へ持って行った。いまも百貨店の仕入れ係のあいだで、ハンドバッグは長谷川という定評があるのは、このことに負うことが多い。自分のその作品がはじめて三越にならんだ日、なをは、その前を行き来すること十数回、しかも立ち去りがたかった。

なをは四十年のあいだ、作った品は一品のこらず全部長谷川へ納めて、誰がどうすすめても、独立しなかった。息子が成長して後をつぐときになってはじめてもう代がちがうからと、独立して方々へ品物を入れることを許した。

昭和二十年三月十日、重田商店は戦災で再び全焼した。夏、終戦、なをは七十二才であった。その前年重田商店は解散して東京袋物合同有限会社となっていた。なをは、それに一言も口を出さなかった。黙々として、仕事場で裁ち庖丁を握りつづけた。腕はすこしも衰えていなかった。

しかし、震災後歓呼してなをのハンドバッグをむかえた時流も、戦後はおもむきを変えてきた。手仕事は機械に追いかけられ、革はビニールに追いまくられはじめた。

　昭和二十五年十月十九日、夫の栄次郎が死んだ。したいことをしたこの幸福な男は、なをの胸中に、三千世界でただひとりの、あんないい人はなかった、という言葉のなかに、いまも生きている。

　東京袋物は、製造を従に販売を主に、通称東京バッグとして卸専門の問屋に変貌することを決意した。昭和三十二年、なをの仕事場は閉された。震災直後、夫や息子が、すいとんやをはじめようとしたとき、身体をはるようにして、この腕がある、と絶叫したなをは、しかし、こんどはなんにもいわなかった。ただ、仕事場を閉じる日、誰にともなく、私しゃ、もう商売物は作らないよ、と言った。それは痛烈なひびきを持っていた。

　なをは今年八十六才、体重十六貫五百、身長五尺一寸、十人の子と、四十五人の孫と、二十人の曽孫と、十九人の弟子がある。弟子たちは、すでに各々立派に独立して、自家用車を駈る者も少くない。

　先日、その弟子たちで作る栄会の席上で、当節はもう見本のダネが出つくしましてね、と言う話が出た。途端に、君らなにを言うかね、となをの鋭い声が飛んだ。「こわいおかみさん」の頃と、すこしも衰えぬ、張りのある声音であった。世の中が立って、ハンドバッグを持つ人がいるかぎり、見本がないなんてことがあるものかい。向うが新しくなってゆくのなら、こっちは一歩先に新しくなって行かないでどうする。しかも、まだ君らには、私という師匠があった、私には何もなかった。その私が一どだって見本がないなんてベソをかいたかい。

　そこには、すでに自分の時代はすぎたとしてあきらめた、いわゆる〈隠居〉の空気はミジンもなかった。八十六才にしてなお、骨身を削る現実にのたうつ、なまなましい気魄がみなぎっていた。腕一本に生き、腕一本に誇りを託した人間の、すさまじい迫力である。

　目は見えすぎるし、耳は聞えすぎるし、どうしたもんでしょうね、となをは苦笑する。もうこの年だから、なにも言わぬこと、なにも聞かぬこと、これでゆくことにきめています、といいながら、なにせ座ぶとんの上に招き猫みたいに坐らせられているのががまんしきれませんでねえ、と笑うのである。

　なをは、今日も、ぺたっとじかにタタミに坐りながら、使いなれた裁ち庖丁をとぐのである。一日として欠かさぬ日課である。もう一ど、この腕を存分にふるう日がくることを、なをはすこしも疑っていない。

（51号　昭和34年9月）

千葉のおばさん

おばさんは、かすりのもんぺをはいて、白い開襟シャツのようなものを着ていた。

　そして、紺のふろしきでつつんだ大きな荷物を背負うのだが、背負うと、荷物の上端は白い手ぬぐいをかぶったおばさんの頭よりも上に出た。

　そんなに重くて大きい荷物を背負っているから、歩くときは、前へつんのめりそうな姿勢になる。そういう姿勢で、おばさんは、東京の、アスファルトの道をおもったよりしっかり歩いてゆく。

　おばさんは、野菜の行商をしている。

　目ざす家にやってくると、こんにちわ、とびっくりするくらい大きな声をかけて入ってゆく。そして、台所とか、縁側に、うしろ向きになって荷をおろすと、ふうっと一息入れて、紺もめんのむすび目をときにかかる。

　荷をとくと、大きな四角い籠が、いくつか積みかさねられていて、籠のなかには、いまごろなら、トマトとかキュウリとかナスといった野菜が入っている。野菜のほかに、タマゴも持っていることが多いし、ときには、経木に包んだものがあって、きくと、とりのもつだったり、大福餅だったりする。

「うめえよ、買ってくれよ」

　おばさんは、それを、やはりびっくりするほど大きな声でいう。そして、びっくりするような大きな声で笑う。顔がすっかり日に焼けているから、笑うと、歯ならびが、たいそう白くみえる。

　おばさんは、もんぺに、大きな布の財布をくりつけて、その上から、前掛けをしめている。なにがしの商いをすませると、受けとったゼニをその財布にしまい、ひろげた四角な籠を積み重ね、紺ぶろしきで丹念に包んでから、うしろ向きになって、背負紐に腕を入れると、よいしょっと立ち上る。

「ありがとよ、また来るよ」

　びっくりするほど大きな声でそういうと、前かがみになって、おばさんは、また東京の町へ出てゆくのである。

「おばさん、どこからくるの」

「千葉だよ」

　それからさきは、聞くひともあるし、聞かないひともある。聞いても、耳なれない地名だと、すぐに忘れてしまう。

　だから、おばさんがたずねてゆくさきでは、どこの家でも、〈千葉のおばさん〉で通っている。

＊

〈千葉のおばさん〉がたずねてゆくさ

きはほとんど、東京の全部の区にひろがっている様子である。

もちろん、ひとりではない。

いろんなしらべから推定すると、東京の町に野菜を行商してあるく〈千葉のおばさん〉の数は、ざっと四千五百人か、それをすこし上まわるくらいだろうとおもわれる。

それだけの数のおばさんが、毎日、東京の町を、重い野菜の荷を背負って、つんのめるようにして歩いているのである。

栗飯原《あいはら》かねさんも、その四千五百人の〈千葉のおばさん〉の一人である。

かね、という名前は、いかにも、おばさんといった感じだし、事実〈千葉のおばさん〉の七割までが、四十から六十という年だから、文字通り〈おばさん〉でおかしくないのだが、このかねさんは、昭和十三年に生まれているから、今年二十七才である。

だから、ヒフはぴちぴちしているし、目も明るくて若々しい。しかし、人間は妙なもので、このひとは若いな、とおもっても、つい背中の荷物と、かすりのもんぺのムードで、「おばさん」とよんでしまう。かねさんのほうも、どうかすると、じぶんより年かさの奥さんから、そうよばれて、なんの屈託もないふうで、あいよと大きな声で答えて、わらっている。そういうものだとあきらめているのだろう。

かねさんは、それでも、この行商をはじめてから、今年で十一年目になる。ということは、十七の年から、つづけているということである。

かねさんが生まれたのは、千葉県の手賀沼に面した村で、男二人女六人という八人兄妹の下から二番目であった。

かねさんが中学一年のとき、父親がなくなった。

いくばくかの借金が、残された家族の上にのしかかっていた。

大きい姉たちは、嫁にいって、もう家にいなかったし、兄や、小さい姉も、それぞれに働いていたが、一家を支えるのが精いっぱいで、借金をへらすわけにはいかなかった。

かねさんの中学の卒業式は、昭和二十八年の三月二十日だった。三月二十一日、かねさんは、家から数キロ離れた村へ、奉公に出されていった。沼から吹いてくる風が、まだ冷めたい日だった。

かねさんは、十五才であった。

その年から考えても、かねさんには、子守りぐらいが、関の山だろう。しかし、行ってみると、子守りもさせられたが、畑仕事もさせられた。朝は四時に起されて、一日中休みなく働かされ、やっと床に入るのは、早くて九時であった。

床のなかで、まめだらけになった手をなでていると、いくらでも涙が出てきた。

草を刈るのも、田をおこすのも、縄をなうのも、この十五才の少女には、生まれてはじめてすることだったのである。

かねさんの給金は、一年一万円、とりあえず二年という契約で、その金は、借金の棒引きにあてられた。早くいえば、借金のカタに売られたのである。だから、かねさんは、一円ももらったわけではないが、計算してみると、一日三十円である。

かねさんは、そのころ、あの五木《いつき》の子

ふさ
我孫子・上野
くずもの入

守唄を知っていただろうか。

休みは、年に三回、盆と正月と、そして四月のいわゆる種まき正月に、一泊二日ずつであった。

家に帰ると、かねさんは、もう行きたくないといって泣いた。母親もいっしょに泣いた。しかし、泣いたところでどうなるものでないことは、かねさんにも、よくわかっていた。あくる日になると、かねさんは、だまって、重い足どりで、また奉公先へ帰っていった。

*

ひとくちに〈千葉のおばさん〉といっても千葉県どこからでも出てくるわけではない。

毎日、東京へ日帰りで行き来できるところでないと、この仕事はできない。

千葉から東京へ入るには、国鉄の常磐線と総武線と、私鉄の京成電鉄を利用するわけだから、〈千葉のおばさん〉の住んでいるところは、こういった鉄道もしくは支線の沿線にかぎられてくる。それもあまり遠くては無理で、せいぜい乗ってから一時間半か二時間くらいがいいところである。

具体的にいうと、常磐線なら、佐貫《さぬき》、牛久《うしく》あたり、それと、支線の成田線の沿線一帯、総武線なら、佐倉《さくら》あたり、京成電鉄で成田《なりた》へんということになる。

かねさんの生まれた村も、その行商地帯のなかだったから、村には〈千葉のおばさん〉が何人もいた。

もっとも、いちばん近い常磐線の柏《かしわ》駅まで自転車で一時間というのだから、おなじ行商地帯といっても、あまりめぐまれたほうとはいえない。

朝の一番に乗るためには、三時には起きなければならない。それが毎日なのである。

しかし、かねさんは、やっとのおもいで、二年の奉公をすませると、その行商にいかせてくれとたのんだ。

「よその家で使われるよりゃ、よっぽどましだっぺとおもってよ」

かねさんは、おなじ村の、小さい姉と同級生だったねえちゃんにつれられて、はじめて行商に出た。いくらつらくても、まさか一日三十円ということはあるまい、そうおもったからである。

それから十年たったいまも、かねさんは、奉公に出されたときのことをいうとき、声がふるえる。

「一日三十円でよ、一分のひまも惜しがられてよ、つらかったよなあ」

*

もちろん、行商にも苦労はあった。はじめに連れていってもらったといっても、得意先きをわけてもらったわけではない。駅を下りるとわかれるのである。

得意先きは、じぶんの手で作っていかなければならない。四千五百人の〈千葉のおばさん〉は、みんなそうして生きてきたのだ。

おばさんたちの得意先きは、東京の全区にひろがっているが、もちろん、多少の厚薄はある。

やはり、千葉からの汽車なり電車なりが着く上野を中心にした台東区がいちばん多く、そのつぎが港区、新宿区、あと十位までひろうと、北区、品川区、豊島区、文京区、渋谷区、千代田区、目黒区、といった順で、大体は旧市内が多い。これは、国電の環状線を利用できるからだろう。

かねさんは、はじめ、家でついてもらった餅を持って、めくらめっぽう、そこいらの家を、いかがでしょう、いかがでしょう、と聞いて歩いた。

いらないという家もあったし、買ってくれる家もあった。買ってくれる家のほうが、すくなかった。

買ってくれた家は、おぼえておいて、数日たったら、また行ってみた。そうそうはいらないよ、という家もあったし、買ってくれた上、また近いうちにおいでよといってくれる家もあった。

うちには、前からべつのおばさんが来てるから、といってことわられることもあったし、出がけの汽車の中であそこはオレがお得意だから、ゆかねえでくれ、と釘を差されたこともあった。

一度などは、目ざす家の門口で、ばったり同業と出あって、ここはオレが何年も前から来てんだから、ほかさ行って売ってくんろ、とすごい目つきでいわれたこともある。

いちばん困ったのは、よく知らない町へいって、あの横町この路地と、夢中になって売って歩いて、さて気がついてみると、帰りみちがわからなくなっていたことだった。

＊

こういうかたちで、〈千葉のおばさん〉が東京へ野菜の行商にゆくようになったのは、そう古いことではない。

はじまりは、関東大震災のすぐあとだから大体四十年少々の歴史である。

あの震災で、東京の、ことに下町が全滅したとき、東京へ野菜を持ってゆけば、よろこばれるし、いい値に売れることに、だれかが気がついたにちがいない。農家の主婦たちが毎日荷を背負って、東京へ売りに行くことがはじまったのである。

それから、昭和に入ると、農業恐慌がやってくる。それに、干害や水害が拍車をかけたかたちになった。せめて、畑からとれる野菜を売って、一銭でも現金を手にしようと血まなこになるのは当然で、野菜の行商は、もう農家にとっては、生きてゆくために、なくてはならないものになってしまった。

こんどの戦争になって、この行商は、表向き禁止されたが、だからなくなったわけではない。目立たぬように、米などのいわゆるヤミ物資を、ふろしきに包んで、千葉東京間を潜行する、ふろしき部隊に形をかえて、つづけられていった。

このふろしき部隊は、終戦後しばらくつづいたが、そのうち、東京の食糧事情がだんだんよくなるにつれて、すこしずつ姿を消していって、それにかわって、またむかしのような野菜の行商にもどっていった。

かねさんが、行商をはじめたのは、ちょうど〈千葉のおばさん〉が、むかしの姿にもどっていったころである。

はじめて、じぶんの手で、なにがしのゼニをかせぎだしたときのうれしさは、十年たったいまでも、忘れられないという。

しかし、いくら、じぶんの背で運び、じぶんの手で受けとったゼニでも、かねさんの自由になるのは、一銭もなかった。行商から帰ってくると、その日の売り上げは全部母親にわたしてしまい、あくる朝はまた三時に起きて、重い荷を背負い、東京へ売りに出かけていった。

そんな暮しが、十七の春から、二十二才の暮れまでつづく。

東京の町は、年ごとに、きらびやかになっていった。町を歩く若い女性のすがたは、とにもかくにも、はつらつとしていた。

かねさんの青春は、そのきらびやかな東京の町のなかで、日曜も祭日もなく、来る日も来る日も、一日の大半を、たった一枚のニコニコがすりのもんぺに包まれて、重い籠の下で、過ぎていったのである。

二十二才の十二月、かねさんは結婚した。

「嫁にもらってくれただよ」かねさんは、そんなふうにいう。これで、生まれおちたときから、おおいかぶさっていた重苦しい暗いもの、それから脱出できる、という気持が、かねさんの胸をあかるくさせたのだろう。

柏《かしわ》の駅で、見合をした。

相手も、小さいときから、他人の家で苦労をしてきたという。しかし、その家では、結婚したら、傍に小さい家を建ててくれるという。

話は、すらすらときまった。式は、相手が育てられた家で挙げた。新婚旅行などというものには、出かけなかった。

二、三日休んで、夫は仕事に出かけた。土建のほうの仕事である。

二間きりの、あら壁しかない小さい家だったが、かねさんは、これが自分たちだけのものだ、となんどもおもってみては、うれしくて仕方がなかった。生まれてはじめて、じぶんだけのもの、じぶんたちだけのものを持つことができたのである。

嫁入ったさきは、手賀沼をはさんで、反対側にあった。このへんは駅にちかいためもあって、行商にゆく女たちの数も、ずっと多かった。

こんど働けば、こんどこそ、働いただけのゼニが、すっかりじぶんのものになる、かねさんはそうおもった。

それに、夫の収入だけでは、その日をたべてゆくのが、まず精一杯で、貯金までの余裕はなかったし、いずれは子どももできるだろうと考えはじめると、かねさんは、のんびりと新妻がおをしていられないとおもった。

結婚して一月目、かねさんは、新しいもんぺをはき、新しい籠を新しい紺ぶろしきに包んで、ずっしりと背負った。

夫は「しょうがねえ、働くしかあんめえ」といってくれたのである。

＊

かねさんの背中の籠に入っている野菜は、もちろん、じぶんの畑でとれたものではなくて、どこかで仕入れたものである。

仕入れる先きは、まず近所の農家で、日が落ちて、露が下りかけるころをみてもいだものを、向うから持ってくる。それが何軒もある。

それで種類が足りないときは、駅前の朝市《あさいち》がある。一番列車の前から、近在の農家がトラックで荷をもってきて、行商人相手に、道路いっぱいに市が立つ。すさまじいばかりの壮観である。三時半から六時くらいで市はしまうが、一つの駅前で、毎朝、すくなくて五万円から二十万円以上の商いがある。

駅前には、行商人相手の商店もある。ここには野菜や果物もあるが、手焼きのせんべいとか、まんじゅうといった、農家にはないもので、東京ではよろこばれそうなものを売っている。

東京へゆく汽車のなかも、お互いに、商品を融通しあう場所になる。

しかし、〈千葉のおばさん〉が、みんな、よそから仕入れたものを持ってあるくわけではない。むしろ、このかねさんのように、よそから仕入れるほうがすくないのである。

〈千葉のおばさん〉のうち、半数は、じぶんの畑でとれたものだけを持って歩いている。三割が、じぶんの畑のものと、よそで仕入れたものをまぜて持って歩く。だから、〈千葉のおばさん〉の八割までは、じっさいは農家なので、かねさんのような、じぶんの畑をもたない家は、全体の二割にもならないのである。

だから、農家も非農家も、もうけるために行商することにかわりはないが、その意味あいには、たぶんに開きがある。

かねさんのような場合は、行商にゆくのも近所の工場へ働きにゆくのも、おなじことである。ただ、行商にゆくほうが、工場の賃銀よりいいから、ということなのだ。

ところが、農家の場合は、じぶんたちが作ったものを、じぶんたちの手で、直接消費者に売る、その手だてが行商なのである。

もちろん、ひとりやふたりの女の背で運ぶ量には、かぎりがある。だから、畑をたくさん持っている大きな農家では、やはり組合の手で東京の市場へ共同出荷することを考えるのだが、全体となると、これがなかなかうまくゆかない。

〈千葉のおばさん〉たちの売るねだんは、生産者直接販売だから、つい安いだろうとおもってしまうが、じっさいは、東京の町の八百屋のねだんとおつかつである。これが行商の第一の魅力である。共同出荷では、もちろん、そんなねだんで売るわけにはいかない。

第二に、行商は、全部が現金取り引きである。つまり額がいくらにせよ日銭《ひぜに》が入る、これが農家にとっては、たまらない魅力である。

印旛《いんば》沼の北に、栄《さかえ》という町がある。戸数は千八百戸あまりだが、その七割までが農家という町である。

その農家では、三軒に一軒が行商に出ている。つまり、この町の農家だけで、ざっと四百軒から行商に出ているのである。その四百軒の家では、半数はじぶんの畑でとれたものだけを売りにゆくが、のこりの半数は、行商に出ない農家のものも、いっしょに売りにゆく。

こんな仕組みになっているから、まだ当分共同出荷というかたちには、なかなか切りかわりそうにもないのである。

*

かねさんは、毎朝四時ごろには起きる。

それでも、娘時代とくらべて、ここは駅に近いから、一時間ほど、よけいに寝ていられる。

起きると、まず電気釜にスイッチを入れてから、身じまいをして、夫とじぶんの弁当のおかずを作る。それがすむと、ゆうべセンタク機で洗っておいたものを、ゆすいで干す。

一時間ほどすると、夫と子どもが起き

る。

子どもは男の子で、この九月で二才の誕生日をむかえた。ねおきのいい子である。

ふとんを上げて、部屋を掃除するのは、夫の受けもちで、そのあいだに、かねさんは、背負ってゆく荷を作る。できた荷は、夫がオートバイで、駅前のなじみの店まで運ぶ。

帰ってきて朝ごはん。そのあと、たべたものはちゃんと洗ってしまって片づけて、六時四十分には、自転車に子どもをのせて駅へ出かけてゆく。

夫は、すこしおくれて、戸じまりをして出かける。

かねさんは、親子三人暮しで、子どもをみてくれる人がいない。仕方がないから、出がけに駅の近くの家に預けて、帰りにつれてかえる。一日二百円の約束で、ほかにおやつ代が百円、だから月にどうしても七、八千円はかかってしまう。

駅の近くに保育所はあるが、ここは満三才でないと預ってくれないから、あと一年はダメなのである。

*

常磐線の我孫子《あびこ》駅から成田《なりた》駅まで三二・九キロ、これが成田線である。途中八つの駅があるが、〈千葉のおばさん〉四千五百人のうち、ざっと二千五百人が、この成田線のどこかの駅から乗りこむ。

なにしろ、一人ずつが大きい荷物をもっていて、それが限られた時間に集中するから、乗せるほうにも、乗るほうにも、いろいろと問題がある。

そこでまず、国鉄では、列車を指定することを考えた。成田線でいえば、一番の第八二二列車、二番の第八二四列車、そして三番は第二八二六列車の三本である。

指定列車なら、どのハコにのってもいいわけではない。「指定車」という札の下っているハコ以外にはのれない。ほかの乗客の迷惑にならないように、というためである。

指定車の数は、一番が十一両編成のうち十両だから、これは、いわば行商専用列車といってもいい。二番が十両のうち指定車は五両、そして三番は六両のうち三両である。

しかし、列車がきまり、ハコを指定しても全部が一つの列車に殺到しては、なんにもならない。

そこで、こんどは、乗るほうで、列車の割りふりをやっている。線ごとに行商人で組合を作っていて、その組合が、だれは何番列車というふうに割りふるのである。成田線では、成田線出荷組合である。大体わかい人は一番、年よりはおそい汽車、というのが基準だが、そこは多少本人の希望、家庭の事情で変更はきく。

かねさんも、年からいうと、もちろん一番組だが、子どもができてからは、たのんで三番にしてもらった。

そのかわり、一番二番は行商人の便利を考えて、上野まで直通だが、三番は我孫子どまりである。そこで上野行の国電に乗るわけだが、むろんこれも電車とハコが指定されている。我孫子発八時三十四分上野行の後部二両である。ラッシュアワーをさけるためだろう。だから、かねさんたちは、その電車がくるまで二十分近く、目の前にいくつも国電や汽車が着いては出てゆくのを見ながら、じっとホームで待っているのである。

＊

〈千葉のおばさん〉が一回に背負う目方は人によって日によってちがうだろうが、籠ごとで、七十キロから八十キロくらいではないだろうか。（十八貫から二十一貫くらい）

むかし、十六貫の四斗俵を一俵上げるのが青年たちの力の一つの基準だったことから考え合せても、これは、たいへんな重さということになるが、小柄なかねさんが、これを背負うのである。かねさんだけではない、みんな、それをやっているのである。

さすがに、どうみても、らくらくと、という感じではない。平均をとるためにのめりそうに体をまげて歩く。その姿勢で、汽車にのり、バスにのるのである。

汽車にのると、荷物を坐席にのせ、じぶんは立ったままである。すこし余裕があれば、通路に新聞紙をしいて坐る。

かねさんのお得意は、おもに港区だから、日暮里《にっぽり》でのりかえて、浜松町か田町か品川でおりる。その近所の家をまわる日もあるが、そこから都電に乗ってゆく日もある。

かねさんは、得意先きを七つにわけて、月曜から日曜まで、一週間のルートを大体きめている。つまり、買うほうからいえば、一週間に一回の割りで〈千葉のおばさん〉がやってくる、ということなのだ。それ以上ひんぱんに行っても売れないのだそうである。

お得意さんにもいろいろある。どんな値をいっても、必ず高いわねえ、と一言いわねば気のすまない奥さんもあれば、いついっても、言った値でだまって買ってくれる家もある。大ざっぱにいうと、サラリーマンの家はこまかいし、商家は大ようらしい。

朝の口あけが大体十時前後で、午後の二時すぎには、その七十キロの荷を売ってしまって、上野発三時十九分で帰る。日によって、売れ足の早いときもあるし、おそいときもあるが、売れ残りそうだとおもったら、うんと値をまけてしまうから、帰りの籠は、いつでも空っぽになっている。

夜は早い。たいてい九時には寝るが、ときには八時に寝てしまうこともある。眠くて、どうにもそれ以上は目をあけていられないのだ。

毎日が、まるで判で押したように、おなじことのくり返しですぎてゆく。疲れきって、どうにも目があけていられなくて、眠ってしまう、そして、あと何時間かたつと、また起き出して、七十キロの荷を背負って東京へ出てゆく。

めったに休むことはない。ことに夏場は野菜が多いから、よほどの大雨の日でもないかぎり、すこしぐらい頭が痛くても、お腹が痛んでも、がまんして出かける。

＊

東京都中央卸売市場に運びこまれる野菜は大体一日平均にすると四千二百トンくらいである。

〈千葉のおばさん〉の背で運ばれるのは野菜だけではないが、その野菜をかりに一人五十キロとしてみると、四千五百人で、ざっと二百二十五トン。つまり、中央市場へ入る二十分の一以上の野菜が、人間の、女の背で東京へ持ちこまれていることになる。

これには、考えさせられる問題がいくつもあるが、そういった経済の流通機構のほかに、この〈千葉のおばさん〉たちは、生きてゆく考え方と暮し方といった面でも、一種の流通機構とでもいった大きな役目を果しているのである。

この人たちが住んでいるのは農村である。かねさんの家など、手賀沼まで、ずっといちめんのたんぼである。駅まで近いといってもたっぷり二キロはあるし、村の家は、まだわらぶきの屋根が多い。

そういう暮しと、東京の暮しでは、本来なら直接のつながりはないはずである。ないはずの二つの暮しを、この〈千葉のおばさん〉は、一本のパイプで直接に結んでしまったのだ。

この農村から、大ぜいの女のひとが毎日東京へ出てゆく。それも、ただぼんやりと町を歩いたり、どこかの事務所の机に坐っている、というのではない。〈千葉のおばさん〉たちは、いきなり台所へ入ってゆく。それも、いろんな台所へ入ってゆく、いわば、東京の〈暮し〉に、じかに入っていって、それをじぶんの肌で受けとめてくるのである。

おばさんたちは、そこでいろんなものを見るし、いろんなことを聞く。そして、じぶんの暮しとくらべる。暮すということはどういうことか、その人なりに、新しい考え方ができ上ってゆく。

働くということは、ゼニをためるだけのことではない、かねさんは、それを知った。

あら壁だけだった外まわりの壁を、白く上塗りをした。井戸ポンプを、水道のように何カ所にも配管した。風呂はとなりの〈本家〉でもらっていたのを、新しくタイルの風呂場を作った。台所を改造して、ステンレスの流し台を入れた。これまでの台所だった部分は、ビニールタイルを貼って食堂にした。

せんたく機を買い、扇風機を買い、テレビを買い、電気冷蔵庫を買った。

最近は、軒下にぐるっとセメントを打ち、南側にはグラスライトの屋根をふいたテラスをつけた。

なぜ行商をするのか、という質問に、〈千葉のおばさん〉の半数近いひとが、行商しないと暮してゆけないから、と答えている。

かねさんも、「とうちゃんの給料だけじゃとってもやってゆけねえからよ」という。

しかし、暮してゆけない、やってゆけないというのは、飢え死するということではないのである。

〈千葉のおばさん〉のなかには、子どもを大学に通わせている人も何人かいる。さきほどの、なぜ行商するのかという質問に六・五%のひとが「学費の足しにしたいから」と答えているのである。

かねさんの仲間にも、子どもを大学へかよわせた母親がいる。その子はもう卒業して、サラリーマンになって、どこかの公団アパートに住んでいるらしい。

母親は、なにかというと、その息子の話を仲間にきかせる。そのたびに、かねさんは、またじまん話だとおもいながら、じぶんの子どもも、大学まで出してやりたいとおもうのである。

＊

いつまで、そんなつらい仕事をつづけてゆくのか、と聞いても仕方のないことを、つい聞いてみた。

「だっておめえ」かねさんは、いつもの、びっくりするような大きな声で「おれみたいな頭のわるいもんには、ほかにできることはねえもんよう、体のつづくかぎりは、やるより仕方ねえだよ」そういって、きれいな歯を出してわらった。

かねさんが、頭がわるい、といったのは、中身のことではない。頭がわるくては、この仕事はつとまらない。中学しかやってもらえなかった、そのことをいうのである。

かねさんの心の底には、その中学を出てから、結婚するまでの、あの日日、もしそれをしも青春とよばなければならないのなら、あの青春、それが焼きついているのだ。

ひょっとしたら、かねさんは、いわれもなく自分をそういう目に会わせてきたもの、生まれてきてみたら、そういう目に会うようにできていたそのことに、これからの一生をかけて、小さいその体ごとぶつけて、復しゅうをしようとしているのではないだろうか。

いまいちばん欲しいものはなに、と最後にきいてみた。

ここで、はじめて答えがとぎれた。かねさんは、しばらくだまって、ただわらっているだけだった。

もういちど、問を重ねようとしたとたん、かねさんの顔から笑いが消え、目がきらりと光った。はじめて見せたきびしい顔である。そして、ぽつりとこう言ったのである。低い声だが、痛烈なひびきがあった。

「おれ、若くなりてえ」

くり返しておく。かねさんは、今年二十七になったばかりである。

(81号　昭和40年9月)

・この記事を書くにあたっては、千葉県印旛支庁の調査報告「行商の実態」(昭和39年11月)に教えられるところが多かった、文中の統計は主としてこの報告に拠ったものである。

まいどおおきに

市場というのは、たいていどこでも似たようなものである。

日がささなくて、いろんなにおいが入れまじっていて、通路にはやたらにものが捨ててあって、みんなじとじとしていて、はだか電球がずらっとゆれていて、へたな字のビラがべたべた貼りならべてあって、てんでかってにしゃべり合う声や、物を動かす音がいっしょになって、わあんと、いっぱいにこもっている。

しかし、大阪の市場で、ちがっているところは、それにもうひとつ、異様な大合唱が加わっている、ということだ。

……はあ、買《こ》おてえ、こおてえ。ええもんおまっせえ。さあ、やすいで、やすいでえ。なにしまほ。なんぞいこ。さあ買おてこおてえ。

ずらっとならんだどの店でも、おっさんや、おにいちゃんや、おばはん、ねえちゃんまでが、てんでにがなりたて、金切り声を上げ、人数にして数百名、それが、のべつまくなしに、叫びつづけているのである。

むろん、朝から晩まで、大声をはり上げているのは、らくではない。しかし、市場というところは、三軒むこうにも、すじむかいにも、むこうの角にも、同業がいよる。そっちで、さあ買うてえ買うてえ、と手拍子をうちはじめると、こっちかてだまっとられるかいな。あっちにまけんような声を出して、さあさあ、ええもんおまっせえッ、ということになってしまう。

そら、市場はひとつの組合になってま。そやかて、なんぼ組合やゆうたかて、商売は商売や。負けられまっかいな。客があっちの店へ一人よりよったら、こっちは二人とったる。

いきおい、声にも熱がこもり、たたく手にも力が入る。それが、市場全体にこもり、はねかえりガンガンとめちゃくちゃな大コーラスになり、奇妙で壮烈なバックグラウンド・ミュージックになっている。

なれない若い奥さんなどは、手もなく、このすさまじい迫力に押されてしまう。

ふらっと八百屋の前に立つ。とたんに、ふとい声が飛んでくる。

「ほうれん草でっか、なんぼしまほ、二わでっか、へい二十五円、あとなにしまほ」

あっという間である。こっちがなんにもいわないうちに、新聞紙につつんだほうれん草が、手にのっかっているという寸法だ。ちらっと、ほうれん草の山に目をやった、その視線を、相手はちゃんと見のがさなかったのである。

「レモンどないだす、サンキストのええのん入ってまっせえ」

この客ならレモンとみたのだろう、さっと、目の前のごつい手の上に、黄色い実がひとつ、片方の手では、もう包み紙の新聞紙に手がかかっている。そして、四方からは、さあ買おてえこおてえの大合唱である。否応はない。

「まいどおおきに。（この声には、妙に情がこもっている。そして、すかさず通路のほうに向きなおったとみると）さあ、買うてえ買うてえ、ええもんおまっせッ」

市場のおにいちゃんの言葉を借りると、こういう若い奥さんたちを、〈イクラ族〉というのだそうである。

大阪人は、物のねだんをたずねるとき「それなんぼ?」という。近ごろは東京からきた人がふえている。その人たちは、「それ、いくら?」ときく。だから〈イクラ族〉である。

「だいいち、かっこでわかりますわ。市場へ靴はいて来やはりますさかいな。それに、服かて、ちゃんとしたもん着てはりま」

イクラ族は、値切らない。品をじぶんでえらばない。買う分量が大ざっぱである。

つまり、客としては、アホウの部に属するというわけか、ときいたら、

「めっそうもない、いちばんの上客でんがな、客がみんなあの調子やったら、ほんまに、ぼくら苦労しまへんのやけどなあ。ここらの客ときたらほんまにもう、えらいもんでっせ」

おなじことを、ある店の主人は、こんなふうにいってくれた。

「むすこが早稲田へ行ってますよって、ときどき東京へ行きますねんけどな、あっちの商売みてると、ほんまに、わしら東京で商売するねんやったら、どえらいこと目ぇむかしたりまっせ、あれやったら、まるで赤児の手ぇひねるようなもんでっしゃないか」

東京の奥さんが、「あかごの手ぇ」みたいなものだとしたら、大阪の奥さんおばはんたちは、さしずめ樹齢経たる、もうこぶだらけの「ごっつい枝」みたいなものだろう。うかつにひねろうとしようものなら、逆にこっちがふりまわされ、はねとばされる。

大阪のひとは、市場へ行くとき、靴をはいたり、きちんと着物をきかえたり、そんな「アホな」ことはしない。ちびたサンダルをつっかけ、ふだん着にカッポー着をひっかけてゆく。一種の武装である。

「そやかて、ええかっこしてたら、だいいち、値切るときかて、なんや値切られしまへんさかいな」

市場へ出かけていっても、いきなりどこかの店へゆく、ということはしない。いつでも、まず端から、一軒ずつ、順々に店先きをのぞいてゆく。今日は、どの店に、どんな品があるか、いくらぐらいしているか、それを知るためである。おなじような品なら、どこの店がいちばん安いか、およその見当も、それでつく。

そこで、あそこであれとあれを買おて、あれはあそこが安いから、それからあと、あそこであれを買おう、という計画を立てる。

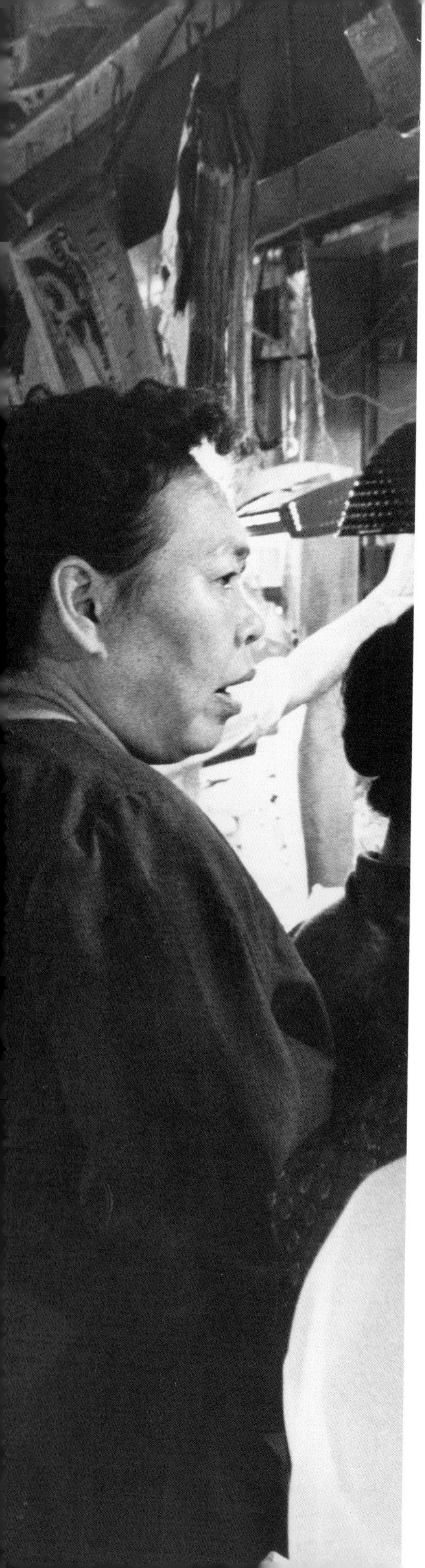

そして、もう一ど、市場のなかを、端から順々にみてゆく。

売る方だって、そのへんは心得ている。大ぜいの客だから、全部が全部ではないが、そこは毎日のことである。年がら年中顔を合せていたら、顔もおぼえるし、およその買い方のくせ、というのも見当がついてくる。

市場巡遊第一回のときの、客の目つきは、するどいが、ガキッと、どれかの品の上に止まることはない。まんべんなく品物の上を、すうっと流れている。

物を買うときは、どんなに欲しくても、欲しそうな顔をしない、これが、第一条である。足許をみられる、ということは立場を不利にすることである。だから、店のまえで、品物をみるとき、欲しいものも、欲しくないものも、一律平等にながめる。

客のほうは、そのつもりでも、売るほうは、一律平等にながめて流れる視線の奥に、きらっきらっと閃いているものを、必死になってつかもうとする。さあ奥さん、なにしまほ、今日はキャベツ安いでえ、といった調子で、相手の反応を試してみる。それとも、こいもどないだす。

相手は、ふん、とか、そやなあ、と大して興味のなさそうな顔で、目はもう、となりの店先きのソーセージかなにかに移っている。

やがて、第二回目である。三軒向うの八百屋の前は、じろっとみて通りすぎた。あたりまえやないか。キャベツなら、今日は、あそこより、うちのほうが五円安い筈や。

店の前で立ち止まった相手は、さりげない調子で、はじめてみるように、品物をずらっと一渡りみわたす。

「キャベツでっか」

「その半分のん、ちょっとかけてみてぇ、ふうん、それの半分ほしいねん」

キャベツ四分の一を包むと、相手のさし出した腕にぶら下っている買物かごに入れながら、ちらっと中味をみてとる。

「こいもどないだす」

「そやなあ、高いさかいなあ」

「やすなってまっせえ」

こいもを、なんとか売りつけたとおもったら、相手は、ひょいと、そこのみかんを手にとった。

「これ一つ、まけときや」

勝負は終った。

「さあ買おてえ買おてえッ、やすいでえ、ええもんおまっせ。へえいらっしゃい、ねぶかでっか、東京ねぎのええのん入ってまっせ」


オリンピックではないが、より安く、より少なく、よりよい品を買う、というのが、大阪の主婦の腕のみせどころである。

より安く、はわかる。よりよく、もわかる。より少なく、にはすこし註釈がいるかもしれない。

おたがい、かぎられたゼニである。かりに、たくあんが一本、三十円とする。それを、買ってしまえば、食卓で、漬物はたくあんだけ、小人数の家なら、何日も、たくあんだけである。

もし、たくあんを、その三分の一、十円だけ買うとする。あとには、まだ二十円のこっている。それで、白菜の漬物を十円がとこ買う。それでもまだ十円のこっている。そこで、らっきょうを買うか、紅しょうがを買う。腕があれば、らっきょうをいく粒かと、紅しょうがのいく片かと両方を十円で買う。

おなじ三十円使っても、片方は、たくあんだけ、こちらは、たくあんと白菜とらっきょうと紅しょうが、がきれいに小鉢に盛られて、食卓にあらわれる、というわけである。

売るほうにとっては、もちろん、ありがたいことではない。たくあんなら、一本ずつ買ってくれるにこしたことはない。

しかし、一本でなければ、あるいは半本でなければ売らない、といったら、客は、とたんにその店を見向きもしなくなる。

「なんやね、えらそうに。なにも、そんなとこで買わんかて、買う店はなんぼでもあるわ」

事実、市場なら、たくあんを売っている店は、ほかに何軒もある。どの店も、むこうが半本売りしかしよらん、と知ったら、トタンに、へえ、うちは五円分でも切らしてもらいまっせ、と大声ではやしたてるような店ばかりである。

いくらつらくても、だから大阪では、たくあんを五円ぶん十円ぶんと買いにくる客にも、しぶい顔はみせられない。

客の欲しがるものを、客が欲しがるように売らねば、大阪で商売はやってゆけない。それが、どの店にも、ずしっと一本通っている。

ずしっと一本通すようにしたのは、客のほうである。ながいあいだかかって、客が、売り手をしつけたのである。

だから、大阪の市場を歩いてみると、売っているものの単位がみんな小さい。

ねぎの一束は、二本か三本である。ほうれん草の一束も、東京あたりにくらべると、半分くらいしかない。

もとは大束で売っていたのだろう、そのほうが売るほうはらくである。しかし買うほうが、ねぎ二本ちょうだいとか、ほうれん草半たばでええねんけど、という客ばかりだから、それやったらはじめから束を小いそうするよりしゃないな、ということになったのにちがいない。

浅草のりも三枚一束がふつうで、一枚でも売る店だって珍らしくない。

ちり紙で、一〆千枚とか五百枚というのは、見あたらない。単位は百枚である。それも、上等の白くてやわらかいのだけが、そうというのではない、ねずみ色のガサガサしたのでも、やはり百枚二十円、という売り方をしている。

したくなくても、どこか一軒が、そういう売り方をはじめたら、客はみんな、そっちへ行ってしまう。そうしないためには、じぶんの店でも、おなじような売り方をするより仕方がない。

東京とくらべると、大阪には、市場の数が、ひじょうに多い。ざっと三百近くもある。世帯の数で割ってみると、およそ二千二百世帯に、ひとつの市場、ということになる。一つの市場には、魚屋にしても八百屋にしても、なに屋にしても、一軒ということはない、何軒もある。たとえば、住吉区の粉浜《こはま》市場というのは、大阪でも評判で、ずいぶん遠くから買いにくる市場だが、ここには魚屋だけで五軒もある。

ということは、魚屋一軒あたりで、数字だけでいうと、四百そこその世帯を相手にして商売をしなければならぬ、ということになる。

市場側にいわせると、大阪は、市場が多すぎるという。なるほど、くらべてみると、東京は人口が三倍も多くて、市場の数は、二六〇ほどしかない。一つの市場には、大阪の三倍以上のお客がある、という計算になってしまう。

しかし、統計とか、数字というものは、よほど気をつけないと、ひっかかってしまう。

東京は市場がすくないから、さぞらくだろうとおもうが、じっさいは、東京では、そうみんながみんな、市場で毎日のものを買うわけではない。むしろ近所の店や、商店街で買う家が多いし、人手不足といいながら、まだまだ、例のご用聞きというしきたりも、すたれてはいない。

ところが、大阪では、まずみんながみんな、市場へ出かけてゆく。

市場というところは、おなじものを売る店が、何軒もならんでいる。買うほうにしては、そのほうが便利である。第一、ねだんや品質をくらべられる。すこしでも安く、すこしでもいい品が買える。一軒の店では、こうはいかない。

みんな市場へゆくから、売るほうも、なまじ一軒の店を張るよりも、市場に店を出したほうが、苦労はあっても、もうけも多い。そこで、市場は、どんどんふえる一方である。

大阪では、相当ゆったりした暮しをしている奥さんでも、買いものは、じぶんで出かけて、じぶんの目でたしかめて買う。

「そんなあんた、ねだんだけ聞いたかて、どんなもんか、じぶんで見んことには、高いか、安いかわからしませんやないか」

ご用聞きまかせでいられる東京の奥さんの気がしれぬ、というのだろう。

より安く、買う、いちばん手っとり早

い方法は、〈値切る〉ということである。千円の品を八百円にまけさせたら、二百円とくをしたことになる。

大阪のひとは、若いお嬢さんでも、ものを買うとき、値切るのを、あたりまえだと考えている。

「まけてくれなんだかて、もともとや。たとえ十円でも、まけさしたら、とくやさかいな」

だから、どんなところでも、必ず一度は値切ってみる。

その値切り方にも、いろんな手口があって、ときと場合と人によって変化する。なんとかの一つおぼえみたいな、まけてくれ、の一点ばりではない。

たとえば、こういう型。

「どや、二枚いっぺんに買うさかい、なんぼにしとく」

一ダースならともかく、パンツ二枚では安くならない、とは売る方もいわない。

「そうでんな、二枚買うてくれはるんやったら五円もひかせてもらいまほか」

「一枚で十円、二枚で二十円まけとき。あかんんか。あかなんだら、二枚とも買うのんやめや」

たとえば、こういう型。

「あのな、それ欲しいんやけど、友だち三人で、結婚祝いにやるんや。三千五百円いうたら、三で割るのにぐつわるいやろ。まけといてんか」

「なるほど、しよおまへんな。それやったら、三千三百円にしときまっさ」

「なにいうてんねん、そんな半ぱなん、ややこしやないか。三千円にしとき。一人千円ずつで、バチッと割り切れるさかい」

たとえば、こんな型。

「これ、もらうわ」

「へえ、まいどおおきに」

「あのな、これ、ここにシミがついとるやろ」

「あ、これは失礼しました。いま、ちゃんとしたのを出しますよってに」

「どないや。どうせ、そんなもん、あんたとこかて売られへんやろ、おもいきってまけとき。そやったら、それ買うたるさかい」

もっとも、値切って安く買う、というやり方は必ずしもかしこいかどうか、には大阪人も疑問をもっている。

というのは、客がみんな値切らないと承知しないとなると、売る方でも、防衛策を講じるにちがいないからだ。

つまり、千円で売れるものなら、はじめから千二百円の札をつけておく。値切られて、すったもんだして、しゃあない、千円にしときまっさ、といえば、客は得意満面、意気揚々と帰ってゆくし、それでこちらも、すこしも損はせん、ということになる。それどころか、アホな客が、百円値切って、千百円で買いよったら、こっちはおもわぬもうけや。

こうなると、客と店とは、ねだんのいたちごっこである。客が値切るから、店では、あらかじめ掛け値をつけておく。どうせ掛け値だから、値切らなければバカをみる。そこで値切られるから、掛け値を……といった具合になる。

これには、大阪人も、少々閉口した。値切ってまけさせるのはいいが、そのねだんが、いったい安いのか、それでもまだ高いのか、さっぱりわからない。なにを買っても、そういう不安がついてまわる。本来千円のものを、腕にヨリをかけて八百円で買った、というあの満足感爽快感というものがない。

百貨店が、進出してきた一つの大きな理由は、「掛け値なし、現金正札販売」にあった。ここなら、うまいことといわれて高いもん買わされたんやないやろか、という不安はない。

サービスがよいとか、買わなくても平気でいくらでも品物がみられるとか、品質にも信用がおける、といったほかに、この掛け値のないということも手伝って、百貨店は大いに繁昌した。

しかし、それでは、大阪人も、百貨店では値切らないか、というと、そうではない。そんなことぐらいで、値切るクセをやめるような、そんなあまい性根では、生きていけまへんのや。

大阪人は、百貨店でも値切るのである。むしろ百貨店で値切ってこそ、値切り甲斐がある、と考えているふうである。

というのは、百貨店のねだんは、いわゆる正札で、一せんも掛け値はない。だから、もしここで値切ることに成功したら、たとえ五十円でも百円でも、そのぶんだけ、まちがいなく安く買ったわけである。掛け値の多い店で値切ったときとは、だいぶわけがちがう。このほうには、はっきりした満足感と、あのスポーツにも似た爽快感がある。

しかし、さしもの大阪人を、あいつは無茶な奴や、とびっくりさせた男がいる。百貨店で、煙草を値切ったというのである。

「まけよったか」

「まけよらん」

「あたりまえやないか、なんぼなんかて、煙草みたいなもん、まけるとこあるかいな、あれは専売法とやらいうもんがあって、一せんでもまけたら、えらいことになるねんで」

「百貨店でも、そんなこと言いよった。しかしやな、ぼくは、なにも煙草一個買うてまけてくれいうたんとちがうで。五十個まとめて買うさかい、なんぼにする、というたんや。そやろ、いっぺんによけ買おたら、なんでも安うなる、ちゅうのが経済の原則とちゃうか。そら、専売公社は役所みたいなもんや、しかしやな、おなじ役所みたいなもんで、えらそうな顔して商売しとる国鉄、あんなもんでも見てみい、遠方までよけい乗ったら汽車賃安うしとるやないか。どこまで乗っても、一キロなんぼというのはおんなじや、てなアホなことはしとらんわ。

それをなんや専売局のほうは。公社やなんやいうたかて、要するに煙草買うてもらいたさ一心の商売やろが。そやなかったら、肺ガンにどうたらいわれてるときに、あんなにしゃあしゃあしとられるかいな。な、それをいうんや、商売やったら、商売らしいしたらええねん。一個買うたら四十円でも、五十個まとまったら、二千円のところを千八百円にしとく、それが商売や。それをなんや、一個買うたかて、千個買うたかて、おなじねだんやて、アホくさ。そやさかい、ぼくは役人がきらいやいうねん」

どうも、大阪人は、役人がおきらいらしい。そのきらいな役人とつきあわねばならぬようになって、戦後の大阪も、もうひとつ冴えがなくなって一地方都市になり下りつつある、というのだが、それは、ここでは関係はない。

すこし季節外れになるが、いちごという果物がある。

東京あたりの奥さんは、あれは、箱入りを買うものとおもっている人が多い。むかしは、うすべったい木の箱に入っていた。このごろは、すきとおった、うすいプラスチックの箱に入っている。

しかし、日本中、おなじようにして売っているわけではない。

たとえば、北海道の札幌では、内地から箱入りのいちごもくるが、短かい期間、地いちごがどっと出まわる。東京あたりのとちがって、粒がうんとちいさく、いわば野いちごみたいなものだが、味はめっぽういい。これが果物屋の店先きに、文字どおり山のように積まれる。箱入りなんてものじゃない。砂糖を計ったりする、園芸用のシャベルをどうとかしたようなもので、ハイ何キロ、としゃくって売っている。ちょっと壮観だ。

ところが、大阪では、箱入りのいちごなんてものは、まずご進物用である。ふつうは、百グラムいくら、と目方で売る。その点では、札幌とおなじだが、ちがうのは、シャベルですくって売ったりしないことだ。

大阪の主婦がいちごを買うときは、一粒ずつ、じぶんの手でとり上げて、あちらからこちらからしらべて、気に入ったものだけ、ハカリにのせてゆく。「一粒より」というのは、このことだろう。

それにしても、たいへんな手間だろう、とおもうが、そういっときに何十粒も買うのは珍らしいのである。夫婦二人なら、五粒ずつ合せて十粒もあればいいことになっている。飯のあとなら、それで立派なデザートになろう、というものである。

「いちごなら、まだよろしがな、いちばん泣かされるのは、水蜜でんな。あれは、へたに指でさわられたら、もうしまいでっさかいな。それを、お客さんとしては、やっぱし、ちょっとでもええもん買いたいさかい、こないして、端から指で押してみやはりまんねん、押したらあかんいうわけにもいきまへんしな、ほんまに、あれには泣かされますわ」

果物屋のおっさんのぐちである。

よりよい品を、とさっきいったが、品さえよければ、ねだんはいくらでもいい、というわけではない。おなじねだんなら、すこしでもいい品を、という意味である。

おなじねだんで、すこしでもいいものを買うためには、いい加減に、店のひとに、水蜜いくつ、といって、取ってもらうわけにはいかない。どうしても、じぶんの手で押してみて、たしかめねばならぬ。

おなじねだんで、すこしでもいい品を買う、というのは、いいかえたら、結局それだけ、安いものを買うということになる。

だから、品をよくえらぶということと、ねだんを値切る、ということとは、車の両輪みたいなもので、どちらが欠けても、上手な買い方ではないというのが、大阪人の考え方である。

東京あたりで、昨今消費者教育だの、商品知識をもとうだの、ディスカウントセールだのとはやしたてているが、大阪人からみれば、ちゃんちゃらおかしいようなものである。そんなことは、おばあちゃんの代から、ちゃんとやってきてまっさ、といいたいのだろう。

もっとも、売るほうにしても、ほんまに泣かされまっせ、とはいうが、水蜜は押されっぱなし、いちごは一粒ずつよられっぱなしで、へえおおけに、と泣いてばかりいたのでは商売にならない。

客が買うのをみていると、積んであるものは、必ず二段目か三段目のものをひきぬく、決していちばん上のものは取らない。

そこで、店では、売れるたびに、積みかえて、いちばん上のものを、二段目か三段目に入れておく。つぎの客は、必ずそれを抜いてゆくから、いちばん上のものだけが売れのこる、という心配はない。

「そら、品物をじぶんでよりはるのも、けっこうでっせ。しかし、それも品物がわかってよるんやったら、わかりまっけど、もうなんでもかんでも、じぶんでよらんならんことにして、そのじつどれがええのか、さっぱりわからん、それで、さんざんよりよって、いちばんわるいのをつかむ人かて、たんとおます。アホめが、いちばんわるいのんよりよった、とおもいまっけどな、そんなこと口に出さしまへん、へえおおけに、ちゅうわけですわ」

とにかく、買い手が買い手である。大阪で商売をやってゆくには、とても通りいっぺんの気持や才覚では間に合わない。そこへもってきて、市場ならずとも、同業が、すきさえあれば、押しのけ蹴おとして、われがトップに立とうとねらっている。

江戸は、生き馬の目を抜くようなところ、という古い言葉がある。あれは、どこか春風たいとうとした土地から、ぽっと出てきたのが、びっくりして、いったことなのだろう。

大阪とくらべると、東京の商売などは、これは生き馬なんてものじゃない、木馬の目をそっとなでているようなものだ。そこへゆくと、大阪というところは、どっこい、走っているダンプカーからタイヤを外すような土地、といえそうである。

百貨店が店をあけるのは、たいてい朝の十時である。

ところが、大阪駅のとなりにある阪急百貨店の地下売場だけは、日曜祭日、つまり休みの日にかぎって、一時間早く、九時から店をあけている。

この百貨店の一階は、京阪神急行の梅田駅になっている。この沿線には、宝塚をはじめとして、休みの日に出かけてゆくところが多い。

いったい、関西は私鉄の発達しているところで京都、奈良、大和、生駒《いこま》、有《あり》馬《ま》、箕面《みのお》、とにかく大阪を中心にたいていは日帰りで行ってこられる、その点、東京あたりからみると、うらやましいかぎりだが、日帰りにしろなんにしろ、出かけるといえば、まず弁当である。おやつのお菓子もいる、会社の仲間となら、酒もいる、ハイキング、キャンプなら、カン詰るいもほしい。

阪急は、そこへ目をつけた。

これが、そごう、大丸、あるいは三越、といった町なかのデパートなら、出かけるまえに、わざわざそこへ寄って、という客は考えられないが、なにしろ、有数のターミナル・デパートである。一階の梅田駅からは、すごい数の人間が近郊へ出かけてゆく、それやったら、その人たちの弁当はじめ食料品は、地下の食料品売場で間に合わさせていただこう、というわけである。

客のほうとしても、これは便利だ。どうせ、そこの駅から電車にのるんやったら、そこで弁当でもなんでも買うたら、手間なしでええ、なにも前の晩から、えらい目して弁当こさえたり、幹事が重い目して、一升びんをかついでいかんでもすむやないか、ということになる。

なるほど、大した繁昌である。行先きの都合で、一分でも早く出かけたい連中などは、その九時を待ちかねて、入口に行列している。

客が欲しがるものを、欲しがる方法で売る、という大阪商法の、ひとつのあらわれである。東京にも、ターミナル・デパートは、いくつもあるが、こんなやり方をしている店は、まだ一店もない。

この朝の売り場で、とくに混んでいたのは、折詰のべんとう売場、おにぎり売場、すし売場、これは当然のことだが、缶詰、酒の売場も、まけないくらいのこみ方だし、牛肉売場もにぎやかなのは、むこうへついたら、すき焼きをやろう、というのが、案外多いためだろう。

べんとう売場をのぞいてみよう。

折詰になったべんとうは、十三種類で、百円というのが、幕の内、かやく、たいめし、焼めし、百三十円がビフテキ、ハンバーグ、えび、百五十円が、うなぎ、シューマイ、中華。

ちょっと変っているのは、日の丸べんとうで、米飯だけでは売れないから、まんなかに一つ梅干をのっけてある。飯の分量は三五〇グラム（一合二勺）で、五十円。つまり、飯だけがほしい、という人のためである。これにたらこか、鮭の切り身がついて、百円というのもある。

しかし、行楽シーズンの休日の朝、一時間早く店をあけるというのは、阪急としては、それほど大したことではあるまい。

ここの地下食料品売場は、よその百貨店にくらべて、二倍か三倍の売り上げがあるという話だが、午後の三時すぎから閉店までの様子をみていると、まんざらの掛け値ではなさそうで、どうかすると、ラッシュアワーの国電の中みたいに混んでいる。

なれないひとは、それだからいやだということもあるらしいが、大阪人にとっては、ひろびろとして、整然としているところでは、かえって買いにくいという。晩のおかず、なんてものは、やっぱりごみごみ雑然としたなかで、きょろきょろしないと気分が出ないものらしい。

そういえば、この地下売場の感じは、百貨店というより、市場に似ている。

「ええかっこしい」という言葉がある。

直訳すれば、「いい恰好をしたがる人」ということになる。とかく、いい顔をしたがる奴のことを、ケイベツをこめていう言葉である。「できもしないくせに」という意味が、この底にある。

もとをいえば、恰好、なりふりから、はじまったにちがいないが、もっとひろく使われている。

家の中は火の車なのに、外に出るときは、しゃなりとしてゆく、そのことをいうのからはじまって、へんに上品ぶること、インテリぶること、大様なふりをすること、大向うのうけをねらうことなど、ひっくるめて、ええかっこしい、というわけだ。

大阪という、根っからの庶民の町の、その庶民が、長屋のどぶ板をふんまえての、痛烈なひびきが、ここにある。

関西弁といえば、大阪弁。その大阪弁の代表が船場言葉だというのが通り相場になりかかっているが、それをいちばんがまんできないのが、こういう大阪人である。

船場というのは、大阪でも「ええし」（よい家、金をもっている家）の集まっている場所だった。

金ができると、人間は、とかくかっこうをつけたがる。そこらの地べたをはいまわって暮している奴ら、難波《なんば》あたりのどん百姓とはちがうというところを、みせたくなる。

そこで、京都の「おくげさん」（貴族）の使うような言葉をマネしはじめた。もちろん、そのなかにはマネして、マネしきれないものもある、それは捨て、マネられるものだけをこなして、あの船場言葉ができ上った。

いってみれば、「ええかっこしい」の根性が作り上げた言葉である。いま、大阪の財界人が、なにかというとやたらに会話に英語をはさむのと、ちょっと似ているのかもしれない。

とにかく、大阪弁を、船場言葉で代表されてたまるかい、と大阪の庶民はいう。あんな、ええかっこしいの言葉が、なんで大阪弁や。奥さんを、お家はんや、ご寮《りょ》んさんやて、しょうもない、大阪弁ではな、奥さんは、あそこのおばはんや、うちの嫁はんや、それが大阪や。

大阪のおっさんは、そういう。船場言葉が大阪弁や、なんていうのは、東京でいうたら、山の手言葉を、江戸弁やというぐらい、アホくさい話やで。

上品ぶるのをケイベツする、大阪の庶民の精神が、百貨店の地下売場にも、あらわれているのだ。

大阪には、東京系の三越、名古屋系の松坂屋といった百貨店がある。その地下の食料品売場と、阪急、高島屋、大丸、そごう、阪神といった大阪系百貨店の地下売場とくらべてみても、このちがいはハッキリする。

たとえば、大阪の三越は、郷に入れば郷に従おうと一生けんめい大阪式にやってはいるが、なんとなく、東京生まれの役者が、近松あたりの芝居をやっているみたいで、もひとつ、ねっとりしたところが出ない。おなじ五円十円のおそうざいを商っていながら、どことなく、さらっとして、よくいえば品があり、わるくいえば「ええかっこしい」のところがある。

そこへゆくと、大阪系の地下売場は、もうゴチャゴチャねっとりとして、町なかの市場と、たいしたちがいはない。いわゆる「デパートのような感じ」がしないのである。売っているものも、市場で売っているようなものは、なんでも売っている。しいてちがうところといえば、いささか品ものが小ぎれいで、いささか包装に手間がかかって、いささか店員のことばが丁寧なことぐらいだろう。

東京の百貨店は、こうはいかない。下町の市場とは感じがちがうし、市場で売っているもの、必ずしも百貨店の地下では売っていない。たくあん一つでも、百貨店のほうは、「よそゆき」の顔でならんでいる。

　大阪系の百貨店の地下売場などは、どうかすると、そこいらの市場にはないようなものも売っている。たとえば、漬けものは、たくあんから、漬け菜から、伊勢のおこうこもあれば東京のべったらもある。野沢菜もあれば、広島菜もある、高菜もあるといった具合で、ざっとみたところ四十種から五十種のものがならんでいる。なまじの市場では、こうはいかない。

　種類が多いといえば、鯨肉もそうだ。つくだに用角切が百グラム二十円、赤肉が二五円と三十円、テキ用が三五円と四十円、いちばん上等の尾の身が七十円八十円と百円。そのほかに、さしみもあれば（一舟五十円）みそ漬もある（一枚三十円）あぶら身（一枚二十円）さらしくじら、コロ、みんなある、といった調子である。

　売り方にしても、市場にまけず、大阪の百貨店は、おしなべて単位が小さいし、市場とちがった工夫もしてある。

　たとえば、大丸の例だが、メロンは半分に切ってならんでいて、その半分ずつが箱に入っている。

　セロリは一本ずつ、キャベツは四つ割り、もやしは一つかみ百五十グラムがビニールの袋に入っていて十円。たらばがにも、カラから身を出して、そのむき身が、脚のかたちをしたものなら、百グラムあたり百五十円、雑肉なら百二十円、カラつきのものをご所望なら、これは百円。

　揚げもの、東京でいう精進揚げが、野菜で一枚六円、いかの足、小えびとなると十円。

　そろそろ秋風が立つころになると、デパートへ行くという嫁におばあちゃんが、「そろそろ地下売場に新芋のむしいもが出てるころやさかい、見てきてえな」といったりする、そのむし芋が百グラム二十円。

　カステラを焼き上げて、進物用の箱に入れるときには、まわりを切り落さねばならない。その切り落したクズ、じつはあそこがいちばんうまい、という人もあるくらいで、これは、市場で売っているが、百貨店でもちゃんと売っている。

　もっとも、市場のほうは、切り落したままのを「切りおとし」といって、目方で売っているが、百貨店のほうは、小さく形をそろえ、黄金焼カステラなどという名前をつけて、一袋五十円で売っている。

　売れ残った魚なら、焼き魚にする、とうふなら油揚げか焼きどうふにする、野菜なら、煮こんでしまう……残りもの、ハンパもの、キズものの始末には、どんな商人もチエをしぼるのだが、大阪の商人のしぼり方は、いちだんと芸がこまかい。

　野菜なら、たいてい、はしっこ、しっぽ、ヘタという部分がある。だれだって、そんなものを買いたがるひとはいない。たくあんのしっぽまで買わされるのはいやだから、大阪人は、何円ぶんと切らせるのだともいえる。

　いきおい、しっぽばかりが残る。ふつうなら捨てるところだが、そんなことでは、何年たっても、うだつはあがらん。買わんものを、買うようにして売ったる、これが大阪商法というものである。

そこで、しっぽがたまると、商売の片手間に、おばはんがことことと刻む。これを「刻みたくあん盛り合せ五円」てな札をつけて店に出す。いろんな種類のたくあんが入れまじって、安うてうまい、というので、すぐ売れてしまう。

すっぱいたくあん、スの入ったたくあんも、おなじ手口である。一段とマメなのは、きざんで油でいって、しょう油で味をつけ、パラパラとごまをふりかけて、「ふるさとの味」てなことで、こうすれば、ちゃんとしたたくあんより、いい値がつけられる。

浅草のりは、とかくハシがボロボロとかけやすい。数になれば、これもバカにはならない。その欠け屑を袋に入れて「もみのり」といえば、買うほうも、安さにひかれ、どうせもんでつかうねさかい、これでええわけや、ときげんよく買ってゆく。

奈良漬のハシも、きざんで、「刻み奈良漬」といえば、味にかわりはないから、けっこう商いになる。

ハムやソーセージにも、ハシがある。そのままでは、だれも買わないが、これもきざんで「チャーハン用」といえば、りっぱに通用する。どうせきざんで使うのなら、一枚ちゃんとしたのを買うより、ずっと安いからである。

粒の大きいブドーは、房からポロポロと落ちるのが、扱うほうではなやみのタネ。といって、落ちた粒を、そのまま百グラムいくらで売っても、大して買う気にはならぬ。そこで、ブドーの房ぐらいの大きさで、なかの透けてみえる三角袋をつくって、このなかへつめる。「マスカット徳用袋」というわけである。みたところ、いかにもブドーらしいし、ねだんは半値以下だし、どうせ房からもいでたべるんやから、となかなかよく売れる。

魚のアラ、あれを煮つけて食うことを考えついたのは、大阪人だろう。鯛のあら煮きなど、料理屋で注文すると、ヘタなさしみよりずっと高い。本来なら捨てるところを、うまく利用したいい例だが、そんなわけで、どんな魚屋でも、アラはちゃんと皿に盛ってならべている。

ところが、午後大阪のすしやの表を通りかかると、店先きに、そのアラが、皿に盛って出してあって、やはり一皿いくらと値がついている。買うほうも知っていて、店先にないと、おっさん、きょうはアラないのん、とききにくる。

魚屋のアラも、市場あたりのは、トロもん（トロール船でとって冷凍したもの）が多い。そこへゆくと、すしやの使う魚は、いくらかでも上等にちがいない。そこで売れる。東京のすしやなら、手もなく石油かんにたたきこむところを、大阪では、堂々とゼニにするのである。

天ぷらを揚げると、どうしても、ころものカスができる。いわゆる揚げかすである。これは、みそ汁に入れたり、野菜とたき合せたり、うどんに入れたり、なんにでもまぜて、それなりにうまい味がでる。だから、いまでは、どこの町でも、この揚げかすを売っているが、これも、もとは大阪の天ぷらやのはじめたことだ。

もっとも、天ぷらやといっても、いわゆるお座敷天ぷら式の店もあれば、市場のなかで、おそうざい用に揚げている店もある。

お座敷式の店では、イカは、身は揚げるが、足は使えない。足ばかり使うおそうざいやにまわす手もあるが、文字通り足許をみられて、タダみたいなことになる。

そこで、すしやのアラ同様、イカの足ばかりを皿に盛って表に出しておくと、もともとイカとしては上等だから、これまたすぐ売れる。

東京あたりの奥さんは、いったいにハシリのものは料理屋のものとあきらめて、ほんとは出さかりのシュンのものがおいしいのよ、などとみずからなぐさめている。

たとえば松茸である。本場というだけあって、東京よりは関西のほうが、いくらか安いのはあたりまえとして、それでも出はじめたころは、目の玉のとび出るほどの値がついている。

百貨店あたりでみると、一キロ一万二千円、安くても一万円、小ぶりの一本をためしにかけてもらうと、はい五百五十円、これではとてもじゃないが、おそうざいにはならない。

ところが、どんなハシリのものでも、なかには虫くいがある。うんと安くなったときなら、そのままでも売れるが、一本何百円という高値では、虫くい松茸に手を出すバカはない。

仕方がないから、これは割いて、皿に盛ってならべる。一山百五十円か二百円。これなら、すこしムリをすれば、こんばんのおかずに、わあすごい、まつたけやんかい、お母ちゃん気ィでもちごたんちがうか、と歓声を上げさせることもできるというものである。

流通という、むつかしい言葉がある。

物を売るのは、水を流すようなものである。水というものは、高いところから低いほうへ流れる。

商品も、みんなが欲しがるものなら、そして買えるようなねだんなら、だまっていても売れる。ということは、ものを売りたかったら、みんなが欲しがる商品を作り、買えるようなねだんで売ればいい。わかりきった話である。

ところが、世の中のことは、そう何事もうまくはいかない。とてもみんなの欲しがりそうにないものも、なんとか売らねばならないことだって、いくらもある。水でたとえていうなら、水源が高いところにあれば、だまっていても水はどんどん流れるにはちがいないが、いつもいつも高いところから低いほうへ流せばすむとはかぎらない。逆に低い水源から、高いほうへ流さなければならないことだって、いくらもある。

そういうときの方法としては、ポンプを使うという手がある。ポンプの力で、低いところの水を高いほうへ押し上げるのである。手近かなところでは、電気センタク機にも、この方法を使って排水する式のがある。台所などにおいたとき、センタクした水をそのまま流すと、床が水びたしになってしまう。それでは困るので、排水ホースの口を、流しなどに上げておき、センタクした水をポンプで押し上げて、その流しに排水する。

商売でも、こういう、ポンプアップというやり方がある。エプロンをおまけにつけたり、抽せんでハワイへ招待したりする。買うほうは、その景品につられて、本来なら欲しくないものも、つい買ってみようという気をおこす。

もっと小ざかしいのは、役人にとり入って、法律や政策を都合のいいようにかえてもらう。

宣伝とか広告ということも、このごろは、もっぱらこのポンプアップの手段として使われている。

テレビやラジオのコマーシャル、新聞雑誌の広告に莫大なゼニをつぎこむ。くりかえしくりかえし、たたみかけてゆくためである。買うほうとしては、そんなもの欲しくないとおもっていても、毎日毎晩、これでもかこれでもかと攻めつけられていると、だんだん欲しいような気がおこってくる。

しかし、このポンプで押し上げる方法には、まずいことがいくらもある。

第一に、年がら年中、ポンプを動かしていなければならない。それには、すごくゼニもかかるし神経も使う。

それでも、ポンプが動いているときはよい。そのうち、ポンプは過熱したり、すりへったり、ガタがきたり、あるいは停電したりして、とまることがある。

とまったら最後である。なにしろ、低いところから無理をして高いほうへ押し上げているのだから、瞬間に全部の水が逆流してくる。それをまともにどっとかぶるのだからたまらない。

売れないどころのさわぎではない。返品が殺到してくる。滞貨は山となる。減配からはじまって、不渡り手形の濫発、経営者の切腹、倒産、といった事態が、すさまじい速度で押しよせてくる。

このごろの電機業界や、センイ業界が、急に浮き足だっているのも、つまりは、一見まことに便利そうなこのポンプアップ方式にたよりすぎた、そのためだといえそうである。

じつは、低いところから高いほうへ水を押し上げて流す方法は、このポンプアップのほかに、まだあるのである。

水源が低いときは、その水源そのものを、高くしてやればよいのである。そうすれば、あとは水のほうで、ひとりでにどんどん流れてゆく。モーターが焼ける心配も、かさむ電気代を払う苦労も、停電の心配もいらない。水は、ひとりでに涼しい顔をして流れていってくれる。

商売でいえば、低い水源を高くする、ということは、欲しがらない商品そのものを、欲しがるような商品に仕立てかえる、ということである。たくあんの尻尾など、だれも買いたいとはおもわないが、これをこまかく刻んで売れば、それはそれなりに買い手がつく。

宣伝とか広告は、低い水を無理に高いところに押し上げるためではなくて、高いところからひとりでに低いほうへ水が流れてゆく、その水の流れ方を早くしたり、流れる分量を多くしたりするために使うものである。

このやり方を、まるで教科書の図式みたいに、みごとにやってのけた男が大阪にいる。小林一三である。

小林一三がはじめて、じぶんで手がけた仕事というのは、箕面有馬電鉄である。これが、のちに阪急電鉄となり、いまの京阪神急行電鉄になったのである。

箕面は、大阪の北およそ十キロばかりのところにある紅葉の名所である。そのころ、大阪では、へんに電車を敷くのが流行して、それでこの箕面有馬電鉄も、いちおう会社はできたが、さて考えてみると、いくら紅葉の名所といっても、これは秋だけである。そんなところへ電車を年中走らせたって商売になる筈はない。そんなわけで、この会社、一メートルもレールを敷かないまま、いわば立ちぐされになっていた。

それを小林がひきうけたのである。そのまえ、彼は箕面まで何回も歩いてみた。紅葉だけではどうしようもないが、沿線になにかないか、とおもったのである。

なにもなかった。そのたびに、くたびれて大阪へ帰ってきた。ところが、そのうち、くたくたになって帰ってくる大阪の町がひどく汚ないという気がした。天気のよい日でも、大阪の空は、うすぐろく曇っている。いままで、かくべつ気にならなかったことが、気になってきたのである。

箕面まで歩いてきて、その道中の明るさ、空気の澄んでいること、それと無意識にくらべていたのだ。そうだ、沿線を住宅地にしたらいい、小林はそれに気がついた。沿線の土地を買って住宅を建てて貸す、住宅がふえたら、電車を利用する人もふえるし、その土地も値上りして、そのほうでももうかる。

そこで、小林はこの会社を引きうけることにした。三十五才であった。

美しき水の都は昔の夢と消えて、空暗き煙の都に住む不幸なる大阪市民諸君よ！

という書き出しで、彼は「如何なる土地を選ぶべきか、如何なる家屋に住むべきか」というパンフレットを作って、ばらまいた。

「往け、北摂風光絶佳の地、往て而して卿等の天与の寿と家庭の和楽を全うせん哉」

これが、結びの文句である。

とにかく、これを読むと、大阪市内にゴチャゴチャ暮しているのは、アホのかたまりみたいな気になる。その理想的住宅が家賃十三円から二五円というのも、魅力である。小林の計画は、成功した。

本来なら、乗り手のない電車である。それをオマケやコマーシャルで無理矢理乗せるよりも、乗る人間をつれてきて沿線に住まわせる、つまり低い水源を高くしたのである。沿線の人口がふえたら、だまっていても、電車に乗る人間もふえてくる。

紅葉だけでは、秋だけである。一年中人をよぶことはできない。そこで小林は、箕面に動物園を作った。そのころ、関西では、京都にしか動物園はなかったから、これはまず一年中人がくる。

つぎに、宝塚に新温泉を作った。そのころ宝塚というのは、武庫川べりの、農閑期に近所の百姓が湯治にくる程度の、しょぼくれた温泉で、正しくいうと、武庫郡良元村大字宝塚だった。

小林は対岸の土地を買って、そこに新温泉を作り、余興に、十二から十六才の少女のお伽芝居をみせた。これがのちの、宝塚少女歌劇である。

それから、豊中《とよなか》に大グラウンドを作った。いまの全国高校野球、戦前は中等野球といったが、あれの最初のころは、この豊中グラウンドで開催された。甲子園の野球場は、そのころまだなかったのである。

本来なら乗り手がない路線を、いやでも乗らなければならないように下ごしらえをして、電車を走らせる、という小林の作戦を、東京の私鉄は、みんなあとになってマネている。

小林一三を奇手縦横の事業家、というふうにみる人もあるが、これはあたらない。小林のこの作戦一つをみても、奇手でもなんでもない、周到に計画され、近道など一つもない、まともも大まとも、みごとな正攻法である。

小林一三の商売のやり方をみると、そこをつらぬいているのは、二二んが四という、理づめのきちんとした合理精神である。ひとりよがりのムードなど、はいりこむ余地はない。

宝塚がグランド・レヴュウで花々しく世間にクローズアップされ、大劇場を中心に、けんらんたる大娯楽センターにのし上ったというのも、小林があくまで、大阪の庶民、長屋のどぶ板をふんで出てくる連中を、客の中心に考えていたからである。

当時としては、豪華な大劇場の入場料が三十戔だった。そして、一階も三階もおなじねだんで、しかも、全部座席指定である。

ふつう興行といえば、二階は高く、それに安い席は座席指定がない入れこみ式である。

ところが宝塚では、三十戔払えば、金持も貧乏人もおなじである。指定席だから、席をとる心配も、とられる心配もない。

自動車にのる人種に、小林は興味がない。電車に乗ってくれる連中、それがお客である。その連中が、ここでは、フチのかけたカンテキを忘れ、ドブ板を忘れ、払いのたまった米屋のおっさんの顔を忘れ、こうこつとして、王子王女さまの恋に酔い、じぶんも半日王子となり王女となって、赤いジュータン、金色さんぜんたるシャンデリアの下を、胸を張って歩くことができる。

こうなると、だまっていても、宝塚行きの電車は、毎日いっぱいになる。

その〈宝塚〉のなかには、食堂とか劇場とか大浴場の場所をしめす掲示が、いたるところに出ているが、方角を示すのに、人さし指を出した絵が描いてある。どうも、まわりのモダンな感じとつり合わない、やぼったいというので、若いデザイナーが、しゃれた矢印に改めようとした。

ところが、小林は、そうさせなかった。そんなしゃれた矢印では、いったいどっちむいてるか、ちょっとみたらわからん。指の形なら、どんなに気がせいていても、いなかのおばあさんにでも、一目でわかる、といった。

表示はなんのためにあるか、それを小林は知っていたし、若いデザイナーは知らなかった、というわけである。

ゆたかな畑にみのった実をみつけて、それを刈り入れるのなら、だれにでもできる、第一、人がきて横から刈るし、刈ってしまえば、あとなんにもない、またべつの畑をさがさねばならぬ。そんなものは商売でもなんでもない。なんにもない不毛の原野に、じぶんでクワを入れ、じぶんで客という種をまき、それをとり入れる、商売とはそういうものだ、というのが小林の考え方だ。

阪急百貨店を作ったのは、昭和四年である。大阪のデパートとしては、ずいぶん出おくれの新顔である。大丸や高島屋といった古いのれんのある店のあいだに割りこんでゆくのは、なかなか骨の折れる仕事だった。

ここでも、小林は、タネから客を作り、育てるという、一見まわりくどくて、しんどい仕事を、しかも目のさめるような鮮やかさで、やってのけている。

その一つの例を、書いておく。

阪急百貨店が開店した直後、昭和五年六年は、浜口内閣の緊縮政策で、日本は不景気のどん底にたたきこまれていた。

早い話が、下級サラリーマンは、昼飯代にも事欠くありさまだったが、当時は、いかに安月給でも、月給取りはインテリであり、第一セビロをきていた。まさか菜っ葉服の職工や職人みたいに弁当箱下げて、というのは、いささかプライドを傷つける。

そこで、「ええかっこ」したがる連中が目をつけたのが、デパートの食堂のライスである。あれは五戋で、しかも傍に福神漬など、ちょっとついている。ソースでもぶっかけてくえば、プライドも、腹の虫も満足する。

というわけで、ビル街の昼飯どきは、デパートの食堂で、この「ライスだけ」というのが大いに流行した。

音《ね》をあげたのは、百貨店のほうである。ライスというのは、ほかの料理のいわば附録で、まさかあれだけを注文されるとはおもわないから、ねだんだって、ライスのほうには、もうけをみこんでいない。それに、かんじんの書き入れどきを、もっとほかの、いろんなものをたべてくれる客の席を、ライス五戋ナリの客に占領されたのでは、商売上ったりである。

そこで、ある日のこと、例によって、ええかっこしいのサラリーマン諸君が、どやどやとエレベーターで上ってゆくと、「ライスだけのご注文はご遠慮下さいマセ」といった貼り紙が出ていたのである。

だれが、したくて、ライスだけの注文をしているもんか。

若いサラリーマンたちは、はげしい屈辱感と憤りに身をふるわせた。

すると、翌日の新聞に、阪急百貨店の広告が、どかんと出た。

「当店は、ライスだけのお客さまを、よろこんで歓迎いたします」

小林一三は、その当座、昼飯時には、必ず食堂にいた。そして、ライスだけのお客には、とくに指示して、福神漬をたっぷりつけ、客席をまわって、そういう客には、じつにあったかい笑顔で、いちいち頭を下げてまわった。

いま、大阪で、相当な暮しをしている連中のなかに、ぼくは一生、阪急以外のデパートでは物を買わん、という人間が、何人もいる筈である。

あのときの五戋のライスが、若い心にうえつけた明暗。小林一三のまいた客のタネは、こうしていまみごとにみのっているのである。

これまで書いてきたのは、大阪人のものの買い方売り方の、ほんのきれっぱしである。しかし、これだけでも、東京あたりのひとのなかには、なにかガチンとくるもの、一種の抵抗を感じる向きは、すくなくないはずである。

まして、じっさいに、東京から大阪へ転任になって、まのあたり、じかに大阪という町の体臭を肌に感じさせられるハメになると、まず十人が十人、例外なしに、ものすごい嫌悪感におそわれてしまう。なんといういやらしい町だとおもう。朝から晩まで、見るもの聞くもの、不潔で不愉快、ああいやだいやだ、早く東京へ帰りたい、そればかりである。

　大阪人は、出会ったときのあいさつが、「もうかりまっか」という、あんな話はウソだが、しかし、こういった作り話が生まれるムードは、たしかにある。

　大きな会社でも、大きなビルでも、出入りにかわす大阪人のあいさつは、「まいどぉ……」である。ていねいに「まいどぉおきに」というのも多い。れっきとした大学を出て、りゅうとした身なりの連中が、それである。

　朝、駅で買った週刊誌を、電車の中と昼休みに読んでしまって、「どや、今日でた週刊誌三十円にしとくで」という。「よっしゃ、もろた」それを買った奴は、あくる日「どや、きのう出た週刊誌二十円や」と来る。

　東京者の目には、ちえっ、なんてえ奴だ、なんてえ町だ、べらぼうめ、ということになって、あたりまえだろう。

　ところが、それが一年たち、二年たち、三年五年と住んでいるうちに、いつとなく、大阪という町は住みよくていいね、というふうに、十人のうち、七、八人は、そう変ってくる。

　むろん、大阪のほうが変るわけはない、こちらのほうが変ってきたのである。モーニングをぬいで、ねまきに着かえたような気分だ、といった人がある。考えてみれば、東京じゃ、二十四時間モーニング着て暮してるようなものさ。

　大阪という町は、できてから何百年、日本としては珍らしく、サムライの味をしらないでやってきた町である。

　鉄筋コンクリートの、立派な大阪城は、いまでも観光バスの第一の寄せ場だが、豊臣家は、桐一葉であっけなく散って、そのあとは、べつにどこの殿様のお城下でもない。文字通り、町人だけの町だった。

　おかげで、カミシモで五体をつっぱらせて、体面がどうの、格式がどうのといったキュウクツなおもいは、ついぞ知らずにすぎたが、そのかわり、そのカミシモでつっぱった連中からは、たえず町人め、と見下げられ、地べたに這いつくばらされてきた。

　大阪が、この連中に対抗できるただ一つの力は、ゼニである。大阪人が、ただひとつ、たよりになるのは、ゼニしかなかった。

　大阪で生まれ、大阪で育った人間が、なにごともゼニカネ、損か得かで割り切るのは、そのためである。みえも体裁も、一切無用。そこに、一種の合理精神が育っていった。

　大阪に三年も住むと、住みやすい町だと感じるようになるのは、そのみえも体裁も無用、一切を損か得かで割り切ってしまう、いわばハダカになった気安さが、つたわってくるからだろう。

　ことに、女のひとがそれをいう。

　女のおかれてきた立場、地位は、まことに低かった。女は、男に養われてきたからである。いまどきの言葉でいえば、女には経済力がなかった。ほんとの男女同権を確立するためには、女も経済力を持たねばならない、ということだろう。

　大阪の女は、ゼニだけがたより、というなかで暮してきただけに、そんなむつかしいギロンがさかんになるずっと前から、何百年も前から、そのことを、毎日の暮しのなかで知っていた。

一戔一円のゼニを得ることに、どれだけ頭をしぼり頭を下げ、足を棒にしなければならないか、生まれたときから、それを痛いほど知らされて育ってきたのである。

そして、母親が、祖母が、そのゼニを、いかに上手に使うかに全力を投入し、そして、じつは「妻の座」は、それによって、確保されていることを、幼い日から胸にやきつけるのである。

男がかせいできたゼニを、かりに一万円なら一万円を、そのまま右から左へ使うのでは、いくら世間体は妻でも、じっさいは、家事雑役の女ごしとおなじであり、こども製造キカイに甘んじるより仕方がない。

その一万円を一万二千円なり一万五千円なりに使ったとき、その差額の二千円、五千円は、使った女の腕でかせぎ出したのである。このとき、女は男に飼われている家畜ではなくなる。亭主は、あいかわらず大きな顔はしていても、このゼニのちからはみとめないわけにはゆかなくなる。うちの嫁はん、ようやってくれよる、といやでもみとめないわけにはいかなくなる。

大阪の女が、とくにツラの皮があつくて、平気で値切ったり、一粒ずつよって買ったりする図太い神経をもっているわけではない。値切るのは、やはり恥かしいし、こまかくえらんだりするのはてれくさいのである。買い物には、わざと汚ないかっこうをしてゆく、でないと値切れない、という気持がそれである。

それなのに、あえて値切った上に値切り、安いが上に安いものをさがさせる、その力はなんだろうか。

亭主が、なにがしかのゼニを得るために、頭をしぼり頭を下げ足を棒にしているあの苦労、それと決してまけない苦労を、大阪の女房は、来る日も来る日も市場のなかでしている。

うわべは、へなへなしているようで、シンがきつい。大阪の女は、こういわれる。表は、みごとに亭主関白をたてさせながら、そのじつ、

「そないしやはったら」

「ほなら、そないしょうか」

と亭主をこちらのいうままにさせている、それだけのものを大阪の女はもっているし、それだけの努力をしているのである。

それだから、きょうも、大阪の市場では、すさまじいほどの、あの買うてえ買うてえの大合唱がワーンとこもるなかで、サンダルひっかけたおばはんたちが、高いキャベツを四分の一買いながら、ちょっと、いちばん上の皮はむいてから目方かけなあかんやないか、と死ぬほどのおもいで声をふりしぼっていることだろう。

（77号　昭和39年12月）

大安佛滅

道を歩いていて、とある横町から、黒紋付きの人たちに手をひかれた文金高島田のひとが出てくるのに行きあったり、駅のプラットホームに立っていて、ちいさな花束をもった訪問着や裾模様のお見送りが、一等車のあたりに、いくつも群れていたりするのをみると、ああ、きょうは大安だったのか、とふとそんなことをおもいます。

……ほんとは、どうなのでしょうか。世の中のしきたりも、このごろは、ずいぶん変りました。結婚式は、やはり、たいてい大安の日なのでしょうか。

都会では、結婚式や、それにつづく披露宴、パーティをじぶんたちの家でやるのはたいへんにすくなくなりました。これは、たしかにむかしとは変ってきています。

なんとか閣、なんとか苑といった、いわゆる結婚式場や、料理屋、あるいは、いろんな会館、それにホテルなどが、式場やパーティに使われています。

こういうところは、何カ月も前から申しこまないと、会場がとれないのがふつうだといわれているし、そのためか、一日に三百組からの式をこなしている大きなところさえ出来ているというはなしです。

そういうところをいくつか、じっさいに聞いてあるきました。

二十カ所ちかく聞きあるいてみて、一つふたつ、おもしろいことがわかりました。

ひとつは、どこも、大安の日は押すな押すなの大入満員だということです。衣裳まで貸してくれるところでは、花嫁さんは、前のひとのぬくもりのこっている衣裳をつけ、ぬくもりののこっているカツラをかぶって、廊下を駈ける、といった話も、まんざらのでたらめではなさそうです。

たった一カ所、ここでは、大安だろうがなんだろうが関係ありません、というところがありました。キリスト教女子青年会館、つまりＹＷＣＡです。

ここでは、一日に一組しかあげられません。そして、毎日どの日もふさがっているのです。

大安が吉日なら、その反対の凶日は、仏滅です。

仏滅の日に、式をあげる組をしらべてみたら、もちろん、大安とはうってかわって、たいていのところは、もうカンコドリのなきそうなさびれ方です。

明治記念館は、仏滅の日は休みです。

帝国ホテルは、この十年間に、仏滅の日に式をあげたのは二組、あとにもさきにもこれだけです。

ホテルオークラ、ここは昨年の五月末に店開きしたのですが、仏滅の日に式をあげたのは、年の暮れまでに二組、これはどちらもクリスチャンでした。

日比谷の松本楼は、いわゆるシーズンの四月五月十月十一月、これも去年のことですが、仏滅の日には、一組もありませんでした。逆に大安の日には、二十八組もひしめきあったのです。

大阪の新大阪ホテルでは、昨年一年間に、大安の日は百五十九組もあったのに仏滅の日は、一年でたった五組です。

おなじ大阪のグランドホテルでも、やはりこの一年間に、大安が六十九組、仏滅は、たった一組です。こうなると、むしろ一組でも、あるほうがおかしいぐらいなものです。

東京の雅叙園でも、日本閣でも、仏滅の日は、ほとんど申込みがありません。

しかし、なかには、仏滅の日でも、そうハッキリ開店休業ではない、というところも、いくつかはあります。

もちろん、こういうところも、大安の日が満員であることは、ほかのところとおなじですが、仏滅の日でも、いくらかすくないという程度なのです。

たとえば、学士会館です。ここでは、仏滅の日でも、大安の半分くらいは申込みがあります。

日本青年館でも、シーズンたけなわともなると、仏滅に式をあげる組は、大安の三分の一以上あるようです。

仏滅でもかまわないという人たちは、一つの場合はクリスチャンですが、もうひとつの場合は、その仏滅の日が、たまたま土曜とか日曜にあたったときです。

どうしても、土曜日曜に式をあげたいひとは、その日が仏滅であろうと、かまわずに申込むというわけでしょう。

ところが、東京都立の新宿生活館となると、もうひとつ徹底しています。

ここは、費用が安上りなこと、式が簡素なことで、ことに下町の商店で働くひと、比較的収入の多くないひとたちに人気があるということですが、今年は、三月までもう満員です。もちろん大安の日も満員ですが、仏滅の日も満員なのです。

四月は、まだすこし空いた日がありましたが、大安はもういっぱい、それはわかるとして、仏滅も、もうほとんどいっぱいなのです。いくらか空いているのは、ほかの日なのです。

四月の仏滅の日は、土曜か日曜が多いかというと、そうではありません。土日が一日ずつ、あと月火水金が一日ずつです。

土曜日曜に式をあげたいから、というのでなく、はじめから、ブツメツって、なにさ、という人たちなのです。

結婚式を、吉日にあげたいというのはごくふつうの人情というものでしょう。大安、という言葉には、それだけで、あかるさとやすらぎがあります。

媒酌人のあいさつに、本日はまことにお日柄《ひがら》もよろしく……というのが、いつとなく、通り相場になってしまった、というのも、むりのないことといえます。

だから、どこの会場も、大安の日は満

員になってしまうのは当然ですが、これが、仏滅の日となると、こんどしらべてみて、その底に、おぼろげながら、ひとつの流れ、みたいなものがあるのに気がついたのです。

有名な大きなホテル、さきほど上げたほかに、東京のホテルニュージャパン、東京会館、パレスホテルといったところでは、仏滅の日に式をあげるのは、それこそ例外みたいで、どんな人か、顔をみたいというくらいの感じです。

こういうところで式をあげるのは、大体に政治家、実業家、文化人でもトップクラスといったところか、でなければ、そんなふうにみられたいと無理をしている階級が多いとみていいでしょう。

これが、学士会館とか日本青年館あたりになると、仏滅でも式をあげる人がだんだんふえています。

この級の会場を利用するのは、いわば中流の、それも堅実な家庭という感じの人たちといえるかもしれません。

ところが、新宿生活館となると、もう仏滅もヘチマもないといったことです。

こうしたことを考えてみると、世間で名の通った、いわば大きな顔をして世を渡っている人たちほど、仏滅などということにこだわっていて、暮しにゆとりのない、いわば世の中の下積みになって、必死に生きている人たちほど、そんなものにはこだわっていない……どうやら、そんなふうにいえそうではありませんか。

もちろん、例外はいくらもあるにちがいありません。

しかし、日本全体をおしなべてみると、なんとなく、そういうものにこだわらないほうから、こだわるほうへ、斜めのグラフがひけそうなのです。

もし、そうだとしたら、これはおもしろい、ぐらいでは片づけられないことだという気がします。

仏滅にこだわる、というのは、ふだんも、そういった形式にこだわりやすいということです。

そういうものの考え方をする人たちが、日本の何分の一かを、じっさいに動かしているということです。

この斜めのグラフは、そういう意味で、おたがいに考えてみる値うちがあるのではありませんか。

大安とか仏滅というのは、いったいなんでしょうか。

六曜というものがあります。このごろは、その言葉も、まして意味も、しらないひとがふえてきました。

知らなくていいものです。知っていても、なんの役にも立たないことです。

それを、ここで手みじかに説明してみようというのは、大安とか仏滅とかが、じつは、この六曜のなかのひとつだからです。

ふつう一年を、ひと月ふた月とかぞえますが、それだけでは不便なので、そのひと月を、またいくつかに分けています。

わけ方は、時代によって国によって、いろいろですが、日本では、まず月を二つにわけました。一日と十五日に赤飯をたくしきたりはすたれたようですが、大工さんなどは、いまでも、この日を休みにしているようです。

月を三つにわける、縁日などは、いまでも、これでやっています。一日、十一日、二十一日にひらかれる縁日を、一の日といったぐあいです。これをまねて、商店街などでも、なんの日ときめて、毎月三日間を特売デーにしたりします。

一週七日、これで区切ってゆくいまのやり方は、明治になって正式に政府できめたものです。

一週を六日として、これで区切ってゆくやり方が、六曜です。これは、むかし中国で使われました。

つまり、大安とか仏滅というのは、その言葉自体には、べつに意味のない、ただ曜日の名前だったのです。

それであたりまえです。六日に一日ずつ、キチンキチンと吉日がまわってきたり、凶日がまわってきたりするほうが、ヘンなのです。

しかし、この六曜のほうは、あまり人気がなくて、すぐにすたれてしまいました。

ところが、曜日の名前を、月火水木、といった単純なものにしておけばよかったのに、そこは文字の国です。なにやらイワクありげな名前をつけたのが、まちがいのもとでした。

速喜・留連・小吉・空亡・大安・赤口

これが、六曜の名前です。なるほど、大安というのは、みるから吉日の感じがする、吉日があれば凶日もなくてはならぬリクツだが、空亡なんてのは、いかにもむなしい感じがする、これは凶日だ、といったことで、こよみとしての六曜はすたれたかわりに、へんな迷信みたいなものが、生まれてきました。

日本へ入ってきたのは、室町時代だといいます。つまらんものを輸入したものです。

日本も、中国におとらず文字をひねくりまわすことのすきなお国柄ですから、この六曜の名前もいろいろに変えられてゆきました。

速喜が即吉になり先勝になりました。

留連が流連になり友引になりました。

小吉は周吉になり先負になりました。

空亡は虚亡になり物滅になり、そして仏滅になりました。仏さまこそいい迷惑です。

大安は、一ど泰安になっただけで、また大安にもどりました。

どうにもかわらなかったのは赤口で、はじめから今まで、ずっとおなじ赤口です。

いまの六曜の名前は、先勝、友引、先負、仏滅、大安、赤口と、この六つで、これは徳川時代の末期から、明治大正昭和とつづいている、というわけです。

もともと、言葉のこじつけみたいなものですから、それぞれの意味だって、どうにでもなります。

たとえば、友引（留連）、これは中国では、いわゆる袖をひかえる、足をひっぱる、というので、だから、旅行とか、新しく仕事をはじめたりするのにはむかない、凶の日といわれたのです。

それが、江戸時代になると、「相打ち共引とて勝負なしと知るべし」で、つまり可もなく不可もない日と、なっています。

それが、明治この方、ともに引きさがるのでなく、類は友をよぶのだ、というふうにかわってきて、だから、おめでたい結婚式などには吉、お葬式などには凶と、えて勝手なことになっています。

先勝とか先負とは、戦のとき、先制攻撃をかけた方がいいとか、受けて立った方がいいという意味だったといいます。

おかしなことです。かりに今日が先負だとすると、両軍とも受けて立った方がよければ、いつまでたっても、両軍動かず、これでは勝ちも負けもありません。

先勝の日だったら、両軍とも先制攻撃をかけなければならないし、かけたのにどっちか一方は負けるのですから、どうにもなりません。

いまは解釈がかわって、先勝は午前、先負は午後が吉だそうです。プロ野球のナイターを先負の日にやれば、両軍とも勝つ、というユカイなことがおこるわけでしょう。

正月のおせち料理、たいはメデタイ、ごまめはマメナヨウニ、こんぶはヨロコンブ……などといって、もっともらしくこじつける、つまりはあれです。

はたらくとは、ハタをラクさせること、商とは、飽きないこと、といったことと似た他愛もない語呂合せです。

一年三百六十五日をふりかえってみると、なるほど、たのしかった日もあります、いやだった日もあります。それを、吉日、凶日といってもいいでしょう。

しかし、自分がたのしかった日は、日本中が、みんなたのしかったわけではありません。自分がいやだった日は、日本中みんないやだったわけでもありますまい。

早い話が、試合に負けた日は、こちらには凶日でも、勝った向うには、この上なしの吉日でしょう。

日によって、日本中一律に吉凶がきまっているとは、へんな話です。

しかも、まるで月曜のつぎに火曜、火曜のつぎに水曜がくるみたいに、仏滅のあくる日に大安がきて、それから五日たつと、きまって仏滅がきて、またそのあくる日に大安がくる、なんて、いくらなんでも、バカげた話です。

バカげたついでに、バカげた年表をお目にかけましょう。

一九二七年三月七日　北丹波大地震
一九三六年二月二六日　二・二六事件
一九四五年三月一七日　硫黄島の日本軍全滅
一九五二年四月九日　日航機「木星号」墜落
一九五六年一月一日　新潟県彌彦神社で参拝者一二四名死亡

ここに上げた事件に共通したことが一つあります、といえば、ハハンとお気づきになるでしょう、全部「大安」の日に起った事件です。

だから、大安が吉日だなんてアテにならない……とムキになっていうのさえ、バカげてみえるという寸法です。

バカげているからこそ、この六曜の吉凶は、だんだんと私たちの暮しから遠いものになってゆきつつあります。

きょうは、なんの日ですか、ときかれて、即座に、大安です、とか、先勝だ、と答えられるひとは、まずいなくなったでしょう。

そんなものをおぼえていても、なんの役にも立たないからです。

今日は先負だからといっても、午後から働きに出かけるわけにもいかないし、先勝だからといっても、午前中相手の都合がわるければ、商談は午後になってしまいます。

大安や仏滅が、私たちの暮しにまだハッキリとのこっているのは、結婚式とかお葬式でしょう。

ことに、結婚式は、一生に一度の晴れのことです。べつに六曜など信じていなくても、大安という日と仏滅という日があるのなら、なにも、よりによって仏滅の日にあげることはないだろう、というのも人情です。

もしも仏滅に式をあげて、万一あとで夫婦のあいだがうまくゆかなかったら、やっぱりとか、それみたことか、ということになりかねません。

おなじことでも、これが大安だったら、そのために、とやかくいわれることはないでしょう。

そんなわけで、おなじ会場が、大安の日には目白押しの超満員、仏滅の日はカンコ鳥がなく、といったことになっているのです。

混み合っている日は、つい料理もいい加減なものになるし、サービス諸事万端ゆきとどかないのがあたりまえ、終って新婚旅行に出かけると、これまた大ていの行き先きは似たようなものだから、どこの旅館も、新婚さんでゴッタがえし。いずれにしても、払ったお金だけのことはとてもしてもらえないわけで、いいことなしです。

山へ登るな、といっても無理だ、山がそこにあるのだから、という話になって、とうとうカンシャクをおこした男が、じゃ、世界中の山をなくせばいい、みんな切りくずしたらいい、といったそうです。

大安とか仏滅というのも、とにかく、そういう日があるのですから、これは、いくら愚劣だ、こだわりなさんな、といっても無理でしょう。

しかし、それなら、六曜というものをなくしたらどうでしょう。世界中の山をなくすのは、無理な相談ですが、日本中から、六曜をなくすのは、そうむつかしいことではなさそうです。

大安の日に、結婚式が集中するのは、もちろん、偶然ではありません。その日を大安と知っているからこそ、みんな申しこむのです。

ところが、たいていの人は、ふだん、きょうはなんの日かしりません。

それでは、結婚式を申しこむ人たちはどこで、その日が大安だと知るのでしょう。

会場できくと、まず半数は、そこへきて、大安は何日かときくそうです。つまり、この人たちは、その会館なりホテルなりで、はじめて教わるわけです。

しかし、あとの半数は、ちゃんと何日が大安かを知っていて、何日は空いているか、ときいてくるそうです。

この人たちは、どこで、それを知るのでしょうか。そして、ホテルなり会館なりは、どうして、それを知っているのでしょうか。

俗に、運勢暦とよばれている暦があります。いろんなところから出ていますが、どれも似たりよったりで、新暦と旧暦の両方が出ている上に、今月の運勢とか、合性とか、そういったことも出ています。

農家の作業には、旧暦のほうが便利だということがいわれたりして、いまでも相当な数が出ています。

その部数も全部合せると、一千万といい七百万といい、たしかなところは五百万だという人もありますが、とにかく、かくれたベストセラーにはちがいありません。

六曜、つまり、きょうは大安だとか仏滅というのは、この暦に書いてあるのです。

みんなは、この暦をみて、大安は何日だと、はじめて知るわけです。

日本中から、六曜をなくすのは、そうむつかしいことではなさそうだといったのは、ここの点です。

この運勢暦から、六曜の項を削ってしまったら、まずそれで、すんでしまうのではありませんか。

そうなったら、結婚式をあげる人も、その日は大安かどうか、簡単に知る手がかりがなくなってしまいます。しらべる手は全然ないわけではありませんが、そんなにめんどうなことまでしてしらべる人は、すくないにきまっています。

そのうち、だれも、大安だ仏滅だのとつまらんことを気にしなくなるにきまっています。

むかしは、この運勢暦でなくても、たいていの暦には、その日付ごとに、つちのえとらとか、きのえさるといったことと、この大安、先勝、仏滅といった六曜が刷りこんでありました。

このごろのカレンダーで、そんなのはよほど珍しいほうです。

それだけに、この運勢暦から六曜を削ってしまえば、それですむとおもうのです。

運勢暦は、どれも高島易断の本部とか総本部とか、易研究本部とかの編さんということになっているようですが、その高島のある人は、六曜は、運命学からいっても、なんら根拠のない迷信にすぎないとハッキリいっています。

また運勢暦を出しているのは、たいてい上に神のついた神宮館とか神栄館とか神霊館といったところですが、その中の一人は、べつに中味を全部信じているわけではない、といっています。

作っているほうが信じていないのですから、削ることは、そうむつかしいことではなさそうです。

困ったことに、自民党の作った今年のカレンダーは、日付の下に大安、仏滅などの六曜を刷りこんだのがミソだと、じまんしているということですが（毎日新聞）、近代化の看板の手前も、こんなことは、今年かぎりにしてもらわねばなりません。

いずれにしても、なんの役にも立たないばかりでなく、ときには私たちに無用の神経を使わせている、こんな迷信を、いつまでもはびこらせていることはありません。そのための方法として、私たちは、運勢暦をはじめとして、いっさいの暦から、六曜を削ってしまうことを提案いたします。

（68号　昭和38年2月）

日本料理をたべない日本人

あなたのお家では、けさ、なにを召し上ったでしょうか。

ついでに、ゆうべのごはんのおかず、きのうのおひる、きのうの朝ごはんと、ここ二、三日のあいだの、あなたのお家の三度の食事を、ちょっと、おもい出してみてください。

いきなり、こんなことを言うと、ひとの家で、なにを食べようが、よけいなお世話だ、とおっしゃるかもしれませんが、じつは、こういうわけなのです。

毎日まいにち、私たちは、なにかをたべて生きているわけですが、もちろん、おなじものをたべているわけではありません。野菜をたべたり、魚をたべたり、肉をたべたりしています。その野菜なら野菜にしても、大根なら大根を、十日も二十日も、三度三度つづけてたべることは、まず考えられません。

そこへもってきて、おなじ大根にしても、いろんなたべ方があります。輪切りにして、油揚げと一しょに、しょう油で煮つけるたべ方もあれば、セン切りにして、フライパンでいためてソースで味をつけるやり方もあります。ナマのまま短冊に切って、塩でもんで、レモンをかけてたべるという方法もあります。

かりに、料理のやり方を、ごく大ざっぱにわけて、日本ふう、西洋ふう、中国ふうとでもわけると、おなじ大根にしても、料理の仕方で、日本料理にもなるし西洋料理にもなるし、また中国料理にもなる、ということでしょう。

そこで、私たちがこのごろ三度の食事にたべているものを、これは日本料理これは西洋料理、というふうにいちど大ざっぱにわけてみよう、というわけです。

まずはじめに気がつくことは、たぶん、毎日のおかずには、この三つの料理が入れまじっていることが多いということでしょう。朝・昼・夕とも、西洋ふうだけという日もなければ、日本ふうだけという日もないということです。

カツレツに、おひたし、これは西洋と日本です。シュウマイとサラダと、のりのつくだ煮、これは中国と西洋と日本です。こんなふうに考えてみると、おいしいまずいはべつにして、私たちの食卓は日々これ万国料理博覧会みたいなものではありませんか。

いま一口に、西洋とか中国と申しましたが、私たちが毎日たべているものは、おなじ西洋料理でも、じつはフランスふうであったり、イギリスふうであったり、イタリーふうもあればスペインふうもある。中国にしても広東式だったり、むかしの満洲式だったり、という具合で、こんなに、世界各国の料理を、まがりなりにも共存させて、すこしもおかしくなく、うまいのまずいのと、たのしくたべている民族なんて、まあ、わが日本人ぐらいではないかとおもいます。

しかし、ここで問題にしようというのは、日本人の、この万国平和共存的暮しの技術についてではありません。

あなたのお家の、このごろのおかずをおもい出してごらんになったとき、もう一つ気がつかれることは、たぶん、その日本・西洋・中国のうち、純粋に日本料理と名付けられるものが、意外にも少ない、ということではありませんか。

ここに、アジという魚があります。これを今夜のおかずにしようというとき、あなたは、どんなふうに料理なさるでしょうか。

塩をして、火で両面を焼く。これは日本料理です。しょう油で煮付ける。これも、もちろん日本料理だし、生きがよければ三杯酢にする、というのも、むかしからやっています。

ところが、もっとべつのたべ方があります。バタでサッと両面をいためて、レモンをしぼるなり、マヨネーズをかけるなりする、これは、義理にも日本料理とはいえませんね。ひらいてパン粉をつけて揚げると、フライ一丁上りだし、骨をとって、野菜と一しょにいためて、くずをうすくひけば、アジオイシイアルヨです。

アジやサバのような、おそうざいとしては、焼くとか煮るとかがキマリみたいだったものでさえ、こうして、どんどん、中国ふう西洋ふうのたべ方が入ってきています。

これは、料理道具を考えてみても、すぐわかることです。あなたのお家で、この一週間一どもフライパンなり中華なべなりを使わなかったということは、たぶん考えられないのではありませんか。

フライパンという道具が、一般の家庭に入ってきたのは、おそらく大正の中頃からだろうとおもいます。しかし、そのころは、どこの家でもフライパンは、さびがちなものでした。使うたびに、紙でふいたり、熱湯で洗ったりがふつうでした。ところが、このごろ、大ていの家のフライパンは、きれいに黒く光っています。光っていないまでも、むかしのように、赤くサビたりはしていません。つまり、赤サビの出るヒマのないくらいに忙しく使われている、ということなのでしょう。

その代り、魚を焼くアミの方は、ホコリをかぶって、何日もぶら下っている、というのが、いまの私たちの台所の風景だといえそうです。

もう都会の若いひとたちは、菜っ葉をしょう油で煮る、といったことは、やらなくなっています。その人たちの食卓に生きのこっているのは、大根下しとかおひたしとか、料理とはいえないようなもの、それに、みそ汁、でなければ、すきやきなどのナベもの、それと漬物といったものです。

その漬物や、みそ汁でさえ、コドモの中には、いやがる子が、ぼつぼつふえているようです。このぶんでゆくと、この子たちが大きくなったころには、私たちのおそうざいは、いまよりもっと変ってる、……ということは、今よりもっと、日本的な料理が少なくなっているかもしれない、ということです。

ひらき直っていうまでもなく、日本料理は、日本人が考え、日本人が作り、日本人がたべる料理です。その日本料理をだんだん日本人がたべなくなる、というのには、なにか、それだけのわけがあるにちがいありません。

まず考えられるのは、なんとなしの、アチャラ趣味です。ことに、戦後しばらくは、なんでもメイド・イン・アチャラがうれしがられて、日本のれっきとしたお役所でさえ、新築の庁舎のシャンデリアを、わざわざ高い外貨を払って、アメリカから取りよせたら、じつは日本製だった、などという、悲しい話が伝っているくらいの時代がありました。なんとかア・ラ・アメリカンという方が、さんまの塩やきより、名前だけでも、ちょいとイキにひびいたとしても、無理はありません。

しかし、毎日三どの料理は、お互い言うまでもなく、そうそう趣味や道楽で押し通せるものではありません。いくら名前がハイカラで、ナイフやフォークをチャカチャカさせるからといって、口に入れて、どうにもならないものだったら、そうそう、オウ・ワンダフル、ヘイ・ナイスなどとオデコをたたいているわけにはまいらないのです。

毎日の暮しのなかのものは、なんでも

そうですが、ことに、たべものは、たとえば着ものなどにくらべると、もっと、趣味や道楽の入りにくいものだといえましょう。

だから、私たちの毎日のおそうざいから、だんだん日本料理がすくなくなっているのが、外国の影響だとしても、それはアチャラ趣味などのほかに、もっとべつのもの、もっと暮しに密接したこと、たとえば、「おいしさ」といったことからではないでしょうか。

むかし、日本に、「日本料理」しかなかったときには、私たちは、おいしくても、まずくても、日本料理をたべるより仕方がなかったのです。これはおいしい、とか、あれはまずいといっても、それは要するに、日本料理のなかで言っていたことでした。

その後、中国料理や西洋料理が、私たちの暮しに、どんどん入ってきました。その中には、牛肉や豚肉やバタや、その他、これまで私たちの味ったことのないもの、味ってみたら、じつにおいしいものが、たくさんあったのですね。

こうなると、おいしいとか、まずいとかは、それまでのように、日本料理のなかだけで言われるのでなく、中国ふう西洋ふうをひっくるめて、その中で、どれが一番おいしいか、ということになってきます。

その結果、だんだん、どうもおいしくない材料や料理法が、私たちの食卓から消えてゆくようになったのだとおもいます。

もっとも、「おいしさ」だけだったら さっきのアジにしても、塩焼きだって、人によっては、バタいためよりいいというとだってある筈です。それなのに、塩焼きをきらって、ついバタいためにしてしまうという、近頃の都会のやり方には、ただ「おいしさ」のほかに、まだなにかありそうです。

だって、塩焼きはめんどくさいわ、とおっしゃるだろうとおもいます。つまり手間がかかるというわけです。毎日のおそうざいは、お道楽ではないのですから、めんどくさい料理、手間のかかる料理は、だんだん、暮しの寸法に合わなくなってくるというわけです。

日本料理には、なるほど、いまの暮しでは、手のかかるめんどくさいものが少なくないようです。この塩焼きにしても、一番めんどくさいのは、炭火をおこさねばならない、ということでしょう。

むかしは、どの家でも、炭やマキで炊事をしていました。そのころだったら、炭をおこすことは、じつは、めんどくさいことでもなんでもなかったのです。ところが、いまの都会では、炊事は大ていガスか石油か電気でやっています。炭など一カケラもない家があると聞かされても、まずおどろく人はなくなりました。

こういう暮し方では、炭火を使わなければならない料理法は、たとえどんなに日本料理びいきでも、これは、だんだん敬遠したくなるだろうというものです。

しかし、ここで、もう一つ考えておきたいのは、こういう傾向が、ことに戦後つよくなってきた、ということです。

塩焼きはべつとして、手間のかかる料理は、戦前にも、なかったわけではありません。西洋料理も、中国料理も、戦前の昭和時代には、もう一般にひろまっていました。

それなのに、戦前は、これほど、おそうざいに変り方がなかったところをみると、おいしさ、手軽さだけで、いまの私たちのおそうざいの移り変りを片づけるわけにはゆかないようにおもうのです。

むかしは、一家でいえば、父の立場が絶対でした。おそうざいにしても、父や亭主が、あれがうまいといえば、妻は、どんなにめんどうでも手間がかかっても、それを作らねばならないし、子供たちは、どんなにイヤでも、それをたべなければなりませんでした。

戦後は、そのへんが、非常に変ってきています。親子でいえば、子供たちの発言がつよくなったし、夫婦でいえば、妻の気持が、相当夫を動かしているし、嫁姑でいえば、姑の方で嫁に遠慮するのが常識になってきました。

そこで、子供たちは、脂肪やタンパクの多いものをたべたいとハッキリいうし台所をあずかる妻としては、めんどくさい料理は上手に敬遠する、ということが、しだいに、どこの家庭でも、みられるようになったのでしょう。

こういったことが入れまじって、いまの私たちのおそうざいから、日本料理がしだいに影を消して行っているのだろうとおもいます。

こうした移り変りをみると、このままでは、日本料理はほろびるかもしれないという気がします。

たしかに、いま料理屋で作ったり、料理学校で教えたりしている「日本料理」

というものをながめてみると、これは、そうなるより仕方がないとおもわせるものが、たくさんあるようです。

たとえば材料です。

いま、私たちは、まいにち、野菜や魚をたべていますが、肉もたべています。ところが、「日本料理」の材料は、ほとんどが、魚と野菜です。たまに肉を使えば、トリ肉、カモです。牛肉や豚肉が出てくることは、まずありません。

そこへもってきて、味つけが、塩としょう油とみそ、日本酒とみりんと、カツオブシと昆布、これが「本式の」日本料理なのです。油を使っても、ゴマの油か大豆の油で、ヘット、ラード、バタはまず使いません。

一口にいえば、材料も、調味料もいまの私たちの暮しからみると、ずっと片よっている、ということです。

しかし、日本料理は、むかしから、なにも、こういうふうに、片よっていたわけではないのです。たとえば、徳川時代、でなければ、明治時代の初めでもいいでしょう、そのころの日本人は、牛肉や豚肉をたべませんでした。肉といえば、せいぜいトリかカモでした。バタもなければ、ヘット、ラードも使いません。ほとんど野菜か魚だけです。その野菜も、トマトやカリフラワーやアスパラガスではなかったのです。

ということは、材料でも、調味料でも、そのころの日本料理は、暮しのなかに、ピタッと寸法が合って、すこしもズレていなかった、ということです。

まいにち、家庭でたべている、おそうざいの材料とおなじものを、料理屋の料理も使っていたわけで、ちがいといえば、材料の吟味、味のつけ方、取り合せ、そういったことだけだったのです。

いまの日本料理が、こんなふうに片よってきたのは、つまり、私たちのたべるものが、その後だんだんと移り変ってきたのに、日本料理だけが、それに追いついて行こうとしないで、昭和の、戦後のこの年になるまで、（むろん、こまかく見れば多少の動きはあったとしても）依然として、徳川時代や明治の初めごろのまま、動かないでいる、ということになるでしょう。

しかし、日本料理は、そういうものだ、そうしなければいけないのだ、というリクツはなにもないのです。早い話が、一口に日本料理、と言っていますが、むろん、神武この方、あれがずっと、日本料理だったわけじゃないことは、誰だって、見当がつくことです。

たとえば、しょう油、みそ、とうふ、これは、いまでこそ、日本料理の生えぬきみたいな顔をしていますが、ご存じのように、もとは、中国から伝ってきたものです。いまでいえば、舶来の調味料、アチャラふうの食品だったわけです。

それを、みんながたべはじめ、その料理を工夫したからこそ、いまのような味つけができ上ったのでした。

明治以後、ことに戦後、いろんな食品いろんな調味料が、外国から入ってきてもう私たちの暮しには欠かすことのできないものも、たくさんあるのです。それなのに、いまの日本料理は、かたくなに徳川末、明治初めの頃から動こうとしていないのです。

しかし、かりに日本料理が、片よったままでいいとしても、それが暮しのなかに生きのこってゆくためには、すくなくとも、まず「たべておいしい」ということがなければ、どうもなるまいとおもうのです。

いま、いわゆる「日本料理」を作っている人のうち、ほんとうに、おいしいものを作ろうと考えている人が、いったい何人あるでしょうか。

材料が、かりに魚と野菜に片よるのはまあいいとして、その材料を、ほんとに「おいしいかどうか」で選んでいるかどうか、この点になると、有名な一流の料理店や、いっぱしの講釈をする料理人ほど、落第だということになりそうです。

さしみは、日本料理のなかでも、なくてならぬものの一つですが、その材料はまず鯛にヒラメ、マグロにイカといったところでしょう。

しかし、ブリにしても、サバにしてもあぶらののった、いわゆるシュンのものは、さしみにしても、うまい筈です。ところが、一流の日本料理店で、ブリやサバのさしみなど、まず出てこないのが常識です。

一流料理店の板前の舌は、よほど味覚が神秘的にできていて、私たちがうまいとおもうものより、ゴムみたいなシュン外れの鯛やヒラメの方を、うまいとおもうのでしょうか。

野菜にしても、一番うまい筈のシュンの出さかりにたべようとおもえば、家のおそうざいか、せいぜい、食通先生のケイベツされる、大衆食堂、小料理屋へゆくより仕方がない世の中です。

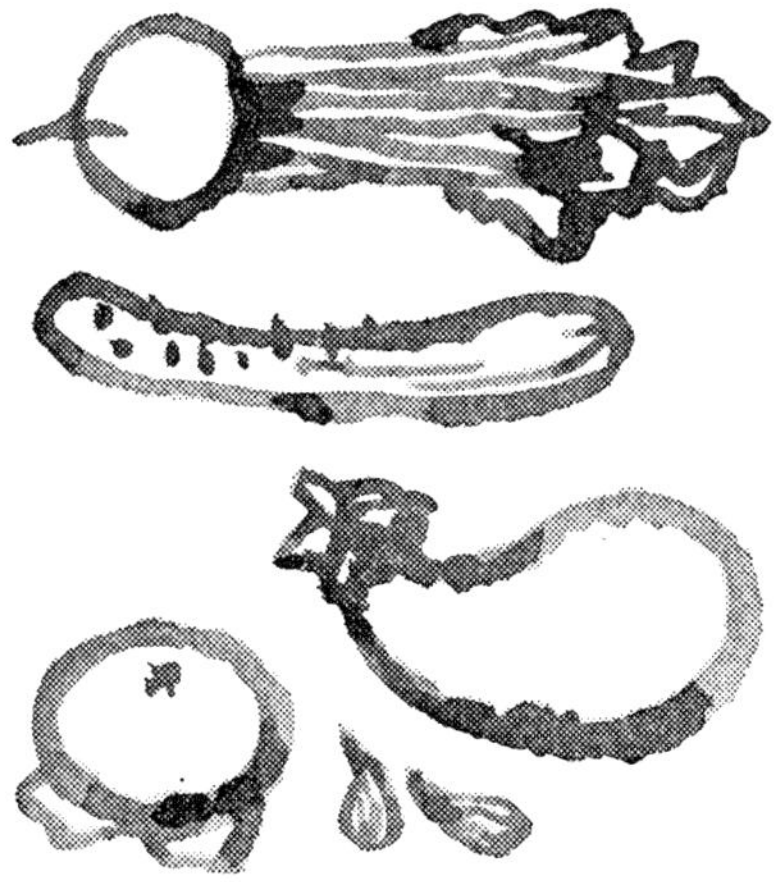

一流料理店で出す野菜は、昔もろこしの孝子がみたら感泣しそうな、真冬のタケノコ、春のナス、夏の松茸といったものばかりです。まるで、必死になって、シュン外れのものばかりえらんでいるのです。いつから、野菜は、シュン外れの方がおいしいということになったのでしょうか。

このこと一つを考えてみても、いまの「日本料理」には、かんじんの、おいしいものを作ろう、という気がまえが一本抜けているのです。

ブリのさしみを出さないのも、シュンの野菜を使わないのも、つまりは「味」の問題ではなくて、「ゼニ」から来ているのでしょう。いくらおいしくても、そんなものを出したのでは、ゼニが取れない、ということだろうとおもいます。

こういう考えで料理を作りはじめたらもうおしまいです。

人目をおどろかして、ゼニをとる、ということが、どんなに、いまの日本料理を堕落させているか、これはおどろくほどのことです。

よく日本料理は、「目でたべるもの」といわれます。たしかに、西洋料理や中国料理にくらべると、日本料理には、色といい形といい、すぐれている点が多いとおもいます。

しかし、ここで考えちがいをしてはな

らないのは、だからといって、目をたのしませたら、それでいいのか、ということです。料理は、おいしいことが第一です。色も形も、そのおいしさを助けるだけのものです。いくら色や形だけがよくても、たべておいしくなければ、どうにもなりません。

　ところが、そういう、ごくあたりまえのことを考えちがいしている日本料理が多すぎるようです。たべて、大しておいしくないものを、その色や形でごまかす、という気持が、どうやら、しらずしらずのうちに働いています。

　輪切りにすれば、当然まるい筈の大根を、まわりを落して四角に切ってみたり、きゅうりを、扇をひらいた形に細工してみたり、それも、たべられるものはまだよいとして、たべられもしないものを麗々しく皿にのせることさえ、近頃大いに流行して、そうしなければ、一流の料理店でないというほどになってきました。

　鮎の塩やき一尾、せいぜい笹の一枚でもあしらうことか、一粒えらびの小石をおひな道具のような蛇籠につめて、かんじんの鮎の方は、隅で小さくなっていたり、夏の洗いに氷を敷くだけでは物足りぬとみえて、小さな八つ橋を組んで渡して、皿の隅に、これまた小さな燈籠、ハイッと女中さんのカケ声もろとも、部屋の灯がきえると、その燈籠にチカチカと螢がまたたくといった寸法のやら、書いていたらキリがないくらい、たべられない仕掛けでおどろかせて、ゼニを取ろうというような「料理」が多すぎるようです。

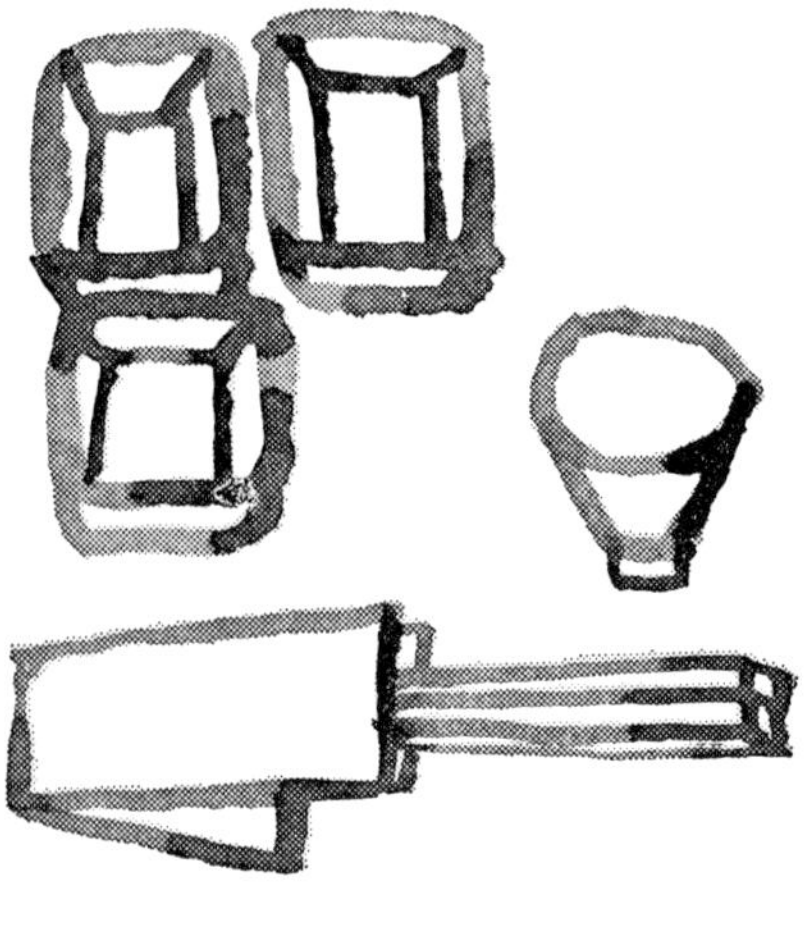

　そのゼニを、一体どれくらい取るかというと、東京あたりの一流では、お一人さま二千円から二千五百円でしょうか。帝国ホテルあたりの西洋料理や、一流の中国料理の一コースが、大体千円から千五百円というのにくらべても、これは無茶すぎるようです。

　それというのが、いま言ったように、材料の、うまくもないシュン外れの「高級野菜」だの、たべられもしない仕掛けだのに元手がかかるのも一つですが、日本料理は、器に金をかけすぎる、というのも、高くなるワケの一つでしょう。部屋の作りや、置きもの掛け軸にまで、大そうな金をかけないと人並ではない、という考え方も、その一つです。

　むろん、欠けた皿や、ひびの入った鉢に盛られたのでは、せっかくの料理もおいしくないでしょうし、障子やフスマの破れた部屋では、ちょっとまずいでしょうが、だからといって、金ピカの皿小鉢や、ヘドの出そうな新興数寄屋で、たべたって、味の引き立つものでもありますまい。

　西洋料理や中国料理のように、どんなご馳走でも、食器は変らない、あれをすぐに真似るわけにもゆきますまいが、それならそれで、料理の味を引き出す、よい感じのものを使えばよさそうなものをいまの「一流」という店で出すものは、「よい感じ」より「高いゼニ」をみせびらかすようなものが多いようです。

「よい感じ」は、もともと、ゼニとは関係のないものです。ゼニさえ出せば、それがよいお椀だ、よい鉢だとおもうような感覚で、ほんとうの、ものの「味」がわかるものでしょうか。

戦後やたらに金《きん》を使った器が流行していますが、あれなら、いっそ小判にでも盛って出した方がいいとおもうくらいです。

日本料理が、このままでは、ほろびるより仕方がないとおもわせる、もう一つのことは、どうもめんどうくさい、手間がかかる、ということです。ひょっとしたら、この方が、いままで言ってきた日本料理のいろんな醜態より、もっと大きいことかもしれません。

また、アジの塩焼きを例にとります。

さきほど、塩焼きがめんどくさいのは炭火をおこさなければならないからだ、と申しました。

しかし、このごろはやりの推理小説ふうにいうと、じつは、あの言葉には、巧妙なトリックがあったのです。魚を焼くというと、大ていの人は、炭火でなくちゃ、とおもいます。ところが、よく考えてみると、魚は焼こうとおもえば、炭火でなくても、ガスでも電気でも、とにかく強い熱にあてれば焼ける筈です。それを、炭火でなければ、と思ってしまうのは、じつはそういう暗示、いわばマジナイみたいなものにひっかかっているのです。

その魔法使いの役目をしているのが、えらい料理の先生や、腕ききの板前さんたちなのです。

この人たちは、ガスでは魚は焼けないと、かたくなにきめています。ということは、この人たちは、魚を炭で焼くことしか習ってこなかったのです。それを教えた親方も、もちろん炭で焼くことしか知らなかったのです。

それも無理はありません。その頃まで魚を焼くには炭火しかなかったからで、それ以外の、たとえばガスや電気で焼く方法は、習おうとしたって、習いようがなかったというわけです。

いいかえると、いま、魚は炭火でないと焼けない、ときめているのは、単に、自分たちは、それでないと焼けないから、というだけのことなのです。

でも、ガスや電気では、どうもああいうふうに焼けない、とおっしゃる方があるかもしれません。しかし、それは、ガスや電気が、焼き魚に不向きなのではなくて、魚を焼く道具が不向きなのです。いまの魚を焼く道具なり焼き方は、あれは、どうすれば炭火の上でうまく焼けるか、それをいろいろ工夫した末、やっとこれがいいということになったものです。いわば炭火に最適の道具なり焼き方を、いきなり性質のちがうガスや電気に持ってきて、それで、うまく焼けないというのだから、話がおかしくなるのです。

炭火には炭火に一番いい道具なり焼き方があるように、ガスにはガスの、電気には電気に合った、道具なり焼き方がある筈です。

いま大ていの家の炊事が、ガスや電気になってきたのは、なんといっても、その方が便利だからでしょう。その点では料理学校の先生も板前さんも、おなじ筈です。

だとすれば、もしほんとうに料理に打ちこんでいる人だったら、そのガスなり電気なりを使いこなすために、それこそ新しい勉強をはじめるのがほんとうではありませんか。

これに似て、もっとコッケイなのは、ご飯はマキでたいたのが一番おいしいとか、さらにこってくると、そのマキも、なんの木でなければ、などという言い方でしょう。

味の素など使うのは、板前の恥だとかカツブシは削り立てでなければとか、こうしたコッケイな迷信みたいなことは、書き立てればいくらでもありそうです。

しかも、もっともタチのわるいのは、本気で自分でいろいろやってみてそういうのでもなく、なんとなく信じこんでいるというのでもなく、なにか、そういう言い方をして、さも一流の先生、腕ききの板前みたいに思わせようという、そのあさはかな根性です。

ざっとこう考えてみただけでも、いまの日本料理の大きな流れは、そのもとになるかんじんの「暮し」はどこかへ忘れてしまって、それと関係のないことばかりに力コブを入れている感じがします。

料理が、暮しを第一にすることを忘れ、たべる人を幸せにすることを忘れ、古いしきたりや、形式や、見た目のハッタリや、ゼニもうけや、ひとりよがりの通人気取りや、そういうものの方を大切にしはじめたとき、その料理は、暮しから浮き上り、やがて、ほろびてゆくより仕方がありません。

どうも、例の「茶道」というものの、たどってきた道を、ひょっとして、日本料理も、これからたどるのではないでしょうか。

のどをうるおす飲料を取扱いながら、いま、「茶道」というものは、私たちの暮しには直接関係のない、「趣味」ごとになってしまいました。私たちは毎日、いろんなものを飲んで暮しています。番茶ものむ、水ものむ、ミルクものむ、コーヒー、紅茶、ジュース、どうかするとコカコーラなどというものまで飲みますが、（金沢とか松江という特別の町はべつとすると）いま一番のまないのは、あの茶道とやらでたてるお茶です。

しかし、利休さんなどの考えたのは、そういう暮しと関係のない、シビレのきれる「趣味ごと」「おけいごと」ではありますまい。言ってみるなら、毎日の暮しを、どうすれば、もっと地についた美しいものにできるか、ということだったのでしょう。一わんの茶を、おいしくのむにはどうすればよいか、ということだったのでしょう。

お茶をおいしくのむ、ということを忘れて、やたらに作法をふりまわし、幽玄だのへったくれだのと通人ぶり、もともと、飯茶わん、おそうざい皿ですむものを、なんのなにがし作の道具の見せびらかしになり、本来は裏山の雑木、背戸の竹であるべきものを、なんとか庵そっくりに作りたいと金にあかして銘木屋を走らせての「お茶室」作りになり、とうとう暮しから浮き上ってしまって、実体は、とうにほろびて、いまは、ぬけがらだけが残っているのです。

日本料理も、いまみたいなことをしていると、やがて、「お茶」の二の舞をやってゆくのではありませんか。

もちろん、そんなふうにして、ほろびるかもしれないのは、言うまでもなく、いまの「日本料理」です。

日本人が作り、日本人がたべる、という意味の日本料理は、日本人が生きているかぎり、ほろびるわけはありません。

その意味で、いま私たちが作り、毎日たべているおそうざいは、なるほど、材料も上等ではないかもしれない、味つけも下手かもしれないが、正真正銘、いまの暮しのなかに生きている日本料理だといえましょう。

はじめに、この毎日のおそうざいを、日本ふう西洋ふう中国ふうにわけて……と申しましたが、じっさいに、それでは純粋にこれが西洋料理、これは中国料理というものは、ほとんどない筈です。

私たちの舌や、腕前や、フトコロ加減などで、いろんな料理を、いまの私たちの暮しに合うように、適当に変えて作っている、それが、このごろのおそうざいです。

むかし、舶来のしょう油やみそやとうふを、みごとに日本の暮しにとけこませたように、「新しい日本料理」は、いまの私たちの、おそうざいの中から育ってゆくにちがいありません。

その意味では、いまの「日本料理」がほろびようがどうしようが、悲しむ筋合いはすこしもありませんが、ただ一つ、残念なことは、どうもみていると、ほろびなくてもいいものまでが、一しょにほろびてゆくようにみえることです。

おいしさからいっても、手軽さからいっても、安上りという点からいっても、日本料理のなかには、本来なら、これからの暮しのなかでも、立派に生きてゆけるものが、たくさんあります。

ただ、料理の本筋を忘れ、ろくでもない迷信やマジナイでがんじがらめにしているために、そういう手垢だらけの手でいじっているために、暮しから見放されて、消えてゆかねばならないのです。

むろん、いまでも、「暮し」を大切に考えている人、毎日の私たちのおそうざいを必死に勉強している人、たべる人を幸せにしたいとねがっている人は、ないわけではありません。

しかし、数がすくなすぎます。いまの「日本料理」を作る側全体が、もっと、正面切って、私たちの「おそうざい」が移り変ってゆくすがたをみつめ、徳川でも明治でもない、いまの暮しのなかで、どうすれば、ほんとに役に立つものを作ることができるか、それを真剣に考えてほしいのです。

それは、もちろん、私たちの暮しを、それだけ幸せにすることですが、ひいては、「ほろびてゆく日本料理」に、新しいいのちを吹きこむことにもなるのではありませんか。

(44号　昭和33年5月)

結婚式この奇妙なもの

人の一生を一本の紐にたとえてみると、生まれてから死ぬまでのあいだには、いくつもの結び目がある。

曲り角といってもいい、踏切りといってもいいだろう。その結び目のなかで、結婚するということは、やはり大きな重要な結び目の一つである。

もちろん、そういう大きな結び目は、ほかにもたくさんある。生まれてはじめて学校へ行く、つまり小学校一年生になる日、学校を卒業して世の中に出る日、一人前の人間になってどこかの職場で働く日、親とか兄弟とかしたしい人に死にわかれる日、生きるか死ぬかの大きな病気をした日、やっと全快した日、そういったことからはじまって、誕生日とか結婚記念日とか、一月一日とか、ぼくたちの一生には、たくさんの結び目がある。

しかしリクツをいえば、その日だって、とくべつ一日が十時間ということもないし、その日にかぎって太陽が西からのぼるわけでもない。

しかし、人生の一日の長さは時間で測ることは出来ない。寝ぐるしいときは夜がながい。たのしいときは、またたくまに日が暮れる。

特別な日には、ぼくたちは、やはり昨日とはちがった、おそらく明日ともちがったことを考え、そこからふだんとはちがったことをしようとする。それが、儀式である。儀式とは、本来そのようにして生まれてくるものではないだろうか。

この春、はじめて小学校一年生になった子どもを考えてみよう。

べつに一年生になるのはあたりまえのことだからというので、それまで着ていた洋服とおなじものを着て、おなじ靴をはいて、学校へ出かけていく。学校でもべつに一年生は毎年入ってくるのだからというので、そのまま教室へ入れ、いきなり国語かなにかの授業がはじまる。そして一日の授業が終って、うちへ帰ってくる。

それで、なんの差支えもなさそうなものだが、しかし、こんなふうでは、おそらく子どもも親も、なにか割りきれない気持がするだろう。

生まれてはじめて学校へ入るという日は、子どもにとっても親にとっても、決して昨日や明日とおなじ日ではない。その特別な日を、昨日や明日とおなじように暮すのでは、気持がしっくりしないのである。

そこではじめて小学校に上る日には、なにかその気持を形にあらわすことを、ひとりでに考える。学校のほうでいえば、入学式という儀式がそこから生まれてくる。

帽子も新しい、洋服も新しい、靴も新しい、かばんも新しい、ハンカチも新しい、そうして、きょうから一年生だというい っぱいの希望とすこしの不安をもって、学校の門をはじめてくぐる。

校長先生がみんなを集めて、今日から君たちは、この学校の生徒になるのだという。担任の先生が紹介される。今日からこの先生に教わるのだとおもう。じぶんの教室はここだと教えられ、きみの坐る机はこれだといわれる。ここが先生のいる職員室だ、ここが給食室だ、便所はあそこにある。

担任の先生が、つぎつぎにクラスの人の名前を読み上げる。大ぜいの知らない人のまえで、生まれてはじめて、じぶんの姓名がよばれる。なんでもないことのようだが、子どもにとっては、おそらく一生わすれることのできない感激の瞬間である。

儀式とは、本来こんなふうに、なにか特別の日には特別な気持をぼくたちが持つ、その気持を形にあらわしたいという、そこから生まれてきたものである。

ところが一方で、ぼくたちは、たいへんめんどうくさがり屋なところがある。特別の日に特別な気持をもつ、それを形にあらわしたいとおもっても、どうあらわすか、それを考えるのがめんどうくさい。めんどうくさいわけではないが、一生けんめいに考えてそれを形にあらわしてみても、いろんな人がいろんなことをいう。あれはおかしい、あんなことをするとは非常識だ、そういわれるのがわずらわしいから、つい、考えないことにする。そこで、儀式の既製品みたいなものが出来あがってくるのである。

「全員着席」からはじまって、開会の宣言、それから主催者のあいさつ、そして最後に「閉式の辞」「全員退席」で終る、いわゆる「式次第」というものが出来上ってしまう。その既製品の「式次第」どおりやっておれば、これは万人共通だから、じぶんで考える必要もないし、だれもとやかくいう心配はない。そのかわり、出来合いのかなしさで、どこからどこまでぴったりというわけにはいかない、あちらこちらですきまが出てくる。

世の中の儀式というものが、とかく形式に流れ、退屈なものになっているのは、一つにはそのためである。

儀式には、もうひとつ困ったことがある。世の中は移り、人の暮しは変る。ところが、レディメードの「式次第」だけは、そのままになっていることが多いのである。

七五三という儀式がある。古くからのしきたりだが、昨今は百貨店あたりの商才がテコいれして、いまだに盛んである。いまの世の中からみれば、愚劣な儀式のひとつだが、しかし、本来あの儀式が生まれたときには、けっして愚劣ではなかったのだろうとおもう。

子どもを生んで、それを育てるというのは、親にとって喜びでもあるが苦しみでもある。たいへんな仕事である。正直いって、ながい日夜の間には、子どもなんか生むんじゃなかった、とおもうことさえあるだろう。

そこで、お誕生とか、三つになったとか、五つになったとか、そういう日にわざわざ結び目をこしらえて、その日はふだんとちがうことをする、たとえばきれいな着ものをきせて氏神さまに連れてゆく。

おむつの世話、食べものの面倒、やたらに泣き叫び、さわぎ回るのをなだめたり、どなりつけたり、そうしてヘトヘトになって明け暮れする日日のなかに、一日そういう結び目をつくると、その日、親ははじめてわが子がここまで育ってきたことについて深いよろこびと誇りをもち、また明日からしっかりこの子を育ててやろうとおもう。これが七五三という儀式の大きな効用だったはずである。

しかし、いまの世の中に、そのままこの儀式をもちこむと、ぼくたちの気持とのあいだに、いろいろとズレが目立つ。

第一に、氏神様というものが、ぼくたちの暮しからずいぶん遠のいている。お祭りに出かけるのは、縁日に出かけるのと、大して気持に変りはなくなってしまった。

こどもが育ったことを確認して、よろこびあう日にしても、いまは、わざわざ三才五才七才という結び目をこしらえなくても、誕生日のお祝いもあれば、家々によっていろんな方法もある。

世の中一般に共通した結び目といえば、今は小学校にはじめて上る日がある。

そういう儀式も、一通り取り行って、その上に、七五三という儀式も取り行うのだから、子どもをダシにした母親のファッションショウといったふうにズレてしまうのはあたりまえである。

この春学校を卒業して、はじめてお勤めをする、その人の一生にとって社会に出る最初の日、これも、もちろん人生の大きな結び目の日である。

そういう人たちは、その日をどんなふうにすごしただろうか。

どういうものか、はじめて社会に出る日、はじめて仕事をもつ日、その日にはまだ手垢まみれの既製品の「式次第」はないようだ。

だから、なにか特別の日だから特別な気持があるにはちがいなくても、つい、昨日とおなじように起き、昨日とおなじように家をでて、そうして新しい職場の門をくぐったという人もすくなくないだろう。そして、なにか割りきれない感じを心の底に残したひともいるだろう。

しかし儀式というものは、本来じぶんの寸法にあわせてじぶんが作るものでなければ、さっきもいったように、どうしてもぴったりしないものである。

はじめて職場にゆく日、はじめて社会に出る日は、なまじ「式次第」がないために、じぶんの気持にぴったりした儀式をとり行うことができる、またとない機会だったのである。

かりに、その人には、幸せなことにおなじ家に住む両親があり兄弟があるとする。昨日までは早く学校へゆく子から早く起きて、さきにご飯をたべて順々に出かけてゆく。明日もたぶんそうだろう。しかし、この特別の日には、一家がそろって早く起きて、いつもはみんなが出かけたあとで起きてくるおやじも、機嫌のいい顔をみせて食卓に坐る。そうして、社会に出かけてゆく最初の日を、家族みんなが、いってらっしゃい、しっかりねがんばれよといった、ごくさりげない言葉で送り出すとしたら、それはそれで、りっぱな儀式なのである。

家族と一しょでなくて、都会でひとりで下宿している人にしたって、考えれば、それなりに儀式はあるものだとおもう。じぶんの気持のなかに、きょうから世の中に出るのだ、今日から働くのだという特別な気持がある以上、それをいちばんいい形であらわしてゆく、べつの言葉でいえば、それをもっとも適確に演出する、ぼくたちがこの長い人生を生きてゆくために、必要で大切なことは、これではないかとおもうのである。

結婚について考えてみよう。

一人の男性と一人の女性が、ひとつ屋根の下に寝起きして、新しくひとつの生活をつくっていく、それが結婚である。

そして、婚姻届というものを役場に出す、その日から正式に結婚は成立するのである。

ここ数年、だいたい一年に九十万から百万組ちかい結婚が成立している。

しかし、その百万組のうち、結婚するときまったとき、まっさきに、婚姻届を出すことを考えるのは、いったい何組いるだろう。

たいていの人は婚姻届を出すことよりも、いつ式をあげるかを考えるのではないか。しかし、結婚するということは、式をあげるとかあげないとかには、関係がないはずである。いまいったように、婚姻届を出し、ひとつ屋根の下で寝起きする、その日が結婚する日なのである。それなのに、たいていの人はまず式の日取りを考える。これはなぜだろうか。

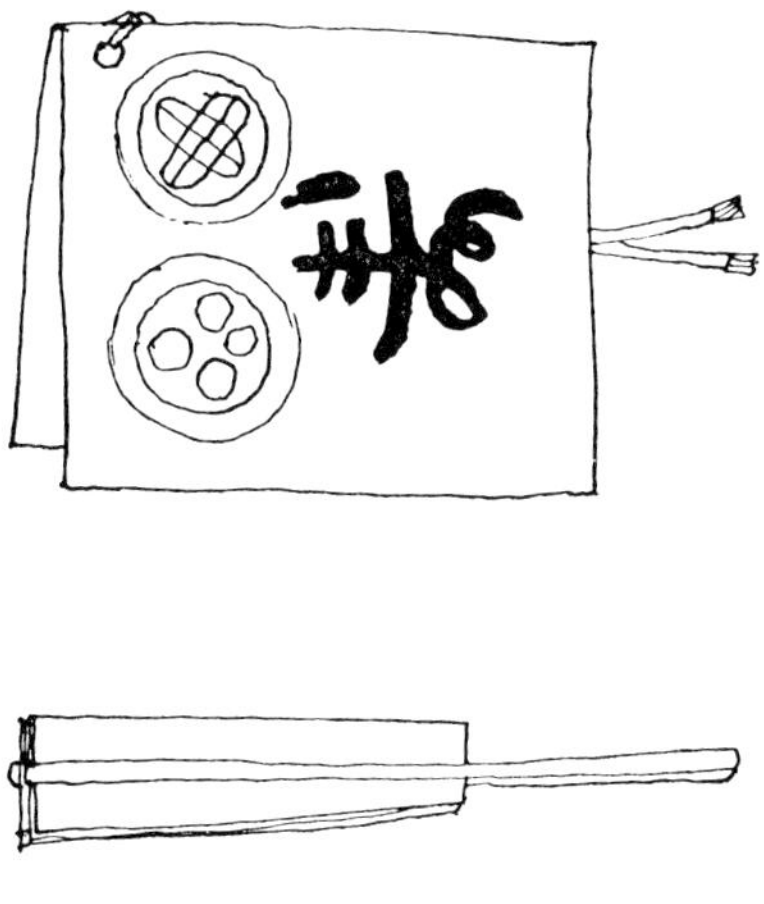

しかも、結婚式をあげただけではすまなくて、ひきつづき、ご飯にしろ、お茶とサンドイッチにしろ、とにかくご披露のパーティをひらくというのが、だんだんと多くなっている。

そうなると、いきおいレストランとか料理屋とかの都合をきいて、日取りをきめることになってしまう。結婚式と披露パーティとをおなじ日にするためには、式場と宴会場が一つになっている方が、なにかと手間がかからなくてすむ。そこで、結婚するときまると、まずそういった場所へいって、何月何日は、あいているかどうかをきく。

どうしてもその場所で、結婚式なり披露パーティをひらきたければ、自分たちが希望する日でなくて、先方のあいてる日にやるより仕方がないし、逆にどうしてもその日にやりたければ、その日があいている会場を探しまわるより仕方がない。

「どうしても、この日しかあいてなかったものですから」とか「この日だと、ここしかなかったものですから」という挨拶をきかされるのは、珍らしくないのである。

本来、結婚とは関係のない、式とか披露パーティのほうに、そんなに重点が移ってしまったのはなぜだろう。

人生にいくつかある結び目のなかで

も、結婚はもっとも大きな重要な結び目だから、その儀式については、どこの国でも、いつの時代にも、ちゃんとした既製品のひな型ができ上っている。日本にもあった。

じぶんのこどもがほしいというのは、人間の本能だという。結婚はじぶんのこどもをつくるための手段だといえるだろう。一方では「家」という考え方がある。こどもをつくることは「家」の次代の担い手をつくることである。そこで「結婚」と「家」という考え方が、一つに結びつくのである。

日本の場合を考えてみよう。

「家」の次代の担い手をつくるのが目的だから、結婚という仕事をとり行うのは、結婚する本人ではなくて「家」である。「家」をじっさいに代表する家長である。

日本の結婚式のひな型の一つを、かいつまんでみるとこんなふうになる。

式をあげる場所は、新郎の「家」である。式の主催者は、新郎の「家」の家長である。金屏風を背にして、新郎新婦、媒酌人夫婦が坐り、お客が両側に居ならび、新婦の家のあるじ夫婦、そして主催者であるこの家のあるじ夫婦が、いちばん末席にひかえる。三々九度の盃、つまり新郎と新婦が三つ重の盃で酒をくみかわす、媒酌人はじめその席に招かれたものがこれを見とどける。これで結婚式は終るのである。そのあと、たいてい媒酌人とか、あるいは一座の長老が謡曲の「高砂」といった、めでたいひと節をうたって、お開きになる。

新郎新婦が退席すると、そのあと酒肴がでて祝宴がひらかれる。この「家」にも、後つぎをつくるための結婚が、とどこおりなく成立したことを祝う宴である。いつどこでだれが考えた儀式かはしらないが、「家」と「家」との結婚という立場からみると、これはこれなりに簡素で、厳粛さもあり、その家の都合で、あとの祝宴は、おもい切って派手にしようと質素にしようと、何日もつづけようと、いかようにも規模を伸縮できるよさもあって、なかなかよくできているとおもう。

しかし、新郎新婦にとっては、じぶんの気持を適確に表現する儀式として、このひな型がふさわしいかどうかを、当の本人たちが考えることは許されていないのである。それを考えることができるのは、「家」の長だけである。

「家」の長は、じぶんが結婚するのではないから、この儀式が本人たちの気持にぴったりしているかどうか考える必要はない。かりに、考えてべつのやり方をしようとしても、そんなふうに、昔からのしきたりを変えること自体が、家長としてはまことにオッチョコチョイで、あの家もあんなことではどうも、ということになってしまう。

そんなわけで、一つのひな型ができ上っていると、どこの「家」でも、これを変えることはむつかしくなってくるのである。

戦後は、この「家」という考え方が、大分うすれてきた。家長とか戸長というい方も、次第に耳遠くなっている。しかし、ながい間つづいてきたしきたりは一片の法律を変えたくらいでは、なかなかなくなってしまわない。

結婚するということは、本来からいうと、いわゆる結婚式をあげなくても、披露パーティをひらかなくても、成立するものである。ところが、いまの若い人たちが結婚しようときめたとき、まず、結婚式は必要だろうか、披露パーティは必要だろうか、と考える人はすくないのではないだろうか。

いきなり結婚式はどこであげるか、披露パーティはどんなふうにするか、だれとだれをよぶか、予算はどれくらいか、まずそれを考えるのではないだろうか。

むかし、結婚するときには、必ず式というものがあげられ、そして必ずなにかの形で祝宴がもうけられた。その既製品のひな型の影が、いまだにこびりついているからである。

ことわっておくが、結婚式はいらない、祝宴もいらない、などといっているのではない。

第一、いくら要らないとおもっても、やらずにはいられないものだとおもう。かりに、結婚式もあげない、披露パーティもやらない、結婚は婚姻届を出せば法律的に成立する、結婚は二人が一つの家なり部屋なりに住むことから始まる、そんなふうに考えた二人がいるとしよう。

もちろん、一つ屋根の下に寝起きする以上は寝具もいる、食事をするための道具もいる、着る物をしまうものもいるだろう。そういうものは最少限度、用意したとしよう。

さて、ある月のある日、今日から二人は結婚しようとおもう。役場へいって婚

姻届を出してきた。二人は、これから暮していく部屋のなかに坐る。そこで二人はどうするだろう。

昨日とおなじように、一昨日とおなじように、ぼんやりとテレビをみたり、週刊誌を読んだり、まるで何十年もこうして二人で暮してきたように、とりとめもないことを話しあって、そしてラーメンでも食って、時間がくると寝てしまうだろうか。

これからながい一生をかけて、この人と力を合せて、一つの生活を築いていく、その最初の日である。それが昨日とおなじように、一昨日とおなじようでは、やはり、なにかじぶんの気持にぴったりしない、なにかそれではいやだ、とおもうのではないだろうか。

どちらがいいだすとなく、その日の夕食にはせめて新しいテーブルクロスを掛けようとおもう、せめてブドー酒かウィスキーの小瓶でも買って、一輪の花と一しょにテーブルの上に置こうとおもう、そして二人は改まった顔になって、相手の盃に酒をつぎ、二人はその盃をあげて乾杯する。

「しっかりやろうねえ」あるいは「よろしくたのみます」「これから、つらいことがいくらもあるだろうが、二人で力をあわせてやっていこう」とにかく、なにかそういったことをいわずにいられないのではないだろうか。

それが結婚式である。それがもっとも

素朴な形の結婚式なのである。

　だから、結婚式がいらないというのではない。ただ、結婚するときめたら、いきなり、手垢まみれの既製品の式の日取りを考え、既製品のパーティを考えるのは、すこしおかしいのではないか、それをいいたいのである。


　ぼくたちの上に、ずしりとのしかかっていた「家」の重い力が、うすれてくるにつれて、「家」と「家」との結婚式のひな型もこわれてしまった。

　いまの結婚式は、それこそ千差万別である。テレビ塔の上で結婚式をあげる人があるかとおもえば、富士山の頂上で三三九度をやる人もある。友人が集まって式を開いてやるのもあれば、会費をあつめてパーティを開き、その残りを新婚旅行の費用にあてるというのもある。何千人というお客を一流のホテルに招いて、一夜に何千万円を使ってしまう披露宴もあれば、ジュースで乾杯、それだけというのもある。

　古いしきたりがこわれたのだから、なにをやってもかまわない筈である。しかし、形はいろんなふうにとりどりだが、たいていの人の結婚式や披露パーティをみていると、なんのために式をあげるのか、なんのために披露宴をひらくのか、さっぱりわからないようなことになっているのが多い。

　ただ形だけ西洋式のあれがいいからそれをとり入れる、日本式のあれもいいから、それもとり入れる、どこそこでこんな式をあげたから、その要素もとり入れる、週刊誌でたれそれがあげた結婚式や披露宴の記事を読んで、その真似もしようとおもう。

　だから出来上ったものは、古いものも新しいものも、日本のものも西洋のものも、なにもかもごちゃまぜになって、まるで木に竹をつぎ、アルミをつぎ、ナイロンをついだような不思議なものになっている。

　古いしきたりがこわれたいまは、自分たちの気持にいちばんぴったりした式のやり方なり、パーティの開き方なりを考えられる、絶好の時代でもある。それをただ、どこそこではこんなふうにやっていた、こないだよばれた披露宴ではこんなふうだった、といってそれを真似するのでは、結局、べつの手垢まみれのひな型のなかへ、また自分たちを押しこめているのとおなじではないだろうか。

　西洋では、結婚式はたいてい教会で行う。しかし、日本の古いしきたりでは、神様の前で結婚式をあげることは、まずなかった。一つの盃から二人が酒をくみかわし、おもだった親戚がそれを見とどける、それで結婚式は終るのである。

　神前結婚という形が、いまではふつうになってしまったが、こんなふうになったのは、明治以後のことだろう。日本が富国強兵をめざし、一つの宗教で国民の意識を統一する必要に迫られてきたときに、とりあげられたのが神道である。それと、西洋の教会での結婚式とをかみあわせて、いまのような神前結婚という形が生まれてきたのだ。

　神様の前で、二人が結婚することを宣言し、その前で二人が、いついつまでも愛しあい助けあい、ともに一つの生活を築いていくことを誓う、そのこと自体には、べつにおかしいところはない。

　しかし、いまの神前結婚、あれは一体

なんだろう。

　なんとか会館、なんとか閣、なんとかホテル、なんとか殿といった披露宴を目当てに営業しているところには、必ず式場というものがついている。そこには、形ばかり几帳がさがり御簾がさがり、榊台のようなものがおいてある。新郎新婦が入場し、両家の親戚が着席すると、やがて神官が、いかにも義理か厄介にあらわれて式がはじまる。

　ムードをつくるために、雅楽が演奏されるが、テープレコーダーのことが多い。高校生あたりのアルバイトとおぼしきミコが、うす汚れた緋の袴をはいて奉仕する。神官が御幣をふり榊をささげ、ノリトを奏する。このたび、なんとかのなんとかのミコトと、なんとかのなんとかヒメノミコトが結婚をする、といった意味のことをいうのだが、どうかすると窓の外に、けたたましい自動車のクラクションがきこえ、おなじ建物のどこかでジャズ音楽が流れているのがきこえたりする。となりの部屋では、順番を待ってつぎの組がひかえている。そのなかには、大きな声でバカ話をする人がある。ときには、そそっかしい神官が、そのなんとかのミコト、なんとかヒメノミコトの名前を読みちがえたりする。

　どう考えても、これは「神」という雰囲気からは、およそかけはなれた一種の茶番にすぎない。いまの世の中ほど、日本の神々がバカにされている時代はないのではないか。この神前結婚という奇妙なものに、一度でも立会ったことのある人は、そう考えるにちがいないのである。

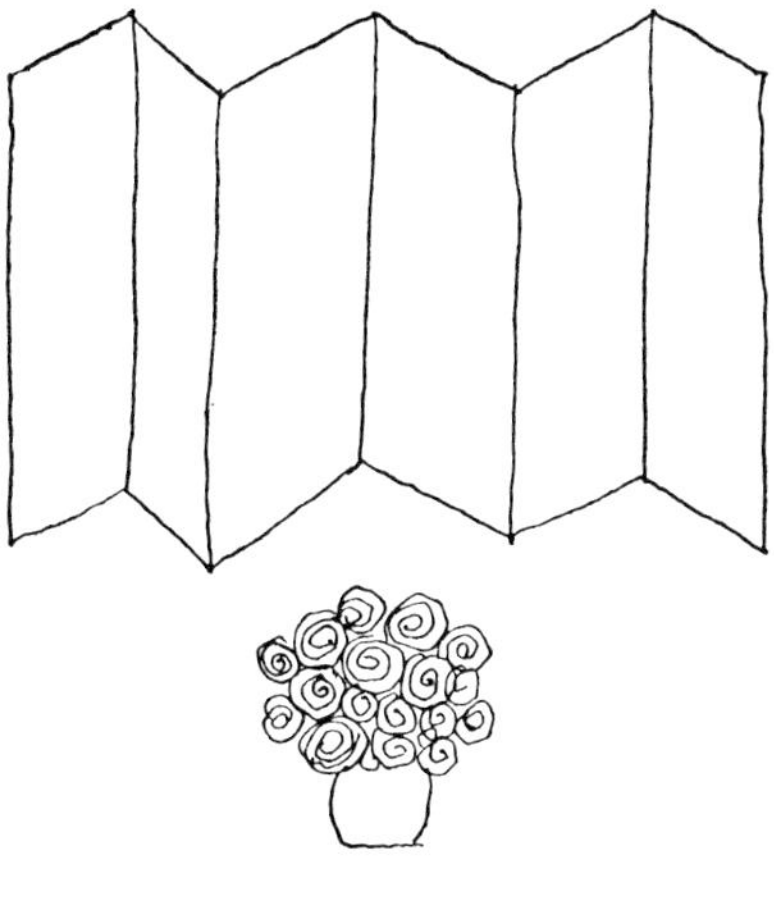

　だから参列する人の気持もなんとなくあっけらかんとしたものになってしまう。たぶん、新郎新婦もおなじことかもしれない。みんな、これはつまらない形式だが、これをやらなければ結婚したことにならないのだと、あきらめた感じで、まるで上空を台風がすぎてゆくときのように、ただただ顔をふせて、式が終るのをまっている。

　第一、結婚する人の全部が全部、神道を宗教にしているわけではあるまい。早い話が死んだときはそれぞれの宗教で葬っている。日蓮宗の人は禅宗のお寺でお経をあげてもらうのはいやだし、西本願寺の信者は東本願寺のお寺で葬式をするのをいやがるだろう。

　それなのに、こと結婚式となると、猫もシャクシも、義理か厄介の神主さんとアルバイトのミコさんが取り行う儀式のなかで、神妙な顔をしてすわっている。

　結婚式とか披露宴に招くときに出す招待状にも、もちろん昔は一つのひな型があった。

　上等の厚いまっ白な紙で、フチにはぐるっと金がついている。その紙の上のほうに結婚する両家の紋が打ちだしてあって、招待するのは両家の家長であった。つまり、「家」と「家」の結婚では、結婚式なり披露宴の主人は両家の責任者だったのである。

このごろの若い人は、結婚するのは私たちで「家」と「家」が結婚するのではないという。当然のことである。

だから結婚式や披露宴の招待状も、署名するのは本人たちの名前になっている。これも当然のことである。

しかし、招待状にじぶんたちの名前を印刷したから、それだけで「家」と「家」の結婚ではない、私たち本人同志の結婚だということになるのではない。

招待をうけて会場へいってみると、「何々家何々家結婚披露」と書いてある。これでは、やはり「家」と「家」の結婚式である。それは式場側が勝手にやったことだと大目に見るとしても、さて、いよいよ会場へ入ってみると、たいていの場合、新郎新婦の両親は、いちばん隅っこの、いわば末席というところに坐っている。

「家」と「家」の結婚なら、両家の両親は主人側だから末席にひかえるのはあたりまえだが、もし本人同志の結婚だというのなら、どうして両家の両親は末席に坐らなければならないのだろうか。こんなところにも古い結婚式のひな型が顔を出しているのである。

結婚する本人ふたりの名前で招待状を出すということは、ふたりがお客をするということである。

ところが、じっさいの披露パーティでは、主人である新郎新婦から、よくいらっしゃいましたという挨拶をきかされることはめったにない。たいていは、まっさきにメインテーブルに新郎新婦それと媒酌人が着席し、それが終ってから、その他大ぜいのお客がよびこまれるという寸法である。

しかも入ってくるお客に対して、主人である新郎新婦は会釈ひとつするでもない。お客のほうは、パーティが終るまで、はるか彼方にいる主人たちの顔を眺めるだけである。せいぜい帰りに、出口で媒酌人や両親といっしょにならんでいる新郎新婦にあいさつしたら上出来のほうだ。

こんなふしぎなお客のよび方があるだろうか。

いったい昔の結婚式では、お客をよぶということは、結婚式に立ちあってもらうという意味があった。西洋の結婚式が、神の前で、神にちかう形で行われるとしたら、日本の結婚式は、親類縁者の前で、親類縁者を証人として行われたのである。

「家」と「家」との結婚なら、両親やそれにつながる親類縁者は、これは内輪だから、末席にひかえているのがあたりまえだろう。しかし、本人どうしの一対一の結婚なら、両親も親類縁者もお客のはずである。

若い二人が結婚したことを人を招いて披露するという場合には、こうして一人前になって結婚する運びになった、それまでにいろいろお世話になった人々に、この機会に、お礼もいいたいし、そこまで成長したことを見てもらいたい、とおもうのが人情ではないだろうか。

ところが、いまの手垢まみれの既製品の披露パーティでは、新郎新婦がそれまでお世話になった両親からはじめて、学校の先生とか、とくにお世話になったおばさんとか、あるいは先輩とか、そういった人たちに席上で「ありがとうございました」という挨拶をするのをきいたことがない。

自分たちが主催するパーティでありながら、主催したほうはあくまで借りてきた猫みたいにとりすましている。べつにすましたいからそうしているのではなくて、こういう席ではこうするのがしきたりだ、と教えられたからだろうとおもう。そのしきたりというのは「家」と「家」との結婚のしきたりだ、ということまでは気がつかないのである。

結婚式や披露パーティでは、だれをよぶかがいちばん問題になるようだ。

しかしここでも、ふしぎなことが行われている。ふつうお客をするときは、相手の都合や、相手が来たがっているかどうか、その気持を考えてきめるのが常識である。ところがこと結婚式となると、そんなことは一向におかまいなしになって、何月何日に結婚式をあげる、つづいて披露宴をひらくから来い、という一方的な強制になってしまう。

よぶ方では強制したつもりはないかもしれないが、これが、ふつうご飯をさしあげたいといわれたのとはわけがちがう。それだったら先約があるとか、体がわるいとか、いろんな口実をもうけて、行きたくなければことわることができる。しかし結婚式となると、たとえ行きたくなくても、あるいはよんどころない仕事があろうと、ことわるのは、なにかその結婚自体に、ケチをつけたようになるのがいやで、仕方なしに「万障くり合せて」出かけていく。

それだけならまだいい。いったい何人よぶか、よぶなら両家ほぼおなじ数にしよう、ということに神経をつかうあまり、本来ならどうでもいい人を、人数の都合上かりだしたり、ひどい場合には、あちらではそういうエライ人が出るのでは、こちらもなんとかしてエライ人を出さねばならないとおもい、ろくにありもしないコネをつぎからつぎへとたぐって、無理矢理にエライ人をひっぱり出そうとする。そのために、本来よばなければならない人間をえんりょさせる。

一方、無理矢理に、いわば「強化選手」みたいにかりだされたエライ人としてみれば、それまで一度も、新郎の顔も新婦の顔もみたこともない、どうかすると両親とも会ったことがない、そんなヘンな結婚式やパーティに出かけていくことにもなってしまうのである。

大安吉日となると、結婚式がぶつかりひしめきあう。そういうエライ人は、だから、おなじ日に二つも三つもご披露宴にまねかれてしまう。もう神風タレントどころのさわぎではない。

あちらの披露宴には、はじめだけ顔を出し、つぎのパーティには、中ほどちょっと出席して一席ブチ、もう一つの会には、やっと閉会に間に合う、というザマになる。

こんなバカげたことを、みんなだまって見ているだけである。

そんなにまでして、エライ人に、ほんのちょっとでも顔をだしてもらうのが必要なのか。そんな見えすいたことが、いったい結婚する本人どうしに、なんの意味があるというのか。

結婚はおめでたいという、それなら披露パーティはおめでたさのクライマックス、ハイライトでなければならない。それがじっさいは、よばれている人のなかには、べつにおめでたくもなんともない憮然とした気持で、強制的にすわらされている、おそらく大半がそうなのではないか。

ご披露をする、ごはんを差上げる、ということは、べつにわるいことではない。しかし、それなら、なるたけ気持のこもった、できるだけおいしいご馳走を差上げるべきではないか。

むかしのしきたりでは、両家の女の人たち、それで足りなければ親類縁者や出入りの女の人までが手伝って、祝宴の料理を作ったものである。晴れの日だというので、出来ばえはともかく、すくなくとも気持のこもった料理が宴席に並んだはずである。

いまは、ホテルや料理屋や、結婚用の会館などで開かれることが多いが、招かれる人が大ぜいであればあるほど、つまり、主催者側としては金をかければかけるほど、料理はまずくなる。それだけの料理をいっときに作るのは大変だから、前もって作って冷蔵庫にしまってあるものを出すからだ。ねだんはベラボウに高いが、味はベラボウにまずい。わざわざ人をよんでおいて、まずいものを食わせる。そして、みんなあたりまえだとおもっている。

なんでも流行する世の中である。戦後はパーティというのが流行する。何時から何時までのあいだ、いつ来ても、いつ帰ってもよろしい、べつに席はない、飲みものと食べものが用意してある。そういう流行のパーティに行くと、何十人、何百人いようと、一つの雰囲気になっていたためしがない。あちらの隅に五、六人、こちらの隅に十人ばかりといったふうに、顔みしりの連中だけで集まって、その連中だけでボソボソやっている。ほかのお客などおかまいなしで、そして、時間がきたら、てんでばらばらに帰ってゆく。戦後の流行のなかでも、もっとも愚劣なものの一つである。

これは、主催者がわるいのである。お客をよんだ以上、どのお客にも気持よくしていただこうと考えるのがあたりまえなのに、ふしぎとそんな気は使わない。あまり顔みしりでないとおもったら、いろんな人に引き合せる。できるだけその部屋にいる人が、みんな、ひとつにとけ合うように気をくばる。そんな大切な役目を忘れているのである。

一方、よばれた客のほうも、そのパーティをたのしくいい雰囲気に盛り上げようという気がない、じぶんたちだけでしゃべったり、たまに紹介されてもお座なりの挨拶だけで、すぐにくるりと背をむけて、仲間とはなしをつづける。これでは、なんのためのパーティかわからない。

結婚のご披露によばれて、はじめからしまいまで、ながながとつまらないスピーチを聞かされるだけで、じぶんは一言もしゃべらないで、うまくもない料理をボソボソと食って、それだけで帰っていく人がずいぶんいる。テーブルは先方がきめたのだから、となりにどんな人がすわろうと、どうしようもない。そのとなりの人をみると、なるほど名前は書いてあるが、どこのだれかわからない。これでは口のききようもない、というものである。

本来なら、よんだ方で、どの人がどのテーブル、ぐらいはおぼえておいて、おなじテーブルに坐る人どうしを前もって引き合せておくぐらいの心づかいがなければ、せっかくの晴れのパーティも、さむざむとしたものになってしまうのはあたりまえである。

とても大ぜいで、そんなことはしきれないというのなら、そんなに大ぜいをよぶことをやめたらいいのである。

一国の元首の結婚式とか披露宴なら話はべつだが、ぼくたちのは、結婚式も披露宴も、これは私事である。お客をよぶときの心がまえは、ふだん、なんとなく人をごはんによぶのとおなじでなければならない。

もし両親や親類縁者が内輪だというのなら、一カ所にかためてしまわないで、どのテーブルにも一人ずつくばったらどうだろう。

船の一等船客の食事には、いくつかのテーブルに、船長はじめ高級船員が一人ずつホスト、主人側として夕食の席につく。おなじまねるのなら、あれはいい方法だとおもう。

主人側が一人か二人ずつテーブルにまじって、そのテーブルのお客が窮屈なおもいをしないように、たえず気をくばって、みんなに興味のあるような話題をえらんで雰囲気をつくっていく、これが人をよぶときのエチケットである。

エチケットとか行儀作法とかは、形ではなくて、相手に対してのおもいやりでなければなるまい。

ふつうは、おなじ会社の人はおなじ席

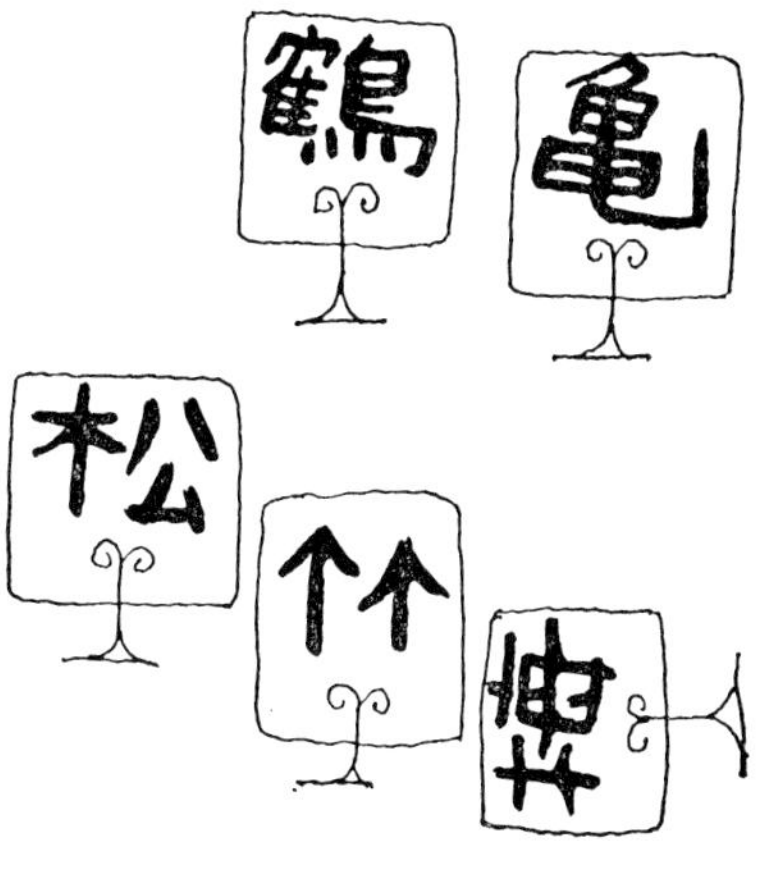

に、学校友だちは学校友だちだけで、といったふうに席をきめるものだから、ついじぶんたちだけの話をワイワイやってしまうことになる。席はきちんときまっていても、これでは流行のパーティとおなじことで、お客はてんでばらばらな気持で、席に坐っているだけのことになってしまうのである。

媒酌人というものが、いまだに結婚にはつきものみたいになっている。いったいあの媒酌人とはなんだろう。

むかし「家」と「家」が結婚したころは、たしかに、媒酌人つまり仲人さんというものが必要であった。いくら「家」のあとつぎをつくるためとはいっても、その家の主人なり奥さんなりが直接、なにかいいお嫁さんはないでしょうかと走りまわるのは、やはり世間体がわるいし、探しまわる範囲もかぎられてくる。

そこで第三者の仲人さんが登場する。仲人さんがあちらへ走り、こちらをたずね、やたらに候補者を持ちこみ、話をまとめるためには少しでもよいことは大げさにいい、わるいことはなんにもいわないで、とにかく両家の合意をとりつけるために奔走する。そういうことが好きな人もあっただろうが、とにかくその苦労は大へんなものである。

そしていよいよ晴れの結婚式の日がくる。その席上、新郎新婦をはさんで媒酌人夫婦が坐るのは、なにも飾りでそうしているのではない。この結婚は野合ではない、この結婚については、私たちが仲をとりもったのである、という責任の所在を知らせているわけである。

だから、仲人さんは結婚式が終ったただけでは解放されない。新夫婦がそののち夫婦ゲンカをしたといっては仲裁にのりだし、なにがどうもめたといっては裁き、なにかにつけて文字どおり親がわりとなって面倒をみるならわしであった。

いまは事情がちがってしまった。

なるほど、そういう仲人さんもいることはいるが、その仲人さんが、ある程度社会的にも地位があり財産もあるという人でなければ、晴れの結婚式や披露宴には、べつに、その日だけの一日媒酌人というのをたてることが多い。

ましてこのごろは、家のなかに坐っていて、結婚の話をだれかが持ってくるのをチンと待っているような人はすくなくなってきた。恋愛をしてその結果、結婚をするという若い人たちなら、じっさいには、仲人さんというものは存在しなかったのである。もしいたとしても、それはデートを取りついだり、手紙を運搬したりしてやった友人とか、あるいは姉弟である。

そんな結婚式には、だから仲人はいらないはずなのに、やはり新郎新婦をはさんで、媒酌人夫婦が坐っているのが、ひとつのきまりみたいになっている。

そんな「やとわれ媒酌人」だから、披露宴の最初にお客に向ってあいさつする、いつどこでこの二人の結婚が成立したとか、新郎の学歴はどうで得意なのはなにで、いまはなにをしているか、新婦はどこの生まれでどういう学校を出て、とりわけてピアノとか洋裁に堪能であるとかないとか、そんなことを紹介するのだが、じっさいに仲人をしたわけでもなし、どうかすると、そのときはじめて新郎や新婦の顔を見るハメになった人もあるから、いうことがいたってお座なりで迫力がない。どうかすると、新郎や新婦の名前を度忘れして、まちがった名前をいってみたり、直接そばの新郎新婦に小さな声で聞いたりする醜態もけっして珍らしいことではないのである。

披露パーティが、いかにもそらぞらしく索莫とした雰囲気で終始するのは、ひとつには、この意味もない媒酌人が坐っているためなのである。

結婚というのは儀式にはちがいないが、さっきいったように、あくまで私事である。だからその儀式の服も、公式の場合のようにキチンとしたとりきめがあるはずがない。新郎も新婦もなにを着たっていいわけである。

ところが、そうはいかないらしい。

「家」と「家」との結婚などまっぴらだといいながら、さて花嫁衣裳となると、これが「古式にのっとって」文金高島田に角かくし、白無垢小袖に打かけでなければ、という向きがすくなくない。

そこで、ありもしないゼニをはたいて、ご大そうなものを、「御誂」のタトウにおさめて、目を細くするということになるが、昨今は見せかけのエセ合理主義が横行して、たった一日のことに、そんなムダ金を使うのはバカらしい、第一そんなゼニがあるものか、というので、それならそれなりに、ふさわしい衣裳にしたらよさそうなものを、ゼニはかけないで、カタチだけはくずしたくないというのがもっぱら。

そこで、「貸衣裳」なるものが、たいそうなはやりようである。

春とか秋の気候のいいころだと、大安吉日はどこの式場も、押すな押すなのにぎわいで、一丁上りハイおつぎ、といった調子でさばかれている。

一生に一度の晴れの式を、まるで自動ドーナツ製造機みたいに扱われるのも、味気ないことだが、ことに哀れをもよおすのは、花嫁御寮である。

貸衣裳も、全部の組にゆきわたるほどは用意してない。いきおい、前の組に着たのを、すぐ脱いで、つぎの組にまわす。

生まれてはじめて身につけた、きれいなお嫁さんの衣裳も、高島田のカツラも、われとわが肌にたしかめて、うっとりしているひまなどない、そそくさと式が片づいたら、まるで因業な金貸しよろしく、あっというまにはぎとられてしまう。

それを、つぎの組の花嫁に着せる。前のひとの人肌のぬくみが残っているのをまとったときは、まったく金らんドンスの帯しめながら、ほんとに情けなかったわ、とあとで話してくれたひとがいた。

ここまでくると、もはや結婚式は、血根式である。

なにを着たっていいが、結婚衣裳で、ただひとつ神経を使わなければならないことがあるとしたら、新郎と新婦が二人で一組だということだろう。つまりなにを着たってかまわないが、新郎と新婦がチグハグではおかしい、ということである。

新郎がモーニングという洋装なのに、新婦が文金高島田に角かくし、白無垢に打かけという純日本式では、どう考えたってチグハグである。新郎が羽織袴でしゃっちょこ張っているのに、新婦がウェディングドレスで花束をかかえて、シャナリとしていても、これまた奇妙キテレツである。

二人は一組なのだから、一方が洋服を着るのなら、一方もそれと見合った洋服を着るべきである。一方が和服なら一方も和服にするのが本当である。

もうひとつおかしいのは、洋服にしたら靴をはく、そういうわかりきったことが、こと結婚式となると、平気で無視されているということである。

会場の都合ではたたみじきのことがある。そのたたみの上に、洋服で靴下はだしという姿で新郎も新婦も立っている。

これにくらべると、明治時代、羽織袴に山高帽をかぶって、革靴をはいて得意げにあるいていた村の有力者たちのほうが、まだしも愛嬌があった。

とにかくこの頃の、ちょっとした披露パーティだと、はじめは結婚衣裳であらわれて、途中でお色直しをして、そして最後には、新婚旅行に出かけるスーツかなにかであらわれる。つまり三回衣裳をかえるのが、いちばん少ないほうではないだろうか。

これまで経験したなかで、いちばん衣裳がえの回数の多かったのは、最初はウェディングドレス、次にはおなじ花嫁衣裳でも文金高島田に角かくし、打かけ姿であらわれる。それからお色直しが無慮三回もあって、そして最後に新婚旅行用のスーツというのだった。

これでは、まるで和洋ファッションシ

ョウである。「家」が「家」や客に対して、せい一杯の見栄をはり、これみよがしにみせびらかす、その道具に使われているのだ。

しかも、じぶんたちが招いた披露宴なのだから、そして新郎新婦があわせて一組なのだから、その席上、どちらが欠けてもまずいのは、わかりきったことである。お色直しに退座しているあいだの、座のしらけかたといったらない。

西洋の結婚式では、式が終って、そのあとお茶の会でも、ご飯をたべるときも、花嫁はウェディングドレスのままである。新婚旅行に出かけるときも、そのまま出かける。

西洋といわなくても、日本でも、結婚したあと、親類縁者へのあいさつまわりには、花嫁衣裳のまま、仲人さんにつれられて、というのがふつうのしきたりであった。

貸衣裳ではそうもゆくまいが、せっかくの花嫁衣裳を、そうあわててぬぐこともないではないか。

いまはやりの新幹線や飛行機の新婚旅行に、純白のウェディングドレスというのがあってもいいはずだ。

ところが、披露パーティのおしまいになると、きまって新郎新婦とも退座して、こんどは、新婚旅行に出かける服装であらわれる。これなども、バカにしたやり方である。せっかく人をよんでおきながら、どこかへ出かける服装に着かえてくるのは、まるで早く帰れといわんばかりである。それどころか、ひどいのになると、新婚旅行の時間がせまっていますからお先に失礼します、みなさんはどうぞごゆっくり、などということさえある。

ひとを招待したパーティなのに、はじめからしまいまで、主人側の都合だけで運ばれていくのが、この頃の結婚披露パーティである。新婚旅行の時間がせまっている、などというのはいいわけにならない。はじめからそういう時間に予定をくまなければよいのである。これではまるで義理か厄介みたいに、ひとつの手続きとして披露パーティをひらいているとしかおもえない。

結婚式だから、結婚披露だからといって、世間のふつうの儀式やご招待と、特別かわったことがあるはずはないのである。

よばれる方からいうと、その結婚が「家」と「家」との間でとり結ばれたものか、一人の男性と一人の女性が結婚するのか、それによって、心がまえも大いにちがってこなければならない。

「家」と「家」との結婚なら、これは昔ふうのしきたりにのっとって、よんだ方もよばれた方も、自分の感情などはおもてに表わさず、ただ「式次第」のとおりにしているより仕方がない。挨拶にしても、「このたびはおめでとうございます」ですむのである。かりに、それを愚劣だとおもっても、そういう結婚式によばれた以上は、よばれた方も、その「式次第」に、なるたけぴったりとはまっていくようにするのが、せめてもの作法なのである。

もし、本人どうしの結婚式なら、しかし「おめでとうございます」という紋切型の挨拶はすこしおかしいのではないか。

お座なりのなかでも、いちばんひどい

のは例の「祝電」である。電電公社がサービスのつもりで、お祝いおくやみ電報というのをやっている。

お祝いでいえば、出産、誕生日、結婚から七五三、クリスマスまであって、局のほうで、きまった言葉をいくつか用意してある。結婚でいえば

ゴ結婚ヲ祝ス

新生活ノスタートヲ祝イ、幸多カレト祈ル

ゴ結婚ヲ心カラオ祝イ申シアゲマス

この三つがある。おもしろいことに、席上で祝電が読みあげられるのをきいていると、二番目のサチオオカレトイノルというのが、どうやらいちばん多い。はじめのが一一字、この二番目が二六字、三番目が二四字、料金はおなじだから、できるだけ長いのがトクだというわけだろうか。

祝電をよみあげるほうも、サチオオカレトイノル、サチオオカレトイノル、の連続では舌がくたびれるとみえて、気のきいたのは以下同文と逃げる。

幸多かれと祈って打った電報かもしれないが、これでは心がこもらない。

どんな人だって、ほんとうにそうおもうのなら、話すこともできる、書くこともできる以上は、じぶんの言葉で祝電を打つべきでないだろうか。それを文字通り、でき合いの言葉ですませておこうというのは、なまじその言葉が、幸多かれと祈ったりしているだけに、よけいにそ

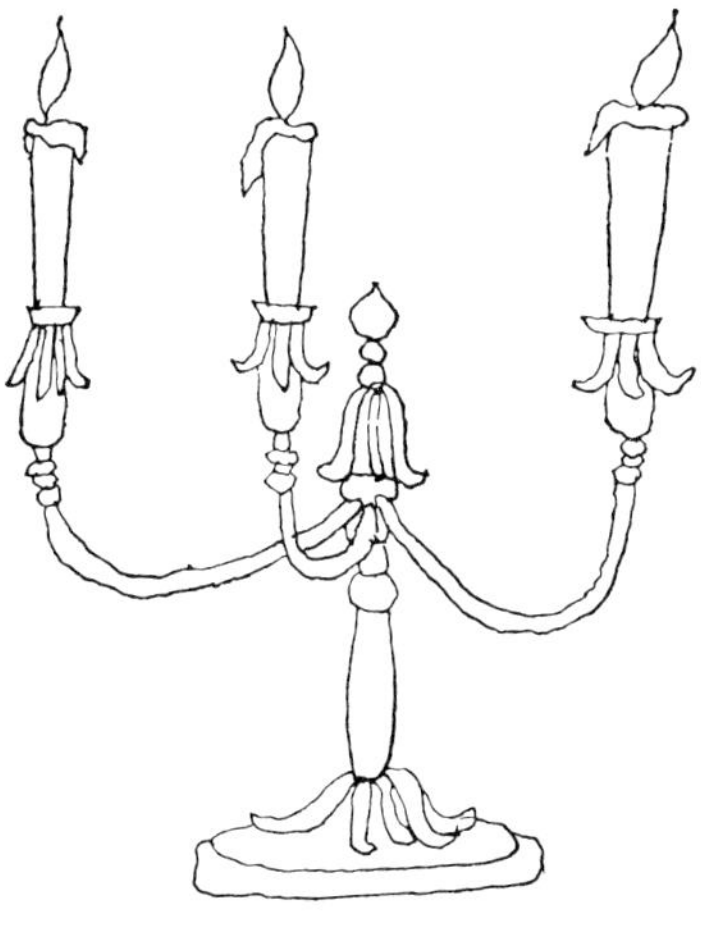

らぞらしく感じられる。

席上の祝辞というのも困りものである。

いったい、祝辞というものが、いるものかどうか。つぎからつぎへと、両家の勢力のバランスをとりながら、やくたいもない、きまり切ったことをのべあうのは、ますます座を退屈に白ちゃけたものにする。すこしでもおもしろくしようとおもって、新郎新婦の学校時代のしくじり話をしてみたところで、人生何十年と生きてきた人なら、過去に一つや二つ、面白い逸話もあるだろうが、これから結婚しようという若い人には、一座の人をたのしませたり感心させたりするような話があるわけはない。

だいたい新郎新婦にしても、結婚披露の席を祝ってもらう場所と考えているのが、大きなまちがいである。もともと、これは、私たちが結婚をしましたということを、宣言する席のはずである。祝ってもらうまえに、じぶんたちの決意を話し、そして、ここにくるまでの日々の間に、もしお世話になった人たちがあるとすれば、その人たちに、この機会にお礼を申しあげる、それがスジだとおもう。

このごろ、新しくはやろうとする一つの形にこんなのがある。だいたい披露パーティの「式次第」が終りに近づいたころ、司会者が新郎新婦のお母さんに、前へでてくださいという。なにごとならんとお母さんたちがテレくさそうにでてくると、新郎新婦が花束をもって、新郎は

新婦のお母さんに、新婦は新郎のお母さんにそれをささげるというのである。気持は、これまで育ててもらったことにたいしての感謝をあらわすということだろう。

　せっかく、はやりかけたものに水をさすようでわるいが、これも人をバカにしたやり方である。ほんとうに、両親にたいして感謝する気持があれば、はじめから両親を上座にすえて、どうせ私ごとの会なのだから、まっさきに両親に感謝のことばと、これから新しく独立して、ふたりの生活をきずいていくにあたっての、お別れのことばをのべるべきではないだろうか。

　そのあとのことは、なんにもいらないはずである。見栄や体裁で、とっかえひっかえ着物をきかえてみせたり、見栄や体裁で、たいして親しくもつき合ってない人をよんできたり、見栄や体裁で、お座なりの祝辞をのべさせたりすることは、なんにもいらないはずである。

　結婚はゴールインでなくてスタートである。

　その出発の日を、どんなかたちであらわすか、古いしきたりとか、世間のならわしはいっさい忘れて、まったくの白紙で考えてみてほしい。

　なんのために式をあげるのか、なんのために披露パーティに人をよぶのか、そのいちばん、はじめのところから考えてほしい。

　これは結婚する君たちはもちろんのこと、両親をふくめて、まわりの人たちにも真剣に考えてみてほしいのである。そうするのがほんとうだけれど、そんなことをするとみっともない、世間にわらわれる、などと心配することはないのである。よくよく考えて、ほんとうのことをやるのに、だれも笑いはしないのである。ありもしない「世間」の幻影をおたがいが、いっしょうけんめいにつくりあげるのはよそう。

　これは、新しい人生への出発の日だけではない、それからあとのながい一生の日日につながることである。昨日そうしたから今日もそうする。ひとがそうしているから、じぶんもそうする。それはらくかもしれないが、それでは生きてゆく甲斐がないのである。

　では、愛し愛され、おたがいの信頼の上に、ながい一生をかけて、あたらしい一つの生活へ出発しようとする君たち。その出発の日と夜を、いささかも手垢にまみれない、新鮮な儀式でさわやかに飾りたまえ。

（84号　昭和41年5月）

漢文と天ぷらとピアノと

群馬県の渋川高校に、「万年」という名の、国漢の先生がいる。もちろん、本名ではない。

だいたい、「万年」などというアダ名は、古く明治時代から、どこの学校の教師にも、たびたび奉てまつられたもので、はなはだ新味がない。

退役大尉とか特務曹長上りが、体操や教練の教師をやっていて、それ以上階級が上らぬところから、俗に万年大尉とか万年下士官といわれた、その意味の「万年」もあった。あるいは、十年一日のごとく、雨がふっても風がふいても、ヨーカン色にあせた紋付きハカマで、これまた十年一日のごとく「子ノタマワク」とやっていた漢文の教師あたりも、有力な候補者だった様子である。こういう教師はどういうものか、きまってドジョウひげを生やしていたから妙である。

しかし、わが渋川高校の「万年」先生は、大尉でも大将でもない。漢文は教えているが、ドジョウひげは生やしていない。アダ名から察すると、えらく老人みたいであるが、本人は当年とって三十五才の青年教師である。どういうわけで、こんな古ぼけたアダ名がついているのか、はなはだ奇異である。

ところで、この渋川市の目抜き通りから、ちょっと入ったところに「新亀」という店がある。古い方は、おぼえていられるかもしれないが、むかしは、うまい手打ちそばを食わせるというので、前橋高崎あたりからも、わざわざ食べにくるというほど、名の通ったそばやである。そばは、もりにかぎりやす、という通説をしりめに、天ぷらそばが、じまんであった。

先代が数年まえに死んで、いまは、一つ二十円のイカてんだけを揚げているが、さすがに、おそざいやとはちがった味をまもりつづけている。

渋川高校の生徒たちのなかには、「万年」さんは、この「新亀」に下宿しているものとおもっている者がいる。しかしばかいえ、「万年」は「新亀」のムコさんだぞ、という生徒もいる。

残念ながら、どちらの観察も、アウトである。群馬県渋川市、などというからピンとこない向きもあるだろうが、これを上州は渋川の宿といいなおせば、はは んとくる。いわずとしれた、名物は空っ風と、そしてカカア天下である。

わが「万年」さんは、この「新亀」の、レッキとしたあととり息子であり、当主なのである。なんで、下宿人であったり、ムコ養子であったりするものか。

当節の高校生は、まことに口さがないものよ、とつくづくなげかれるのである。

「万年」先生は、まい朝、六時半から七時のあいだに目がさめる。さすがに、まだ表も家のなかもしずかだが、聞きなれたサンダルの音が土間を気ぜわしそうに行き来しているのに安心して、一服つける。

やっこらしょ、と起き上ると、たいてい店においてあるトランジスタ・ラジオが、七時のニュースでございます、とくる。顔を洗って、ズボンをはいてネクタイをしめて、白い上っぱりを着て、帆前かけをしめると、ぬうと奥さんが揚げはじめている天ぷらなべの傍へゆく。奥さんがするりと入れかわると、もう「万年」先生の右手が揚げ箸をにぎり、左手がイカをつまんでいる。

おやじさんの死んだあと、さすがに天ぷらを揚げさせては、家中「万年」先生の右にでる者はない。六つの年からの年期がものをいうのだそうだが、しかし毎朝こうして天ぷらなべに向うのは、その腕に恍惚として酔うためではない。奥さんと交代しなければ、朝めしを作ってもらえないからである。

朝めしがすむと、上っぱりを背広の上衣にかえ、オートバイに打ちのって学校へ馳せ向う。なに歩いたって十分くらいの距離である、それをオートバイに乗りたがるのは「万年」先生のあどけない趣味である。

しかし、教師は趣味ではない。早稲田大学高等師範部卒、勤続十五年、ほどほどに情熱を燃やし、ほどほどにくたびれている、押しも押されもせぬ中堅の風格がある。

授業は、日にならして三時間くらいである。授業の合い間は、たいてい控え室で、出がらしの茶を、大きな茶わんでのんでいる。のみながら、つぎの授業のことを考えたり、雑談をしたり、ときに天気のよい日だったりすると、車輪の四つついた車に打ちのってスイスイと走るマタタノシカラズヤベケンヤといったことを考えてみたりする。

三時半から四時には、「新亀」なるわが家へ帰ってくる。店先からみると、奥のピアノが光りかがやいているが、やがて天ぷらのにおいのたちこめた店内に、バイエルの美しくもたどたどしいメロデイが流れてくる。近所の女の子に「万年」先生が手ほどきをしているのである。

「新亀」の先代は、きこえた尺八の上手である。その血が「万年」先生に流れているために、ゲップでピアノを買うハメにも立ち至ったのである。

子どもたちが帰ると、「万年」先生は、やおら立ち上って、買物かごを下し、ゲタをつっかけて出かけてゆく。魚屋でタコを買い、気がむくとタラコを買い、八百屋をのぞいて、生じいたけがあるとそれを買い、大型観光バスが唸りをあげて疾走する中を、ふらりふらりと歩いてくる。子曰ク、賢ナルカナ回《カイ》ヤ、といった風情である。

さて、わが「万年」先生が、日課のチビリチビリに取りかかるには、まだ数十分のひまがある。そのあいだに、大いそぎで、奥さんの房江さんのことを語ろう。

房江さんは、「万年」先生とは五つちがい、今年三十才である。おなじ上州の生れ、二二才のとき「万年」先生と見合

五月

結婚をした。式のとき、新婦は洋裁にご堪能で、ぐらいのことはいわれただろうが、天ぷらの腕までは媒酌人も見通せなかったにちがいない。

それがいまは、一日に百五十から、ときに三百のイカてんを揚げ、師匠の「万年」先生をして、なかなかやります、といわせるまでになっている。

もとより、らくな仕事ではない。朝は五時半に目ざまし時計で起きる。六時には、店の表で豆炭をバタバタあおいでいる。それがすむと掃いたりふいたりして七時には天ぷらを揚げはじめ、起きてきた亭主と代ると、その亭主や子どもの朝飯をこさえ、八時すぎには、第一回ぶんを揚げて、おばあちゃんと朝ごはん。

おばあちゃんも生っ粋の上州っ子。姑が上州女で嫁が上州女とくれば、さぞや僅かのゲーム差で首位を争う好カードと、かたずをのむ向きもあろうが、バカではカカア天下はつとまらない。バカでない同士の上に、最近はおばあちゃん大病をして、ねたり起きたりだから、若くして房江さんは「新亀」の大黒柱となり、金庫番となってしまった。

そうなると、揚げる箸にも一だんと力が入ろうというもので、ジュウジュウジャアジャア、残りのぶんを揚げおわるのが、十時から十一時。ほっと一息とおもう間もなく、お客がそろそろ買いにくる、そばやの兄ちゃんも取りにくる、小学二年生の女の子、保育園に行っている五つの男の子も帰ってくる。

ひとさわぎが終るのが二時ごろ。後片づけやら、せんたく針仕事にとりかかるころには例のオートバイの爆音とどろかせて、わが「万年」先生が帰ってくる。

おとなしいし、よく手つだってくれるし、たまにケンカすれば必ずこちらが勝つし、一点非の打ちどころのない良夫賢父だが、「万年」先生の乗り物ずきだけは、どうにもガマンできない。

いつの日にか、四つ車輪のハンドルを握りたいという夢はよいとして、それには運転免許証がいる。その免許証とりたさに、とりあえず教習所へ通うという。それもまあよいとしよう。しかし、こりもせず、四回試験をうけて、四回落第するとはなにごとか。教習所通いもタダではない。四回落第するために、房江さんがやっとのおもいでためこんだヘソクリの四万円を、そっくり使いはたしてしまっているのである。

それでいながら、こちらがすこし仏心を出して、オートバイのホコリなどを払ってやると、また教習所へ通いたいような顔をする。以来、房江さんは朝起きると、新聞の折りこみ広告をしらべ、来れなんとか教習所へ、なんてのをみつけると、「万年」先生の見ないうちに捨ててしまうのである。

などといっているうちに、日が暮れかかった。小さい坊やは、ごはんごはんと叫び、大きい坊やは酒びんを横目に、至って落ちつかない。

「新亀」の先代が、なくなる三日まえ、たまたま嫁の房江さんとふたりのとき、こういったのである。「お前、商売は絶対やめちゃいけないよ。息子はああいう酒のみだから、どんなことがあるかもわからない。商売さえしていれば、子どもの小づかいや、親子四人食べてゆくぐらいはできるんだから、苦しくても商売はやめちゃいけないよ」

三日たって、おじいさんが死んだ。あ

と始末がすんで、おばあさんや「万年」先生が、人手はないし、どこかへ引っこもうかと思案しはじめたら、私がやります、と房江さんがいった。なれない手で、そばやはムリとなって、天ぷらや、それもイカだけときめて、それからもう五年になる。

夜は、近所の人が、いっぱい飲みにくるが、サカナはイカてんだけ。お酌をするわけでなしお愛想をいうわけでもないが、それがかえってよいと、きまった客がある。

そのころ、奥では、「ああいう酒のみ」とおやじにいわれた「万年」先生が、ちびりちびりとコップをなめ、酢だこを食い、店でのれんを外す九時頃には、こくりこくりと舟をこいでいるのがおきまり。

いくらのんでもキリはないが、いいところ四合でしょうね、第一ゼニがつづきませんから、と「万年」先生は、シラフのときは殊勝なことをいう。

房江さんも、それについては、にやにや笑うだけなのが、いささかふしぎだが、じつは、これには、ささいなるわけがある。

「万年」先生が気持よさそうに白河夜舟をきめこんでいるあいだに、房江さんは、あすの朝の用意にかかる。

子どもたちもおばあちゃんも寝て、しいんとした家のなかで、イカを切る庖丁の音がカタカタとひびく。ふと目をさました「万年」先生は、その音をきくと、ああ極楽なるカナ、といった面持で、また眠ってしまう。

イカをこしらえ、粉をふるい、コンロに豆炭を積んで火をつけるだけにし、そのへんを片づけて、「万年」先生と差し向いになるのが、たいてい十一時をすぎている。

帳面を出し、ソロバンを入れはじめると、その音で「万年」先生は、また目をあけるが、こんどはハッキリ目をさます。酒がのこっていると、それを一口のんで、モゾモゾとポケットからガマ口をとり出す。

「きょうは何合なの？」

「四合。二百円だから二十円おつり」

毎晩四合も五合も飲まれたのでは、女房たるもの、たまらない。房江さんは一計を案じて、飲んだ分だけ金をとることにした。貸し売りおことわり現金払いである。「万年」先生も、けっきょく、このほうが気がねなく飲めるので、そういやな気はしない。月末になると、同僚をひっぱってくる、という手も知っている。いかになんでも、まさかお客の酒にゼニはとれないからである。

勘定がすむと、「万年」先生は、腹がへったな、という。房江さんがラーメンやに電話をかける。

深夜、夫婦が向い合ってラーメンをすすっている図なんてものは、なんということはないが、この世も捨てたものではない、という感じのものである。

申しおくれた、「万年」先生の本名は龍見真《たつみまこと》である。本人も、よい名前だとおもっているらしい。

（70号　昭和38年7月）

お互いの年令を10才引下げよう

具体的にいうと、

失礼ですが、あなた、おいくつですか。かりに、四十八才としますか。その四十八から十ひこうというのです。十ひくと三十八、つまり、あなたは、三十八才、そういうことにしようじゃないか、というのです。

もちろん、あなたが、いま三十四才なら、二十四才というわけです。

七十五才なら、六十五才です。

六十六才なら、あなたは、五十六才です。

五十一才なら、四十一才。

とにかく、なんでもかでも、いまのじぶんの年から、十ひいた年、それを、これから、お互いの年ということにしよう、というわけです。

なんだか、ちょっと、冗談みたいな提案だとおもわれるでしょう。大まじめなのです。本気になって、これをいいたいのです。

古めかしい言葉を一つ、かつぎだしてきましょう。

〈不老長寿〉です。

大掃除をしていて、棚の隅から、いっぱいのホコリをかぶっているのを、しかめっ面しながら、庭先きに持ちだしてきた、まったく、そんな感じのする言葉です。

ひさしぶりに、この言葉を見ていると、これはぼくだけでしょうか、白いあごひげを長々と生やした、一人のおじいさんの姿が、うかんできます。おじいさんは、中国の道服ですか、あんな服を着て、まがりくねった杖をついています。

どうして、〈不老長寿〉と、このおいぼれじいさんが、結びつくのかわかりません。ちいさいとき、なにかでみたクスリか酒の広告に、このじいさんが描いてあって、そこに不老長寿というキャッチフレーズが印刷してあったのかもしれません。それとも、床の間の掛軸に、そんなものが書いてあったのをみたのかもしれません。

どういうものか、ぼくは、このじいさんとはウマがあわないようにおもうのです。

このじいさんは、たぶん仙人でしょう。おまけをつけると、神仙などという呼び方もあります。とにかく、年中もっともらしい顔をして、じぶんひとりが、この世の中で、なにひとつ、あやまちをおかさないんだ、といったつらがまえをしています、それがまず、コチンとくるのです。

ふざけちゃいけないよ、くそじじい め、そういう気になってくるのです。なにもかも悟りきったようなムードが、おもしろくないのです。

立川文庫などで読むと、そういうじいさんのひとりが、どこか山の中にいて、わが主人公は若年のみぎり、そういうところへ修業に入って、何年も苦労して、最後にやっと秘法とやらの巻物を授かる、という場面がよくでてきます。

そういうときの、じいさんのすることや、いうことが、また気に入らないのです。

第一、こっちは、朝早くから、谷川へ下りていって、日に何荷となく、水をくみ上げたり、せっせと薪をこさえたりしている、そのあいだじいさんはなにをしているかというと、丸窓のある部屋で、朝から晩まで、本ばかり読んでいます。

朝から晩まで、本ばかり読んでいる、それがさもえらいみたいだから、いやになります。こっちが修業にくるまえは、じいさんはひとりぼっちだったのだから、水も汲んだし、薪も作ったし、飯も炊いただろう。それなら、弟子ができたって、すこしは、じぶんもやるがいい、それを本を読むことのほうが、もっと立派なことだとおもって、朝から晩まで、本ばかり読んでいる、その根性があさはかです。

本を読むことは、大切なことにはちがいありませんが、本を読むことだけが、なによりも立派なことで、飯を炊くことは、ずっと下等なことだとおもいこんでいられては、たまったものではありません。

じいさんだって、腹がへっては、本が読めないから、そうして、ひとに飯を炊かせるのでしょう。そして、立川文庫には、そこまでは書いてありませんが、ひとの作った飯を、まずいのどうの、そんなことでは、まだ修業が足りん、などとえらそうなことをいっただろう、とおもうのです。よせやい、といいたくなります。

だから、ぼくは、こういうじいさんとは、どうもウマがあわないのです。仙人と名のつくなかで、すこしは友だちづきあいをしてもいいなとおもうのは、久米の仙人だけです。もっとも彼の場合でも、雲の上から、下界の若い女の白い脚にみとれたために、足ふみすべらして地上に落ちてしまった、たったそんなことで、仙人組合から、除名されています。よくよく仙人ということが、ケチなやつらの集りだということが、はっきりしてくる、というものです。

仙人ではありませんが、例の西遊記に出てくる、孫悟空とお釈迦さまのやりとりのくだり。お釈迦さまが、じぶんの掌に悟空をのせて、いくらお前がえらそうにしたって、この掌の外へは、とび出せないんだぞ、というので、悟空はなにおっとばかり、たちまち筋斗雲《きんとうん》にのって、十万八千里ばかり飛行して、向うに五山が見えたから、山のてっぺんに、登頂記念の落書きをして帰ってきたら、お釈迦さまが、悟空これをみろと、指を動かす。あきれたことに、十万八千里のかなたの五山とおもったのが、お釈迦さまの五本の指で、そのさきに、悟空のへたな字で落書きがしてあった。おどろきたまげた悟空をみて、お釈迦さまは、はっはっはっとわらったというのです。

ぼくは、こういうお釈迦さまとは、や

っぱりウマがあいません。なにもえらそうに、わらうことはない、とおもうのです。ふたりをくらべてみると、お釈迦さまといえば、天上天下第一の人、それにくらべれば、悟空など、凡夫も凡夫、あさはかなものにきまっています。それが、すこしばかり気負い立って、十万八千里を疾風のごとく飛んでゆき飛んで帰る、あさはかにはちがいありませんが、そんなことは、はじめからわかりきっています。なにも頭ごなしにはっはっはっと、小ばかにしてわらうことはないとおもうのです。

　いったい、お釈迦さまにしても、仙人じじいにしても、じぶんよりずっとできないものに対しては、ずいぶんえらそうな口をきいたり、はっはっはっとわらったりします。そういうのにかぎって、天帝とやらゼウスとやら、強そうな奴や、えらい奴にあうと、にこにこして調子のいいことをいうから、むかむかしてくるのです。

　どうも、お互いの年を、十才引き下げようと提案しばなしで、その理由も説明しないうちに、へんな、ひげの長いおじいさんのほうに、話の身が入ってしまいましたが、まあ、ことのついでに、この胸くそのわるいじいさんのほうを、片づけさせてください。

　この仙人じいさんと、このぼくが、どうにもウマが合わないのは、一つには、いまいったように、年がら年中えらそうな顔をしているからですが、じつをいうと、とてもじゃないが、がまんしきれないのは、もっとべつのところにあるのです。

　まるで、〈不老長寿〉の本家と元祖と家元を一手にひきうけたような顔をしているくせに、どうして、ああもしょぼくれて、目やにをためて、ご大そうなひげを汚ならしく垂らして、ひねくれた杖など突いて、もたもたしていなけりゃならんのか、というのです。

　〈不老長寿〉、いつまでも年をとらず長生きをしたい、というのは、ローマ皇帝ネロや秦の始皇をまつばかりでなく、これは、人間なら、だれしも心のなかにもちつづけている願いにちがいありません。

　〈不老長寿〉といえば、〈蓬萊山〉や〈桃源境〉をおもいだします。そこでは、桃李桜梅ならびにひらいて、時をわかず胡蝶は舞い舞い、鳥は歌い、雲はほほえみ、不老果を捧げた侍女の列を従えて、しずしずと西王母のすすむさまは、さながらソロモンの都に向うシバの女王の行列もかくやとばかりに、迦陵頻伽《かりょうびんが》の調《しら》べも妙に、五香十芳ふくいくとして天地にたなびくところです。

　とにかく、そういうところです。ところが、その不老長寿の別天地で、はじめて行き合う人物というのが、例のしょぼくれた、白いひげをはやした、よたよたのおじいさんなのです。

　いったい、どういう魂胆があって、〈不老長寿〉というと、このじいさんが、したり顔をして、しゃしゃくり出てくるのか。なにか、じいさんかんちがいしているのではありませんか。

　いいですか。それは、ぼくら、だれだって、長生きしたいですよ。しかし、ただ長生きすれば、それでいい、というんじゃないんです。かんちがいしないでください。ただ生きているだけ、息をしているだけ、そんなのじゃ、いやなんです。

　縁側で盆栽でもいじりながら、合の手に、ぶつくさ小言いってるような、お寺まいりをしてなきゃ、部屋の隅で、いり豆のカンでもだいているような、そんなふうで、長生きしたいとおもっているわけじゃないんです。

　やれ、おじいさん、体に毒ですよ、ほら、おばあさんは、じっとしていて下さいよ。そんなふうに、みんなにいたわられたり、じゃまものあつかいにされて、それでも、生きているからいいんだ、なんて、だれが、そんな不老長寿をねがったり、欲しがったりするものですか。

　ぼくらが、長生きしたいのは、まだまだ、したいことがいっぱいあるからです。そのしたいことをするには、元気にあふれた体と、しゃっきりした頭脳がいります。

　長生きしたいと、人間がだれしものぞむのは、その元気な体と、しゃっきりした頭脳をもったまま、一日でも一年でも、よけいに生きのびたいということなのです。

　ところが、おじいさん、あなたが、不老長寿の象徴みたいな顔をして出てきたのでは、ぼくらの、ばら色のねがいは、いっぺんに、ぺしゃんこになってしまいます。

　まるで、生きながらえて、年をとると、こうなるぞよ、という標本みたいなものですよ、あなたは。じじつ、ぼくなんか、ちいさいとき、いろんなところで、あなたをみかけたものですが、よたよたと道を歩いていたり、竹林の中の一軒屋で、つくねんと本を読んでいたりするのをみると、なにがうれしくて、このじいさんは生きているのかしらん、とおもったものです。人間というものが、みんな年をとると、こんなことになるものなら、ぼくは、年をとらないうちに死にたいな、とおもったりもしました。

　まったく、おじいさん、あなたは、だいぶ見当が外れています。おいくつかしらないが、たぶん三百才とか八百才とかいうのでしょう。年のほうは、それでいいから、もっと腰をしゃんとのばして、顔を上げて、第一、そんな悟りきったような、枯木みたいなムードでなくて、木でいうのなら、うっそうと枝も葉もおいしげったような、笑いもすれば泣きもする、切れば赤い血が出そうな、そんな調子で出てきていただけませんかね。

　おばあさんだって、おなじことです。

　ぼくがちいさいとき見た絵では、どういうものか、おじいさんばかりでした。それも、いつでも一人で、たまに二人でいたら、それが、似たような、しょぼくれじいさんどうしで、いまにも傾きそうな、ひどいあばらやの1DKで、つまらなそうに、碁かなんか打っていたりしていたものでした。

　いまどき、あんな絵を描くかどうかしりませんが、もし描くとしたら、おばあさんも一しょにいるところを描くでしょう。それとも、じいさんなんか、やめてしまって、おばあさんだけかもしれません。

　そういうとき、どうか、へっぴり腰でいじわるそうな目をして、ひねくれまがった杖などついて下さいますな。

　なに、シワなど気にすることはありません。日頃から、ぼくにどうしてもわからないのは、大臣みたいなものになりたがる人間の気持と、シワを気にする女のひとの気持です。

　そこいらの男にきいてごらんなさい。あなたの目尻のシワなんて、気にしている奴は、一人もいませんよ。

　気にするのなら、シワでなくて、目じゃありませんか。女のひとで、年をとってくると、へんに、いやみな、意地のわるそうな目つきになる人がある、あれは、わびしいですね。

　目が、きらきらと、きれいに澄んでいたら、シワなど、どうだって、みんな、あなたが好きで、きれいな人だとおもうのです。

　〈不老長寿〉の絵に出てくるのなら、すらっと体をのばして、にっこり、えん然とわらっていただきたいものですね。

　でなければ、女の人だって、ただ長生きだけしたところで、仕方がないでしょう。


〈人生七十古来稀〉


　また、ほこりだらけの言葉を一つ、かつぎだしてきました。

　杜甫の詩にある言葉で、人生七十、古来まれなり、と読むようです。古来まれだから、七十才のことを古稀《こき》というのだそうで、そういわれてみると、古来まれだから、あの不老長寿のじいさん、しょぼくれてよたよたしているのも、無理のないこと、やっと、あの年まで生きのびてきて、もう刀折れ矢つき、必死に杖にすがっているすがたなのかもしれません。

　しかし、いまは、すっかり様子がちがっています。

　杜甫は、八世紀の人です。いまから、千年以上もむかしです。二十世紀も後半の現代では、七十才なんてものは、古来まれでもなんでもありません。

　厚生省の新しい統計によると、日本人の平均寿命は、女の人で七十二才と四カ月、男でも六十七才をこえています。そうすると、七十才にもならないで死ぬのは、どうやら若死ということになります。

　七十才になったから、といって、古稀の祝いなどというのは、いまでは、ちゃんちゃらおかしい、ということなのです。

　それも、ただ年だけ長生きする、というのではなくなってきました。早い話が、当節は、腰の曲った人をみかけることは、ほとんどありません。腰が曲っている人は、よほどめずらしいことになってしまいました。

　長く生きるだけでなく、それだけ、年よりになることが、おそくなっているのです。

　去年の暮、ぼくは、小学校の同級会へ出かけてゆきました。離れていることもあって、学校を出たっきり、四十年ぶりのことでした。したがって、そこに集まった顔は、四十年目にはじめて合せる顔ばかりだったのです。

　それでも、男のほうは、日頃その年かっこうの連中とは何人もつき合っているから、およそどんな感じかということは、大体は見当がついていました。

　さっぱり見当がつかないのは、女の人のほうです。そのころは、男女共学ではなかったのですが、送ってもらった名簿の名前をみていると、何人もおもいだしてきました。しかし、なにしろ、もう五十をすぎているのだから、さぞかし、幼な顔のおもかげもなくて、みんな相当なばあさんになっていることだろうなあ、とおもったわけです。

行ってみて、おどろきました。そんな、ばあさん、といった感じのひとは、一人も見あたらないのです。どうみても、四十そこそこにしか見えません。

表情も若々しいし、遠慮会釈のない大声にも弾力があり、つやがあります。ちょっと、頭のなかだけで考えていた、五十すぎた男たちと、五十すぎた女たちの集りとは、およそ似ても似つかないほどかけはなれた、花やいだ愉快な空気だったのです。

そのとき、女のひとの一人が、今日の会は、お互い年がちゃんとわかっているから、気らくだ、といったのです。おや、とおもいました。

よその会では、こうはいかない、というのです。五十すぎている、ということが、心にひっかかっていて、なんともいやだというのです。

人生わずか五十年というからな、だれかが、そういいました。みんな、その瞬間、ちょっとしゅんとしたことは、たしかでした。

〈人生わずか五十年〉

また、古風な言葉が、とび出してきました。もうみんなこうして、平均寿命が七十才をこえているいまは、こんな言葉など、とっくに、くしゃくしゃにまるめて、紙くずかごに投げこんでしまった、とばかりおもいこんでいたのです。

あさはかなものでした。そういわれて、その気になって、世間を見わたすと、どっこい、この〈人生わずか五十年〉というやつ、〈いい年をして〉とか、〈年甲斐もなく〉とか、〈もう三十をすぎてるのよ、あの人、それでまだ独りですからねえ〉とか、〈あの年で口紅なんかつけてさ〉とか、さまざまの言葉に姿をかえて、もういたるところで、ぴんぴんして、生きているではありませんか。

寿命ものびた。それも、ただ命だけがのびたのでなく、体や頭脳が衰えるのも、ずっとのびた。それが、いまのお互いの実情です。それなのに、今年いくつという、五十才なら五十才、三十才なら三十才、その年々について、およそこういうものだという、その考えは、すこしも変らない。大正から明治から、ひょっとしたら、徳川時代から、そっくりそのまま残っているのです。

これでは、体はこちら、考えはあちらまるで正反対の方向にひっぱられて、車裂きの目に合わされているようなものです。たまったものではありません。

くだくだと書いてきましたが、このさい、お互いの年令を、一律に十才ひき下げよう、というのは、こういうことからきているからで、いやな言葉ですが、その体と、考えとのひずみを直すには、どうやら、いちばん手っとり早いとおもったからです。

もちろん、十才というのには、べつに根拠はありません。ただ、半ぱな数では、引き算がやりにくいからですが、そうときめてみると、この十才というのは、あながち、でたらめでもなさそうだ、という気もするのです。

あなたのまわりを、見まわしてごらんなさい。

いま五十三才の人なら、四十三才ということで、名実ともに、ぴったりしそうです。

三十五才なら、二十五才、まあそんなところではありませんか。

七十一才というのは、じつは六十一才くらいだし、二十八才なんていうが、なんの、いうことすること、むかしでいえば、ざっと十八才程度でしょうからね。

こうして、いまの年から順々に十才ずつ引いてゆくと、二十一才が十一才、十一才が一才、さて、そのつぎです。

十才から下は、どうするか。まさか落語の子ぼめじゃあるまいし、あとはタダというわけにはまいりません。

数学のほうは、いたって不案内で、あの〈マイナス〉という考え方を、はじめておもいついたのは、どういう人かしりませんが、まったく大したことを発明したものです。

そこで、この十才引下げ方式でも、このマイナスという考え方をとり入れてみました。すると、たいへん具合よくいきそうなのです。

十才から十才ひくと0才、九才から十才ひくと、マイナス一才、八才はマイナス二才、といったわけで、一才の赤ちゃんは、マイナス九才ということになります。

生まれたときからの順でいうと、はじめての誕生日でマイナス九才、つまり、〈人間〉にはまだほど遠いというところで、それから、だんだん成長してゆくにつれて、マイナスの数が、一つずつ少なっていって、マイナス四才で、ひとまず小学校一年生。そして、小学校五年生になって、はじめて0才、ここで〈人間〉としてのスタートに立つ、というわけです。

これだと、なにしろマイナス時期のことも、という気持が、まわりの大人にも、ひとりでにできるから、いまみたいに、まわりで勝手に大人あつかいして、それでもって、腹をたててみたり、つまらんことに感心してみたり、といったトンチンカンなことも、そうそうはおこらなくてすみそうだとおもうのです。

いまの十才が0才ですから、中学生は二才から四才、ということになります。中学生にどうだときいたら、チェッといいました。しかし、むかしの日本では、十五才で元服したんだぞ、0才というのは、これから〈人間〉の仲間入りをする、つまり元服する年、外国でいえば、半ズボンでなくて、長ズボンをはく年なんだ。むかしからくらべると、五年も早くおまけしてあるんじゃないか、というと、元服ってなにさ、ときたものです。

ついでに、二十才のお嬢さんにも、おなじように、どうだ、ときいてみたら、ダンゼン困るわ、という返事でした。だって、やっとこさでハタチになったとこだから、また十才からやり直すなんていやだ、というのです。

十代を、もう一度やり直すなんて、すてきではないか。やっと二十になった、などとよろこんでいるが、これからさきは一瀉千里、あっというまに、来年は三十、ということになってしまうんだぞ。そう言ってやろうとおもいましたが、これは腹の底にしまっておいて、そういうものかね、と言っておきました。イッシャセンリって、どういうことなの、などときかれては、こちらは体がいくつあってもたまらないからです。

それにしても、いまどきの若者は、い

いことをいってくれるではありませんか。たしかに、年令を十年引き下げるということは、過ぎさったその十年を、もう一度やり直す、ということなのです。SFふうにいうと、ちょっとしたタイムマシンです。

終戦後、ちょっとの間でしたが、サマータイムという取りきめがありました。夏の間だけ、時計の針を一時間進めよう、ということだったのですが、暑くて寝苦しい夜は、旧時間で夜ふかしをして、朝の出勤は、サマータイムで一時間早く起きる、という器用なことをやってのける人が多いために、みんな睡眠不足でふらふらになって、間もなく、やめようや、ということになってしまいました。

この年令十才引き下げ方法は、おなじ時計の針を動かすにしても、一時間などというみみっちいことではなく、夏だけというしみったれたものでもありません。時計の針を、おもいきって十年も逆にまわしてしまおう、という、まことに爽大な計画です。

そこへもってきて、べつに予算が一円もいるわけではなく、国会できめなければならないものでもありません。

以上を読んで、ああそうか、とおもう人だけが、その場で、さっと自分の年を十才だけ引き下げたら、それですむことです。

なにもかも、お上の手を借りなければ、大根一本のねだんも下げられないみたいな、へんてこな、いまの世の中に、だれのお世話にもならずに、こういう歴史的な大計画を遂行できるというのは、じつにもって愉快なことではないか、とおもうのです。

まあ、ためしに、あなたおいくつですか、その年から十をひいた年、四十四才なら、おれは三十四だぞ、と大きな声でどなってごらんなさい。五十七才なら、私は四十七だわ、と声にだしていってごらんなさい。ふしぎに、体内に元気があふれてくることうけあいです。

申しおくれました、ぼくは四十三才、心身ともに、まことにいい感じです。

(78号　昭和40年2月)

世界はあなたのためにはない

この春、学校を卒業する若い女のひとのために

a

林澄子さんが、なくなった。

ぼくたちの仲間のひとりだった。

なくなったのは、去年の十一月九日の朝である。暦の上では、去年にちがいないが、いま、これを書いている日まで、ふた月しかたっていない。

三三年と九カ月という、みじかい生涯であった。

ひとは、年の順に死ぬものではない、ということは、百も承知している。それでいて、なんとなく、年をとってくるとだんだんと順番がきたような感じになるし、それだけに、若いときは、そんなことを、ひとも、自分も考えはしない。

はっきりいって、林さんが死ぬ、なんてことは、考えもしなかった。林さんの年の、倍も、もっと上の年のひとだって、いっぱい元気で生きている。

林さんが死んだ、ということは、いわば運命の奇襲攻撃をうけたようなものだった。

ひとは、どんなことをしても、死ぬときは死ぬし、死なないときは死なない、という考えが、ここ何十年、ぼくの心のなかに沈んでいる。りくつでは説明できないが、戦争中、兵隊だったときの、日日のつみかさねが、作り上げてきたものである。

その日の朝、数時間まえに息をひきとったという、林さんの美しい寝顔を見ながら、じっと坐っていたぼくの心のなかに、とりとめのない雲のように、この考えが揺れていた。

死にたくなかったろうとおもう。どんなに生きていたかったろうとおもう。

このひとを、いまここで失うことは、ぼくたちの仕事にとって、もちろん、どんな大きな損失かしれない。

しかし、その朝、林さんの家へ駈けつける車のなかで、ぼくが考えていたことは、それとはべつのことであった。

女のひとが、奴隷としてではなく、人形としてではなく、ひとりの人間として生きてゆくための、たたかいの歴史を、どの国も、どの民族ももっている。

日本も、その歴史をもっている。その歴史は、近くは明治時代にはじまって、大正、昭和、そして戦争の終ったいまも、日日書きつづけられている。

林澄子さんは、政治家でもなければ、評論家でもない。いわゆる婦人問題の研究者でもなければ、運動家でもない。

その意味でいうなら、ごくあたりまえの、仕事をもっている、ふつうの主婦で

あり、母親であった。

しかし、そのごくあたりまえの、日日の暮し方でもって、このひとは、自分をふくめて、日本の女のひとのために、たたかってきた。その歴史を、自分の日日の行動で、書きつづけてきた。それは、もちろん林さんだけではない。ぼくたちの仕事の仲間の女のひとは、みんなそんなふうに働いている。ぼくが、つい女のひとに失望しかけるとき、その気持を押しのけてくれる、生きた証《あかし》しが、この仕事場にはあった。

林さんの家へゆく車のなかで、ぼくが考えていたことは、その生きた証しの大切な一人を失ってしまった、ということだった。

生きていてもらいたかった。

家庭と仕事は両立しない、という考え方が、世間に、だんだんと強くなっていきそうな気配がする。むつかしいことにはちがいないとおもう。しかし、そのむつかしいことを、こんなに見事にやってのけている人たちが、ここにいるではないか。誇りをもって、ぼくはそうおもってきた。

その一人を失ったのである。

b

林さんの結婚するまえの姓は、藤井といった。

藤井澄子さんは、昭和九年二月十三日、東京の麻布本村町で生まれている。長女であった。

終戦の翌々年、東洋英和女学院に入学したが、そのまえ、戦争中の疎開先で、いわゆる栄養失調のようなことになったために、ほかのひとより一年おくれた。

二十八年に、東洋英和を出て、早稲田大学の英文科に入り、三二年に卒業した。

暮しの手帖社は、その年、はじめて社員を公募した。

そのとき、藤井澄子さんは、一番の成績で入社したのである。

応募するときの履歴書に、身上調書というものがついている。その中の、愛読する雑誌という項に、藤井さんは美しいペン字で「映画の友」「ミステリーマガジン」と、はっきり書きこんでいた。

ほかの人なら、「文藝春秋」とか「世界」とか書くところである。これをみたとき、ぼくは、おやとおもった記憶がある。これは、よほど素直で、考えのしっかりした人か、でなければ、よほど小ざかしいハッタリ屋か、どちらかだろうとおもった。

面接試験で、はじめてこの人を見、この人の話すのを聞いているうちに、小ざかしいハッタリ屋かもしれない、などと考えたぼくのほうが、よほど小ざかしいことに気がついた。

きれいで、はきはき返事をしたが、ときどき、にっこり笑った。その笑い顔に、なんともいえない、清潔な女らしさがあった。

二年たった春、早稲田の学生だったときからの恋人であった林万夫さんと結婚した。

暮しの手帖同人失言集というのがある。質量ともに、いちばん多いのは、もちろんぼくだが、いったいに、ぼくたちの仲間は、みんな日当りよく育っているとみえて、なんの気がねもなく、よくしゃべる。よくしゃべるから、当然その中には、重大な失言をする。

林澄子さんは、あまり重大な失言はしないほうだったが、なにかというと、うちの林が、うちの林が、と出てくるのには、みんなヘキエキさせられた。失言とはいえないが、重大な過言ではないか、となげく者さえ出てきた。

その林さんの、すくない失言のうちで、いちばん光っていたのが、やはり、うちの林、に関連したことだった。

よほど腹にすえかねたのか、仲間の女のひとの一人が、あなたのご主人って、どんなひとかしら、うちの男の連中とどう？　とつまらないことを聞いた。

そのとき、ニヤニヤ笑っていたらよかったものを、彼女は言下に憤然として答えたものである。

あんなんじゃないわよ、くらべものにならないわ、すごくステキなんだから。

あんなん、と片づけられた連中が、怒りにふるえる字で、失言集に特筆大書したことは、いうまでもない。

結婚して三年たって、長女の万美《まみ》ちゃんが生まれ、それから五年目に、長男の万紀《かずのり》ちゃんが生まれている。林さんがなくなったとき、万美ちゃんは五才一カ月、万紀ちゃんは七カ月だった。

暮しの手帖社には、規則らしい規則は、朝九時出勤、という以外には、なんにもない。何千何万と社員がいるならいざ知らず、三十人や五十人の職場で、規則をつくるのは、働いている人間を侮辱するものだとおもうからである。

規則があるからやる、なければやらない、そんな気持では、とても、こんな仕事はやっていけるものではない。

規則がない、ということは、めいめいが、じぶんで責任をもつということである。

ただ一つ、朝の出勤時間をきめたのは、ぼくたちの仕事は、たいてい何人かで、一つのチームを作っているから、おなじ時間に集まらないと、そのチーム全体が、仕事をはじめられないことが多いからである。

林澄子さんは、どんなに帰りがおそくなっても、帰ると、一人前の主婦として、きちんと仕事をやっていた。

そして、朝はみんなの食事の支度をし、主人の出勤の支度を手伝い、こどもの面倒をみてやり、しかも、暮しの手帖社に、九時十分か十五分まえには、必ず来ていた。早さでいえば、いつでも、一番目か二番目だった。

c

いわゆる産前産後の休暇についても、そんなわけで、ぼくたちの仕事場では、べつに規則はない。そのひとごとに、そのたびに、そのひとの事情に合わせて、なるたけ無理のないように取りきめるようにしてきた。

林さんの場合、はじめての赤ちゃんが生まれるとき、とりあえず、一年間を有給休暇にしよう、それで無理だったら、そのときまた考えようじゃないか、ということにした。

一年たって、出社してきた。大丈夫かときいたら、大丈夫ですといった。

一年休んだら、みんなすごく立派になっているのにびっくりした、私もうかうかしてると追いこされるから、しっかりしなくちゃ、とはり切っていた。

二番目の赤ちゃんのときも、おなじ条件で休んだが、こんどはすこし馴れたのか、八カ月たった頃、一週に一日ぐらい出たい、といってきた。

そして、九月の半ばごろから、毎週月曜日には、姿を見せるようになっていた。

死ぬ三日前が、その月曜日であった。お互いに忙しいから、どうかすると、口をきく機会もない月曜日もあったが、その日は、階段ですれちがったとき、明後日の入社試験には出てきますといった。うまくやってるかい、ときくと、ええやってます、と例の顔で、にっこりわらった。それが最後だった。

入社試験の朝になって、おなかをこわしたから、残念だけど今日は出られそうにありません、と電話をかけてきた。

そのあくる日、つまり十一月九日のあけ方、夫の万夫さんは、トイレでがたんと倒れる物音にびっくりして飛びおきた。あわてて行ってみると、澄子さんが倒れていた。意識はなかった。

抱きかかえて寝床へ入れた。澄子、ぼくだよ、どうした、しっかりしろ、万夫さんは、そんなことを言いつづけた。

その声に、ふと意識がもどったのか、これじゃ、今日の入社試験には出られないから、あなたそういって電話かけてね、といった。

それからあと、また意識がにごって、まもなく、万夫さんにしっかり手を握られて、息をひきとった。六時三五分であった。

妊娠中からつづいていた高血圧症のための脳出血だった。

息をひきとる最後の言葉は、あんなに愛していたご主人のことでもなく、どんなにか心残りだったろうに、ふたりの小さい子のことでもなかった。

こんなむざんなことってあるものか。しかも、その入社試験は、その前日にすんでいるし、出られないと、ちゃんと電話をかけてきている。そのことが、そんなに気になっていたのだろうか。

d

入社試験というものは、応募するほうも愉快ではないだろうとおもうが、試験するほうも、はなはだ憂欝なものである。

こんなことで、人間を判断することができるだろうか、という気持が、尾をひく。といって、ほかに適当な方法もないし、それに、ぼくたちの場合は、これまで、そのためにヘンな人物を採用したことは一度もなかったではないか、という過去の実績をよりどころにして、進まぬ気持を引き立て、答案を読んだり、面接したりしている。

ところが、こんどの入社試験の答案には、びっくりしてしまった。いや、びっくりしたといったのでは、当らない。なんともいえない、暗澹とした気持になってしまったのである。

ここ数年、大学出の女子を採用するところが、だんだん減ってきているという。たぶん、そういうこともあってのことだろうが、暮しの手帖社が、大学出の女子に限る、という条件で公募したら、たった三人ぐらいしか採用しないのに、およそ二百名くらいの応募者があった。

正直いって、やれやれという気持だった。とにかく、書類審査ということで、あきらかにひやかし半分とか、箸にも棒にもかからぬというのをフルイにかけて、約五分の一の四五名にしぼった。

この人たちに、ぼくたちの研究室にき

てもらって、筆記試験をしたのである。

軒並み、ひどい誤字脱字に、おどろいたわけではない。聞きしにまさるものだったが、それは覚悟していた。

4ケタの数字を40足す、という他愛もない算術でさえ、できない者が多かった、ということにも、目をつぶることにした。

どうにもがまんできなかったのは、問題のなかに、〈暮しの手帖の最近号（91号、92号）の中から印象にのこった記事を一つ上げて、その感想を簡単に書いて下さい〉というのがある、その答えが全然白紙の者、読んでいません、とだけ書いた者が、なんと全体の1/3もあった、ということである。

つまり、暮しの手帖社の入社試験を受けようというのに、その暮しの手帖を、パラパラとさえめくってみようともしなかった、そういう人間が、三人に一人の割合でいた、ということである。

いったい、どういう気持なのだろうか。

もっとひどいのは、一頁も読まないでいて、たぶんこんな記事がのっているだろうと見当をつけ、ミニスカート是非論がおもしろかったとか、テーブルマナーは教えられるところが多かった、などと平然と書いている者さえいた。もちろん、そんな記事は、一行ものっていない。

とにかく、どこでもいいから受けてみよう、という気持は、わからないではない。なにも、何年もまえから、就職するのなら暮しの手帖とおもいさだめて、それ一途にやってこなければいけない、といっているのでは毛頭ない。

しかし、入社試験をうけるということは、もし採用ときまったら、そこで働くということである。どんな仕事をするところか、それは自分としてやり甲斐のある、情熱を傾けられる仕事かどうか、それをなんにも知らなくて、どうして採用試験を受ける気になるのだろうか。

それとも採用ときまってから、あるいは入社してから、そのへんのところを見て、気に入らなければ、やめたらいい、といったことなのだろうか。

e

林澄子さんの仕事は、緻密で、きびしいので通っていた。

テーマごとに、新しくチームを編成するのだが、林さんのチームに編成された者は、それだけで、覚悟を必要とした。

せんたく機をテストしているとき、チームの一人が、何の気なしに、スパナを、せんたく機の上に置いたのを、林さんは見のがさなかった。

テストする商品に傷がついたら、どうするの。そんなことじゃ、商品テストなんてする資格はないわよ。

ビシッとやられた、その若い仲間は、おかげで、いまは立派な編集者に育っている。

もちろん、こういう仕事は、決してらくではない。鼻唄まじりで、ホイホイとやっていけるものではない。

二人のこどもがある若い妻が、母親としても、妻としても、そして仕事をもっている人としても、みんな立派にやってゆこうとするには、よほどの気がまえがなければ、できない筈である。

でも、ここで私が挫けたら、後からくる女性の立場が、それだけ苦しくなるのよ、その意味で、二重にがんばらなければ。

林さんは、そう言っていた。企業の側で、だんだん大学出の女子を敬遠するようになった。その責任の一半は、いま働いている女のひとたちにある、と林さんは見ていたのである。

たしかに、まだ日本では、女のひとが働き通すのには、あまりにも障害が多すぎる。しかし、いま働いている人たちが、だからといって挫けたのでは、ますます条件はわるくなるにきまっている。

ある名門の国立の女子大学の話では、このごろは、見合いと就職を天秤にかけているような学生が多くなった、といっている。よさそうな亭主が見つかったら、就職することはやめて、さっさと結婚する。見つからなかったら、仕方がないから、就職して二、三年様子をみる、ということらしい。

就職するということは、一体どういうことか、と聞いてみたら、給料をもらうことだ、と答えた若い女性がいた。

それにはちがいないが、その給料は、口紅を塗って、ハンドバッグをぶらさげて、職場に通いさえすれば、天然現象みたいに入ってくるものだ、くらいにおもっている。

しかし、なんの情熱もなく、ただ時間だけつぶしているみたいな人間に、給料まで払って社会見学をさせたり、おムコさんを探す場所を与えてやったりするような、そんなすっとぼけた企業など、あるわけがない。もしあったら、よほど経営者がおかしいので、そんな会社はつぶれるにきまっている。

そんな簡単なことにさえ気がつかない女のひとが、ふえはじめているということを、ぼくたちは、いったいどう考えたらいいのだろうか。

f

いったい、いまの女の子は、なんのために大学へゆくのだろうか。

卒業して、すぐ結婚する、二、三年たったら結婚する、というのだったら、なにもわざわざ大学へゆくことはなさそうである。

結婚して、家庭を経営するためには、むしろ、いまの大学は、なんの役にも立ちそうにないからである。

なるほど直接なんの役に立たなくても、それだけ、教養が深くなり、人間を高めるのに役に立つ、という考え方もあるだろう。

それなら、結婚と就職を天秤にかけたり、働くことを、社会見学やムコ探しの手段と考えたり、働くのはつらくてイヤだから、結婚するのだ、といった、自分のことしか考えない、虫のいい姿勢のどこに、教養の深さや、人間の高まりが見られるというのだろうか。

結婚ということは、そんなにラクな稼業なのだろうか。

徳川時代や明治時代や、とにかく戦前までの女性は、みじめだったというのが、常識になっている。

しかし、いまの若いひとが考えているような、ラクかどうか、という物尺ではかれば、あのころの女性は、けっこうラクだったような気がする。

責任がなかったからである。

自分で何も考えることはいらなかった。むしろ、考えてはいけなかった。夫や父のいうままに、あっちを向けといわれたら、あっちを向き、こっちを向けといわれたら、こっちを向いていたら、それですんだ。

　結婚するということは、メイドさんに就職することであり、子守りに雇われることであり、専属のホステスとして住みこむことであった。

　それは、家畜の暮し方と似ている。

　考えてみると、家畜の境涯も、ラクということなら、たしかにラクである。

　犬だとしたら、主人が帰ってきたら、尻尾を振って出迎え、ちんちんといわれたら立ってみせ、怪しい奴と見たら吠えていたら、それで、あたたかい寝場所と三度の食事は保証されるのである。汚れたとおもえば、毛を洗ってくれ、体の具合がわるいとみれば、医者にみせてくれる。飼主によっては、立派な首輪をつけてくれたり、しゃれたチャンチャンコを着せてくれたりする。

　そのかわり、その首輪には、ガッチリとクサリがついている。そのクサリは、飼主が握っている。なにひとつ、自分のしたいことはできない上に、飼主が、もう飼うのはやめたといえば、とたんに投り出されてしまう。その日から野良犬になって、食物をじぶんで探して歩かなければならないし、寝る場所をみつけて歩かなければならない。

　いくら、見かけは、ラクのように見えても、そんなみじめな境涯におかれているのは、不当であって、理に合わない、という怒りから、女も人間である、というたたかいが、どこの国でも、日本でも、はじまったのではないか。

　家畜や奴隷には、責任はない。その境涯が不当だということは、一個の人格をもった人間として暮すということは、ことごとに責任をもって生きるということである。

　人間らしく生きる、ということは、したいことだけを、気まま放題に、なんでもする、ということではない。したくないことでも、当然しなければならないことなら、じっとがまんして、やりとおす、ということである。それができなくて、いやなことは、甘えてやらないですまそう、というのだったら、それは、もう人間らしい生き方とはいえないだろう。

　終戦後、まだ二十年しかたっていないのに、なんとなく、女は家庭に帰れ、という声が、いろんなところで、いろんな形で、いわれはじめている。それが、だんだんと強くなってゆきそうな気配がみえている。

　もう一度、クサリにつないでおこう、というわけである。

　それは、いやだと、女のひとなら、おもう筈である。

　それなのに、ごく安易に、結婚は永久就職だ、などとバカげたことを考えている、若いひとがふえている。

　クサリにつながれないで、しかも待遇だけは、クサリにつながれているのとおなじにやってみせる、などと考えているのかもしれない。そういう暮し方こそ、いちばん利口な暮し方だとおもっているのかもしれない。

　そんな目でみたら、林澄子さんや、ぼくたちの仲間の女のひとたちの生き方は、なんとも愚かなことに見えるかもしれない。

　しかし、じっさいには、ラクで無責任な家畜として生きるか、つらくても、人間らしく生きるか、えらぶ道は二つに一つしかないのである。

g

学校を出るということは、はじめて、世界と面とむきあうことである。

その世界を、あまく見てはいけない。好きなほうへ歩いてゆけば、いつでも、向うから、さっと大きな扉がひらき、歩いてゆく道にはバラの花が敷かれ、さんさんと日の光りはふりそそぐ、などとおもったら、ひどい目にあうだろう。

世界は、あなたの前に、重くて冷たい扉をぴったりと閉めている。

それを開けるには、じぶんの手で、爪に血をしたたらせて、こじあけるより仕方がないのである。

大ぜいの先輩が、ながいあいだかかって、やっと、その重くて冷たい扉を、ほんのわずか、こじあけたところである。

戦いは終わったのではない、はじまったばかりである。

大ぜいの先輩は、後からくる君たちのために、全力をふりしぼった。いまも、ふりしぼっている。

そしていま、君たちはその重い冷たい扉の前に立っているのだ。

君たちは、どうするのか。

林澄子さんの告別式は、十一月十三日、ぼくたちの研究室で行われた。月曜日である。珍らしくスモッグはなかったが、晩秋というよりは、きびしい冬のような蕭条とした風が、東京の町を吹いていた。

林さんは、仕事がうまくいかなくて、チームが、なんとなく気落ちしていると、明るい声で、さあ元気を出して、というのが口ぐせだった。

この日、いっぱいに飾られた花につつまれて、にっこり笑った林さんの写真を見ていると、さあ、元気を出して、という、あの明るい声が、ひびいてくるような気がした。

安らかに眠りたまえ。

みじかかったけれど、あなたが力のかぎり生きてきた、その日日が、決して無駄ではなかったことを、ぼくたちは心から信じている。(93号　昭和43年2月)

どぶねずみ色の若者たち

A

このごろの連中は、どういうものか、学校にいるときは、一向に制服を着たがらないでもって、ひとたび世の中へ出たとなると、とたんに、うれしがって、われもわれもと制服を着る、という段取りになっているようだ。

たとえば、東京でいうなら、丸の内とか虎の門あたり、あのへんを、昼休みにぞろぞろと歩いている、若いサラリーマンたちを、ながめてみたまえ。

なるほど、東京の空は、スモッグで汚れて見るかげもないが、とにもかくにもときは五月、ひとは若者である。まがりなりにも日はさんさんとふりそそぎ、いくらの昼飯を食ったにせよ、一応空腹はみたされ、飾窓のホンコンフラワーは、エアーコンディショナーのそよ風に揺れているではないか。

ところが、どぶねずみ色なのである。さんさんとらしく降りそそぐ白昼の日ざしのなかを、どぶねずみ色の群が、つまったどぶの中のごみみたいに、のろのろと動いているのである。

へたな空想科学小説にでてくる、どこかの遊星の、独裁者の意のままに支配されている人民たちみたいに、みんな生気《せいき》のない顔をして、べつにどこへゆくというあてもなく、みんなが歩いているから、じぶんもそっちへ歩いているといったふうに、動いているのだ。

真昼《まひる》の強烈な日光の下で、突如あたりの風景が、すうっとくらくなる、立ちくらみというのだそうだが、いくらか、それに似ている。

見ていて、うすら寒いのだ。

B

顔色に生気がないのは、もちろん、どこかの遊星の独裁者のせいではないし、かといって、ベトナムのせいでもなければ、安保改訂を三年後にひかえたせいでもなかろう。紅衛兵が気になってのことでもないし、ドゴールの経済政策を憂えてのことでもなさそうだ。

いったい、人なに事《ごと》かを憂えているときは、顔色に生気があり、目に光りがある。

このどぶねずみ色群の、のろのろとした動きには、そのような、大それた気配《けはい》はない。

つまりは、ラーメンすすりながらの徹夜マージャンのためか、べらぼうなテレビ電波料をビン詰にした安ウイスキーののみすぎか、やくたいもない男性週刊誌の女子大生体験記の読みすぎか、安ベッドのスプリングのせいか、のんでますかといわれて、のんでいる新薬のせいか、でなければ、男性のための、もう1台のテレビの（なんとケチくさく小さいことか）アクションドラマの見すぎ、だいたいそんなことだろう。

そんなことはない、などとイキリたつな。君は、そんなことはないだろう。そうだろう。

しかし、そう見えるのだ。

C

顔色の生気のないことをいうまえに、顔つきの、だれもかれもおなじように見えること、さながらナンキン豆《まめ》の面《つら》つきのようであること、それからいうのが、ものの順序だったかもしれぬ。

なるほど、ひとりずつを離して、ことこまかに観察すると、おのずから多少のちがいはあって、佐藤君を三木君ととりちがえるようなことはない。

しかし、佐藤君の顔と三木君の顔のちがいは、つまりはナンキン豆にも、皮がこびりついているのもあれば、焦《こ》げて苦《にが》いのもある、その程度のちがいで、ひっくるめてみれば、このごろの連中の顔は、まったくおなじような感じである。

むかしは、女性の顔が、こんなふうに、どれもおなじような感じだった。

リンカクでいうと、面長《おもなが》とか面丸《おもまる》とか色つやでいえば、じゃがいもの皮をむいたのと、むかないのとか、一方はキツネ顔、一方はタヌキ顔といったちがいはあったにせよ、ひっくるめての感じは、どれもおなじだった。一言でいうと、つまりは〈良妻賢母〉風とでもいうか、内心はともかく、いつも一歩か一歩半ひき下ったような、見たところ、つつましく、たよりなげな顔つきであった。

どこで、どう回路を引きそこねたか、このごろは、男の連中が、おしなべて、おんなじような顔つきになっている。

一くせも二くせもありげな、ギョロリとした面《つら》がまえは、先日小菅《こすげ》刑務所を見せてもらったが、そこでも見つからなかった。

まして、のろのろと昼休みのビル街に動いているどぶねずみ色群のなかに、半くせも四分の一くせもありそうな面《つら》を見つけようというほうが無理なのだ。

おしなべて、一見たよりなげで、二見良夫賢父ふうで、三見ケチでずるそうでこれでは、だれの顔を、だれの顔とすげかえてみても、べつになんの差し支《つか》えもござりませぬわいなあ、といった顔つきをしている。

だれの顔つきもおなじだということはみんなのっぺらぽーの顔で歩いている、ということだ。

細肉中背、威なくて猛からざるのっぺらぽーが、ヘアードライヤー仕上げの毛をのっけて、のろのろと群をなして動いている図なんざ、南北《なんぼく》や円朝《えんちょう》を以てしても、とても思い及ばぬ光景であろう。

D

兵隊だったころに経験したことだが、どうにもならぬほどのどが渇《かわ》いてくると奇妙に、だれの顔つきも、おなじような感じになった。

目が、へんに光っているくせに、それでいて、どこか遠くのほうを見ているような、早くいえば、呆《ほう》けたような表情になる。

ひとの顔が、みんなそう見えるのだから、もちろん、こちらなど、とっくにそんな顔つきになっていたのだろう。

そして、考えていることといったら、あとどれくらい歩いたら、水のある所に行きつくだろうか、などといったことではなくて、それでも、だれか水筒に水をこっそり残していないだろうかと、前後左右の兵隊の腰のあたりで、歩くたびに揺れる水筒の音に、神経をすりへらしているのだ。

ことわっておくが、こんなことを書くのは、このごろのご連中、みなさまおなじような顔つきをしているのは、心のなかで、よほどのどが渇いているのだろう、などと歯の浮くようなことを言うためではないのである。

なにかといえば、欲求不満だの挫折感だの、劣等意識だの体制だの反体制だのとはやしていて、それで日が暮れるような、そんな甘っちょろいものではない筈だ。

第一、おなじバカみたいな表情にしても、汗が噴《ふ》いて乾いて塩が縞のように白くこびりついた兵隊のぎりぎりのアホウ面《づら》と、ズボンのポケットに小銭《こぜに》をじゃらじゃら鳴らしている、男性化粧料やけしたアホウ面とが、いっしょになろうはずがなかろうじゃないか。

そんなことではなくて、あのどうにもならないほど、のどが渇いているときでも、みんなが、おなじ兵隊服でなく、てんでばらばらのものを着ていたら、それでもやはり、みんなおんなじような顔つきになっただろうか、それをふっと考えたからである。

というのは、そんな生命ぎりぎりのときでなくても、兵隊の顔は、どうにも見わけのつかないものなのだ。

いつか、行進している部隊の中から、自分の中隊を探そうとして、知った顔を見つけるのに、ひどく苦労したおぼえがある。

E

そういうつもりで、一度、このごろの連中の着ているものを、町角に立って、眺めてみたまえ。

まるで、だれかに命令されたように、みんながみんな、おなじような服を着ている。それが、どぶねずみ色なのだ。

だいたい、男の背広なんてものは、やれコンチがどうの、アシタがどうのといってみたって、たかだか、エリの巾が何ミリどうなって、胴のダーツが何ミリどうとったなんてことで、ボタンの数がふえたといっても、まさか十も二十もつくわけじゃなし、ズボンをスラックスといいかえてみても、ガニマタが、すらっとするわけでもなし、洋服屋のまわし者がさわぐほどには、大して変りばえのするものではない。女の子の流行の千変万化ぶりにくらべたら、男の背広なんて、いつだって、どこだって、だれが着たって、大して変りのないものだ。

形がすでに大して変りはないときているところへもってきて、色まで、そろいもそろって、どぶねずみ色なのだから、なんのことはない、これは、もはや一種の兵隊服である。

それも、兵隊服のほうは、なにも好きこのんで着た奴は一人もいない。馬鹿野郎、服に体を合せるんだ、とどなられながら、どうにかこうにか、体のほうが服に合ってきたものだ。

もちろん、あの兵隊服には、細部にわたって、なにからなにまで、きちんと規格があって、縫製《ほうせい》はもちろん、着方まで、うるさくきめられていた。帯革《たいかく》をしめたとき、ビジョウのどの線が、服のどの線にそろわねばならないか、そのとき出来たシワは、どこへ寄せなければならないか、そんなことまできめられていた。軍人の制服だから、仕方のないことだった。

　ところが、このごろの連中のどぶねずみ色の服が、やっぱりそれなのだ。

　なにも会社や役所できめたわけでもあるまいし、タダでくれたものでもあるまいに、兵隊服みたいに、ぴったり規格に合って、着方までそろっている。

　ワイシャツは白、ネクタイと靴下は、どぶねずみ色、靴は黒、ハンカチは白ときて、そのハンカチの折り方、胸ポケットからのぞかせる寸法(ミリ単位)、ネクタイの結び方から、カフスボタンののぞかせ方(おなじくミリ単位)、上着のボタンの外《はず》し方に至るまで、これがおなじときている。

　古い言葉でいえば、さしずめ、バッカじゃなかろうか、である。

F

　君、なにを着たっていいんだよ。

　あんまり、わかりきったことだから、つい憲法にも書き忘れたのだろうが、すべて人は、どんな家に住んでもいいし、どんなものを食べてもいいし、なにを着たっていいのだ。それが、自由なる市民というものである。

　その自由であるべき市民が、服もいろいろとあろうに、そろいもそろって、どぶねずみ色の服を、おなじように着て、うれしがっている、などという珍にして奇なる風俗は、おそらく、ながい人間の歴史のなかでも、あまり見られなかったのではないだろうか。

G

　銃剣をつきつけられ、ピストルを向けられて、強制され、命令されたというのであれば、話はべつだ。

　だれに命令されたのでもないのに、このごろの連中が、みんな、おなじようなどぶねずみ色の服を着て、おなじような顔つきをしているのはなぜか、そのへんのところを、すこし考えてみよう。

　ひとつは、そんな服しか売っていないということがある。

　すくなくとも、一万五千円から二万円どまりの既製服では、どぶねずみ色の服しかないようだ。

　世の中は、ますます大量生産の大量消費ということになりつつある。毎年春になると、日本中で、〈大学卒〉というレッテルを貼ったのっぺらぽーが大量に市場に送り出される。すると、待ちかまえていたように、その大量ののっぺらぽーに、大量のどぶねずみ色の背広を、つぎからつぎへと着せてゆく。

　こういう仕掛けは、もちろん、ほかの集団にもみられる。たとえば軍隊だ。

　しかし、軍隊というところは、なんでもタダである。人間もタダだが、そのかわり兵隊服一そろいもタダだった。ところが、このつぎつぎにどぶねずみ色の服を着せられたのっぺらぽーのほうは、なんと自分でゼニを払っている。そして、これは、なにやらおかしい仕掛けだ、と首をかしげている気配もなさそうなのである。

ことわっておくが、既製服にケチをつけよう、というのではない。それどころか、たいへんけっこうではないか、とおもっている。

しかし、既製服だから、なにも、どぶねずみ色でなくてはならん、というのがおかしいのである。

全宇宙背広製作独占公社が作っているわけでもあるまいし、そろいもそろってどぶねずみ色を売り出すことはない。早い話が、煙草独占製造販売の専売公社だって、おぼえていられないぐらい、いろんな種類の煙草を売り出し、おまけになんとか記念日となると、へんてこなデザインの包装をとくべつに出したりして、せっせと肺ガン患者を製造しているではないか。

H

このどぶねずみ色は、〈出世する服〉だという説がある。

お仕着《しき》せみたいに、みんなに否応《いやおう》なしに着せて、しかも、ゼニを払わせるためには、なにか、耳ざわり目ざわりのいい〈うまいこと〉をいわなければならない。そのひとつが、この〈出世する服〉といういい方なのである。

どうして、このどぶねずみ色の服が、出世する服か、というと、いったい職場では、個性を強調した服を着ると目立ってしまう。目立つということは、とかく上役ににらまれることである。にらまれると出世しない。だから、出世したかったら、なるべく目立たない服を着るべきである。

ざっと、こういうことである。なんとなく、キャバレーの支配人がホステスに訓示しているような趣きがあるが、おそらく、キャバレーの支配人のほうが、もっとましなことをいうにちがいない。

いったい〈うまいこと〉には、よく考えてみると、ツジツマのあわない、ロレツのまわらない言い方が多いものだが、それにしても、どこの既製服屋の手代《てだい》がいいだしたのか、これはまた、ずばぬけてお粗末すぎるようだ。

第一、一万五千円がとこで〈出世〉が買えるというのもおかしいが、のっぺらぽーがどぶねずみ色の服を着てさえいたら、出世できるというのもふしぎだ。

出世するというのは、平社員が係長になり課長になり、部長になり、ヒラトリになり、ということらしいが、もし、このどぶねずみ色の服が、マホーの服で、これさえ着ていたら出世できるのなら、どの会社も、みんな平取締役と部長と課長と係長だけになってしまう計算になる。

うちの子を一番にしたい、とどの母親もおもっているらしいが、もしそれが実現したら、クラス全員がみんな一番になってしまって、二番以下は一人もいなくなってしまう、あの計算と似ている。

それよりなにより、いったい職場というところは、そんな目立つ服とか目立たない服とか、そんなことで日が暮れているところなのか。それでは、まるで御殿女中の溜《たま》りではないか。

いくら、当節の経営者に人がないからといって、そんなバカげた企業や会社があったら、一たまりもなく倒産するにちがいない。

I

しかし、おなじうまいことをいうにしても、〈出世する服〉は、まだ可愛げのあるほうかもしれない。とっくに〈出世してしまっている〉ようないい方もあるからだ。

例の舌をかみそうな〈エグゼキューティブ・ルック〉とか〈エリートの服〉という文句がそれだ。

エグぜうんぬんのほうは、日本語でいえば、〈一見幹部ふう〉ということだろうが、三十になるやならずの、血の気の多い青年が、なにをどう着たって、一見が百見に及ぼうとも、これは〈幹部風〉に見えようはずがない。

第一、天安門楼上にならぶ指導者ならいざ知らず、会社や役所の錚々《そうそう》たる人物なら、一律にどぶねずみ色の服など着たがる筈はない。もし着ているのがいたらそれは大した人物ではあるまい。

エリートというのも、いやらしい言葉だ。選《え》りぬきの人間という意味だろうがほんとうにそんな人間なら、じぶんでそうはおもっていないものだし、第一、どぶねずみ色にしろ何にしろ、ハイこれがエリート様のお召しになる服です、といわれたら、それだけで、もう金輪際《こんりんざい》そんな服は着ないものだ。

J

服屋の手代にしろ、そのまわし者にしろ、なにをいおうと、それはご自由勝手である。

問題は、こんなアホらしいことをいわれて、それもそうだとばかり、まんまとどぶねずみ色の服を着せられてしまって、のっぺらぽーな顔をして、のろのろと歩いている、おびただしいご連中のほうである。

〈出世〉とか〈エグゼキューティブ〉とか〈エリート〉とか、そういったことばに、うっとりと魅力を感じている、そこをつけこまれたわけだろうが、いったい一万五千円ナリで、それが買えるとでもおもっているのか。

(おれの服は一万八千円だ、といいたいのか、そうかい、それは失礼したな)

いくらインスタント・ラーメンで育ったからといって、そこまで、ものの考え方が、ドンブリイレル—オユカケル—ハイデケマシタ式になっているのか。まさか。

それにしても、ビジネスガールをBGというのは、アチラではイケナイ言葉だからというので、OLなどと、まるで下着の大判サイズみたいな言葉にとりかえて、よろこんでいる世の中だ。

あと先きもよく考えないで、なんとなくエリートだのエグゼキューティブなどと、そこはかとないムードに、いい気持になって、どぶねずみ色の服を着ているということだろうか。

それとも、もっと他愛なくて、だってみんな着てるんだから、ということか。それとも、ママといっしょにデパートへ買いに行ったの、そしたら、ママがこれがいいといったの、だから、これ買っちゃったの、といったことですかな。

K

ひとがしているからする、ひとが持っているから持つ、ひとが着ているから着る、とかく、こどもには、そういうところがある。なんでも、ひととおなじにしていないと、安心できないのである。

そんなことは愚劣だとは知っている。

知っているが、ひとのするとおりにしておいたほうが、なにかにつけて、気らくだ。そんなふうに考えるのが、老人である。いわば、ずるいのだ。

しかし、このごろ、どぶねずみ色の服を着て、のろのろと、けだるそうに生きているのは、こどもでも老人でもない筈である。

それとも、このごろの青年は、戸籍面の年齢だけが青年で、中身のほうは、ひねくれたこどもか、若年寄り《わかとしより》のどちらかなのだろうか。

みんながスキーに行くから、おれはゆかない。みんながクルマに熱を上げているから、おれはそっぽをむく。みんなが安ウイスキーをのんで麻雀をするから、おれはのまないし、やらない。

それがいいとか、わるいとかいうのではない。それが青年なのだ。すくなくとも、青年とこどもがちがうのは、そういうところなのだ。

そんなことを言っては損だと知っていても、いわなければならないことは、ハッキリと大きい声でいう。そんなことをしてはまずいとわかっていても、しなければならないことは、きっぱりとやる。

それが青年というものだ。すくなくとも、青年と老人がちがうところは、そこなのだ。

かりに、世の中がすこしでも進歩しなければならないとしたら（こどもと老人は、そんなことを考えもしないし、信じもしない）それがやれるのは、青年しかない。

どんなわかりきったことでも、一度じぶんの手で受けとめて、じぶんなりに考えてみて、ほんとにそうなのか、じぶんでたしかめる。もし、そうでなかったらハッキリさせる、そうなるまでたたかおうとする、この抵抗の精神は、青年だけが持っていた筈である。この精神だけが世の中を、すこしでもスジの通ったものにしてゆけたのである。

みんな、だれの命令でもないのに、どぶねずみ色の服を一生けんめいに着こんで、しかも我ひと共に怪しまない、そんな姿勢のどこに、この青年だけが持っていた〈さからいの精神〉がみられるというのか。

L

いまは、天下泰平だという。

ウソをつけ。世界といわず、日本といわず、いったい、どこが天下泰平なのですか。

いうならば、乱世である。

お互い、うじゃじゃけのかぎりをつくした乱世ではないか。

まいにちの新聞の見出しをならべただけでも、とても正気な人間の集っている世界とはおもえない。

それだけに、こう連日連夜、ばかげたことに、十重二十重と取りかこまれていては、よほど、しっかり立っているつもりでも、足をとられてしまう。

まあ仕方がない、とあきらめる。しまいには、それがあたりまえのような気がしてくる。

あげくの果てが、みんな、のっぺらぼーの顔にどぶねずみ色の服だ。みんなが着ているから着ている。

M

たかが、服のことぐらい、どうだって

いいじゃないか、というのか。

その通りだ。たかが服のことだ。こちらも、それがいいたくて、さっきからうずうずしていたところだ。

まったく、どうだっていい筈だ。いい筈なのに、どうして、みんな申し合せたみたいに、どぶねずみ色の、ものほしげな服を着ているのだ。

紺の上衣に、うすいグレーのズボンをはいたっていい筈だ。

焦茶の上衣に、ベージュのズボンだっていい筈だ。

焦茶のズボンに、グレーの上衣を着たっていい筈だ。

第一、背広なんか着なくたっていい筈だ。ジャンパーだっていい筈だ。

それを、みんながしているとおりにしていたら、まちがいがない、などと横町の年寄りみたいなことを考えて、そう考えるのが、大人の考えというものだ、ともおっているのなら、たいへんな大まちがいだ。

たしかに、そういう考え方は、こどもではない。しかし、決して大人の考えでもないのである。それは、ともかく生きているだけ、という老人の考え方にすぎない。

そんな考え方では、世の中をよくしようなどと大それたことはもちろんだが、この凄じい乱世を、果して乗り切って生きてゆけるかどうか。

のんでものんでも、のどのかわきのとまらない因果《いんが》な病人みたいに、ひとのすることばかり追っかけるクセがついてしまったら、ひとが赤旗を振れといえば、うしろの方で目立ぬように赤旗をふり、ひとが鉄砲をかつげといえば、口の中でぶつぶついいながら、鉄砲かついで船に乗せられてしまいはせぬか。

どぶねずみ色の服を着せられている諸君よ。たかが服のことだが、このつぎ服を買うときは、ひとのことは気にしないで、じぶんの着たい服を買いたまえ。

すると、たかがそれくらいのことをするにも、いささかの勇気がいることに気がつく筈だ。

しかし、君よ。

君がねがうところの、親子何人かが、おだやかに暮してゆけたら、というささやかなマイホーム的幸せを手に入れるためには、たぶんその何倍かの、〈いささかの勇気〉がなければ、だめなのだ。らくなことだけをしたい、いやなことはしたくない、といった臆病者《おくびょうもの》では、それは、到底手に入れることはできない筈なのだ。

(90号　昭和42年7月)

8分間の空白

1

ここに、新聞の切り抜きがある。

十四日午前十一時四十六分、東京都豊島区南池袋一の二三の二、福寿ビル・ブロンズ会館（地上九階、地下三階）の一階喫茶店「ブロンズ」から出火、同ビル延べ二千三百七十平方メートルをほぼ全焼、午後二時二十五分鎮火した。同ビルには喫茶店、バーなど四軒がはいっており、火災発生当時五階に四十六人の客がいたが、従業員の誘導で脱出、客や従業員、消防士など十三人が一、二週間のケガを負ったが、幸い焼死者はなかった。しかし、細長いT字型の変形ビルのため、消火活動に手間どり、三時間近くも、くすぶり続けた。（3月14日読売新聞夕刊）

○

火災現場は国電池袋駅東口の繁華街で、高層ビルが並んでおり、東京消防庁は出火と同時に第三出場をかけ、ポンプ車、ハシゴ車など四十一台、さらに同庁ヘリコプター〝ちどり〟が上空から指揮をとり消火に当たった。（同毎日新聞夕刊）

○

正午すぎ、ようやくハシゴ車が現場に着いたが窓、入口から吹出す黒煙がものすごく、消防士も建物になかなかはいれない。……ようやく本格的な消火作業がはじまった。滝のように流れおちる消火の水。はしご車五台がせいいっぱいはしごをのばし、ビルの屋上から懸命の給水をする。ガスマスクをつけボンベを背負った救急隊員が真暗な入口にとびこんだ。（同朝日新聞夕刊）

○

池袋署の調べによると「ブロンズ」の支配人の野崎さんが火のついた石油ストーブに給油中、石油がプラスチックタイルの床にあふれ、引火して燃え広がったらしい。（同東京新聞夕刊）

○

この場合、発見した直後に水を直接かけていれば、ボヤで消しとめられたという見方もあり、いぜんとして「毛布やフトン」をPRする東京消防庁の指導に疑問がでている。

出火の直接責任者、喫茶店「ブロンズ」の支配人野崎和男の話によると、一階のフロア中央で火がついたままの石油ストーブに二〇リットルカンからホースで注油中、目を放したスキに油が床にこぼれ、火が移ったという。

発見時、油の広がりはタタミ一畳分ほどで、チョロチョロと小さな炎があがって

いた。

野崎の指示で店員の一人がストーブを入り口のほうにけったところ、突然ボッと燃え上って火の海になり、野崎や店員数人がそばのカウンターに置いてあった五、六枚のコートをかぶせたり、たたいたりして消火を試みたが火はかえって広がった。

（ぼくたちが調べたところでは、ここの順序はすこしちがっていて、はじめ、コートや上衣で消そうとしたがダメだったので、それで外の方へ蹴ったらしい）

……しかし野崎といっしょに消火をした店員の一人は「とっさの場合で水のことは思いつかなかったし、それに油火災だから水はかえって危険という考えも頭をかすめた」といっている。このフロアのすみのカウンターなどには、水道のじゃ口があり、簡単に水は用意できたのだが……（3月15日サンケイ新聞朝刊）

○

池袋署は喫茶店「ブロンズ」支配人野崎和男(二六)を、重過失失火罪の疑いで逮捕した。（同読売新聞朝刊）

○

東京消防庁は……燃えた際の発煙量が多く、消火作業を困難にさせる原因となった新建材について①ヒーターやストーブなどの熱源を近づけない②出火の初期の段階ならバケツの水で早く消す……などを防火上の注意としてあげている。（同朝日新聞朝刊）

2

もうひとつ、ここにべつの記録がある。

これは、新聞にはのらなかった事件だが、重要さという点では、いまの池袋のビルの火事に劣らない。芝公園の近くに住んでいる、三十三才の主婦、中島正子さんの話を録音したものである。

録音を再生してみよう。

夜中の三時だったんです。とにかく、びっくりして飛び起きて、下へ降りていったら、石油ストーブが倒れて、わっと全体火につつまれているでしょ、なにがなんだか、降りてきてみて、そうなっていたものですからあわててね、それで、父がね、倒れたのを茫然とながめてた、やっぱりびっくりしたんでしょうね、あとでわかったんですけど、下の八帖に、おばあさんが体をわるくしてねてたんですよ、ですから、ストーブを、危くないようにとおもって、部屋の真中に、おいといたんです。それが、おばあちゃんが、夜中にお手洗いに立ったときに、よろけて倒したんですよ。それで私が、暮しの手帖に出てたもんですから、おじいちゃん水よ、水で消しましょ、というと父もそうだそうだというので、私、外へバケツをとりにいって、おじいちゃん、たしか下からかけると火が這うから、上からよ、上からザッとかけるのよ、といったら、おじいちゃんがバッとかけたんです。そして二杯目を持ってったときは、もう火が消えてたんですよ。ですから、いまでも跡がありますから、よかったら後で見ていって下さいまし。

ストーブは掃除して、そのまま使ってるんですよ。相当大きいストーブですからね、これが床がビニタイルだと、すぐ燃えうつるといいますけど、タタミでしあわせだったとおもってます。こっちにひろがれば、壁が、こんなのですから、いまの新建材でね、火が早かったですね、このへんは家が建てこんでますし、おじいちゃんは町の消防のほうの副団長をしているんです。それこそ家で火事を出したんじゃ大変だというのでね。とにかく、水ってことが役に立ったわけです。それまでは半信半疑だったんです。やっぱり、水がいいのか、それともなんか、ふとんをかぶせた方がいいのか、わからなかったんです……。

3

ぼくたちが、石油ストーブの火は、バケツの水で消える、という実験をしたのは、去年の十二月である。

実験は、朝から夕方まで、びっしりやって五日かかった。五日とも、ひどく底冷えがして、ことに最後の日は、冷たい雨が降っていた。

じつをいうと、この五日間、ぼくは一つのことを考えつづけていた。この実験の結果を、暮しの手帖に発表するか、しないか、それを考えていたのである。

発表することは、ずっとまえ、編集会議でとっくに決まっていた。それを決めたのは、ぼくである。誰にも異存はなかった。

石油ストーブの火に水をかけたら消える、ということを、ぼくたちは8年前から知っていた。石油ストーブの商品テストをしていて、倒したら火が出るかどうか、をしらべていたときに、気がついたのである。

それからあと、二回目の石油ストーブのテストや、いろんな火事のテストを何回も重ねているうちに、水で消えることは、間違いないことがわかってきた。

そして一昨年の十月、じっさいに一軒の家を燃やして、家庭では、どこまで消せるかを実験したとき、ハッキリ水で消えることが立証されたのである。

このときの実験の結果は、まとめて、その次の号にのせた。しかし、石油ストーブから火が出たら、というのは、実験のうちの、一部分だったから、むしろ一軒の家を燃やした、ということだけが、すこし世間の話題になっただけで、水で消せる、ということのほうは、ほとんど誰の頭にも残らないようだった。

相当ものがわかっている筈の友人と、このことを話題にしたときも、だって油の火事に水は禁物だというじゃないか、といって、いくらぼくが説明しても、そうかねえ、というだけで、心中では、とても信じられないとおもっている様子であった。

この〈油に水は禁物〉という考えを、ぶちこわすのは、容易なことではないと、そのときつくづく思い知らされたのである。

石油ストーブの火事は、あいかわらず新聞を賑わしていた。

どうしても、こんどは、水で消える、そのことだけにしぼって、もう一度特集しなければならない。どうしても、〈油に水は禁物〉というみんなの心の中に、がっちり根を下した考えを、ぶちこわさなければならない。

そのことについては、ぼくたちは、みんなおなじ考えだった。編集会議で、そのプランが出たとき、だから、はじめは誰ひとり反対する者はなかったのである。

ところが、そのために、もう一度実験をやろう、と言い出したときは、みんなは、おなじ考えではなくなった。この前の、一軒燃やしたときの、あのデータで充分じゃないか、という声があった。何回やっても消えるにきまってるんだから、という者もあった。

水で消えるにきまっている、と知っているのは、しかし、ぼくたちだけだ。絶対に〈油に水は禁物〉だと信じこんでいる世間に、そうではないと納得してもらうには、あれだけのデータでは足りない。実験は多いほどよい、という意見が、一方では打ち出された。

けっきょく、もう一度、実験をやる、回数はすくなくとも五十回、できたら六十回、期間は五日間、ということに決めたのである。

念には念を入れたほうがよい、それにちがいはなかった。

……しかし、そのとき、じぶんでは気がつかなかったが、もし、それだけの実験をして、なにか、あいまいなことがすこしでも出てきたら、そのときは、このプランを取りやめにしよう、そういう気持が、ぼくの心の底にあったのではないかとおもうのである。

4

実験の五日間、ぼくたちにとって、あんなに緊張したことはなかった。

結果は、〈何回やっても消えるにきまってるんだから〉といった、あの意見を、つぎつぎに立証していった。

いろんな条件で、いろんなふうに水をかけて、どの一回も例外なしに、消えていった。ぼくの心のなかに、改めて、水で消せる、という強い自信が、ますますかためられていった。

……しかし、その心のなかの、べつのところでは、もしも、この結果を発表したとき、それでは、というので、倒れた石油ストーブに水をかけた、ところが消えなかった、そして火事になった、そういう例が、たとえ一つでも出てきたら、どうなるか、それを、ぼくは恐れていたのである。

もちろん、この暮しの手帖の信用は、ゼロになってしまうだろう。その記事だけではない、暮しの手帖全体が、これまでやってきたなにもかもが、それで崩壊してしまうだろう。なんだ要するにハッタリだったのだ、ということになってしまうだろう。これからさき、どれだけ苦労してこの雑誌を作っても、だれも信用してはくれないだろう。

ぼくは、この仕事に生命を賭けている。これ以外に、ぼくの生きる甲斐はない。

それが、一瞬にして崩壊してしまう、それは、とても堪えられることではない。たとえ、そんなことは万に一つしか起らないとしても、絶対そんな機会は作ってはならない……。

実験の五日間、ぼくの心は、この二つの考えのあいだを、振子のように揺れつづけていたのである。

発表するか、すべきではないか。

しないときの用意に、予定したその頁に代るプランも、心の隅で、ねっていた。

5

実験の最後の日は、雨が降っていた。

その朝、家を出るとき、ぼくは、なんとなく、二年前の冬のことをおもいだしていた。

二年まえの冬、ぼくは自分の家を焼いた。それから何日かたって、ぼくは、なんとも片づけようのないみじめな気持で、町を歩いていた。その日もおなじように氷雨が降っていた。ぼくは、レインコートも傘も焼いてしまっていた。

……突然、ぼくの心のなかに、それまで考えてもみなかった、ひとつの考えが飛びこんできた。

油に水は禁物、という考えが、みんなの頭にそんなにこびりついているとしたら、もし石油ストーブを倒して火が出たとき、みすみす傍に水があっても、それで消すことなど、ゆめにも考えないだろう。そして、毛布だフトンだとさわいでいるうちに、火がひろがって、とうとう家を焼いてしまった、そんな家が、きっと何軒もあっただろう。

バケツの水をかけたら消せる、それをみんながハッキリ知ったら、石油ストーブの火事は、必ず何割かは減る。

それだけ、物質的な損害を防ぐことができる。それだけ、その家族が精神的な傷手をうけるのを、食いとめることができる。とりわけて、五十を過ぎて、それまで苦労して築いてきたものを、一瞬にして、すっかり失ってしまう、あのいいようのないみじめな気持に投げこまれる、それを間一髪、ひきもどすことができる。

ぼくの心のなかで揺れつづけていた振子は、ぴたっと止った。

この8年間、これだけの実験をやって、しかも、それを信じないとすれば、いったい何を信じるというのか。

それでもって、暮しの手帖の信用が崩壊するのなら崩壊するがいいのだ。

いまになって考えてみると、なにをそんなことで恐れたり悲壮がったりしていたのか、とその愚かさに苦笑させられるのだが、そのときは、それで真剣だったのである。

五日間の実験は予定通り、その日、天井を焔がなめているという困難な状況で消してみるという実験で、全部終った。そのすさまじい炎が、バケツの水で、あっというまに消えるのを見とどけながら、ぼくは、もう恐れもしないし、迷いもしなかった。

片づけて帰る道で、〈石油ストーブから火が出たら、バケツの水で消しなさい〉というキャッチフレーズが頭に浮かんできたのである。

6

いったい、ぼくたちは、すこし消防自動車をたよりすぎてはいないだろうか。

自分の家が焼けるとき、消防自動車さえきてくれたらなんとかなるとおもい、どうぞ早くきてくれと祈っている。

きてくれたら、なんとかなるにちがいない。ところが、じっさいは、来てくれないのだ。

来てくれないのは、意地わるでもなければ、怠けてぐずぐずしているわけでもない。どんなに来てやろうと必死になっても、来られないのである。

簡単な計算をしてみよう。

1 119番にかけて、火事を知らせる、関係の消防署に指令が発せられる、消防自動車が発進する、これまでが　1分20秒
2 現場まで1キロ走るのに　2分30秒
3 現場に到着、消火栓にホースを下して火点まで二百メートルとすれば、その長さにホースをのばすまでが　2分30秒

4　ホースに水がのって、筒先から最初の水が出るまでが　　1分10秒

この時間を合計すると、ざっと8分になる。つまり、119番に火事です、といってから、8分たたなければ、どうしても消火活動は、はじめることはできない。

ところが、火が出た、それッ119番、という人はまずない。火が出たら、とにかく消そうとする、その時間も計算にいれると、大体火が出てから、すくなくとも10分はたたないと、消防隊の活動は、はじまらないとみていい。

その10分のあいだに、家はどんどん燃えてしまう。ふつうの木造の家なら、だいたい二百から二百五十平方メートルは燃える。坪数でいうと、ざっと七十坪から八十坪、ということは、15坪の家なら五軒、20坪の家なら四軒は焼けてしまう筈である。

焼けてしまう筈である、などと簡単に書いたが、その「焼けてしまう」何軒かの身になってみれば、これは大変なことである。いくらそういう筈になっていても、これは絶対そうなっては困るのである。

といって、いくら困るといっても、何万円出すからといっても、消防自動車としては、これまた絶対に来られないのだ。

では、どうするか。

だまって、あきらめて、計算どおり、燃える筈になっている分は、燃やしてしまうか。

そんなバカなことはできないとしたら、自分たちで消すより仕方がないのである。

これは、たしかにヘンな話である。

ぼくたちの暮しは、なにか年ごとに、いろんなことが便利になってゆくような感じがしている。

テレビが出来て、北海道の北の涯からでも、九州の南の端からでも、いま東京で燃えている火事を見物することができる。便利になったねえ、と長生きしたことをよろこびたいような気になるものだが、かんじんの、東京でいま燃えている火事を消すのに、どうしても消防自動車は間に合わない、という。

これが昔だったら、ずっと自動車が少なかったから、消防車は、あっというまに来てしまう。したがって、燃える筈の家も、一軒か二軒、ときには、その一軒も、燃えてしまわないですんだかもしれぬ。

どうも、年ごとに便利になる、というのはウソである。もう何年かたつと、月へ行けるようになるらしい。月に行ったって、行かなくたって、べつにぼくたちの暮しには、どうということはない。しかし、年ごとに消防自動車の速度が落ちる、というのは、非常に困る。

どうやら、かんじんのことが一本抜けているような気がして仕方がないが、いまそれをブツクサいっても、どうなるものでもない。いくらヘンだといっても、消防自動車は来られないのである。

そうなると、なんだか原始時代に帰るようだが、この8分間の空白は、じぶんたち一人一人で消す以外にはない。

文字通り、身にふりかかった火の粉は、じぶんで払わねばならないのである。

7

もちろん、はじめから、火を出さなければいいのである。

火さえ出さなければ、たとえ消防自動車の来るのが、一時間かかろうが百時間かかろうが、痛くもかゆくもない。

しかし、火は出るものである。

出してはたいへんだとはおもっても、そこは人間のこと、千に一つの油断、万に一つの気のゆるみから、火を出してしまう。

ところが、世の中はヘンなもので、火を出すな火を出すな、というかけ声ばかりが氾濫している。防災週間とか何とかには、やたらにポスターや布幕が、貼りめぐらされる。

しかし、もし火を出したら、どうしたらよいか、ということは、ほとんど聞かされない。せいぜい、火事になったら119番へ、ぐらいが関の山である。

いったい、公共の消防機関は、火を出すな火を出すな、といってさえいたら、それで火は出ないものときめているのだろうか。

いくらなんでも、そんなバカげたことがある筈はない。

それでは、もし火を出したら、どうするつもりなのか。ハイそのときには、早速駈けつけて消して上げます、というわけにはいかないことは、さきほどいった。すくなくとも、8分から10分は、消防隊の手のとどかない空白時間がある。

手がとどかないから、あきらめなさい、とすましているわけにはいくまい。そのために、われわれは、高い税金を払っているのである。

初期消火というのは、本来は火が出てから、せいぜい一分か二分のあいだのことである。それから先きは、とてもシロウトの手に負えるものではない、これはどうしてもクロウトの火消しの役目だ、とこれまでいわれてきた。

ところが、かんじんの、そのクロウトの火消しが、どうにも手がとどかないのである。ということは、手に負えない筈のシロウトが、その空白時間、素手で火とたたかわねばならない、ということなのだ。

はじめの一分や二分だけではない、場合によっては、消防車がくるまで、十分でも十五分でも、自分たちだけで、たたかわなければならないのだ。

こう考えてくると、これは非常に大きな問題だということに気がつく。

消防隊を、もっとこまかく分散して、密集地域には、ごく小型のミゼットや、ときには、スクーターのような軽消防車を、くまなく配置するということ。

地域の自衛消防隊を作る、ということ。昔のい組め組といったものを、新しく近代化し、機械化するわけだが、その地域によって、たとえば団地には団地に必要な設備をもった消防隊を作って、あそこが燃えたらどうする、こんなふうに煙りが出たらどうする、と具体的に訓練すること。

職場に自衛消防隊を作るということ。これはできているところもあるが、その方向を進めるということ。

そのほか、いろんなことが考えられるだろうが、一つはっきりしていることは、公共消防隊の役割が、だんだん狭くなるというか、変ってきている、ということだろう。

都市は、ますますゴチャゴチャと密集し、ますます人間はふえ、ますます新しい建築材料や道具はふえてくる。

これまでのように、公共消防隊だけで、全部の火事をおさえる、ということは、じっさい上できなくなっていることは、たしかだ。

政府も、このことをハッキリ知らなければならないし、ぼくたちも、消防車さえくれば、なんとかなる、といったあまい考えを捨てなければなるまい。

8

自衛消防隊、ということは、ぼくであり、あなただということである。

ぼくやあなたが、第一にしなければならないことは、火が出たら、すぐ消す、ということ。もちろん、一瞬間に大きな爆発がおこるとか、いきなり大きな火になる、ということもあるだろうが、どんな大きな火事でも、まず百中九十九まで、はじめは、なんでもない小さい火である。

その小さい火を消せば、それですむ。

この文章の、いちばんはじめの新聞の切り抜きを、もう一度おもいだしてみよう。

あのヘンに細くて高い九階のビルが、全館煙突みたいになってしまって、何人もケガ人が出たという、ひどい火事だが、もとはといえば、石油ストーブの灯油がこぼれて、それに火がついただけである。

灯油は、いくらひろくこぼれても、ガソリンとちがって、それが一度に火になってしまうことはない。順々に燃えひろがってゆくものである。だから、そのときなら、簡単に消せる。事実この場合だって、二人の店員が、消そうとした。消し方さえ正しければ、なんでもなく消えたはずである。

ところが、消し方をまちがえた。

傍にあったコートや上衣をかぶせたり、それでたたいたりして、火をひろげてしまい、あわててストーブを蹴とばして外へ出そうとして、壁やカーテンに燃え移らせてしまった。

バケツの水を、上のほうから、ザーッとかけたらよかったのである。はじめ気がついたときなら、それで消えたろうし、もうすこし焰が大きくなってからでも、とにかく蹴とばせるくらいには傍へ近よれた、ということは、そんなにひどい焰ではなかったのだから、そして、水は傍に何カ所もあり、人手もあり、難なく消せたにちがいないのである。

これと、ちょうど対照的なのが、あの録音にある主婦の場合である。

ここでは、大きな石油ストーブを倒して火にすっかりつつまれたのを、バケツの水で、難なく消している。

もしこれが、逆に、やれ毛布だ、ふとんだとさわいでいたら、ひょっとして焼けていたかもしれないし、まわりはたてこんでいるし、病気の老人はいるし、深夜ではあるし、どんなことになっていたかもしれないのである。

この二つの場合に似た例は、このほかにも、まだいくらもある。もし日本中をしらべたら、びっくりするくらいの数になるだろう。

9

ここのところ、東京では、ヘンに高いビルの火事がしきりに起っている。そうなると、いきおい、新建材は燃えると、すごい煙りを出すからいけないとか、窓のない建物は消火活動ができないから困まるとか、はてはビルの中では石油ストーブの使用を禁止しよう、などという議論もとびだしてくる。

いちおう、どれももっともなことだが、こうした考えには、一つ大きな見落しがある。

いったい消防隊が駈けつけたときには、もう火が出て、十分以上もたっているから、そのときは、すごい煙りを吹きだし、一面火の海につつまれている筈である。だから、どうしても、そのすごい煙りや火炎をどうすればなくせるか、を考えてしまう。そのすごい煙りや火炎だって、もとは、ほんの小さな火だった、それを見落してしまうのである。

その小さな火を消す、それが、いまいちばん大切なことである。それができたら、いまの火事の数は、たぶんずっと少なくなるだろう。

その小さな火を消すのは、消防隊ではない。

それは、ぼくたちなのだ。

それをほっておいたために、燃えてしまうのは、消防署ではない。ぼくたちの家なのだ。

10

ところが、いざぼくたちが、その気になってその火を消そうとする。

どうして消していいか、わからないのだ。

ハッキリいって、いま、その消し方については、こんなときには、こうして消せという正しい方法は、どこにも何にもない。

早い話が、こんどの、石油ストーブの火はバケツの水で消える、といった、あんな簡単なことだって、ぼくたちが、たまりかねて言いだすまでは、知らぬ顔をしていた。

ほんとのことをいえば、あんなことぐらい、とっくに消防庁あたりで、みんなに知らせておかなければいけなかったのである。そうしたらなにも「たかが一雑誌社」相手に、バカげたさわぎをおこすこともなかったのである。

もちろん、小さな火は、石油ストーブからばかり出るわけではない。あらゆる小さな火について、どうして消すのが、いちばん有効で確実か、それを一つずつ、徹底的に研究し、実験をくり返さなければならない。

それには、たいへんな金と、アタマと、時間がいるにきまっている。

しかし、しなければならない。それは、国家と、自治体が、ぼくたちのために、どうしても果さなければならない義務である。

（94号　昭和43年4月）

医は算術ではない

〈先生といわれるほどの馬鹿でなし〉

古い川柳である。

こういう言葉をおもい出すたびに、なんと日本語は、陰影に富んで、複雑ないいまわしができる言葉だろうと、つくづくおもう。

それにしても、この川柳の作者が、頭のなかで具体的に描いていた〈先生〉とは、どんな種類の人間だったのだろうか。

湯島の聖堂あたりで、「子曰《のたまわ》ク」などとやっていたのは、もちろん〈先生〉とよばれていたに違いない。各藩の儒者も、同じことだろう。

道場をかまえて、ヤットウを教えていた連中も、きっと〈先生〉とよばれていたにちがいない。

定紋打った薬箱を小者にもたせて、胸をそらせて登城する御殿医も、門前雀羅《じゃくら》を張る藪井竹庵殿も、〈先生〉とよばれていただろう。

下《くだ》っては、寺小屋の師匠も〈先生〉だし、四書五経を教えるかわりに、つぎはぎだらけのきものを着て、傘をはっていた浪人も、長屋の衆としては、まさか、なんとかさん、ともよびにくいから、これまた〈先生〉ではなかったろうか。そういえば、用心棒の平手造酒を、笹川の繁蔵は〈先生〉とよんでいたようだ。

〈先生〉というのは、本来は、徳高く技芸に秀でたる人を、敬っていう言葉である。先に生れたとは書いても、年が上の人を全部、〈先生〉とよぶわけはない。

しかし、べつに徳も高くないし、技芸にも秀でていないが、ほかによびようがないから、仕方なしに〈先生〉とよばれていた人たちが、ずいぶんあったに違いない。

庶民にとって、その人たちが一種の〈エリート〉顔をするのが、カンにさわるのである。ほんとのエリートが、エリート顔をするのなら我慢できるが、(ほんとのエリートは、エリート顔などしないものだが)そうでない人間が、たまたま儒者であったり、武芸者であったり、医者であったり、単に浪人であったりするだけで、いっぱしのエリート顔をしている、それがカンにもさわるし、ちゃんちゃらおかしくもある。そこで、〈先生〉ともったいをつけてよんでやると、浅はかにも「オウ」とか「ウム」などとそっくり返る、それを見て、腹のなかで、ざまあ見やがれ、と溜飲を下げる、この川柳の気持は、そういったことだろう。

時代が変ると、言葉も変る。

昨今〈先生〉というのは、この川柳の頃にくらべると、ずっと範囲がひろくなっている。

むかしはなくて、いま一番大きな顔をしているのが代議士〈先生〉だろう。

むかしは、お師匠さんといった職業も、当節は〈先生〉である。髪結いさん、すなわち美容師の先生、仕立屋さん、つまり洋裁師、お茶やお花、料理のほうも、みな〈先生〉である。

テレビに出てくる「歌い手さん」をはじめとして、いわゆるタレントは、これまた〈先生〉とよばれているらしい。

しかし、やたらに〈先生〉が氾濫しているようで、そのじつ、よぶ方もすらっと呼んで、よばれる方もすらっと返事ができる、つまりサマになっているのは、教師と医者ぐらいなものである。

★

この間、お医者さんが全国一斉休診ということをやった。つまりストライキである。

なぜお医者さんが、ストライキをやらねばならないのか、ぼくはいくら考えても、これがわからないのである。

ほかのストライキだと、なにが気に入らないのか、ぼくらにも、およその見当がつく。たいていは、賃金が低すぎる、もっと上げてくれ、ということだからである。

ところが、こんどのお医者さんのストライキは、なにが気に入らないのか、さっぱりわからない。

念のため、去年の暮から今年にかけて、この問題についての新聞記事を、丹念に読みなおしてみたが、それでもわからない。はやい話が、「入院時医学管理料」を何点にするか、1点10円をあっちへやる、こっちへやる、ということらしいが、それがどういうことなのか、あるいは、薬価基準を引き下げるのが、それといっしょでは具合がわるいとか、いいとか、さっぱりわからない。

こういうやり方をみていると、つまるところ、ぼくら患者の立場など、どうでもいいとおもっている、そうとしか受けとれないのである。

世の中には、医者は今でも十分儲けているのだから、点数を引き上げる必要はない、という人がいる。ぼくは、そうはおもわない。

儲けようが儲けるまいが、そんなことは他人がとやかくいう筋ではない。保険の点数というのは、その仕事についての、いわば評価である。その評価が不当に低いというのなら、引き上げるのがほんとうだとおもう。

しかし、低いかどうかは、もっと親切に、ていねいに、こと細かに説明してもらわなければ、ぼくたちには分らない。

なるほど、そういうことを話し合うために、医療協議会のようなものが出来ている。しかし一斉休診、ストライキということになれば、いちばん迷惑するのは、日本中の患者である。一握りの協議会の委員で、わかった、わからせた、ですむことではあるまい。

患者をバカにする、患者のことを忘れている、患者を軽く考えている、これがどうも、日本の医者のものの考え方らしい。

例の一連の大学紛争のなかでも、最も問題がこじれて、重大になっているのは、たいてい医学部だという。それだけこの学部が、封建的というか、いろんな仕組みが、リクツに合わないまま、長い間、改革もされないで来た、ということだろう。

最近になって、一、二の大学で、改革試案といったものが、出されているようだ。

しかし、ぼくたちがここで気がつくのは、なるほど教授や教授会のこと、あるいは医局のこと、学生のこと、そういった点については、まずいところを改め、わるいところは止めようという案らしいが、こと患者についての考え方は少しも変っていないようにみえるのである。

医者にとって、患者とはなにか。

これを真剣に考えてみたことがあるのだろうか。

現代の医者は、お父さんの家業を見習って、やがてお父さんの代りに一本立ちする、というわけではない。みんな一応、大学の医学部へ入って、そこを卒業して、国家試験を通って、それから開業する。

患者とはなにか。それが医者の頭にたたきこまれるのは、まず大学病院だろう。その大学病院で、患者はどんなふうに扱われているか。はっきりいうと、いまの大学病院のやり方は、みんな病院の都合のいいように、医者の都合のいいように、組み立てられている。患者の都合のいいように考えて、そのために病院や医者が犠牲をはらう、といったことは、おそらく一つもないのではないか。

三時間待たされて、診察は三分だ、などというのでは、語呂合せにもならない。いちいち例を上げていたらきりがないが、一つだけ、ここで例を上げてみたい。

ベッドの高さである。

どうして病院のベッドは、あんなに高いのか。

入院する患者は、原則として、体力が衰えている。それがあの高いベッドを、上り下りさせられているのである。

理由は、診察する医者にとって、あの高さがちょうど具合がよいというのである。あれ以上低い、つまりぼくたちがいま、家庭で寝ているようなベッドだと、医者はいちいちかがみこまなければならない、それがめんどうだ、というのである。

ベッドの高さなど、枝葉末節かもしれない。その枝葉末節が、これである。診療の本筋がどうなっているか、おもい半ばに過ぎるではないか。

入院患者についても、医者は、珍らしい症例の患者を自分の受け持ちにしたがる。ごくありふれた教科書通りの患者には、あまり熱がない。

珍らしい患者だと、研究材料になり、論文のタネになり、学会の報告例にもなる。ありふれた症状では、そうはいかないからである。

患者を軽んじる体制のなかで、医学を修め、そして町に出て開業すれば、こんどは保険の点数制である。このごろ、若い医者は、患者の顔色をみたり、目つきを見たり、口を開けさせて舌をしらべたり、そんなことをするのが、少なくなったという。それよりも、やたらに血を採って、やたらに検査をし、やたらに注射をして、やたらに点数を増やす、それが新時代の医者だ、というものさえある。

★

人はいったい、何のために医者になるのだろうか。

昔、ぼくたちが学生だった頃、親父の職業をついで、親父とおなじ仕事をやるという友人を、ぼくたちは軽蔑したものである。親父と息子とは、性格からいっても、才能からいっても、おなじ傾向の人間だとは限らない。親父は親父、息子は息子、といった方が、むしろふつうなのである。それを親父とおなじ職業につこうというのは、その下心になにか、親の七光りを期待しているようなところが見える、それでケイベツしたのである。

しかし、その青くさい書生論も、こと医者に関しては通用させなかった。医者の子が医者になるのを、ぼくたちも、まあ当然のことに考えていた。

一つは、医者を開業するには、まず、しかるべき土地と建物がいる。それにいろいろ、高価なキカイや道具類を設備しなければならない。親の跡をつげば、そういう苦労は一切なしですむ。これはそうとうな額だから、それを引き継ぐという点では、文句をいわなかったのである。

今はどうなんだろう。

ぼくだったら、医者はやはり親の仕事を継ぐことに、賛成する。

近所の古いお医者さんの待合室には、いまだに「薬代が払いにくい方は、遠慮なくおっしゃって下さい。御相談にのりましょう」といった意味の貼紙がしてある。

治療費、薬代は、払える人からもらう。払えない人からは取らない。いってみれば、この簡単な一つの原則が、これまでの開業医には、一本通っていたのではないだろうか。

中国地方の田舎できいた話だが、暮になると、先生、薬代が払えねえが、大根でとってくれ、と一車もたしてよこす。よかろう、とそれで帳消しにして、その大根を引いて帰る途中、往診した患家で、お前んとこは大根はどうだ、今年はつくらなかったのか、それじゃあ半分やろう、といまもらった大根をおいていく。それじゃあ先生、ねぎを持っていってくれ。

全部が全部それではないだろうけれども、いまだに、そういうお医者さんも、少なくはないはずである。

親がそういう医者で、その息子がおやじのあとをつぐのなら、設備がタダというより、そのおやじの気風をうけつぐ、という意味で、ぼくは賛成する。

医者という商売は、ぼくたち素人が考えても、大変な仕事である。時間からいっても、いわば二十四時間勤務である。いまどき、こんな職業は、おそらくないだろう。どんな夜中の嵐の夜でも、患者が危い、すぐ来てくれ、といわれたら、勤務時間は明日の朝八時からだ、それまで待て、とはいえない。それも一軒や二軒ではない。やっと往診をすませて、帰ってくる。やれやれと寝床に入ると、とたんにまた電話が鳴る。まったく、ご苦労さまというより外はない。

★

医者も人間だという。

その通りである。しかし、だからといって、どの職業も、おんなじだということにはならない。商事会社などに勤めているサラリーマンが朝九時から働き、夕方五時になったら帰っていく、しかし医者という職業は、それと同じではないはずである。

医者とは、病気を予防したり、治療したりする仕事である。病気は、一日八時間勤務というわけにはいかない。いつどこで起り、いつ危険な状態になるか分らない、それも時間外だから、知ったことじゃない、というのでは、その人間は、もはや医者とはいえないのではないか。

一体、世の中には、してよいことと、わるいことがある。医者は、絶対にストライキをしてはならないのである。もっとも、ストライキをする医者も、診療しないということが、どんなに大きなことか、じゅうぶん知っている。知っているからこそ、それをカセにとって、強引に要求を通そうとしたのではないか。

たとえていえば、親にウンといわせるために、罪もないこどもを手もとに引きつけ、それにピストルをつきつけて、さあ、いうことをきかなければ、この子を殺すぞ、とおどしているようなものである。

医者はギャングではない。どんなにつらくても、そんな卑怯な、卑劣な手をつかうべきではない。その場合、人がそういう手口を使っていたら、自分の身を犠牲にして、こどもを救おうとする、むしろ、それが医者なのである。

医者は人間である。人間らしくない、恥かしいことをしないでほしいのである。

なにかというと、なんとかも人間である、という言葉がはやった。

もちろん異論はないが、しかし、人間だからなにをしてもいい、ということには、ならない。

母親も人間である、というのは正しい。だからといって、じゃまになる赤ん坊を捨てたり、殺したりしてもいい、ということにはならないのである。この頃、そういう事件がふえているのは、そのへんをとり違えているからではないだろうか。

戦後、職業に貴賤上下の区別はない、ということがいわれてきた。なぜそんなことがいわれたのか、よくわからないが、ひょっとしたら、これまで不当に卑しめられていた職業にも、それなりの苦労がある、それにたずさわっている人間は、私たちと同じ人間である、ということをみんなにわからせるためではなかったかとおもう。

ところが、その結果、これまでほかの職業よりも、一段と高く、みんなから尊敬されていた職業までが、ほかと同じ、ということになってしまった。

そのひどい例が、ここで問題にしている医者と、それから学校の教師である。

はっきりいって、ぼくは、どの職業もみんな同じだとは、どうしてもおもうことが出来ない。

たとえば、ぼくたちの暮しに、なんの役にも立たない道具を、つぎからつぎへと製造して派手な宣伝で売りつけている商売と、人の病気をなおそうと、夜中まで走りまわっている、医者という商売が、おなじぐらいの値打ちだとは、どうしても考えることが出来ない。

病気をなおす、健康を保つ、ということのために、研究したり、努力したり、行動したりする仕事、幼いもの、若いものに知識を授け、考え方を教え、人格を形づくってゆく教師という仕事、この大切な仕事と、ただ儲かりさえすれば、なんだって売るのだ、という昨今の企業のやり方、そういう職業とが同じ列におかれることは、とうていがまんできないのである。

もちろん、大切な職業はほかにもたくさんある。しかし少なくとも、ぼくたちが江戸時代から、明治大正をへて、今日までなんの抵抗もなく、〈先生〉という敬称でよんでいるのは、この医者と教師である。

人はいわれなく、人を尊敬することはない。ぼくたちが医者を尊敬するのは、ぼくたちにはできない大切な仕事を、やってくれる人だからである。

医は仁術だといわれてきた。

ほかにそんな職業が、どこにあるだろうか。

医者とは、本来そういう職業なのである。

たしかに昨今の世の中は、医を仁術として、いくら通そうとしても通し切れないように、なって来たことも、たしかである。

ここまでは、ぼくも、お医者さんの考えていることも、恐らく同じである。ここから先が違うのではないか。

いまのお医者さんは、まさか全部という気はないが、とにかく、医は仁術、などというのは前世紀の遺物である、とじつにあっさりとかなぐり捨て、いうならば、医は算術である、とはっきり開き直ったように、見うけられる。

ぼくは、そうはおもわない。

医は、どんな世の中になっても、仁術でなければならない。人間が、人間の病気を治すのである。そこに〈仁〉の心がなくて、どうしてそれが出来るのだろうか。

いくらその医者が頭がよくて、秀れた技術を持っていても、患者を見る目が、まるで文字通りモルモットのようであり、患者のほうがまた、こういう医者を信頼しなければ、いったいそこで、治療の効果というものを、あげられるだろうか。

コンピューターを導入し、電子計算機を駆使しても、最後に残るのは、一人の人間が、一人の人間の病を治すという、この行為である。

人間が人間に抱く、あの純粋なあたたかい心、それがなくて、どうして医者という仕事が、なり立つのだろうか。

もちろんぼくは、だから医者はすべての犠牲に甘んじて、黙々として、ものも食わず、着るものも着ず、ひたすら〈仁〉のために働け、などと無茶なことをいうつもりは、毛頭ない。

いまは仁術よりも、どうしても算術に走らなければ、生きていけないとしたら、だから開き直って算術に徹する前に、どうすれば、この医者という職業を〈仁術〉にひきもどすことができるか、これを考えてみなければならないのだろうとおもう。

いろいろの理由があるだろう。そのうちの大きな原因は、なんといっても、保険を中心とする、いまの医療制度ではないか。なんとかの点数を1点上げるの、2点上げるの、なんとかの基準を据えおくの、引き下げるの、そういったことで、これはどう解決するものでもなかろう。

いまの制度を、根本的にやり直さねばならないのではないか。

それは、政府の仕事かもしれない。厚

生省がやらなければならないことかもしれない。しかし、そんなことをいっていては、いつまでたってもラチがあく筈はない。

いまの制度で、一番困っているのは、医師会の諸君、あなたがたではないのか。

ぼくは、いまだにあなた方は、出来るなら、医は仁術でありたい、と願っているものと、信じている。

なにが、医が仁術なものかと、ほんとうにそうおもっている人たちには、医者をやってもらいたくない。そういう医者をもつことは、ぼくたちにとって、大へんな不幸である。

しかしぼくは、そういう人たちがいるとはおもわない。医は仁術である、とおもうけれども、今はそれが通らないから、仕方なしに、算術でいかなければ、とおもっている人たちばかりだと、信じている。

そこで提案がある。諸君は、点数の1点、2点を争って、いつまでもお茶をにごしていないで、ひとつ、どういう制度を打ち立てたら、医は再び、仁術という立場をとりもどすことが出来るのか、それを率直に、具体的に、試案として、私たちに聞かせてほしい。

医者とか、教師とか、そういう大切な仕事に携わっている人の収入が、ふつうのレベルか、それ以下ということは、もっての外である。こういう大切な仕事をする人は、ふつうの職業についている人より、もっと多くなければならない。

しかし、なんといっても、一番大きな目標は、どうすれば医は再び仁術となり得るか、それでなければなるまい。

これについて、年来ぼくにも、一つの意見がある。

ごく要点だけをかいつまんでいうと、「国民皆保険」この考え方を、ぶちこわすことである。総理大臣も、大会社の社長も、営々として働いている一般の人たちも、同じように保険で保護される必要が、どこにあるか。

健康保険は、社会福祉制度の一つとして、考えられるべきである。少なくとも、管理職以上の人たちは、これを利用してはならない。

医は自由診療が本筋である。ただ、これまでのようでは、薬代にもこと欠く人たちが、医者にかかることもできない。そういうことのないように、一定の線をひいて、その人たちには安い費用で、ときには無料で、診察もし、治療もする。

いずれにしても、これ以上、医者と患者のあいだに、不信と憎しみと軽蔑が、積み重ならないために、なんとかしなければならない時である。

それは、お互いみんながしなければならないことだが、日本中のお医者さんにことに強くいいたい。それは先生、あなた方の仕事ですよ、と。

（4号・第2世紀　昭和45年2月）

広告が多すぎる

どんなにいい商品を作っても、宣伝をしないと、さっぱり売れない。いまは、そういう時代である。

逆にいうと、いい加減な、粗悪な商品でも、巨大な費用を投入して、くり返しくり返し派手な宣伝を打ちこんでゆくと、おどろくほど売れるようになる。いま、のびている企業は、みんなそこに気がついた企業である。

そんなバカげたことがあってたまるか、といいたくなるが、現実はそうなのである。

こういった巨大な宣伝力にものをいわせて、文字通り、有無をいわさず、売りつけてしまうというやり方は、戦後、というより、ここ十年くらいのことで、これは、あきらかにアメリカの、ものの売り方をマネたものである。

アメリカでいえば、コカコーラの売り方が、それである。世界中どこへ行って写真を撮しても、ついぼんやりしていると、あのコカコーラの看板が画面に入ってしまう、といわれるほど、すさまじい。

そのうち、月へ行けるようになったら、あの月いっぱいに、コカコーラの大きなネオンサインがつく、という、冗談にしても、背筋の寒くなるような話さえあるくらいである。

おかげで、ほかのコーラやジュースは、なんとなく影がうすい。のんでみると、かくべつコカコーラがうまいわけではないが、売れゆきの点では、どうにも太刀うちができない有様である。

日本の例をひくと、ケタが大きくちがいすぎるが、例のポッカレモンである。

はじめは、業務用に、代用レモン液として売っていたのが、数年前から、一般家庭をねらいはじめ、売り上げの25％という、常識外れの宣伝費を注ぎこんで、大新聞に一週に一回、一頁全面広告を出すといったふうに、新聞やテレビに、しきりに派手な広告をうちこみはじめた。

そのために、爆発的に売れだして、昭和三八年にくらべると、三年後の昭和四一年には、売り上げが七倍半になっている。

昨年、その徳用瓶に、ビタミンCが全然入っていないと指摘されてガタ落ちになったが、そうでなかったら、まだまだ売り上げはのびていたにちがいない。

インスタントラーメンも、もうすっかり日本の暮しに定着してしまった感じである。

実状は、たいへんな過当競争だが、はじめから、テレビをよりどころに執拗な宣伝をくり返しつづけていなかったら、大手とよばれる数社も、どうなったかわかるまい。

家庭電器という企業も、巨大な宣伝力を最大の武器にして、のし上ってきた産業である。サンヨーが、イギリスのフーバーそっくりの電気せんたく機を作り出して以来、新聞にもテレビにもラジオにも、家庭電器の広告の出ない日はおそらく一日もない、という有様がつづいていて、この傾向は、ますます激しくなってきている。

＊

巨大な宣伝費を投入すれば、どんな商品でも売り上げがのびる、その秘密は、一口にいうと〈くり返し〉の効果だろう。

たいていのひとは、広告を一回くらい見たり聞いたりしただけでは、買いたいという気持にならないものである。

逆にいうと、一回の広告で、買う気になる人は、本来その商品を欲しがっている人、それが必要な人である。

ところが、いまの企業は、それだけでは満足しない。本来は、その商品が必要でない人、欲しがってもいない人にも、なんとかして買わせようとする。

そのために、巨大な宣伝力を動員する。

その宣伝力は、一つのことを〈くり返す〉ために必要なのである。

一回の広告では興味を示さない人も、二回三回とくり返されると、いくらか反応が出てくる。十回二十回と執拗にくり返されていくうちに、全然興味なし→かすかな興味→だんだん興味が出てくる→関心を持つ→買ってみたい、というふうに、しだいに気持が変ってくる。

これからさきは、

買いたい ＜ 買う→もっと買いたい
　　　　　 買えない→不満いらいら

というふうになってゆく。

そんなわけで、本来は必要でない人、欲しくない人に買わせることによって、売り上げが飛躍的にのびてゆく。

それも、一つの企業だけなら大したことはないが、そうして伸びてゆくのをみると、べつの企業も、当然これにならう。

そこで、宣伝量の競争が、はじまるのである。

だれも宣伝をしない時代なら、新聞の片隅にほんの小さな広告を、月に一回か二回出すだけでも、十分に効果がある。

しかし、みんながおなじように広告をはじめると、それでは効果がない。広告は、ひとの目につくことが第一で、いくらくり返しても、ひとの目につかなければ、広告を出さないとおなじである。

誰も広告を出さないときは、たった1センチ幅の広告でも目につく。しかし、みんなが1センチ幅の広告を出すようになると、こんどは2センチ幅の大きさでないと、見落されてしまうのである。

こうして、広告は、だんだん大きくなり、だんだん出す回数がふえてくる。

手許にある統計によると、昭和三三年度から昭和四二年度までの十年間に、広告費は、ひっくるめて四倍以上にふえている。

そのなかで、新聞とテレビの広告費を抜きだしてみると、新聞広告費は、十年間に三倍にふえているが、テレビのほうは、じつに十四倍にもなっているのである。

＊

しかし、宣伝費を投入すればするほど、売り上げがのびる、というのにも、もちろん限度がある。

というのは、買うほうに、限度があるからである。

いくら、いらないものを、宣伝の力で買わせるといっても、まさかインスタントラーメンを、一日に百袋も食べさせるわけにはいかない。ボーナスごとに、テレビや洗たく機を、新型に買いかえさせることもできない。

つまり、どんなに徹底的に売りまくっても、一つの商品の売れゆきには、必ず限度がある、決して無限にのびつづけるものではない、ということである。

それに、企業としては、道楽や見栄で、広告に湯水のように金を使っているわけではない。ほんとは、なるたけ使いたくない。売り上げが大して変らなければ、広告費はすくないほど、その企業の利潤は大きくなる。

ごく簡単な理くつである。

いちばん効率のよい広告量は、どのへんか、それを見きわめるのが、経営者の力量だが、じっさいには、よそが出すから、うちも出す、という式の経営者が多いから、けっきょく雪だるま式に、必要以上に大きく、たくさんの広告を出すようになる。

町でよく聞く議論に、買うほうは、あんなに大きな広告を、あんなにたびたび出せるのなら、そのぶんだけ、ねだんを安くしてほしい、というのがある。

これに対して、売るほうは、冗談ではない、広告をするからこそ、たくさん売れる、たくさん売れるからこそ、あのねだんで売れるので、もし広告をしなければ、安くなるどころか、逆にもっと高くなる、と反論する。

このやりとりは、じつは言っていることが食いちがっているのである。

なるほど、広告をしなければ、どんないいものでも、売れない。売れなければ、ねだんが高くなる、その意味では、売るほうのいい分が正しいのである。

しかし、安いねだんを維持するために、いくらでも限りなく広告を出さねばならない、というのはウソである。ある量以上は、いくら広告しても、それ以上は大して売れないからである。

もし、いま必要以上の広告を出しているとしたら、そのぶんをやめても、大して売れゆきは変らない筈だから、そのぶんだけ値下げしようとおもえば、できるのである。そして、いまは、必要以上に広告を出している、といえそうである。

その意味で買うほうがいっているとしたら、それは買うほうが正しいのである。

＊

過熱している宣伝費を引き下げることは、企業にとっても、消費者にとっても、望ましいことは、いうまでもない。この点で、はじめて、売るほうと買うほうの利害が一致するのである。

おなじ分量の広告を、おなじ回数出しても、大いに効果を上げる広告もあれば、それほどでもない広告もある。

そのちがいは、主として広告技術の優劣から生まれてくる。最近の広告をみていると、技術の拙劣なものが氾濫している。拙劣な広告で効果を上げようとするから、いきおい量をふやすことになる。本来なら、一回出せばすむものを、広告が下手なために、二回も三回も十回も出さなければ、おなじ効果を上げることができなくなっている。

いま、一年に百億円以上の広告費を使っている企業があるとする。

もし、社として、正しい宣伝方針《ポリシイ》が確立しており、すぐれた宣伝技術を駆使すれば、宣伝費を半分の五十億にして、しかも今の売り上げを維持することは、不可能ではない。

宣伝方針を確立することは、経営者の第一にしなければならない大きな仕事である。

そのためには、経営者は、ひろい意味での宣伝について、適確な知識と、はっきりした意見を持っていなければならない。いまの経営者のなかで、それだけの人間が果してどれだけいるか。コンピューターがどうのこうのと、ねごとみたいなことにうつつを抜かしている暇があったら、宣伝の勉強をしなければなるまい。

すぐれた宣伝方針が確立されたら、おのずから広告費の使い方も変ってくる。

いま、年間百億円前後の広告費を使う会社は、現実に何社もある。かりに、これまで使っていた広告費を半分にし、そのかわり、半分の広告費で、これまで通りの売り上げを維持できるような、すぐれた頭脳と手に、十億円を投じてみたまえ。その企業は、差し引き四十億円を生かしたことになるのである。

ある分量の広告は絶対に必要だが、それ以上は、宣伝技術に金を使うべきである。しかし、いまの日本で、それだけのすぐれた技術者に、一年十億どころか、一億円も払っているところはない。プロ野球の選手に何千万円も支払っている世の中なのに、それ以上に大きな企業が、それだけの金も出さず、そういう技術者を必死に探そうともせず、育てようともせず、その結果、ムダな広告費を湯水と使っている。

戦後は、宣伝の力を知った企業が、巨大な宣伝費を投入することで、のびてきた。

これからは、放っておけば天井知らずにふえてゆく宣伝費を、どこで抑えるか、それを知って、そのほうに金を使う企業が、のびてゆく。次には必ずそういう時代になる。

*

宣伝方針を確立する、すぐれた技術を投入する、そのことに関連して、ここで一つの注文を出しておきたい。

宣伝は、いかなるときでも、フェアでなければならぬ、ということである。目的のために手段をえらばぬ、といった考え方なり技術は、決して、すぐれた効果を生むことはできない、ということである。

新聞広告を例にとってみよう。

どの新聞にも、記事欄と広告欄があって、これは記事、これは広告、とだれにでも、そのけじめがはっきりしている。

したがって、読者としては、おなじ紙面でも、広告を見るときと、記事を読むときは、ひとりでに受け取り方がちがっている。

広告を見るときは、なんとなく警戒するというか、だまされまいというか、とにかく、そこで言っていることを、百中百まで信じるわけにはいかない、という気持が無意識に働いているものである。

事実を誇大して吹きまくり、どこに一点の欠点もないような言い方にぶつかると、よけいその気持が強く働く。

それにくらべると、記事のほうは、べつに誇大にいう必要もないと知っているから、へんな警戒心は持たないで読む。最近の新聞記事のなかには、ときどき、そうとばかりはいえないこともあるが、それでも広告欄にくらべると、格段に信頼している。

そこで、効果を上げたいとあせるあまり、じっさいは広告でありながら、一見記事のように擬装したものが、横行しはじめている。

多くの読者は、それを記事だとおもって読んでしまう。そして広告なら割引いてしまうものでも、記事だとおもうから、そのままウノミにしてしまう。

なるほど、そういう場合には、上のほうの欄外に、日附や号数とならんで、〈全面広告〉とか〈PRの頁〉といったことが、申しわけのように小さく印刷してある。

しかし、ふつう新聞を読むとき、頁をひらくたびに、いちいち欄外を見る人間は、まずいないのである。その点では、新聞の中で、ここはいちばん見られない場所である。

こういうやり方で、読者をだますのは、もっとも卑劣な方法であって、そういう広告を出していると、けっきょく企業全体の信頼を失うことになる、それをはっきり言っておきたい。

それに、そんな広告を作る企業も企業だが、そんな広告を平気でのせる新聞も新聞だとおもう。

新聞の生命は、記事である。

いくら広告料がほしいからといって、一見記事とまぎらわしい広告、記事だと思いこんで読まれるような広告を平気でのせて、果して新聞の面目は、どこにあるのか。

新聞はじめ、一切の報道機関は、報道の正確さ公正さを歪めようとするものに対しては、ぎりぎり守りぬかねばならぬ最後の一線がある筈である。それを、かりに良心と呼ぶなら、私たちが新聞を信頼しているのは、その良心のゆえにである。

記事に擬装した広告をのせる、それはやがて記事そのものへの信頼を失うだろう。それに対して、少くとも記事を生命としている新聞、君たちの良心は果して痛まないのであろうか。

（98号　昭和43年12月）

うけこたえ

ピンポンをやったことがおありですか。

べつに、ピンポンの話をしようというのではありませんから、テニスでも、バドミントンでもいいのですが、かりに、あなたがピンポンならピンポンの球を打ったとします。すると、相手が打ち返えしてくる、それをあなたがまた打つ、また相手が打ち返えしてくる……ピン、ポン、ピン、ポンと白い球が快よい音をたててはずんでゆきます……

ところが、かりに、あなたが球を打ったとします。すると、相手は、その球は打ち返えさないで、しらん顔で、べつの球を打ってきました。どうしますか。

とっさには、どうなったのかわかりません、とにかく、目のまえに球が来たのですから、ひとまず打ち返えします。相手もそれを打ち返えしてきます、あなたもまた打ち返えします……ピン、ポン、ピン……。

しかし、なんだか、ヘンな気持です。落ちつかないのです。よく考えてみると、はじめに自分が打った筈なのに、それにひきつづいて、さもあたりまえみたいに、向うへいったり、こちらに来たりしているのは、じつは自分が打った球ではないからです。

イライラしてきます。打っていて、おもしろくないのです。

打った球を、どうして打ち返えさないんですか。

ちゃんと打ち返えしているじゃありませんか。

ちがいます、はじめにこちらが打った球のことです。

はじめから、球は、ずっと切れないで行ったりきたりしています。

しかし、はじめの球ではありません。

いいえ、はじめの球です。

うそをついてはいけません。うそだとおもうんなら、だれにでもきいてみてください。

＊

……どうやら、ピンポンの球のことからケンカになってしまいそうです。

話題をかえましょう。

坊やとお母さんです。

——お母さん、ぼくのグラーブ見なかった？

——あんた宿題やったの、やってないんでしょ？

——あとでやるよ。

——いけません。宿題をやってしまいなさい。

——だって、あとできっとやるよ。

——そんなこといって、おとといだって、とうとうやらなかったじゃないの。ダメです。

——おとといは、ちゃんとやりましたよーだ。

——やりませんッ。

——やりましたッ。

——どうして、そううそをつくの。人間はね、うそをつくのがいちばんわるいのよ。

——お母さんこそ、うそをついているじゃないか。

*

また、ケンカになりそうです。

話題をかえましょう。

こんどは、夫と妻です。

——ご飯まだかい。

——きょうは、とっても忙しかったのよ。ひさしぶりのお天気で、センタクものは山とたまってるし、アイロンかけだってたいへんだったのよ。それに、あなたテーブルタップ買っといてくれって言ったでしょ、言わなかった？

——買ったかい。

——あれ近所の電気屋にないのよ、二つか三つの口のならあるんだけど、あんたのいうサイコロみたいなのは、おいてないっていうの。

——で、買わなかったの？

——だもんで、駅の向うへ行ったら、そこもなし、おかげで三軒も四軒も歩かせられたわ。

——仕方がない、あすぼくが帰りに買ってこよう。

——買ったわよ、そこにおいてあるでしょ。

——じゃ早くそういえばいいじゃないか。

——だから三軒も四軒も歩いたって言ったでしょ。

——それで、ご飯はどうなんだ。

——やってるわよ。

——やってるのはわかってるよ。まだかってきいてるんだ。

——やってるのがわかってるんなら、聞かなきゃいいでしょ。

*

おやおや、ここでも、またケンカになりそうです。

いったい、夫婦とか親子とか、きょうだいといったケンカは、やっている最中は、両方ともすごく興奮して、こんチキショウと歯をかみならしてたけり狂うものですが、さて嵐が通りすぎたあとは、たいてい、いったいなにがもとで、あんなにケンカしたんだろうか、さっぱりわからない、どうやらあの時は、虫のいどころがわるかった、ぐらいにしか考えられないものですが、しかし、よく考えてみると、趣味はケンカ、という人以外は、なにかわけがある筈です。

*

坊やとお母さんの場合を、もう一どはじめからおもい出してみましょう。

——お母さん、ぼくのグラーブ見なかった？

——あんた宿題やったの、やってないんでしょ？

どうやら、問題はここにあるようです。坊やは、グラーブを見なかったか、とお母さんに聞いています。ところが、お母さんのほうは、見たとか見ないとか、その質問には全然答えないで、逆に、宿題をやったのか、とべつの質問を出しています。

ピンポンでいうと、坊やがはじめに球を打った。ところが、相手のお母さんは、その球を打ち返えさないで、逆にべつの球を打ってきたようなものです。

お母さんとしてみれば、坊やがグラーブを見なかったかと聞いたので、ははんと遊びに行こうとしているんだな、ということがわかるわけです。そこで、宿題もしないで遊びにゆくとは何事であるか、とおもいます。グラーブのありかなど、どっちだっていいことです。だから、そんなことを返事しているより、宿題をやったのか、と逆に聞いたのでしょう。

その気持はわかりますが、言葉のやりとりにも、ルールがあります。やりとりという以上、ひとりごとではなくて、相手があるわけで、相手がある以上、自分の気持のままに両方が言いたいことを言ったのでは、通じる話も通じなくなります。

道を歩くときとおなじではないでしょうか。みんながしたいように勝手に歩いたのでは、ぶつかったり立止まらされたり、けっきょくうまく歩けません。


相手になにか話しかける、というのは、相手に自分の気持を伝えるためです。自分の気持を伝えるためには、伝える方法を考えなければなりません。ただ、なんでもかでも、おもっていることを、そのまましゃべればいいとはかぎりません。

そのためのルールの一つが、なにか聞かれたら、必ず答える、これです。球を打ってきたら、必ずその球を打ち返えす、というわけです。

この坊やとお母さんの会話を、ルールどおりにやってみましょう。

1　お母さん、ぼくのグラーブ見なかった?

2　玄関に投げてあったから、あんたの机の横に片づけといたわ。だけど、あんた遊びにゆくの?

3　うん。

4　だって宿題やったの、宿題をやってからいくんですよ。

これが、きかれたことには必ず答える、というルールをまもったひとつの例です。

このお母さんは、それをひとつ飛ばして1の質問に、いきなり4をもってきたわけです。

だれでも、自分のきいたことに相手が答えてくれないと、なにかへんな感じで、もどかしくなったり、イライラしたり、落着かなくなります。

相手をそういう気持にさせるのは、どう考えても損です。相手がイライラしてくると、こんどは相手も、だんだん反則をしはじめます。言わなくてもいいことを言ったり、こちらのいうことを無視したり、そうなると、こちらにイライラがうつってきます。売り言葉に買い言葉、そしてバクハツ、怒声、号泣、絶叫なんてことになってしまいます。

＊

さっきの夫と妻の場合も、残念ながら、奥さんのほうのルール無視から、コトがはじまったようです。

はじめに夫が、ご飯まだかい、ときいています。もちろんこれは質問ですから、ルールからいうと、奥さんは、できているとか、まだですとか、もうすぐとか、とにかく、それに答えなければいけないところです。

ところが、そのとき、ご飯はまだできていなかった。そこで奥さんとしては、なぜできていないかを説明しなければ、とおもってしまいます。言いかえたら、ご飯がおそくなったのは、自分が怠けていたのではなくて、それにはそれなりのワケがあるのだということをわからせる必要がある、というわけです。

そこで、夫の質問には答えないで、べつの返事、きょうはどんなに忙しかったかを言いはじめたわけです。

しかし、この返事は、本来は、

——どうしてご飯がおそくなったのかという質問に対しての答えで、ルールどおりにやり直してみるとご飯まだかい？　という質問の答えではありません。

1　ご飯まだかい。
2　まだなのよ。
3　どうしておそくなったんだい。
4　きょうね、とても忙しかったの…
…

つまり、この奥さんも、1から2とゆかずに、ひとつさきの4に飛んでしまったというわけです。

ところで、この奥さんはなぜ、1ときたら2と答えないで、いきなり4に飛んでしまったのでしょう。

たぶん、1ときて2と答えたら、当然相手は3とくる、どうせそうくるのなら、先をこして、4と答えよう、ということかもしれません。ハッキリいえば、2の答えをするのがいやだから、ともいえるでしょう。

予定の時間にご飯ができていないときご飯を作る人としては、できていないということはイヤにちがいありません。

しかし、いくらイヤでも、できていないという事実があれば、できていない、と返事をしなければなりません。それを飛ばすと、はじめの会話のようになってしまうのです。

——ご飯まだかい。

——まだなのよ、お腹すいたでしょ、ごめんなさいね。きょうとっても忙しかったの。

できていない、というイヤな、したくない返事も、これだとだいぶちがってきそうです。ここで利いているのは、〈ごめんなさいね〉という言葉です。

〈すまないね〉〈ごめんなさいね〉
〈どうもありがとう〉

こういう言葉は、料理でいうと、薬味みたいなもので、使うと使わないとでは、ずっと味がちがってくるものです。

「わたし、ゼッタイにあやまらない」結婚するとき、そういう悲壮な誓いをたてた花嫁さんがいます。

男の人が、すまないとか悪かったというのを聞いたことがない、女ばかりあやまっているのはつまらない、ということなのでしょう。

男の子をもったお母さんにおねがいしたいのは、このことです。自分のしたこと言ったことでわるいことがあれば（人間だから、あるのがあたりまえです）はっきり、誰に対しても、ごめんね、すみません、を言うように、しつけたいものです。

亭主があやまらない、だから女房もあやまらない、そのために索莫とした暮しがつづくのは、つまらないことです。

あやまる、ということは、自分がまちがっていたと認めることです。誤ちをハッキリ誤ちと認めることくらい、立派な男らしい態度はありません。

＊

……野球であれだけの名声をうたわれた河西アナウンサーなども、野球放送のやりはじめ頃は、野球のスコア・ブックを一回から九回まで全部アナウンスの文章に直して、その原稿を持って午前三時頃起きては戸山ヵ原の林の中で、大きな声で実況放送ふうにどなったものである。毎朝まいあさこうしたことをくり返して、どうやら野球アナウンスの調子になってくる。

こういった苦労、努力というものは、先輩で名アナウンサーといわれる人は、誰しもがやってきた。自分のことになるので甚だ恐縮であるが、私はさきほど述べたように、もともと初めからアナウンサーになるつもりで入ったのではない。最も資格、条件で劣っていると自分で考えたが、これを努力で補おうとおもった。ことに実況放送は、すこぶる至難のことである。

実況放送におけるあの即時描写力を、どういうふうにして会得したらいいか、ずいぶん自分は考えた。その結果考えついたのは、出勤のたびごと、市電に乗って揺られて放送局へ行くまでの間を利用するということである。

吊り革にぶら下って、電車の窓から、電車道に軒をならべているいろいろな店屋の看板を見ながら、或は店先の品物を見ながら、これは八百屋、これは足袋屋、これは米屋、これは薬屋、これは本屋というふうに口に出してしゃべるのである。

電車のスピードが速くなってくると、瞬間的に看板とか店舗に並んでいる品物をみて、それがなに屋であるとはっきりいえるまでになるのには、いく月もかかった。

それでも二た月たち、三月たちするうちには、ほとんど全部いえるようになった。要するに、電車のスピードに合わせて、瞬間的判断力が同時に表現力にマッチするのである。つまらないことのようであるが、私はこんなこともやってみたのである。……

これは、一代の名アナウンサー和田信賢が、終戦のあくる年の秋に出した「放送ばなし」という本のなかの一節です。

彼がなくなってから、もう十年になります。この八月十四日が十周忌です。ヘルシンキで開かれたオリンピックの実況放送に行って、倒れてしまい、パリの病院で死にました。オカユ、オモユ、オロシ、タイミソ、ホーレンソー、オ汁、トウフがたべたいです、と死ぬ二日前に書いています。

ヘルシンキへ行かなければ、死ななかったかもしれません。行かなくても、死んだかもしれません。

しかし、今はこんなに、いい意味でも、わるい意味でも、テレビが花ざかりの時代です。いままで彼が生きていたら、どれくらいいい仕事をしたかとおもいます。まったく惜しい人をなくしたものです。

「話にはね、消しゴムがきかないんだ」

これは、和田信賢が、口ぐせのようにいっていた言葉です。

紙に書いた文章は、いくらでも、書き直しができます。いやならそれをやめて、全然べつの文章を書くこともできます。

話のほうは、一ど口を出たら、しまったまずかったなとおもっても、もう消すことはできないのです。いまのは言いちがいでしたといっても、そのまえに、相手の耳にとどいてしまっているものを、消してしまうわけにはいきません。

そこへもってきて、なお困ることは、文章は、たいてい、すこしは考えてから書くものですが、話すほうは、そんなひまなどありません。ええと、つぎには、こういうことを話そう、とそのたびに頭の中で考えてから、口に出す、なんてことは、ふつうではしないのです。

むしろ、自分でも気がつかないうちに、口のほうでしゃべり出している、といった感じです。

とっさに、ろくに考えもしないで、口から出てくるものだけに、話す、ということは、書くことよりも、ずっとむつかしいものです。

上手に書けるようになるには、もちろん勉強しなければなりませんが、それだけに、上手に話せるようになるには、書くことの何十倍も何百倍も勉強しなければならない筈です。ここで引用した和田信賢の文章は、アナウンサーという特別な職業の場合ですが、ふつうの人でも、方法こそちがえ、やはり必死になってやらなければ、うまく話せない点ではおなじの筈です。

ところが、むかしの学校には、文章を書くことを教える、つづり方という時間はありましたが、もっと大切な話し方を教える時間はありませんでした。

考えてみると、もちろん文章だって上手に書けたほうがいいにきまっていますが、かりに書けなくても、いまの暮しでは、それほど困ることもなさそうです。

いちばん困りそうなのは手紙ですが、そう毎日まいにち手紙を出すことはないし、電話のほうが早くて便利なこともすくなくありません。

話すほうは、しかし、そうはゆかないのです。話さなければ、とても一日だって暮してはゆけません。ということは、上手に話すか、下手に話すかで、たちまち、毎日の暮しに大きくひびいてくるということです。

戦後は、それでも「話し方」を学校で教えるようになってきましたが、まだまだ十分ではありません。世間で、上手な話し方、などといわれているのは、たいてい、どうでもいい枝葉のことが多いようです。

もう一ど、道を歩くときをたとえにひくと、道の歩き方の第一歩は、きめられた側、左なら左側を歩く、交通信号は必ずまもる、ほかの人とおなじような早さで歩く、といったことでしょう。いわば基本のルールをまもることです。

それを、脚は一直線に出せとか、持ちものは、こんなふうに持てとか、立止まるときは、ちょっと片足をひいて立てとか、そういうことが、上手な歩き方だとおもっている人があります。

そういうことも悪いことではありませんが、それも、さっきいったような基本のルールをまもってからの話です。それをまもらないで、いくら自分だけが、しゃなりくねりと歩いてみたって、おかしいばかりか、人にぶつかったり、車にはねられたり、他人に迷惑をかけたりします。

*

聞かれたことに、まともに答えない

で、べつの返事をする、ピンポンでいうと、球のすりかえですが、気をつけてみると、私たちは、案外しょっちゅう、平気でやっているようです。

あなたも、一どその気になって、自分やまわりのひとの会話から、この「球のすりかえ」の例を採集してごらんになりませんか。きっと、おもしろいですよ。

採集した例をお目にかけましょう。

——つぎの町まで、どれくらいあるでしょうか。

——これからじゃ無理だね。

＊

——あの手紙出してくれた？

——そんなに急ぐの？

＊

——こんどの日曜は何日だ？

——どうして？

＊

——大瓶だといくらですか。

——あいにく切らしてるんですよ。

＊

——ぞうきん取ってくれないか。

——けさ、ふいたばかりよ。

＊

——この鮭、あま塩？

——おいしいですよ、奥さん。

＊

——ここにおいといた手袋しらない？

——自分のものぐらい、自分でちゃんとしといたらいいじゃないか。

＊

——しょう油くれないか。

——味がついてるわよ。

＊

うけこたえの基本のルールは、まだいくつかあります。

——今夜、映画見にゆこうか。

——そうね、行ってもいいけど。

——なんか予定があるの？

——べつに、予定ってないけど。

——じゃ行こうよ。

——うん。

これだけみると、誘われたほうは、どっちでもいいんだが、あまり誘うから、それじゃ行く、といった感じです。

ところが、じっさいはそうでなくて、映画を見にゆこうといわれたとき、ふつうなら、

——ええ、行くわ。

というべきところを、

——そうね、行ってもいいけど。

と語尾をにごす人がありますが、いわば一種のクセでしょう。

——お茶のもうか。

——そうね、のんでもいいけど。

——手紙一本書いてくれないか。

——そうね、書いてもいいけど。

——そろそろ帰ろうか。

——そうね、帰ってもいいけど。

なんでも、この調子です。

「帰ってもいいけど」というのは、本来なら、「……でも、帰らなくてもいい」という意味をふくんだ言葉です。だから、相手としては、よほどそのクセになれていても、やはりその瞬間ちょっと、一体どっちだろうと戸まどってしまいます。

これとかぎらず、いったいに、どっちつかずの返事をするのは、女の子に多いようです。

——切符が一枚あるんだけど、いらっしゃらない？

——どうしようかしら。

——ぜひ、いらっしゃいよ。

——じゃ、おともさせていただくわ。

この場合の「どうしようかしら」というのも、さっきの「行ってもいいけど」と似たような使い方です。


　これまで、女のひとは、自分のほうから進んで、気持をはっきりさせるのは、はしたないこと、女らしくないことといわれてきました。たとえ、行きたいとおもっても即座にハッキリ行きたいといってはいけない、自分としては、行けとおっしゃるなら行くし、行くなといわれたら行かない、それが女らしさというものだ、としつけられてきました。


　紅茶かなにかが出てきます。

——どうぞ。

——はあ。

　のどがカラカラになっていても、ここですぐお茶わんを取り上げてはいけないのです。いちおう、はあ、といいます。

——どうぞ、お召し上りになって。

——はあ、ありがとうございます。

まだ、のんではいけません。

——ほんとに、さめないうちに……

——はあ、ではえんりょなしに……

やっと、お茶わんをとり上げていいときになりましたが、もちろん、ガブガブグイはいけません。ほんのひとくちかふた口です。


　こういうヘンなしつけの名残りが、いまだに、「行ってもいいけど……」といったアイマイな返事のかたちに残っているのでしょう。

　ところが、こういううけこたえをすると相手には、こちらの気持がハッキリわかりません。一体どっちだろう、とそれをもう一どたしかめなければならないわけです。

　こういうことは、言葉のやりとりの上でやはり、いろいろとまずいことがおこってきます。第一はムダな手間です。第二は、そのために相手が落着かなくなります。第三に、そのために、なめらかに進むはずの話が、つっかえたり、へんなほうにそれたり、とんがったりします。


　こちらの気持をハッキリ伝える、といっても、もちろん、なにも切り口上でいわなければならぬ筈はないのです。

——映画みにゆかないか。

——ええ、行きましょう。

これで、はしたないとか女らしくないとはおもわれないのです。


　というより、女のひとが、言葉をぼかしていうのが、女らしいこととしつけられてきたために、どれくらい不幸な目にあってきたか、しれないのです。

　気持をきかれて、ぽうっと赤くなって、指でタタミの上に「の」の字を書く……なんてことをしたばかりに、つまらない結婚をした女の人が、むかしはすくなくなかったのです。

　さきほど、男の子には、もっと、ごめんなさいが言えるようにしつけるべきだと申しました。それが自分の行動に責任をとる、いさぎよい態度だからです。

　それとおなじ意味で、女の子には、もっとハッキリ気持をいうことをしつけたいとおもいます。したいのに、してもしなくてもいいような返事をする、何どもいわれて、それじゃ、というのは、結果からいうと、自分のすることに責任をとらない、どっちでもいいんだけど、言われたからする、責任はだから言ったほうにある、という態度です。

　女の子でも、男の子でも、自分のする

ことに、自分で責任をもつ、そういうふうであってほしいものです。

＊

あの三河島の列車事故のあと、国鉄のえらい人が、あのとき、はじめの電車にのっていたお客がドアをあけないでくれたらよかったんだ、と言ったというのです。

まさか、ほんとだとはおもいたくありませんが、学校へゆくことがリクツをおぼえることであり、そのリクツは、自分のやったことの責任をのがれるために使われるのだったら、学校など、ゆかなくてもいいのです。

しかし、

だって、

そんなことといったって、

それはそうだが、

でも、

こういった言葉が、このごろの世の中には、すこし多すぎるようです。

私たちのこどもは、男の子でも女の子でも、こういう責任のがれの卑怯な人間にはしたくないものです。

その意味からいっても、毎日のなんでもないようなうけこたえのなかで、きかれたことには、たとえイヤなことでも、まともにハッキリ返事をする、自分の気持は、いい加減にぼかさないで、ハッキリいう、まちがっていたことは、まちがっていたとハッキリあやまる、そういう話し方の基本を、しっかりしつけておきたいのです。

そういう話し方は、どこへ行って習ってこられるというものではありません。まいにちの暮しのなかで、すこしずつ、すこしずつきたえられてゆくものです。

品のいい言葉づかいや、ていねいな口のきき方、敬語のつかい方といったことも、どうでもいいとはおもいませんが、それよりもっとまえの、基本の話し方、それをしつけるほうが、もっと大切なのではないでしょうか。

（65号　昭和37年7月）

美しいものを

1

ある朝、新聞の広告を見ていたら、ひょいと、こんな文句が目に入ってきた。

〈機械とは思えない美しいデザイン〉

ルームクーラーの広告である。このあと、こんなふうにつづく。

〈お部屋の調度品の仲間入りをした豪華家具調は、いつまでも飽きることがありません〉

これを読んだトタン、なるほどそうだったのか、とおもった。昔ふうの文章なら、ハタと膝を打った、と書くところである。ながいあいだ、心にひっかかっていた疑問が、この短かい広告文のおかげで、パラリと解けたとおもった。

じつをいうと、ここ数年、いろんな商品に、安っぽい木目《もくめ》を印刷したデザインのものが氾濫している。どうして、あんなものを作るのか、どう考えても、わからなかった。

もっとも、木目模様といっても、二通りある。

もともと、板で作る商品、たとえば、テーブルや戸棚や椅子の場合、ほんとの木を使えば高くなるから、というので、ベニヤ板に木目模様を印刷したもので間に合せる、といったもの。いいわるいはべつとして、これは、まあわからぬでもない。

どうしてもわからないのは、本来は板で作るはずのないもの、たとえば、電気冷蔵庫や電気ガマやマホーびんといったものに、わざわざチャチな木目模様を、なぜ印刷するのか、ということだった。

電気冷蔵庫の戸が、ベニヤ板だったらいかにも冷えがわるそうな気がするし、電気釜が板を曲げて作ってあったら、だれだって火にかける気はしないし、マホーびんだって、すぐこわれそうな気がするにきまっている。

だから、どんな風変りなメーカーだって、電気冷蔵庫の戸をベニヤ板で作ったり、電気ガマや、マホーびんを、板を曲げて作ったりはしない。

それなのに、見せかけだけ、板で作ったように、安っぽい木目模様を印刷したものを、なぜああも、つぎからつぎへと氾濫させているのか、そのへんの気持が、さっぱりわからなかったのである。

2

もちろん、これまでも、こうした木目模様をつけた商品を、大きな広告で、はやし立てているのは、いくつもある。ありすぎるほどである。なにも、このルームクーラーの広告が、はじめてではないのである。

しかし、この広告を書いたのは、このメーカーの社員なのか、それとも、例のコピーライターという職業の人なのか、それは知らないが、いずれにしても、たいへん正直な人にちがいない。

というのは、ながいあいだのぼくの疑問をパラリと解いてくれたのは、この広告のなかの、つぎの二つの、短かい文章で、この短かい文章のなかに、なぜ安っぽい木目模様をつけるのか、というほんとの気持が出ているからである。

疑問を解くカギは、この二つの短かい文章のなかで、傍点を振った箇所である。

1　機械とは思えない美しいデザイン

2　お部屋の調度品の仲間入りをした
　豪華家具調

ずっと昔、つまり何十年も前のことだから、いまでもあるかどうか、そのへんのところは請けあえない。上野公園を歩いていたら、妙チキリンなものにぶつかった。いまでも、はっきりおぼえているのだから、よほど印象が強かったにちがいない。

公園の歩く道と、植込みや芝生のさかい目に、低い柵がめぐらせてある。ある間隔で低い杭を打って、その杭と杭をクサリでつないであるのだが、それが妙チキリンだったのではない。

その杭が、セメントをかためて出来ていた。ふつうセメントの杭といえば、たいてい角型か、筒型をしているものだが、その杭には、一種の彫刻が施してあった。山の立木から、手頃なのを切ってきたという感じにしたいらしく、形もそれらしくやや曲っているし、小枝を落したあとも作ってあるし、そして全体に、タテに細い線が、木の肌らしく不規則にひっかいてあった。

妙チキリンなもの、といったが、ほんとのことをいうと、その頃は、まだぼくも若かったから、これを見たとたん、それも一本や二本でなく、見わたすかぎりこれが、はりめぐらされているのを知って、なんともいえない憤りがこみ上げてきたものである。なんということだ、とおもった。

いまにしておもえば、

〈セメントとはおもえない美しいデザイン〉

そんなふうに、これを作った人も、作らせた人も、おもっていたのかもしれない、という気がする。

3

いささか、中学の〈国語〉の時間みたいで気がひけるが、

〈機械らしくない美しいデザイン〉という言葉の裏には、〈機械は美しくない〉という気持がある、すくなくとも、〈工場ならいざ知らず、ふだん暮している部屋と機械とは合わないもの〉と、きめてしまっているようなところがある。

機械は、美しくないか、ということから考えてみよう。

戦争中、空襲を体験した人なら、誰でもおぼえがあるにちがいない。はじめは真暗な空だから、敵の爆撃機とわかるのは、あのエンジンの音だけである。恐ろしい音であった。その音が何機も何十機も重なり合い、ひびき合って、頭上をすぎてゆく。そのエンジンの何十と重なり合った音のあいだに、サーッという音が

まじる。かためて投下された焼夷弾が空気を切る音である。

そのうち、あっあそこだ、と気がつくと、B29が、くっきり夜空に浮び上っている。つぎつぎに燃えてゆくぼくたちの家の火焔に照明されて、あの巨大な胴体や翼のジュラルミンが、あかあかとかがやいているのである。

美しかった。

敵である。敵の巨大な爆撃機が、何十機何百機の編隊を組んで、つぎつぎと波状攻撃をかけ、無数の焼夷弾を降らせ、1トン爆弾を投下しているのである。

無念であった。憎かった。どうしようもなく恐ろしかった。

その煮えたぎるような心の片隅で、しかも、焔にてらされたジュラルミンを、美しいと、みんな感じていたのである。

この感覚は、なんだろうか。

4

〈カッコいい〉

という言葉がある。こんなふうに文字に書いたのでは気分が出ないが、じっさいに発音すると、〈カックイイッ〉といった感じになる。こどもの使う言葉、一種の幼児語である。

未開人とか、幼児などでは、美意識は、はなはだ低くて大ざっぱである。

未開人を観察する機会は、そう誰にもないが、幼児なら、誰でも、いつでも観察することができる。

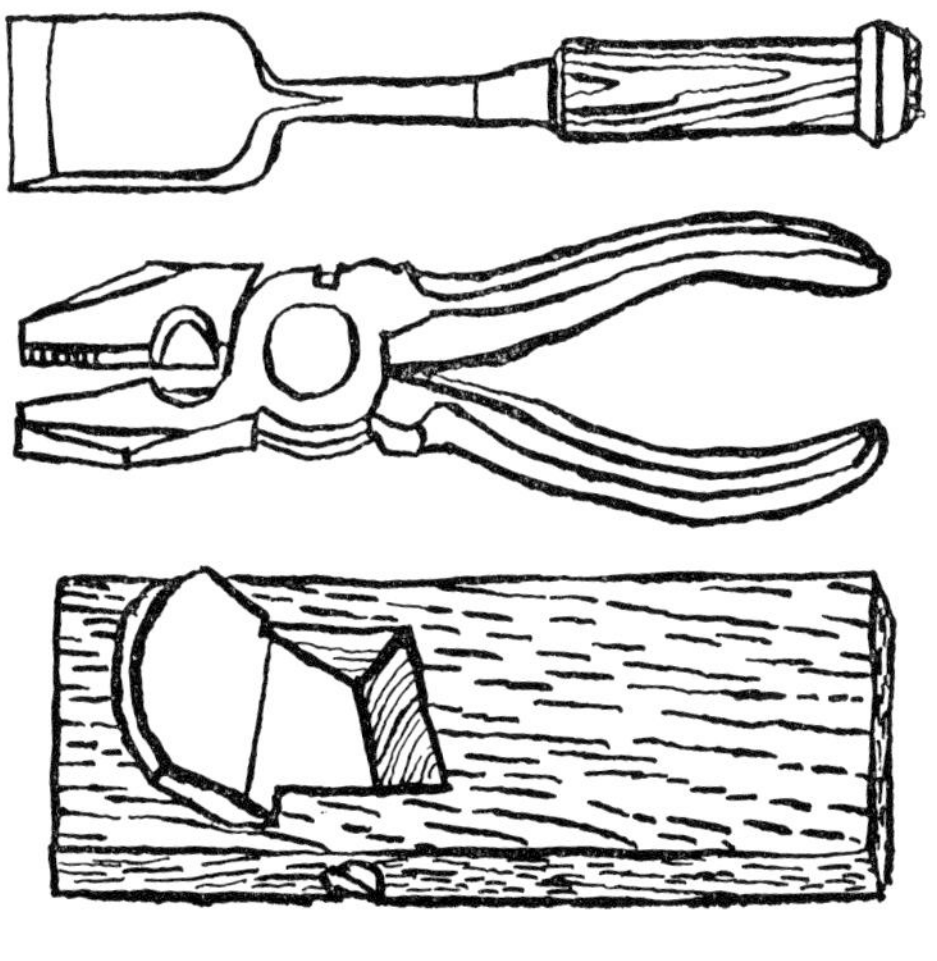

たとえば、赤い色を見せる。

赤と一口にいっても、神社の鳥居の色も赤である。血の色も赤である。あまり見せる機会はないが、国旗の日の丸の色も赤である。イチゴジュースと称する液体も赤い色をしている。おなじ赤でも、それぞれべつの、ちがった色である。

ところが、幼児は、どれをみても、アカというだけである。

その赤のなかに、何十という、ちがった赤がある、そのちがいを見わける感覚が、まだ育っていないからである。

その感覚は、文明社会では、大人になってゆくにつれて、みがかれてゆくもので、昔は、大体小学生ぐらいになると、鳥居の色は「朱」、夕焼雲の色は「茜《あかね》」、日の丸の色は「真紅」、朝顔の色は「紅《べに》」、ぐらいの、ごく初歩の見わけはついた。

昨今は、カマトトがふえたためか、小さいときから、年をとりたくないという潜在意識が強くあらわれるようになったためか、いったいに、知能や感覚の面では、大人になるのが、はなはだしくおくれている。

十六や十七ならともかく、二十をすぎても、三十をすぎても、赤いセエター着ちゃってサ、赤いスポーツカーに乗ってサ、カックイイッ、などとわめいているのである。

しかし、体つきなど見ると、立派な大人だから、ひょっとしたら、大人になるのがおくれているのではなくて、世の中が、〈未開社会〉に逆もどりしたのかもしれない。

いずれにしても、言葉の種類がすくないのは、それだけ感覚がまだ発達していない証拠で、これは、なにも色の言葉に限ったことではない。

十代や二十代の幼児が、ものの程度を表現するときに、〈わりかし〉と〈すごく〉と二種類しか言葉を知らないし、美しさをいうのに、これまた〈イカス〉あるいは（イカサナイ）と〈カッコいい〉の二種類しかない、というのも、つまり、それだけですませて、ふしぎとおもわないくらい、発達がおくれているのである。

話は余談になるが、ついでにいわせてもらいたいのは、このごろの若いものの国語力の低下を嘆く風潮である。

大学まで出たものが、とんでもない誤字あて字を書く、というのが、おもな嘆きらしいが、ぼくにいわせると、そんなことは枝葉末節《しようまつせつ》である。

大学を出て、とんでもない誤字あて字を書く、というのなら、なにも近頃の若い者にかぎったことではない。早い話が、このぼくだって、そうだ。いま書いているこの原稿だって、たぶん誤字あて字、文法のまちがい、仮名づかいのミスがないとはいえないだろう。

いまの若い者と、もしちがったところがあるとしたら、いくらか、ぼくは字書を引いてたしかめるが、若い者は字書を引くのをめんどくさがる、ということぐらいだろう。

しかし、これは、一種のクセ、しつけのたぐいであって、国語力の低下と直接関係はない。

国語力の低下をいうのなら、使っている言葉の種類の、そのおどろくべき少なさ、貧弱さをいわねばならないのである。

5

話を、もとにもどさねばならない。

機械は、美しくないか、という問題である。

それでは、花はどうだろうか。

花といっても、好き好きがある。バラの花がぞっこん好きな人もおれば、あんな花はいやだという奴もいる。椿の花がなにより好きだという人もいるし、あんな花のどこがよいのか、といいはる奴もいる。

それをひっくるめるとして、花は、美しいか美しくないかときいたら、まずたいていの人は美しいと答えるだろう。

それにくらべると、機械を美しいと答えられるひとは、たしかに、ずっと少なかろうとおもう。

どうして、花は美しくて、機械は美しくないのだろうか。

機械というと、工場を連想する、工場というと、あまり美しいという感じがしない。そういったことがあって、それで、機械は美しくないとおもうのだろうか。

しかし、美しさというものは、22ガ4、43ガ12というように、頭の中でこねまわして、足したり引いたりして、答えを出すものではないのである。

もし、そういうものだったら、あのB29を美しいと感じたりはしないだろう。自分たちの町を破壊し焼きつくし、自分たちをみな殺しにしようと襲いかかってくる、巨大な兇器群である。22ガ4で答えを出せば、それは、もっとも醜悪なものである。およそ、美しいということの正反対なものである。

　ところが、じっさいには、それを美しいと感じたのである。ふしぎではなかった。美しさ、とは、へんなリクツやソロバンなしに、じかに感じるものだからである。

　そういう目で、リクツやソロバンをぬきにして、それでは、花をながめてみるとする。すると、花といえば、なんのためらいもなく、美しいと答える、それに、いささかためらいを感じはしないだろうか。

　さくらの花を、だれでも美しいという。しかし、よく見もしないで、美しいとアタマからきめこんでしまっているような気配がないでもない。

　あるとき、曇った空いっぱいに、さくらの花が咲きつらなっているのをみたら、なんだか、フケのかたまりみたいで、ひどく汚ならしく見えたことがある。

　いつか、鉢植えのみかんの木というのを、みせられた。三十センチばかりの高さで、時分になったら花が咲いて、実がなるのだ、とそのひとは、うれしそうにしていたが、ぼくは、そんな木に、みかんの花が咲いて、みかんの実がなったら、どんなにうす気味のわるいことだろうとおもった。

　このごろ、観葉植物というのが流行しているらしい。なにも花ばかりが美しいのではない、というのなら、素直にわかるのだが、それだったら、なにも熱帯や亜熱帯の葉っぱを、高いゼニを出して買ってきて、温帯の日本で、育てにくいのを苦労して育てることもあるまいとおもう。野山や道ばたに生えている葉っぱのなかには、それと見たら、ずいぶん美しい葉があるのに、そういう人にかぎって、庭の雑草は、見さかいもなく、目のかたきにして、一本残らずひっこ抜かないと承知しない。

　千利休《せんのりきゅう》の言葉に、花は野の花、というのがある。豪勢な邸宅で庭師が丹精した、これ見よがしの花よりも、なんの見てくれもなく、ひとりしずかに咲いて、だれが嘆くこともなく、ひとりしずかに散ってゆく野の花を、美しいと感じる心がここにある。

　日本人のなかで、ぼくは、とりわけ千利休の美学を、高く評価している。利休の美しさに対する感覚には、珍らしくリクツやソロバンが一切まじっていないからである。美しいものを、素直に美しいと見る、高い感覚を、そこに見るからである。

6

利休は、客の前に、道具をみんな持ち出している。湯をわかす釜も、その釜をかけるストーブも、そのストーブにたく炭も、火箸も、ひき茶を入れる容器も、それをすくう小さなスプーンも、湯をつぐ大きなスプーンも、泡を立てる泡立器も、カップも、ナプキンも、みんな並べて、そして茶を立てている。

　ふつうの、しきたりや考え方でいくと、そういう道具は、みにくいものだから、どこか人目につかないところで支度して、客の前には、ぎらぎらしい器だけを、もっともらしく捧げてくるものなのである。

利休が、そうしなかったのは、〈必要なものは美しい〉という感覚に、素直にしたがったまでのことである。

だから、そういう道具に、必要な働き以外の飾りが、はいりこむのを、つとめて警戒している。

電気ガマやガス釜で、ご飯をたくのなら、そのまま食卓に持ち出せ、というのが、利休の流儀である。それは、必要な道具だから、美しいのである。

それを、食卓に持ち出すのなら、そのままでは、はしたないというので、金蒔《きんまき》絵《え》のカマを作ろうとする、そういう感覚を、利休はケイベツしたにちがいない。

豊臣秀吉は、どうやら金蒔絵の電気釜を作りそうな男である。しかも、千利休が、腹の底で、それをケイベツしているのに、気がつかぬ男ではない。これでは、正面衝突するより仕方がない。一方は、低俗な美意識と、強大な権力と財力を持っている。一方は、高い美意識を持ち、権力と財力では無力にちかい。

見るひとによって、見方は、いろいろだろうとおもう。

しかし、強大な権力と財力に、曲折の末、ついに、美意識一本で立ち向った利休の心を、ぼくは、この上なくかなしいものにおもう。

おそらく、あのような状況で、千利休の美学を展開してゆけば、その最後の章は〈死〉である。利休は、秀吉に切腹を命ぜられたとき、心のどこかで、それに満足していたのではないだろうか。

昨今の、太閤秀吉たちは、電気ガマに金蒔絵を施すだけの度胸もなくて、なんとなく、木目模様を印刷したり、電気冷蔵庫の戸に、花模様を印刷したりして、お茶をにごしている、といったところである。

7

必要なものは、美しい。

機械を美しいとみる感覚は、茶をいれるのに必要な道具を、すっかりそこに並べておく感覚に通じている。

どうしても並べるのなら、仕方がない、金蒔絵でも螺鈿《らでん》でも何でもして、これでもかと飾り立てなければ、という考え方とは、相容れない。そんな考え方を心底からやりきれないとおもう感覚である。

すぐれた機械には、必要でないものは、ただの一つもない。それが全力を上げて作動するとき、そこに美が生まれる。

機械の美しさは、機能の美しさである。

必要な鋲が、一本足りなくても、機械は全力を上げることはできない。しかしムダな鋲が一本多くても、機械の働きはにぶる。

一つの線、一つの面、どれもが、ぎりぎりのところで構成されている。かりに遊びがあるとしたら、それは機械の性質上必要欠くことのできない遊びである。

すぐれた設計のもとに作られた機関車の美しさは、不必要なものは何一つない、あの大きな機械が、全力をふりしぼって疾走する、その姿にある。その美しさに惹かれて、オネゲルは、〈機関車パシフィック231〉を作曲したが、ぼくにいわせると、じっさいの機関車の音を録音したレコード〈レールダイナミックス〉1枚には、はるかに及ばない。

音楽が、機械の音に及ばない、という

つもりはない。オネゲルは、あの機関車の凄まじい音に圧倒されて、それを擬音的に小器用にまとめるだけが精一杯だったためである。

オネゲルが、すぐれた音楽家だったら、あの機関車の美しさを、すっかり自分のものとして吸収して、こんどは、自分の感覚で、じぶんの音で、五線紙を構成していったにちがいない。

ムダなものを全部とりのぞいたという意味では、レーシングカーも、それにはちがいない。

しかし、ぼくは、機関車の疾走している姿を美しいとは感じるが、競争用自動車が疾走している姿には、美しさを感じない。

いくら、車から不必要なものを取りのぞいてみても、ぼくにいわせると、その車自体が不必要な機械だからだろう。

もともと不必要な機械から、すこしでも不必要な部分を取りのぞこうと、ムキになっているのは、バカげているというより、むしろコッケイである。

ミシシッピー河を上り下りする、外輪のついた河蒸気《リバーボート》が、ざっと百年前に、スピード競走をしたことがある。ナチェズ号とロバートEリー号が、ニューオルリンズから、セントルイスまで、ざっと千九百キロを、全力航走して、ロバートEリー号が三日と十八時間いくらで、勝った。このときは積荷を全部積んで、というのが条件だった。

積荷を運ぶのが、河蒸気《リバーボート》の大きな仕事である。どちらが早いかをいうのなら、仕事をしているときの状態で、くらべよう、という考え方である。このときの二隻の全力航走する光景を想像すると、ぼくは興奮してくる。いまからみると、ばかみたいなスピードだが、しかし、重機関車が全力疾走している光景に通じる美しさが、そこに見られたにちがいない。

8

木目《もくめ》の、ほんとうの美しさを知っているのは、日本人と、ヨーロッパの北の人たちだろうとおもう。

もっとも、日本の木目は、数寄屋普請《すきやぶしん》というものが、金持ちの見せびらかしに使われるようになってから、四方柾《しほうまさ》などという、ゼニのかかる、高いものがすなわち美しいものだという、ゼニと美とのすりかえが行なわれるようになって、だいぶ歪められてきた。

柾目も、使い場所によっては、美しいときもあるが、乱れた木目の美しさには及ばない。

節《ふし》のある板は美しいが、それより高価な、節《ふし》のすこしもない板は、むしろいや味だし、不自然でもある。人間は欠点があるから、好きになる。すこしも欠点のない人間がいたとしたら、こんなイヤな奴はないだろう。

しかし、木目《もくめ》のよさがわかる筈の、この日本で、あの無様《ぶざま》に印刷されたまがいものの木目が、こんなに氾濫しているのは、どういうわけだろう。

それも、ベニヤ板に印刷する、というのならわかるが、本来異質のプラスチックや金属に、木目を印刷する、というのは、ものがわからないにも、ほどがあるというものである。

こんど、ぼくたちは、ルームクーラーをテストした。12種のうち、10種までがなんらかの形で、この木目模様を使っているのである。

〈機械とは思えない〉ようにというつもりにちがいない。

じっさいに、眺めてみよう。

チャチな木目模様をつけたからといって、これを機械と思うな、といっても、それは無理である。どうみたって、これはルームクーラー以外の何物でもない。

それどころか、なまじ、安っぽい、まがいものをつけたために、せっかくの、機械そのものまでが、チャチで、貧弱で、性能がわるくて、すぐこわれそうな気がする。

こんな、チャチなものが、どうして十三万円もするの、高すぎるじゃないの。

そういう感想をもらした人がいたが、当然である。

はじめに引用した広告のメーカーは、じつはダイキンだが、ここの木目模様の使い方は、とりわけて無残である。

どういうわけか、三枚の細長いパネルが、みんな内側にゆるくカーブさせてあって、そこに木目模様が印刷してある。そのために、安いペラペラのベニヤ板が、へんに乾燥して、ひんまがったような、まずい印象をうけるのである。


はっきりいうと、わざわざ苦労して、機械のせっかくの性能を、ぶちこわしているようなものである。

くり返していうが、機械の美しさは、機能の美しさである。

もしデザイナーという人間が、そこに立ち入るとすれば、その機能の美しさを強調するためで、ぶちこわすためではない。

カメラも、精巧な機械の一つである。外観のデザインは、その精巧さを強調することに、集中する。

ところが数年まえ、なにをかんちがいしたのか、あるメーカーが、ボディをピンクやグリーンや、いろんな色に塗ったカメラを売り出したことがある。女性向きをねらったつもりらしかった。

もちろん、売れなかったとみえて、すぐ姿を消した。売れないのがあたりまえである。そんなキャンデーみたいなカメラは、見るからにオモチャである。

カメラを買うなら、できるだけ精巧なカメラがほしい、というのが、とりわけ日本人の気持である。その点では女性だってかわりはない。オモチャかキャンデーみたいなカメラを、はい、あなたにはこれがお似合いです、と出されたら、ばかにしないでよ、ということになるのは目にみえていたはずである。

ところが、このごろ、またべつのメーカーが、オモチャですよ、とばかりにまた色つきカメラを売り出している。機械は、機械らしいほど美しいのである。機械とおもえないようにする必要はすこしもない。

そうはいっても、家庭の中と、機械は合わないから、というのだったら、ますますもって、わけがわかっていないことになる。

家庭の中と、機械が合おうと合うまいと、いやおうなしに、機械は家庭のなかへどんどん入ってくる。

昨今、家の中にふえたものといえば、おもに機械ではないか。

そのおびただしい機械が、みんなこんなふうに、〈機械とは思えないような〉まやかしものの、みにくい衣裳をつけて入ってこられたのでは、どうにも始末にこまる。

機械は、機械の美しさをもって、はい

ってきてほしい。そこから、新しい室内のデザインが、はじまる。

9

訪問着と、バレーボールのユニホームと、どちらが美しいか。

これは、ばかげた質問である。

この二つは、どちらも人間の体に着けるものだが、その美しさは、全くべつのもの、異質のものである。

というのは、この二つの衣服は、その目的がちがっている。

訪問着で、バレーボールをやろう、という人はないだろう。

バレーボールのユニホームで、パーティに出かける人もないだろう。

訪問着の目的は、着た人を飾ることにある。バレーボールのユニホームは、その人間が最大の能力を発揮できるように作られている。

バレーボールのユニホームに、だれがフリルや、レースや、リボンをつけることを考えるだろうか。そんなことをしたら、動きにくくて、とても最大の能力を発揮することはできない。美しさ、ということなら、そんなユニホームは、もっとも醜悪である。

そんな、わかりきったことが、機械のデザイナーにはわからない、というのがふしぎである。

スポーツのユニホームに、フリルやレースやリボンをつけるような、ばかげたことが、電気器具のほうでは、平気で、というより、さもじまんげに、得々として行われている。

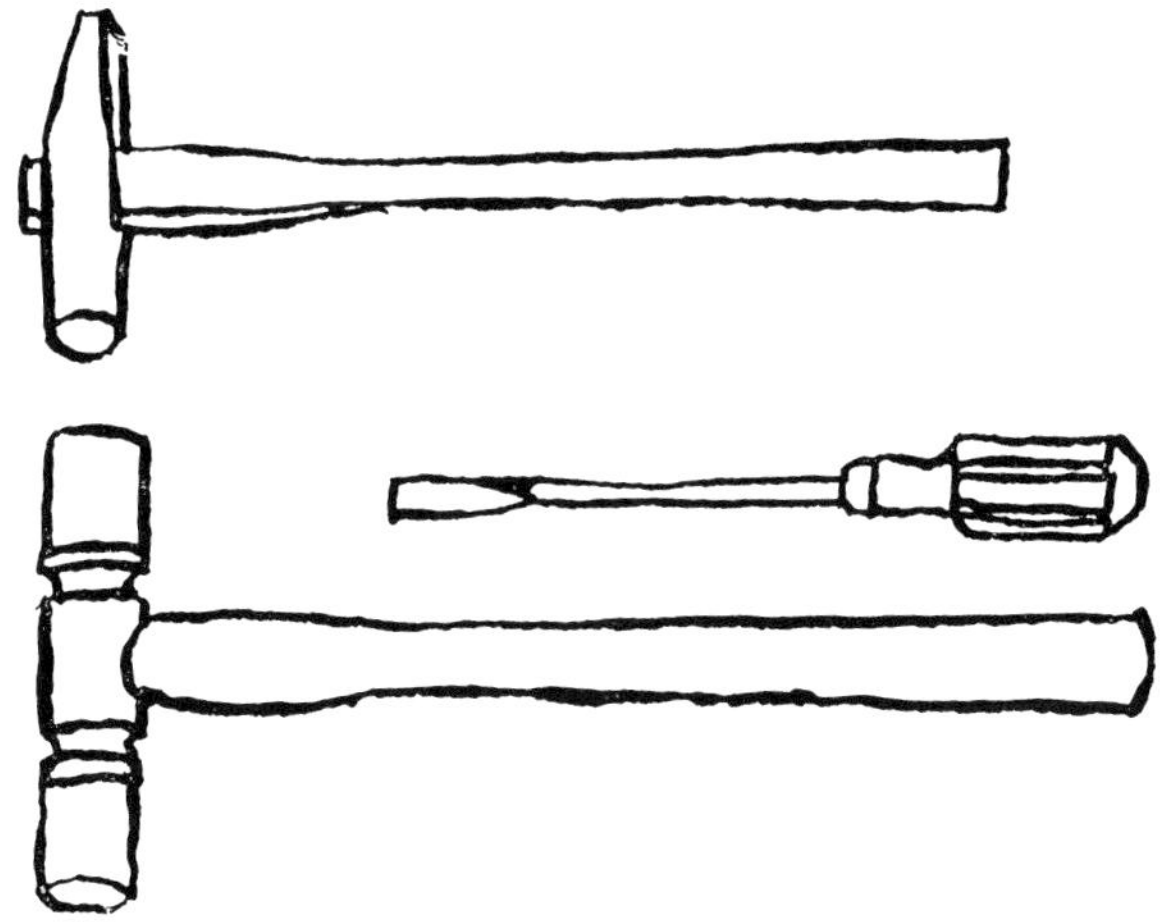

木目模様もそうだが、そのほかにも、例はいくつでもある。

電気冷蔵庫の戸に花の模様をつけたり、トースターの胴に、やはり花模様をならべたり、そのために、どれだけ、その機械を安っぽく、性能もよくなさそうにみせているか、それに気がつかない。

しかし、クーラーでも、電気冷蔵庫でも、トースターでも、三日や一週間で、食べてしまったり、捨ててしまったりするものではない。

できることなら、五年でも十年でも持たせたいものである。

そのあいだ、毎日毎日、冷蔵庫をみるたび、いっしょに、へんてこな花模様を見せつけられて、それで、うんざりしない、というのだったら、よほどどうかした人間にちがいない。

なにも、冷蔵庫の戸や、トースターの胴に、わざわざ花をつけて、機械の美しさを殺してもらわなくても、花がほしければ、花を飾る。そのほうが、どれだけ美しいかわからない。

機械と花は、べつの、異質の美しさをもっている。いいかげんに混ぜてしまったのでは、どちらの美しさも、こわされてしまうのである。

10

荘子が、〈無用の用〉ということをいっている。

目の先、必要なものだけが、必要なものの全部ではない。ちょっとみたところ、なんの役にも立たないようにみえるものにも、じつは大いに役に立っているものがある、そのことをいっているのだとおもう。

一分も惜しんで仕事をしているときは、眠ることは、時間のムダだ、眠らなければその時間も仕事ができる、とおもうのはアサハカにちがいない。

眠らないで仕事をすれば、能率は次第に落ちてくる。おなじ一時間やっても、仕事の中味は半分になり、四分の一になる。それよりも、適当に眠って、また新しい力で仕事をはじめたほうが、全体からみると、かえってはかどる。

ここまでは、常識である。

しかし、この〈眠り〉を、ほかのことに置きかえると、もう混乱がおこりそうである。

たとえば、戸棚を、入れたいものの大きさで測って、きちんと区切る、それが整理というものであり、それが、〈合理的〉な考え方というものだ、という人がいる。

ぼくにいわせると、こんな〈非合理的〉な考え方はない。あとになって、そのときは考えもしなかった物を入れたくなるものだし、第一、人間は所詮機械ではない。時と場合によっては、そうきちんと区切られたところに、きちんと何からなにまで納められるものではない。

戸棚一つには、一見ムダな、なにを入れるアテもない空間が、じつは必要なのである。

冷蔵庫もテレビもトースターも、ワイシャツも靴下も、クリームも歯ぶらしも、機械や道具は、どれもそれぞれの役目を持っている。

花は、どうだろう。

べつに花がなくても、眠れないわけではないし、腹がへるわけでもない。

それでは、ムダだから、花なんか捨ててしまえ、というのは、エセ合理主義である。

花は、見るひとの心をやわらげ、部屋を明るくする。

むかしは、部屋に花がなくても、庭に、木があり、草があり、季節がくれば、それが花をつけてくれる。

外に出てみれば、澄んだ空があり、木があり葉があった。

いまは、ない。どこにもない。

せめて、家の中に、花が、葉がほしい。

花は、いまや、いうところの〈無用の用〉である。

そこで、はじめて、千利休の美学が生きてくるのではないか。

花は野の花。

それに、つけ加えるとすれば、じぶんの生けたいように。

このごろの、べらぼうな企業となってしまった何とか流、何とか先生の花は、これでもか、これでもかと、やたらに騒騒しいばかりで、あんなものなら、ないほうがましである。

11

暮してゆくには、いろんな機械がいるし、いろんな道具がある。

ハウスキーピングというのは、その意味ではちょっとオーケストラの指揮者に似ている。

えらそうな顔をして、小さな台にのせてもらって、ここともえば又あちら、アラエッサッサと汗をかいて棒をふっているが、よく考えてみると、べつに、指揮者などいなくても一向に差支えなく演奏していけそうな、そんな指揮者も、案外少なくなさそうである。

なんとなく、カッコがつかないから、ああして、台にのせて棒をふらせているのではなかろうか、そんな気もする。

じつは、指揮者は、たとえばの話で、いっぱし主婦でござい、といった顔をして、汗をかきかき棒を振っている人のなかに、ひょっとしたら、そんな方がいらっしゃりはせぬか、それをいいたいのである。

しかし、それをいっていたのでは、いつまでたっても、この高遠にして、とりとめのない美学講義を、しめくくることができない。

そこで、そういう人はいないことにして、話をすこし戻して、さて、ハウスキーピングとはちょっとオーケストラの指揮者に似ているのである。

いろんなものを、見事にまとめて、一つの美しいものに高めてゆかねばならないのだが、それにはピアノはピアノらしく、ドラムはドラムらしい音を出してもらわねばならない。

バイオリンが、トランペットみたいな音を出したがったり、フルートがチェロらしい音を出そうとされたのでは、いかなカラヤンさんフルトベングラー先生だって、どうしようもない。

機械は、機械の美しさを、つきつめてほしいし、花は花の美しさを、そっとしておいてもらいたい。

それを見わけられる感覚。

リクツやゼニをぬきにして、素直に、美しいものを美しいとみる、その感覚が、ほしい。

(95号　昭和43年6月)

煮干しの歌

煮干し。
いりこ。
だしじゃこ。
まだこのほかにも、ところによっていろんな呼び方があるかもしれない。

煮干し、という名は、作り方からきている。いりこ、というのも、おなじことだ。「いる」というのは、ほうらくやフライパンで、からいりすることかとおもったら、昔は、煮つめて、水気がなくなるまで、からからにすることらしい。

してみると、むかしの煮干しは、そうやって作ったものらしい。いまの煮干しは、文字通り、ゆでて作っている。

だしじゃこ、というのは、使いみちからきた名だ。

しいたけ、こんぶが、日本の古くからの植物性調味料だとすると、煮干しは、かつおぶしとならんで、押しもおされもせぬ動物性調味料の本家本元みたいなものである。

じゃことといえば、ちりめんじゃこがある。これは、大根おろしとまぜたり、きゅうりもみにあわせたりして、そのままたべる。

それと区別するために、だしに使うほうを、だしじゃことといいはじめたのだろう。

それは、いつごろのことか、ずいぶん昔のことにちがいない。

●

むかしは、だしじゃこー、だしじゃこはよろしか、とせまい町並を、呼び売りして歩いたものである。大阪あたりの、すこし古いひとは、それをおぼえている。

それを呼びこんで、一貫目とか二貫目とか、まとめて買って、茶箱みたいなものに入れてしまっておいた。

いまの煮干しは、そんなことをすると油がもどって、ぐにゃっとするから使えない。何百グラムといって、すこしずつ小買いをするより仕方がない。いまはなんでも、そういう時代だ。

煮干しの、あの原料になる魚は、片口いわしである。水産研究所の金田博士にきいたら、みたところ上下の唇のうち、上のほうが不ぞろいにつきでている、そのために下のくちがないようにみえるので、そういうらしい。そうおもって、煮干しの顔をつくづくながめたら、なるほど、上口を突きだしたままで、情けなそうな顔をしていた。

片口いわしにも、小さいやつと、もうすこし大きい奴がいる。その小さいほうが、ちりめんじゃこになる。
ちりめんじゃこと煮干しは、がらが大きいか小さいかのちがいだ。

正月の、古風な料理には、かならずついている田作り、ごまめともいう、あれは、煮干しとよく似ているが、それも道理で、もとを正せば、おなじ魚で、片口いわしだ。ただ、煮干しのほうは、いちどゆでるが、ごまめのほうはそのまま干し上げる、そこだけのちがいである。

ごまめが片口いわしとわかって、ごまめの歯ぎしり、というのもわかってきた。あの上口だけつきでてたのでは、なるほど、どうにもなるまい。

●

夏のさかりから、秋にかけて、浜の風が身にしみるようになる十一月ごろまでが、片口いわしのいそがしいときである。

潮が冷たくなるせいだというが、十一月がすぎると、ぱたっと漁がとまってしまう。そして、春になると、またぼつぼつはじまる。

年に二度、とれるわけだが、浜によって盛りの時季がちがう。

東からいえば、水戸の大洗、ここでは春が多い。沼津あたりは、六月ごろから、とれはじめるが、夏のさかりからは、長崎、それから四国の伊予あたり。伊勢の四日市へんは、秋風が立つようになってから、といったふうである。

戦後は、いわしがめっきりすくなくなったというが、すくなくなったのは塩焼きにしたり、煮つけたり、目ざしにしたりするいわしで、これは「マイワシ」である。片口いわしのほうは、いっこうにへっていないし、ひょっとしたらふえているかもしれないという。

だから、煮干しの季節になると、浜は、いくさ場のように忙しくなる。

なにしろ、いちどにどっととれる、それをなるたけ手早く片づけてしまわないと、ぐずぐずしていると、鮮度がみるみる落ちてしまう。そうなると、煮干しにしても、二級品三級品になってしまう。

いったい煮干しのよしあしは、それは片口いわしのよしあしで、まずきまってしまう。さかりをすぎたころ、浜がさむくなって、みぞれでもちらつきそうなころの「落ちじゃこ」は、背もくろずんで、尾ばかり大きくて、いい煮干しにはなれない。

さかりのころでも、お天気しだいでよしあしがあって、早い話が、嵐のあとは、よくない。

しかし、おなじ日にとれたら、あとは仕上げの具合で、上等下等とわかれてしまうのだ。

とれた片口いわしは、すぐ大きな桶に入れて、さっと水で洗って、それをたたみ半帖くらいのスノコアミにならべ、浜にすえた大釜のなかに、このアミを何枚も入れて、塩ゆでにする。

このゆで方、大阪へんでは、これもたくというが、このたき方に加減がある。たいているうちに、しずんでいた魚が浮き上ってくる、それを十分によくたいたものは、日もちもいいし、味も上等だが、それには時間がかかるので、つい数を上げようとおもうと、いいかげんなところで上げて、干してしまう。

ひとつには、あまりたき上げないほうが、干し上ったところは、青味がかってしろうと目には上等らしくみえる、そういうこともあるかもしれない。

たき上ったら、そのまま干す。この干し方でも、また品の上下ができるのだ。

よく晴れて、秋の日のつよいころなら、一日も干せば、干し上るが、なにしろたいへんな数だから、いくら急いだって、とてもいちどにたき上げることはできない。いきおい、干すのも順々ということになってしまう。

おなじ片口いわしでありながら、運のいいやつは、朝いちばんにたき上げてもらって、すぐ干されるから、夕方日の落ちるまえに、もう、からっと干し上って、いい値で取りひきもしてもらい、店先きでも、大きな顔で幅をきかせていられる。

そこへゆくと、まごまごして、順があとになったばかりに、干されるのも昼ちかく、どうかすると、昼をまわってから、という不運なやつもいる。そうなると、日のあるうちには干し上らないから、どうしても生ま干しのまま、一晩こさねばならない、いきおい、品が落ちるから、肩身のせまいおもいで、裏長屋のすすけたなべかなんかで、しょんぼり一生を終る。

それと、まずいことに、釜の順番を待っているあいだに、鮮度が落ちてゆく。小さい魚は、その数時間のちがいで、ぶよぶよになって、たき上げたら、腹が切れたりする。むざんな姿だ。

海の中でおよいでいるときは、おなじ片口いわしで暮していただろうに、運不運というものは、仕方がない。

●

煮干しのよしあしを、店先きで見わけるのには、まず姿をみる。おじぎしているのはいいが、そっくりかえっているのはいけない。

腹が切れていると一目でわかるのはもちろんだが、切れかかっていても、腹のほうがのびて、背がちぢまる、つまり、そっくり返った姿になる。

つぎは色だ。青く光っているのは、ちょっとよさそうだが、あれは、たき方がわかい、つまりゆで方がたりないので、ほんとにいい煮干しは、青いというより、白くひかっている。うろこなども、きちんとして、ぼろぼろ、はげたりしていない。

赤黄いろくなったのは、あぶらやけで、これは、いちばん下等。

むかしとちがって、このごろは、工場が、あたりかまわず廃液を海に流すので、そういうところでとれたのは、どうしても、あぶらやけする。こういうのでダシをとると、へんに油くさくて、味もしぶい。

むかしは、泉州、つまり岸和田、堺あたりで、いいじゃこがとれたが、いまは、とれてはいても、そんなわけで、油がきつくて、品が落ちてしまった。おなじ大阪湾でも、それにくらべると西側はまだましで、淡路島も、東岸はだめでも、西浜の、富島あたりは、まだいいのがとれる。

たき方が十分かどうかは、煮干しをさいてみるとわかる。

十分たいてあるのは、サクッと二つに割れるが、たき方が足りないと、ねとっとして、そうはゆかない。いちばんわかるのは、そうして二つにさいて中のはらわたにさわってみる、それがカチカチしているのは、よくたいた証拠で、たきたりないのは、指でさわると、やわらかいのである。

たき方がたりない、干し方がわかいのは、みた目はよくても、ダシにとると、へんになまぐさいにおいがする。いい煮干しでとったダシは、ほんとに香ばしくて、いいにおいだ。

●

煮干しというのは、むかしから、関東では、あまりいいものだとおもわれていない。

江戸っ子なんてものは、やけに威勢はいいが、舌のほうはいたって単純、はっきりいえば、いなかものだ。早い話が、なんでもまっ赤まっくろに煮しめて、へんにダダがらくしないと承知しない。そこへもってきて、つまらん見栄をはる。

むかしは、煮干しは、かつおぶしにくらべると、ずいぶん安かった。安くてうまいダシがとれたら、いうことなしの筈だが、東京では、安いからケイベツする。

高ければ高いだけ、うまいダシがとれるつもりだから、なんにでもかつおぶしを使いたがる。煮干しなど、ゼニのねえやつが、仕方なしに使うものだとおもっている。

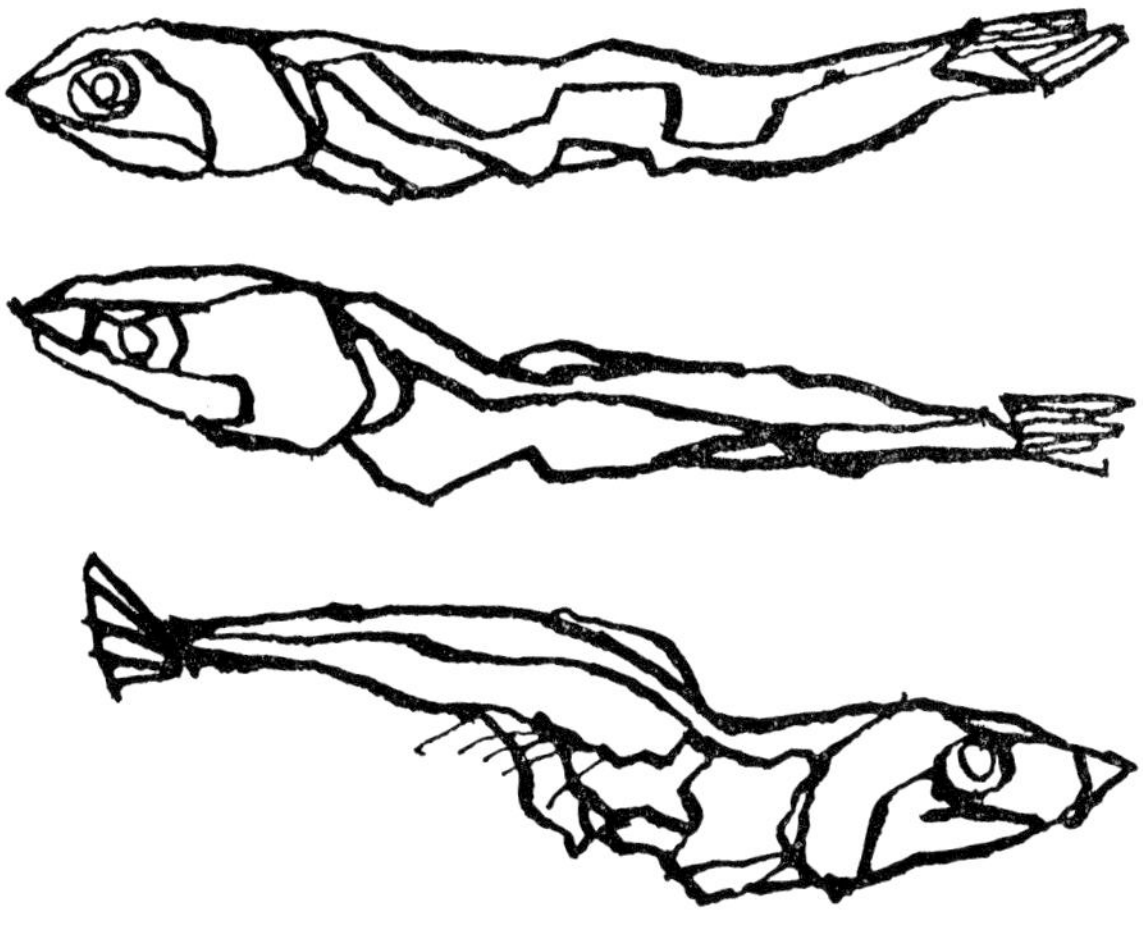

料理の先生などは、いつでも、かつおぶしでダシをとりまして、というばかりで、ひどいのは、みそ汁でも、うどんの汁でも、カツブシだ。あんな舌で料理を人に教えられるというのも、東京だからこそのありがたさだ。

そこへゆくと、上方は、食いだおれといわれるだけあって、舌のほうは、なかなかうるさい。このごろはそうでもあるまいが、むかしは、しょう油を一升買えなくて、何合と小口買いする長屋ずまいでも、そのしょう油は、うす口と濃口と二通りそろえて使いわけないと気のすまないおばはんも、めずらしくなかった。

だから、ダシも、これにはかつおぶし、これには煮干しと、ちゃんとわきまえて使いわける。泉州あたりの煮干しを呼び売りしたのも、そういう下地が、どの家の暮しにもあったからである。

東京の築地の卸売市場には、煮干しだけの専門の店はないが、大阪の川口の市場には、だから、そういう問屋が何軒かある。

ところが、近頃そこできいてみたら、関西でも、このごろ煮干しの売れゆきはガタ落ちだ、という。

「ここへも、しろおとの奥さんも買いにみえますけど、年配の方ばっかりですねん、団地あたりの若い奥さんはさっぱりですなあ。うちらも、もうそろそろ、じゃこばっかりではやってゆけんかもしれまへん」

考えてみたら、煮干しというのは、哀れなやつだ。

せっかくのいい味をもちながら、むかしは、ねだんが安いばっかりにさげすまれ、たのむ関西でさえ、いまは、落ち目になりかけている。

「相手は、例のいの一番とかハイミーとかフレーブとか、あれですねん。なにしろ、パッパとふりかけたらしまいでっさかい、いまの若い奥さんは、なんぼひまかて、手のかかることはしやはらしまへん」

そういう世の中だ。いまの大阪という町は、味をみわける舌まで、東京にひきずられているのか。

この総合調味料は、じつにすばらしいものだ。あれを最初に作りだした人には、文化賞をやるねうちがある。しかし、あれの使い方は、あくまでダシの引き立て役だ。しょう油じるに、あれだけふりこんだのでは、なるほど一応の味にはなっても、どうも表っつらのきれいごとで、しん底から舌にひろがってくるうまみには乏しい。

ほんとにうまいものを食いたければ、やっぱり手間をかけねばならないが、電気釜の飯やインスタントラーメンで、けっこう満足できる人間には、それも通用するまい。なんでも早手間にできさえしたら、それでよくて、あとはテレビでも見ていた方がいいにきまっている。

そのことでは、かつおぶしも、じつはおなじ憂き目にあっていよう。

高いからいいつもりのかつおぶしも、あれをガリガリ削らされるのには、いいかげんうんざりする。

そこで、「花がつお」だの「けずりぶし」だのという、セロハン袋を買ってくる。

あの中味は、たいていサバかウルメかイワシだ。よほど名の通ったかつおぶし問屋で作っているのでないかぎり、カツオなんて、かけらも入ってない。もちろん、あれでダシをとれば、かつおぶしの風味など、ありはしないのだが、たぶん、そんなことは、使うひとは百も承知なのだろう。

●

煮干しが、こんなにうまいものだったのかと、それがよくわかるのは、たとえば「いりこめし」だろう。

これは、暮しの手帖の67号の「おそうざい十二カ月」で、小島信平さんが作り方を書いている。

あらましを抜き書きしてみると、まず煮干しをざっと水洗いする。それをさいて中骨をとる。にんじんをセン切りにしておく。

かまに昆布をしいてから、洗った米を入れ、にんじんといりこを入れ、味をつけてから、ふつうよりすこし多目の水でたき上げる。分量は、米四合に、煮干し50グラム、しょう油茶さじ二杯、塩が茶さじ一杯、それに酒を大さじ一杯である。

つまり、たきこみごはん、かやく飯だが、めっぽううまい。煮干しをケイベツしていた人ほどうまがるから妙である。

汁のダシとして、煮干しがいいのは、みそ汁、うどんの汁である。こういうものでは、とても、かつおぶしはかなわない。

煮もののダシで、煮干しが合うのは、菜っ葉である。菜っ葉を煮つけるなどはこのごろはやらないかもしれないが、うまいものはうまい。からし菜、しゃくし菜、これを、ほかのものはなにもまぜないで、煮干しのダシでたくのである。

だいこんも合う、とうふ、こんにゃく

も合う。

ダシのとり方は、かつおぶしと、だいぶ様子がちがう。さっとひき上げるのでなくて、こってりと、ほんとに汁が黄いろくなるまで、濃厚なダシをとる。煮干しのダシの身上は、このこってりと、底の底からにじんでくるうまさといえるだろう。

だから、煮干しをけちつくと、なんのことかわからなくなる。高くなったといっても、まだまだかつおぶしにくらべると、ずっと安い。百グラムで四十円から五十円も出せば、かなりの品である。

そのかわり、五尾や六尾入れたのでは役に立たない、五合（カップ5）の水に、ざっと一つかみ、というと十五グラムから二十グラムは入れる。

それでも、かつおぶしにくらべると半値以下、例のけずりぶしにくらべても、まだ安い。

ついでに、ダシではなく、煮干しそのものをたべるたべ方で、あまりご存じない、うまいのを一つ。

煮干しをモチあみで焼く。目ざしをやくようなものだが、そのつもりでいると、なにしろ小さいから、すぐ黒こげになってしまう。

焼けたのを、まないたの上において包丁で頭と尾を切る。さくさくと切れる。これに味塩をふるなり、しょう油でからめるなり、それだけである。

それが、口に入れると、まるで上等のあられみたいに、小気味よく歯のあいだに砕けて、まったく香ばしい。

おつまみによし、白いごはんによしである。

ひとつ書き忘れたことがある。

関東で、煮干しといっているなかに、片口いわしでなくて、マイワシの子を使っているのがある。あれは、ほんとは「平子《ひらこ》」といって、べつのものだ。

すきずきといえばそれまでだが、関西では、あれは売れない。味もそうだが、汁のなかに、どういうものか、こまかいウロコが浮く、それが光るのをいやがるのである。

（76号　昭和39年9月）

武器をすてよう

a

いっぺん、この地球を、どこか外から、ゆっくり眺めてみたら、さぞおもしろいだろう。

人工衛星からみた地球の写真、というのをみたことがあるが、あんなものじゃつまらない。なにがなんだか、さっぱりわからない。説明を読んで、ああこのへんが、カルフォルニアか、ああそうかいな、ではどうにもならぬ。

ぼくが、いっぺん眺めてみたいとおもうのは、ぽっかり空中に浮んでいる地球である。

それも、バカみたいに、ただ暗い夜空に、青白く光っているのではない。まあ、よくよく精巧にでき上った地球儀の、それの実物だとおもって下さればよい。

それを、どこかよそにいて、ゆっくり眺めてみたら、さぞおもしろかろう、というのである。

そんな仕かけは、じっさいには、まだどこにも開発されていないにきまっているが、ありがたいことに、ぼくたちの頭のなかには、そういう地球を、いま見たいとおもえば、いま見られる仕かけが、ちゃんとでき上っている。

ちょっと目をつぶって、ムニャムニャと呪文をとなえると、ぽっかり浮んでいる地球が、見えてくる。

もちろん、天然色である。

アルプスの山の上には、雪が白くかがやいているし、太平洋は、いろとりどりの青さでひろがっている。

地球儀ではない、ほんものだから、気をつけてみると、みんな動いている。

アルプスの頂上近くを、ふうふういって登っている人が見える。ピッケルにつける国旗を忘れてきたことに、まだ気がついていない。

谷川岳のナントカ沢を、やっぱり、ふらふらになって歩いている人が見える。女のひとだから、ちょっと休んで、チョコレートなどをかじっている。

サイゴンの床屋で、ベトコンか南ベトナム兵かを探知する器械を、アメリカ軍が発明したらしいと客がしゃべっている。おやじがカミソリをとぎながら、ふんふん、それならうちにもあるよ、といっている。

フロリダの沖を走っている、赤い帆のヨットの上で、男の子が、このまま大西洋を横断しようかと、心にもないことをいっている。新聞社に知らせてないから、つまらないじゃないの、と女の子が、ガムをはきだしている。

ブエノスアイレスの波止場に近い酒場で、若い男や女がゴーゴーをおどっている。旅行者がタンゴはやらないのかね、ときいたら、給仕が、ここは観光ルートに入ってねえんです、と答えている。

パリの空港では、税関吏が、作り笑いで、肥った婦人客のスーツケースをしらべながら、うちのかみさんは、こんども流産するのじゃないか、と考えている。

モンゴールの草原には、見わたすかぎり秋の日が光っている。

ドナウ河のほとりを、カラカラと、ぶどうを積んだ荷馬車が走っている。

北京の裏町で、つくろいものをしている母親が、毛主席は、すこし肥りすぎたようだねえ、と小さい声でつぶやいている。傍で語録を読んでいたこどもが、そんなことというな、と小さい声で叱っている。

ロンドンの洋服屋のおやじが、仮り縫いをしながら、こないだも、こうしているところを映画にとってゆきましてね、インスタントコーヒーのコマーシャルだそうですよ、と話している。客は後を向いたまま、あのコーヒーはまずいな、といっている。

ボルネオの北の海岸では、椰子の実をもったこどもがふたりいる。この実を海に投げこんだら、日本まで流れていく、とおばあさんがいっていたぞ、と一人の子がいうと、もう一人の子が、時代がちがうからダメだ、といっている。

スエズ運河には、汽船が沈んだままになっていて、マストの上にカラスみたいな鳥がとまっているのを、河岸の兵隊が、あくびをしながら見ている。

プラハの町角では、どこかの新聞記者が、手まねで、シャッターのこわれたカメラを直してくれるところはないか、ときいている。ジーパンをはいた若者が、モスクワへ行ったら、と答えているのだが、通じないらしい。

b

いま、地球の上には、独立国が百三十七もある。ソ聯がチェコへ侵入したときは、百三十六カ国だったが、九月に、アフリカで、スワジーランドという国ができたので、百三十七になったのである。

独立国だから、どの国にも国旗がある。

ぽっかり浮んだ地球の、あちらこちらに、一斉に百三十七本の国旗が、へんぽんと風にひるがえっているのを見ると、オリンピックの開会式を、テレビなどでみるのとは、ケタちがいの壮観であって、感激する。

ちぎれんばかりにはためいているのは、台風に襲われている国の国旗だろう。

旗のデザインの、はっきりしない国旗が、いくつかあるが、これは、ぼくの手許にある、ちゃちな地図帖にのっていないからで、地図帖にのっていなくても国があることはたしかだから、デザインがはっきりしなくても、心配なく風にはためいている。

国がある以上、兵隊がいる。

百三十七もある国のうち、いちばん小さいのは、バチカン市国だが、このいちばん小さい国にも兵隊がいる。

なんとかパックの、御一人様五十万円也で、エッサカエッサカとヨーロッパをまわってきた連中が、いやだわかってる、というのに、見ろ見ろといって見せるカラースライドには、たいていこのバチカンの衛兵か、ロンドンのバッキンガム宮殿の衛兵が、斜めになったり頭が切れたり、露出がオーバーだったりして写っている。

もっとも、バチカンの兵隊さんは、早くいえば、お飾りの兵隊で、中世紀そのままの服装だから、こんな兵隊が、いくらチェコやベトナムにくり出して、やあやあ、遠からん者は、とどなったって、べつになんということもない。

しかし、ほかの国は、たいてい本ものの軍隊をもっている。こんどできたスワジーランドは、どうかしらないが、ここだってあるにちがいない。新しい国は、すぐ内乱がおこるから、国旗はなくても、とにかく軍隊がなければ、サマにならない。

さあ、その地球の上の、軍隊のいる国が持っている、ありとあらゆる武器を、一切合財、きれいさっぱり捨ててしまおうじゃないか。

重さにしてどれくらい、カサにしてどれくらいか、さっぱり見当がつかないが、とにかく、たいへんな量にちがいない。

それなら、ひとつ一手払下げの権利を、などといくら代議士や大臣を通じて運動したって、ダメだ。

その武器という武器を、あの国からも、この国からも、とことん洗いざらい集めて、太平洋のどこか真中あたりに、片っぱしからドボン、ボシャンと捨ててしまう。（造船会社と船会社の株が上るぞ、疑獄にご注意）

捨てても捨てても、あとからあとから武器をいっぱい積んだ船が、いろいろの国旗をかかげてやってくるから、みるみるうちに、捨てた武器で、島ができ上ってしまう。

そこで、土を入れたり、かためたり、木を植えたり草花のタネをまいたり、一ぴき百円のカブト虫を放してやったりして、この島を、平和の島と名づける。

海に沈んでいる部分は、いまはやりの海底牧場として絶好で、タイも来い来いタラコも来いで、魚の超マンモスホテルになる。

陸上のほうは、オリンピックの常設会場にしたらいい。オリンピックをやらないときは、万国博の会場に貸してもよいし、それもないときは、世界各国の宗教の出張所をおいて、結婚式場にしたらよい。

もっとも、こういうことなら、いくらでもチエがあるとおもいこんでいる人間が、世界中に掃いて捨てるほどいるから、ぼくなどが、なにも口を出すこともあるまい。

c

武器をもたない国はない、といったが、武器をもつためには、もちろん金がいる。

金がいる、なんてものではない、それこそ食うや食わずで、泣きの涙で、その金を工面しているというのが、じっさいではないか。

バカげた話である。

そんなおもいをして、どうして武器を持たねばならないのか。

捨ててしまえ、捨ててしまえ。

いったい、武器をもつために、世界でどれくらい、バカなゼニを使っているか、ためしに、ちょっとソロバンをはじいてみたら、どんなに少なく見積っても、たった一年分で、

4753440400000000円

と出た。わかりやすく書き直すと、四七兆五千三百四十億四千万円である。億とか兆というケタになると、お互い見当がつきかねる。もうすこしわかりやすくしよう。かりに、日本の住宅公団が、この金で住宅をつくるとすると、ざっと二千五百万戸が、たった一年分で建ってしまうのである。

ということは、日本人なら、その年だけで、一軒のこらず、この新築の公団住宅に入ってしまって、あとすこし空室ができて、だから翌年からは住宅公団が不要になって解散する、という計算になってしまう。

いま、住宅公団が、言いわけをしながら建てているのが、一年間に五万戸だから、二千五百万戸を建てるのに、五百年はかかる。最後の一戸が建ったときには、最初の一軒は、史蹟に指定されているだろう。

もっとも、これは、世界中の軍備費を、日本だけで使うことにしての計算だから、もうすこし、現実に即したところで計算してみよう。

世界中のこらず武器を捨てるのだから、日本だけが、買ったばかりなのに惜しいとか、せっかくだから教材用に残したら、などといってもはじまらない。

そこで、日本もすっかり武器を捨てることにして、その金で、住宅公団に建てさせると、だいぶケタはちがうが、それでも一年にざっと、二十万戸は建つ。本来建つ五万戸と合せると、二十五万戸ずつ、毎年建ってゆく。

もちろん、なにも住宅ばかり建てなくてもよかろう。たとえば、の話である。

心身障害児の施設にまわしたって、相当なことができる。

道路にまわせば、ずいぶんよくなるだろう。

学校だって、なんとかしたい。

こどもの遊び場も作ってやれる。

保育所も作れる。

なにしろ、一年こっきりではない。ほっておけば、毎年ふえる一方の金である。

それを、一切やめて、ほかに使うのだから、十年もたつと、ずいぶん、国の中のいろんなことが目に見えてよくなっていくにちがいない。

よその国を引き合いに出して申しわけないが、アメリカだって、武器をもつために、ずいぶん無理なゼニを使っている。

これを、そっくり、これから毎年毎年、ほかのことに使うとなれば、黒人のことも、スラム街のことも、すこしはよくなりはしないか。

ソ聯だって、おなじことである。

中国だって、おなじことである。

どこの国だって、みんなおなじことである。

どこの国だって、金がありあまって、捨てたいぐらいで、それで仕方なしに武器でも持とうか、などという国は一つもない。

それどころか、国民のひとりひとりが、つらいおもいをして、やっとかせいだ金を、むりやりに出させて、それで武器を作ったり買ったり、兵隊を養ったり、それを使って戦争をして、人を殺したり、町を廃墟にしたり、暮しをぶちこわしたりしている。

こんな、バカげたことって、あるもの

ではないのである。

d

世界中の国が、いっさいの武器を捨てて、その金を、もっとほかのことに使ったら、ぼくたちの暮しは、たしかによくなる。ずっと明るくなる。

しかし、ほんとのことをいうと、そんなことは二の次、三の次である。

世界中の国が、ある年の、ある日を期して、いっせいに武器を捨てたら、もちろん戦争はなくなってしまう。冷たい戦争などというが、あれはお互いうしろに武器をちらつかせてのことで、もし武器を一切捨ててしまえば、あんなものは、ちょっとした仲たがいにすぎない。

それからあとの世界では、筋のとおったことだけが、行われるようになる。

どこの国も、武器がないから、横車を押しようがなくなるのである。

いったい、戦車や大砲をつきつけて、よその国を、じぶんたちの思うようにしようという、こんな思い上ったやり方というものがあるだろうか。

武器があればこそ、よその国の自由を守ってやろう、という名目で、戦争をはじめてしまうのである。

ベトナム戦争に反対して、角材と石ころをいくら投げてみたって、それで戦争がなくなるわけではない。

世界中に、武器があるかぎり、戦争はなくならない。

チェコスロバキアの国民が、どんなに冷静に、機智さえまじえて、ソ聯を説得しようとしても、それでソ聯が、はいそうですか、よくわかりました、お騒がせしましたネエと引き下がるわけはない。

戦車と大砲だけで、それだけで、無理が通ってしまうのである。それだけで、チェコの国民は、だまるより仕方がないのである。

世界中の国が、一切の武器を捨てなければならない。

e

人類は、物心ついたときから、なにかしら武器をもっていた。

むかしむかしの大昔、アダムとイブの孫くらいの時代の漫画をみると、どういうものか、そのころの人間は、どれもみんな、そろいの豹の毛皮を着ている。

あんなに豹がたくさんいたのかしらん、とおもうが、それはともかく、男というと、なにかスリコギの親方みたいな、先がふとくて、まるくて、イボイボのいっぱいついた棒を持っている。

なかには、女だって、あのイボイボの超スリコギを持って、男をポカリとやるのもいただろうとはおもうが、漫画家というのは、洋の東西を問わず、女性に痛烈な敵愾心を持っているものだから、女には、あの棒を持たせないことに、どこかで共同謀議をしたにちがいない。

それにしても、あのイボイボは、なんだろう。まさか、あとから、あれを植えつけるような、めんどうな技術はなかったはずだが、それなら、はじめから、あんなに具合よくイボイボの出ている木は、どういう木だろうか。

つい、話が外れた。イボイボの詮議はおくとして、とにかく、あんな太古原始の時代から、人類は武器をもちつづけてきて、ついに核爆弾まで、来てしまったのである。

まったく、バカもいいところだ。なにが万物の霊長だ。

すこし自分に都合がわるかったり、自

分のおもう通りにならなかったら、すぐに武器でもって、相手に襲いかかる。

道理も筋みちもあったものではない。

人間の歴史というものは、結局のところ、武器でもって、道理をねじまげ、筋みちを踏みにじる、それのくり返しにすぎないのではないか。

お互い人間は、豹の皮以来だいぶながく生きのびてきて、一見便利そうなものを、いろいろ作り出してきたが、人間そのものは、いったいすこしでも進歩したのだろうか。

それとも、人間というものは、そもそも進歩しない動物なのか。

それなら、理性だとか知性だとかいうものも、頭のなかで作り出した幻影で、じっさいは、人間は、そんなもののカケラも持ち合せていないものだったのか。

そうはおもわない。

そうはおもいたくない。

f

ぼくたちは、おろかにも核爆弾まで作ってしまった。ぼくたちの生きているあいだに、これを捨てることは、つぎの世紀への義務である。

全世界が武器をすてたときに、こんどのソ聯とチェコのようなことが起ったら、どうなるか。

もう、戦車も大砲もない。

仕方がないから、ソ聯の首脳部は出かけて行って、チェコの首脳部と、何日も話し合う。

話し合いがつかなければ、あきらめて帰る。

あきらめなければ、いろいろと手を考える。

どうだ、金を貸してやるから、いうことを聞けという。

よほど、チェコが金に困っていたら、うんというかもしれないが、自由化と引きかえじゃ、がまんして、いやだというかもしれない。

金でツラをはって、いうことをきかせるのも、筋みちをまげることだが、しかし、金なら、イヤということもできる。

戦車と大砲の前では、イヤはない。

そこで、チェコが、金をやるといってもイヤだといったら、ソ聯はあきらめて帰る。帰って、国民にそう報告する。

国民がそれを聞いて、チェコのいうのも、もっともだとおもったら、それですんでしまう。

いや、それは政府の説得が下手だからだ、と国民がおもったら、今度はソ聯の国民が、チェコへ出かけてゆく。

ソ聯の大工さんは、チェコの大工さんと、何日でも話し合う。

ソ聯のパン屋は、チェコのパン屋と話し合う。

ソ聯の大学生は、チェコの大学生と、ソ聯のおかみさんは、チェコのおかみさんと、ソ聯の百姓は、チェコの百姓と、いく日でもいく晩でも話し合う。

それで話がつかなければ、あきらめて帰るより仕方がない。

帰りぎわには、お互いに、このわからずや、なにおオセッカイやきめ、ぐらいはいうだろうが、とにかく、それでおしまいである。

g

全世界が一斉に武器を捨てたら、いいにきまっている。わかりきったことをつべこべいうな。いいにきまっているが、そんな夢みたいなことができるわけがない、そういって、セセラ笑う人がいるだろう。

どうして、できるわけがないのか。

人間の歴史はじまって、世界中が一斉に武器を捨てよう、といった国など、どこもない。

やってみないで、できるはずがないときめていては、いけない。

げんに、人間の歴史はじまって以来、世界中どこの国もやったことのないこと、やれなかったことを、いま、日本はやってのけている。

世界の、百三十七もある国のなかで、それをやってのけたのは、日本だけだ。

日本国憲法第九条。

日本国民は……武力による威嚇又は武力の行使は、国際紛争を解決する手段としては、永久にこれを放棄する。

ぼくは、じぶんの国が、こんなすばらしい憲法をもっていることを、誇りにしている。

あんなものは、押しつけられたものだ、画にかいた餅だ、単なる理想だ、という人がいる。

だれが草案を作ったって、よければ、それでいいではないか。

単なる理想なら、全力をあげて、これを現実にしようではないか。

全世界に向って、武器を捨てよう、ということができるのは、日本だけである。

日本は、それをいう権利がある。

日本には、それをいわなければならぬ義務がある。

総理大臣は、全世界百三十六の国の責任者に、武器を捨てることを訴えなさい。

なにをたわけたこと、と一笑に附されるだろうとおもう。

そうしたら、もう一度呼びかけなさい。

そこで、バカ扱いにされたら、もう一度訴えなさい。

十回でも百回でも千回でも、世界中がその気になるまで、くり返し、くり返し、呼びかけ、説き訴えなさい。

全世界が、武器を捨てる。

全世界から戦争がなくなる。

それがどういうことか、どんな国だって、わからない筈はないのである。

いつかは、その日がくる。

辛抱づよく、がまんをして、説き、訴え、呼びかけよう。

それでもわかってくれないとしたら。

そんなことがあるものか。

地球の上の、すべての国、すべての民族、すべての人間が一人残らず亡びてしまうまで、ついに武器を捨てることができないなんて。ぼくたち、この人間とは、そんなにまで愚かなものだとはおもえない。

ぼくは、人間を信じている。

ぼくは、人間に絶望しない。

人間は、こんなバカげたことを、核爆弾をもってしまった今でさえ、まだつづけるほど、おろかではない。

全世界百三十六の国に、その百三十六の国の国民ひとりひとりに、声のかぎり訴える。

武器を捨てよう。

（97号　昭和43年10月）

無名戦士の墓

もう町中どこでも、朝から夜中まで、年中ぶつかりあい、ひしめきあい、ごったがえしているこの東京の、しかも、そのまったただなかに、ポカッとこんなところがあるというのは、なんだかウソみたいな気がする。

一万五千平方メートル（四千七百坪）のだだっぴろい敷地は、ざっと見わたしたところ、人っ子ひとり見えない。敷きつめた砂利の一つ一つまでが、きちんと真夏の午後の太陽の下でしいんとしずまりかえっていて、いちめんのセミしぐれである。どこもかしこも、やけに明るいのである。そして、涼しい風が吹いていた。無名戦士の墓地である。

……兵隊たちは、ひとりのこらず、小判形のシンチュウの小さい札を持たされていた。両はしの穴にヒモを通して、肩からじかにはだかにかけていた。札には部隊記号とその兵隊の番号が乱暴にうちこんであった。

フロに入るときでも、どんなときでも、はずしてはならぬと命令されていた。野戦ではフロなどめったに入れぬから、白いもめんのヒモはすぐにどすぐろくよれよれになり、うちこまれた数字にはアカとアブラがこびりついていた。

戦死したとき、身元を確認するためのもので、「認識票」というのが正しい呼び名だったが、兵隊たちは「靖国神社のキップ」と言っていた。

……この墓地は、皇居のお堀に向きあっていて、英国大使館のまえの青葉通り、都電なら三番町の停留所から、だらだらと千鳥ケ淵の方へ下ったところにある。小さな札が出ているが、無名戦士の墓とは書いてない。「千鳥ケ淵戦没者墓苑」である。ふらっとやってきた高校生が、事務所で「おじさん、ここはなんの古戦場ですか」と聞いたという。

歩きにくい砂利道を上ってゆくと、横に長い前屋があり、その柱のあいだから向こうに六角堂がみえる。美しいつり合いである。六角堂の中央に、アジアの各地から集めた石で焼いた陶棺がすえてある。そばの台に小さい草花の束がいくつかおかれて、「一束十円」という文字が添えられている。

ここへくる人は、一日に百人をこえることはあまりない。しかも、この六角堂におまいりするのは、そのうちの一割あるかなしかだという。

……兵隊たちは、歩きつかれてくる

と、食べものの話と、家に帰る話をした。ここから日本へ帰るにはどうしたらよいかを、大まじめで研究した。いつもぶつかるのは海であった。陸地はなんとかたどってゆくことにしたが、朝鮮海峡までくると、それまで活気のあった会話が、いつでもポツンと切れた。だまりこんで疲れた足をひきずりながら、ああ帰りたいな、とおもった。

　そんなとき、ひょっとハダの認識票が気になることがあった。「靖国神社直行」日本へ帰るいちばんの早道にはちがいなかった。


　……この無名戦士の墓を作ることは、昭和二十八年の閣議できまっていた。しかし、工事がはじまったのはおととしの三十三年、そして去年の春、やっとのおもいで出来上がった。工費五千七百万円、建物は谷口吉郎氏、庭は田村剛氏の設計である。

　出来上がった日には、天皇と皇后がおまいりになった。大臣も参列したろう。しかし、それっきりであった。

　外国には大てい無名戦士の墓があって、各国の元首や首相級の人物がその国を訪れると、必ずおまいりするのが儀礼である。まえの首相岸信介氏が外遊したときも、もちろんそうしてきたが、出かけるまえ、日本の無名戦士の墓にまいってくれとたのんだら、忙しいからと花束だけをとどけてよこした。

　きまったお祭りの日があるわけでもない。憲法記念日とおなじで、作ることは作ったが、作りっぱなしである。


　……古風なことを言うようだが、人間には、やはり、その人そのひとに持って生まれた星というものがあるのだろうか。

　兵隊は、みんな家に帰りたかった。そして帰ってきた者もある。帰ってこなかった者もある。

　五年ほどまえの、押しつまった年の暮れ、千葉の稲毛にあった復員局の分室を訪れたことがある。荒れはてた構内の枯れ草のなかに、もとの部隊の弾薬庫があって、うすぐらい中に、天井までぎっしり遺骨がつまっていた。灯明に火が入ると、どの箱にも「無名」と書いてあった。全部で二千五百柱だと聞かされた。

　みんな名前があったにちがいない。それが役所の戸籍も焼け、連隊区の兵籍簿もなくなってしまったのだろう。そして一目でいいから会いたかった家族も、死んでしまったのかもしれない。

　シンチュウの認識票など、なんの役にも立ちはしなかったのだ。この兵隊たちは、靖国神社にさえ入れてもらえないのだ。名ナシノミコトでは、まつることができないのだそうだ。


　……そのために、この無名戦士の墓を作ることになったのだが、そうときまってからも、なかなかできなかったのには、いろいろ裏があったということである。

　一つは靖国神社の反対だったという。戦後、ここも単なる一「宗教法人」になって、国からは一戋も出してはならぬことになった。それなのに、無名戦士の墓に何千万という金を出すとは何事であるか、ということだったらしい。

　無名戦士の墓ができ上がると、外国の例のように、国賓がそちらへおまいりす

るようになるだろう、それではこっちはどうなるんだ、ということもあったのかもしれない。

政府がそれで弱腰になって、作ることは作ったが、あとは知らぬ顔をしていることになっているのかもしれない。

……名前がわからないから、生きていたとき、どんな暮しをしていたひとたちか、わかるはずはない。

わかることは、大部分が、たった一枚の赤紙で、家族と引きさかれてしまって、それっきり死んでしまった兵隊たちだということである。おなじ兵隊でも、えらい将校なら、死んでも名前がわからぬことはあるまい。屑《くず》ラシャの黄色い星が、ひとつかふたつか三つ、つまりただの兵隊だったにちがいない。ひまさえあると、家に帰ることばかり考えていた兵隊たちのうちのだれかなのだ。

……その人たちは帰らなかった。おなじ兵隊のひとり、ぼくは帰ってきて、それから十五年も生きて、いまこの人っ子ひとりいない妙に明るい墓地に立っている。

そして、人には持って生まれた星があるのかと古風なことを考えている。こうして生きて帰った者もあるし、死んで帰ってきた者もいる。死んで靖国神社にまつられているものもあれば、名もわからず弾薬庫のすみにおかれ、やっと墓が出来ても、国も知らん顔、だれもかえりみようとしない者もある。（こんな国ってあるものか）

この墓には、どういうわけか一字も文字が書かれていない。しかし「祖国のために勇敢に戦って死んだ無名の人たちここに眠る」といったふうの言葉だったら、むしろ、なんにもない、このままの方がよい。

どんなに帰りたかったろう。ぼくならそう書いてあげたい。あすは、十五年目の八月十五日である。

（7号・第2世紀　昭和45年8月）

国をまもるということ

昭和二十年、終戦の年の秋から冬にかけて、北海道では、米が一粒も配給にならないことがたびたびあった。

たとえば、小樽である。

北海道というところは、昨今でこそ道内で消費しても、まだ米がうんと余るので、内地へ移出しているが、そのころは、むしろ逆で、内地から米を送ってもらわなければ、北海道で出来る米だけでは、とても自給自足はおぼつかなかったのである。

　米だけではない、いろんなものを内地のものにたよっていた。連絡船が欠航すると、とたんに日用品が値上りしたものである。

　しかし、ほかのものはがまんできても米だけはどうにもこたえたらしい。

　敗戦しばらくして、いろんなデマがとんだ。

　日本を四つに分けて、アメリカが東北と関東と中部地方、イギリスが近畿と中国、中華民国が四国と九州、そして、ソ聯が北海道をとるというデマは、そうとう根強くひろがっていた。

　みんなこれをきいたときは、戦争に敗けたのだから仕方がない、とおもいながらも、いやな気持がしていた。

　北海道に住んでいる人も、たぶん、ソ聯領になってしまうのは、いやだったろう。ことに、そのころの日本では、ソ聯はアカの国、共産国だというので一種特別のおそれをもって見られていた。

　ところが、来る月も来る月も、一粒の米も配給されなかった。明けても暮れても、じゃがいもばかり食ってしのぐ日日がつづいた。

　内地に見捨てられたとおもった。何カ月も米一粒も配給しないのだから、そう思っても仕方がない。米さえたらふくたべさせてくれるのなら、露スケであろうとどこの国であろうとかまやしない。

　あのときは、ほんとうに心の底からそうおもいましたと、小樽に住んでいる主婦が話してくれたことがある。

　この人は、終戦の年、そろそろ五十に手のとどこうという年配であった。庁立の女学校を卒業していたから、当時の女としては教養のあるほうであった。

　子どものころから良妻賢母の思想をたたきこまれ、戦争になると、お国のために夫や息子が戦地におもむくのを笑って見送り、戦死のしらせをきいても涙ひとつこぼさずに、名誉なことですと答えなければならないと、たたきこまれてきた人である。

　いまふうの言葉でいえば、それは、

〈軍国主義教育〉というものだろう。頭の頂きから足の爪先きまで、その教育をたたきこまれて育ち、妻となり、母となった人であった。そのひとが、こういうのである。

……いくら内地だって苦しいといっても、北海道が飢えているのを知らない筈はありません。それを一粒の米も送ってよこさない。なんでそれが我々の祖国であるものですか。

これをいうとき、その人の声は、おどろくほど真剣味をおびていた。

★

来年は、日本とアメリカの安全保障条約を改定する年だというので、世の中が、だんだんざわめき立っている。

はじめは、民間のいろんな団体がさわぎたてているだけだったが、今年になると、政府が、それに輪をかけてざわめき立っている感じになった。

どうやら、いまの政府は、案外気が小さくて、度胸がないのかもしれない。

それはさておき、この安保条約改定の議論をきいていると、たとえば、自民党と社会党では、まるでいうことがくいちがっている。それは、与党と野党だから、当然のことかもしれないが、そのくせ、どうやら両方とも、一つ大切なことを忘れているらしい。

この日本という〈くに〉を守るためにはどうしたらいいかという議論ばかりさかんだが、そのまえに、それなら、なぜこの〈くに〉を守らねばならないのかという、そのことが、考えからとばされてしまっている。

そんなことはわかりきったことだというだろう。

そうだろうか。

ためしに、ここで誰かが「なぜ〈くに〉を守らねばならないのか」と質問したら、はたしてなん人が、これに明確に答えることができるだろうか。

ぼくのことをいうと、小さいときから、なんとなく、〈くに〉は守らなければならないもの、とおもいこまされていた。なぜ守らなければならないのか、先生も親も、だれも教えてくれなかったが、〈くに〉を守るということは、まるで、太陽が朝になるとのぼってくるように、わかりきった、当然のことだった。

中学生のころは、〈決然起って祖国の難に赴く〉といった言葉に、なにか悲壮な美しさを感じた。

戦争に入ると、〈お国のために〉ということばが氾濫しはじめたが、この日本のことを〈お国〉というのは、なにかでれでれした感じで、好きではなかった。〈祖国〉という言葉のほうがピンときた。いまでいえば、カッコイイことばだった。

戦争に敗けて、なにもかも様子がかわってしまった。

東京の暮しも、北海道にまけずおとらず苦しかったが、それでも、あの年の秋から冬にかけては、なにか、大きな希望のようなものが、からだの中にみなぎっていた。

アンデルセンやグリムの童話には、おそろしい魔法使いの老婆に魔法をかけられて、いろんなけだものに姿をかえさせられていた話がでてくる。

国電の駅も、私鉄の駅も、爆撃でみるかげもなく焼けおちていた。柱だけで、屋根のないプラットホームに、ところかまわず腰をおろして、いつ来るかわから

ない電車を待っていた。それでも、屋根がなくなって、すっかりひろくなった秋空を仰ぎながら、魔法使いの呪文がとけたような気持を味っていたものである。

そんな日、ふと、〈なぜ、くにというものを、愛さなければならないのか。なぜ守らなければならないのか〉という疑問がおこってきた。

答えられなかった。

いま、だれかが、「なぜ〈くに〉は守らなければならないか」と質問したら、やはり答えられないだろう。

★

いったい〈くに〉とは何だろうか。

地図をみると、ここからここまでが日本であるとわかる。

しかし、この眼で、この足で、端から端までたしかめたことはないから、実感としては、ピンとこない。

ぼくが、実感として〈くに〉を肌に感じるのは、税金をはらうときである。

税金は、〈くに〉の必要な経費をまかなうためだろうが、どういうものか、税金をはらうとき、〈お国のため〉などと考えたことはいちどもない。

納める額が、去年より多いときはもちろんだが、かりに、すこしばかり減っていても、いつでも、税金を納めるときは、なにか、不当にしぼりとられているような気がする。

こんなことをいうと、絶対に不当にしぼりとっていることはないと役人はいうにきまっている。しかし、ここで「不当に」というのは、とられ方というよりも、その使い方からうける感じなのである。

ぼくにとって、〈くに〉とは、いつでもなにか不当にいためつけようとたくらんでいる、そんなもののような気がして仕方がない。

毎日まいにち苦労して、朝早くから夜おそくまで、個人のたのしみなどは犠牲にして働いた金のなかから、こんなにごっそりもっていって、しかも、払ったぼくのなにか役に立つことには、一銭も使った気配がない。そうなると、どうしても「不当にしぼりとられている」という感じがぬけきらないのである。

話は余談になるが、まえに住んでいた区では、区民税をはらいに行くと、窓口にいるおじさんが、いつでもきまって、「どうもこんなにたくさん払っていただいてすみませんね」と、ひとこと挨拶するのである。

税金をはらってこういわれたのは、この区役所で、この人が窓口にいるときだけである。

考えてみると、これくらいの挨拶は、どの区役所でも、どの税務署でも、あってしかるべきではないか。

余談になったが、どうも、ぼくの払っている税金で、せっせとジェット機の車輪をつくったり、ミサイルの引金を注文したり、高級官吏の官舎を建てたりしているような気がして仕方がない。

ひとつ、ことのついでに、ぼくと日本という〈くに〉の、これまでのつきあい方をおもいかえしてみて、いったい、〈くに〉からぼくが借りているのか、ぼくが〈くに〉に貸しているのか、貸借対照表をかんたんにつくり上げてみよう。

まず、生れてから小学校へ行くまでは、べつに、〈くに〉とぼくの間には、貸し借りはなかったようにおもう。

小学校に上ってからは、いまとちがっ

て、給食もないし、教科書もくれなかったから、すこしはぼくのほうが貸したのかもしれない。

しかし、それからずっと、公立や国立の学校ばかりだったから、これは一人あたりいくらというものを、〈くに〉からぼくが借りていることになる。

学校を出ると、とたんに徴兵検査があって、甲種合格になった。ちょうど日華事変の勃発した年で、入営するとたちまち前線へもっていかれた。

ずいぶん、苦労した。

あげくのはてに、病気になって、傷痍軍人になって、帰ってきた。

このあたりは、ぼくが〈くに〉に、そうとう貸していることになる。しかも、ぼくは、軍事教練に反対して出席しなかったから、将校になる資格はなかった。帰ってきたとき、上等兵であった。

それを不服でいっているのではない。兵隊と将校では、おなじ召集でも、〈くに〉に貸した額が大いにちがうということをいっておきたかったからである。

そして、戦争に敗けた。その日から今日まで、二十年あまりの年月が流れている。年々、税金は〈不当〉にとられているが、〈くに〉から、ぼくがなにかしてもらったということは、ひとつもないのである。

人によっては、ずいぶん〈くに〉からいろんなことをしてもらっているのがあるらしい。補助金をもらったり、都合のいいように法律をかえてもらったり、外国商品や資本が上陸するといえば、そうしないように保護してもらったり、いろんなことがあるらしい。

しかし、ぼく自身や、ぼく自身がやっている仕事は、国家から一戔の援助をしてもらったこともなし、一戔の税金をまけてもらったこともない。

それどころか、ぼくたちの税金でまかなっている研究所や試験所に、商品テストを依頼すると、業者がこまるからという理由で、ことわられることもたびたびあったくらいである。

つまり、ぼくにとって、〈くに〉とは、ぼくたちの暮しや仕事をじゃまするものでこそあれ、けっして、なにかの役に立ってくれるものではないのである。

★

西部劇の話をしよう。

アメリカの西部というのは、はじめは、国も州もなかった。

東部から、人間だけが、出かけて行って、あちらこちらに住みつき、牧場を持ったり、百姓をやったり、小さな店を開いたりした。

国がないから、政府もなければ警察もないし、税務署もない。税金をとられないのはまことに好都合だが、なにか無法者がでても、つかまえたり、取り締ったりするのは、自分たちがやらなければならない。

そのために、仕事を捨てて、馬に乗って、出かけて行く、なかには、逆に射たれたりして死ぬものもでてくる。

そのほか、なにかを取りきめようとしても、なかなか、らちがあかない。結局、力と力で解決してゆくようになってしまう。

これではこまるというので、まず、保安官をどこからかつれてきて、治安維持にあたらせる。町の代表者を選挙して、ことがあると、それに折衝させる。

そんなふうにして、だんだんと、町が

できて、州ができてゆく。それが、やがて〈くに〉になる。

つまり、〈くに〉というものは、そこに住んでいる人間にとって、なにかと役に立ってくれなければ、たいした意味はなくなるのである。

そういうところでは、シェリフ一人でこの町を守りきれないとわかれば、いわれなくても町中の人が集って、その町を守ろうとする。

しかし、いまの日本のように、べつになんにもしてくれないで、いきなり、みずから〈くに〉を守る気概を持て、などといわれたって、はい、そうですか、というわけにはゆかないのである。

はい、そうですか、といって戦ったのが、こんどの戦争であった。ぼくだけではない、みんなが、〈くに〉は守らねばならないとおもっていた。そのためには、一身をなげうつのも、いやだけれども、仕方がないとおもっていた。

こんどの戦争では、ずいぶん多くの国民が〈くに〉に〈貸した〉筈である。

さきほど、ぼくが、えらそうに、〈くに〉とぼくの間でどれだけの貸し借りがあるだろうかなどと、洗いたててみたがもちろん、ぼくなどは問題ではない。

もっと大ぜいの人が、ぼくなどよりずっと多く、この〈くに〉に貸しているのである。

赤紙一枚で召集されて、死んだ人たちがいる。

その遺族たちがいる。

しかし、この人たちは、まだいいのかもしれない。恩給などで、いくらか〈くに〉は借りをかえしている。

空襲のために、家を焼かれ、財産を焼かれ、家族を失った人たちがいる。

この人たちには、一戔の補償も、いまだにない。

戦争のために、男の大半が、〈くに〉の外へ出ていった。のこされた職場を、女が守った。そのために、とうとう結婚の機会を失い、いまだに、その職場をまもって、しかも、上役や後輩にけむたがられ、ばかにされながら、じっとこらえている大ぜいの女性がいる。

この人たちに、〈くに〉は、まだ、なんにもかえしていない。

そのほか、まだまだ大ぜいの人が、この〈くに〉に貸している。

それを貸したのは、敗戦までの〈大日本帝国〉である。戦後の〈日本国〉とは、一見、おなじようにみえても、じつは、ぜんぜんべつの〈くに〉である。

そういう考え方が戦後生まれた。いまの〈くに〉は、戦前の大日本帝国の負債をはらう必要はない、という考え方がそこから出てきた。

払いたくないときには、この理屈がおもてに出てくる。しかし、一方では地主の補償や軍人恩給や、あるいは在外資産の補償や、あきらかに、〈大日本帝国〉の負債の一部をかえしたり、かえそうとしたりしている。

★

その日本という〈くに〉は、いま総生産世界第二位などと大きな顔をし、驚異の繁栄などといわれてやにさがり、そして、したり顔をして、みずから〈くに〉を守る気概を持て、などと叱りはじめている。

こんどの戦争で、一戔も返してもらわなかった大ぜいの人たちは、それを忘れてはいない。なにもいわないだけである。いわないのをよいことにして、ふたたび、〈くに〉を守れといい、着々と兵隊をふやし、兵器をふやしている。

よっぽど、この日本という〈くに〉は、厚かましい〈くに〉である。

いつでも、どこでも、〈くに〉を守れといって、生命財産をなげうってまで守らされるのは、日ごろ〈くに〉から、ろくになんにもしてもらえない、ぼくたちである。

こんどの戦争で、これだけひどい目にあいながら、また、祖国を愛せよ、〈くに〉を守れ、といわれて、その気になるだろうか。

その気になるかもしれない。

ならないかもしれない。

ここで〈くに〉というのは、具体的にいうと、政府であり、国会である。

〈くに〉に、政府や国会にいいたい。

〈くに〉を守らせたために、どれだけ国民をひどい目にあわせたか、それを、忘れないでほしい。

それを棚あげにして、〈くに〉を守れといっても、こんどは、おいそれとはゆかないかもしれない。

誤解のないようにことわっておくが、こんどの戦争の犠牲者に補償をしろとぼくはいっているのではない。できたら、するにこしたことはないが、それよりも、いまの世の中を、これからの世の中を、〈くに〉が、ぼくたちのためになにかしてくれているという実感をもてるような、そんな政治や行政をやってほしい、ということである。

それがなければ、なんのために〈くに〉を愛さなければならないのか、なんのために〈くに〉を守らなければならないのか、なんのために、ぼくたちは、じぶんや愛する者の生命まで犠牲にしなければならないのか、それに答えることはできないのである。

（2号・第2世紀　昭和44年9月）

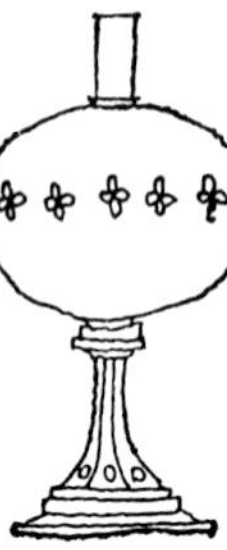

あとがき

○暮しの手帖の第一号を出してから、この秋で、二十三年になる。編集長としては、最多年数記録だ、という人がいる。そうだとしたら、あまり、みっともいいことではない。

○だれが言いはじめたのか、ずいぶん古くから、編集者について、三つの言いつたえがある。一つは、編集者は雑巾みたいなもので、使っていると、だんだんすりへって、ぼろぼろになるものだから、三年とか五年とか、せいぜい七年くらいで、取りかえなければいけない、というのである。

○第二は、編集者は、縁の下の力持ちみたいなものだから、つとめて表面に出てはいけない。じぶんの書いた原稿を、じぶんの編集している雑誌にのせることは、慎しまなければいけない、というのである。

○第三は、編集者は、一種の接客業みたいなものだ、というのである。年中、いろんなところに出入りし、いろんな人とつき合い、大いに顔をひろくしておかなければ、いい企画も、いい原稿もとれないから、というのだろう。

○三つとも、いちいちもっともである。そうおもって、わが身をふりかえってみると、なんと、この三つのうち、一つが欠けてもダメだ、というのに、この三つが三つとも、あてはまらないではないか。そういう意味からすると、この本など、じぶんが、いかに編集者としては落第であるかということを、わざわざ、じぶんで一冊にまとめて、天下に広告しているようなものだろう。あさはかなことである。

○そんなわけで、ここにあつめた文章は、どれもみんな、暮しの手帖にのせたものばかりである。いちばん古いのは、昭和三十三年の五月の〈日本料理をたべない日本人〉で、いちばん新しいのが、四十五年十月の〈見よぼくら一戋五厘の旗〉である。

つまり、ここ十二、三年のあいだに書いたものの中から、じぶんの欲目で、いくらかマシではなかろうか、というものをえらんだのである。

○というと、ちょっと聞えがいいが、白状すると、じぶんの書いた文章を、じぶんでえらぶというのは、どうにもできにくいものである。まさか、暮しの手帖にのせたものを、一つ残らず、などとは金輪際おもわないにせよ、さてとなると、それぞれに、苦しいおもいをして書いたものばかりだから、文章を外れて、その当時の情況などが泛んできて、どうにも未練で取捨のめどが立たない。

○それというのが、じぶんの書いたものを、じぶんで一冊にまとめよう、などと浅はかなことをおもいついたのは、じつは、これが京都なのである。かれこれ三年ほどのまえになる。取材に出かけた京都の町は、ひどく底冷えがしていた。その夜、宿で心筋梗塞をおこしてしまったのである。指一本動かしてはいけない、といわれて、じっと天井をにらんでいた。

○そのころ、妙に疲れていた。暮しの手帖をはじめたころ、せめて三十号、できることなら五十号までは、とおもいさだめていた。百号などとは、あまり遠すぎて、ピントが合わない感じだった。その百号が、ついそこへやってきはじめてからは、もういい、とおもうようになっていた。べつに、いまさら、じたばたしたって、どうしようもないことだ、という気のつもりである。

○ところが、こうして、指一本動かしても、危ないといわれて、じっと天井をにらんでいると、もっと生きたいという気持が、むらむらと湧いてきた。もういい、なんて、とてもそんなしゃれたことを言う気分にはなれなかった。暮しの手帖に書いたものを、まとめてみようかな、とおもいはじめたのは、そんなときだったのである。

○まいにちのように、こまかい雪が舞っていた。桜の咲くのが、あんなに待ち遠しかった年はなかった。桜が咲いたら、東京へ帰ってもよい、と医者にいわれていたからである。今年の花はおくれるだろう、と京都のひとが平然と言って帰ったりした。

○やっと御室の桜が咲いた。おそるおそる東京へ帰ってきた。もう、書いたものをまとめるどころではなかった。暮しの手帖の新しい世紀がはじまっていた。雑誌の大き

さも変った。体をはかばかしく動かせないのがもどかしかった。ことしの春になって、やっと、一冊まとめてみようか、という気になったのである。

○けっきょく、二十九篇をのせることにした。これは、いつまでもみれんがましく、えらびかねているのを見かねて、暮しの手帖の仲間が、てんでにえらんでくれた、その中から、やっとぼくが、ひろい出してきたものである。仲間がえらんでくれたものの中には、じぶんでは気の進まないものもあったし、じぶんで、これなどいいじゃないか、とおもうもので、仲間のだれ一人えらんでくれなかったものもあった。そういうものかなあ、といまさらおもい知らされた。しかし、そういうものは捨てなかった。

○暮しの手帖には、どの号にも、なにかしら書いてきた。号によっては、二篇も三篇も書かなければならないこともあった。そんなときには、一篇だけは署名入りにして、あとのぶんは、署名なしでのせた。それにしても、あまりほめたざまではなかった。いずれにしても、暮しの手帖には署名なしでのっていた文章が、この中にいくつも入っているのは、そんなわけからである。

○どの文章にも、末尾に、それをのせた暮しの手帖の号数と、その年月をつけた。ぼくも、ジャーナリストのはしくれだが、ジャーナリストにとっては、なにを言ったかということの外に、そのことを、〈いつ〉言ったか、ということが、大きな意味をもつとおもったからである。一つの例を上げると、この中で、企業とぼくらの利益がぶつかったときは企業を倒せ、政府とぼくらの利益がぶつかったら、政府を倒せ、という意味のことをいっている。（見よぼくら一戔五厘の旗）、たまたま、これを書いた一年後に、新潟水俣病事件の判決があって、その中で、住民の生命、健康を犠牲にしてまで、企業の利益を保護しなければならない理由はない、と 述べている。そのことをいつ言ったかが問題だというのは、そういった意味からである。できたら、ほかの文章のいくつかについても、そんなつもりで読んでいただけたら、とおもっている。

○これまで、だれに言っても、信じてくれたひとはなかったから、ここで書いても、たぶん信じてもらえないかもしれないが、じつをいうと、文章を書くのは、好きではない。きらいである。きらい、というよりは、つらい。できることなら、書かないで

すませたい。早い話が、この〈あとがき〉にしたって、書かねばならないと、おもい立ってからでも、もうかれこれ一月になる。

○もうひとつきらいなものに、風呂があるが、このほうは、入るまでのふんぎりがなかなかつかないだけで、いったん入ってしまえば、まことにいい気分なのである。ところが、文章のほうは、原稿用紙の前に坐るというふんぎりのつかないところまでは同じだが、いざ書いてゆく、やっとのおもいで、なんとか書き上げる、その道中が、すこしもいい気分ではないのである。書いていて、因果だなあ、つらいなあ、とおもいどおしである。そんなにつらいのなら、書かなければよいのである。それを、書いている。あほかいな、である。

○この本の百十二頁までは、わりに写真が多いので、その写真はグラビヤ印刷にした。しかし、文字は、あとの頁とおなじように、活版印刷である。言いかえると、はじめの三分の一は、写真をグラビヤで印刷した上に、活版で文字を刷りこんだ、つまり、二度刷りということである。

○というのが、活字については、いささか好ききらいがあって、明治のころの築地活版のあの字体が好きなのである。ことに、いろは平かなにいたっては、ほれぼれする。これは若いときから、しみついたもので、いまさらどうしようもない。それが事志に反して、昭和のはじめごろから、活字の書体は細く細く、活版印刷は軽く軽くなってきて、ついにあの写真植字の字体にまで、なり下ってしまった。雑誌の場合は、それでも、時間のこともあり、値だんのこともあって、腹の虫をおさえているが、じぶんの本には、あれは金輪際使いたくない、という執念が、とうとう、写真と文字の二度刷りという、分不相応のことを仕出かしてしまった。

○そのほか、紋切型のことは、はぶく。（昭和46年9月）

★この本の初版を発行してから、二十年の歳月が経ちました。その間、昭和五十三年には、著者の花森安治も亡くなりました。

初版のあとがきに、花森は〈写真をグラビヤで印刷した上に、活版で文字を刷りこむ、つまり二度刷りという分不相応のことを仕出かしてしまった〉と書きましたが、二十年の年月が経つうちに、印刷事情も変り、その印刷方式は、いまは出来なくなってしまいました。

そのため、オフセット印刷に変更させていただきました。

初版と同じ印刷にできなかったことは、まことに残念でございますが、皆様に一人でも多くお読みいただくためと、ご諒承下さいませ。

大橋　鎭子

著者花森安治　発行者阪東宗文　発行所暮しの手帖社　印刷所大日本印刷　昭和四十六年十月十日初版発行　平成二十八年九月二十二日　第十二刷発行（改版）

一戔五厘の旗　第十二刷　定価本体二千三百円＋税